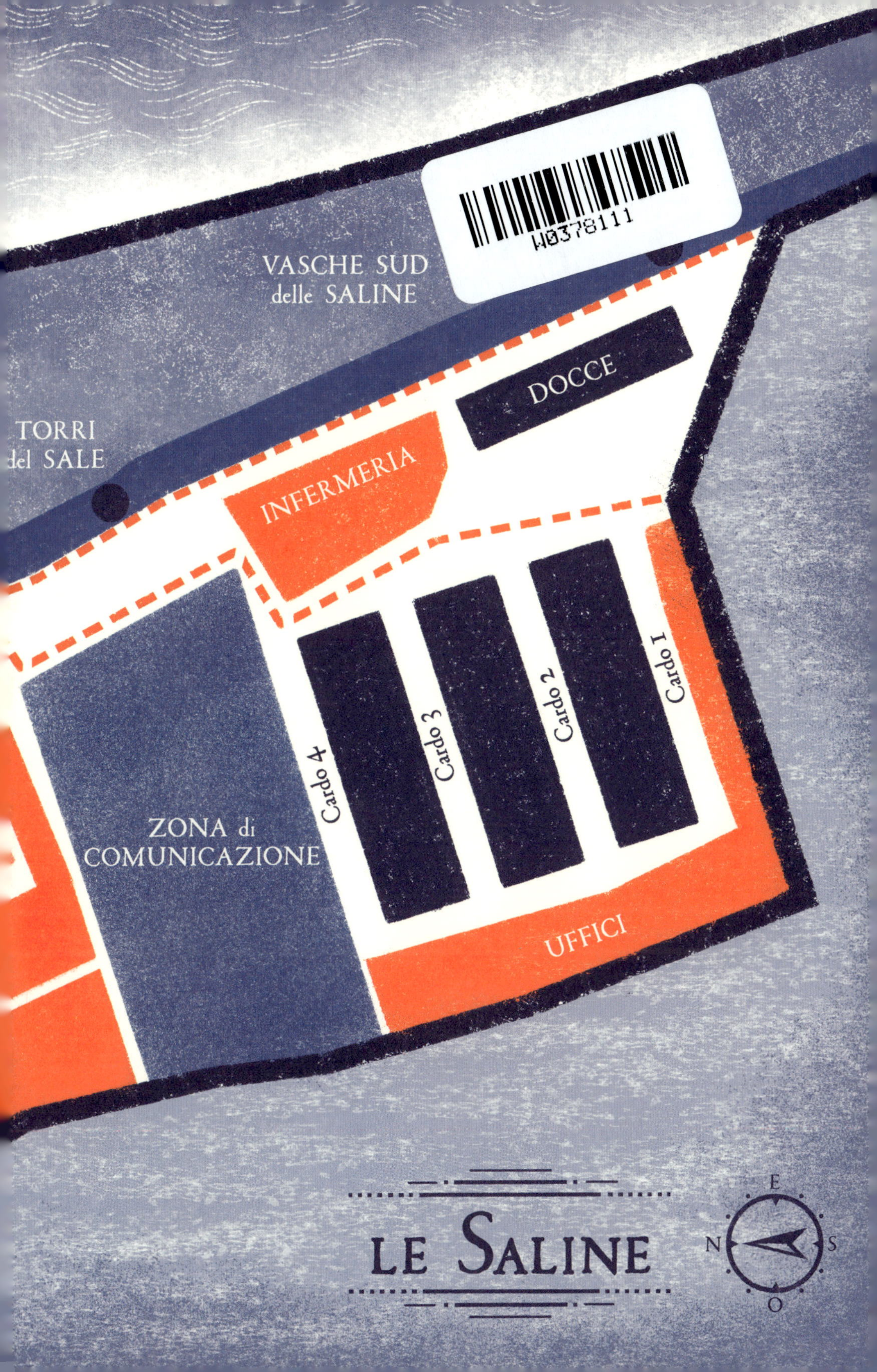
VASCHE SUD
delle SALINE
TORRI
del SALE
DOCCE
INFERMERIA
Cardo 1
Cardo 2
Cardo 3
Cardo 4
ZONA di
COMUNICAZIONE
UFFICI
LE SALINE
E
N
S
O

FANTASTICA

TIFFANY VECCHIETTI
MICHELA MONTI

BRUCIA LA NOTTE

MONDADORI

Brucia la notte include contenuti che potrebbero rivelarsi tematicamente sensibili per alcunə lettorə, così che possiate scegliere se e come affrontare questo testo.

Tra questi: misoginia, violenza esplicita, violenza sessuale (non esplicita), morte, abuso verbale, emotivo e fisico, queerfobia, cambiamento climatico, uso di armi, salute mentale e traumi.

mondadori.it

Brucia la notte
di Tiffany Vecchietti e Michela Monti
Collezione Fantastica

ISBN 978-88-04-75649-1

I edizione ottobre 2023

BRUCIA LA NOTTE

Ad Andrea.
E a Nespola, Pupi e Borlotto.

Prologo

Era caldo.

Il sole si rifrangeva sulla superficie lucida che restava tra le montagne bianche, e sentivamo la pelle pizzicare a ogni secondo. Una tortura costante.

Pensare di essere tra le privilegiate, perché lavoravamo anche con l'acqua, non aiutava.

Figuriamoci.

Il calore, la sete, le spaccature sulle dita piene di fuoco.

Bruciavamo. Bruciavamo ovunque.

Stringevamo tra le mani il nuovo carburante del pianeta, ma a che prezzo?

Quanto ci costava, il sale?

ACQUA

I
Ani

«L'ordine, è l'ordine la cosa importante!»

La Raccoglitrice nuova annuiva mentre Carla continuava a parlarle con tono stentoreo.

«La gente che grida alla libertà non capisce. Servono le regole, serve il controllo. Hai sentito cos'ha detto il Presidente?»

La ragazzina era arrivata da pochi giorni e, come di consueto, l'avevano affidata a una delle Raccoglitrici mature per spiegarle in che maniera girava il mondo, perché capisse cosa significava vivere là. Era necessario evitare ogni fraintendimento.

Del resto, anche le comunicazioni quotidiane tramite altoparlanti ci tenevano a placare ogni agitazione. Mantenevano la prima impressione al Campo di Raccolta: una serenità irreale. I rumori ovattati non rivelavano nulla, le casette-container ingiallite dal sole a picco erano disposte lungo linee ordinate, i colori sabbiosi rendevano tutti i contorni sfumati. Le strade strette, perpendicolari, affollate da cubi metallici resi abitazioni per rinchiudere la nostra solitudine sfinita. Un dettaglio che si comprendeva troppo tardi.

Quando arrivai io al Campo avevo la stessa espressione della nuova. La stessa espressione che avevano tutte: stupita, incerta, curiosa.

Ti raccontavano quanto fosse magnanimo da parte del Governo darti una seconda possibilità, di quanto il tuo ruolo avesse un peso fondamentale nella società, e improvvisamente ti sentivi di nuovo viva, importante. Non pesava il fatto che la pelle si spaccasse dopo poche settimane alle Saline, non importava che all'inizio, dopo il turno di lavoro, l'isolamento sembrasse una benedizione, non si osava dire nulla riguardo ad altri piccoli dettagli, nessuno ne parlava mai. Erano cose secondarie.

Dopotutto, potevi lavarti con l'acqua incamerata dall'evaporazione, mangiavi – sempre le stesse cose, certo, ma comunque mangiavi –, potevi bere abbastanza da placare la sete più crudele, e i container avevano un piccolissimo bagno, una finestra, un letto. Diventare una Raccoglitrice era la condizione migliore alla quale potessimo ambire. Per noi, fuori dal Campo poteva essere solo peggio.

«Tu sei Ani?»

Occhi grandi, castani, un po' atterriti. Voce troppo giovane. Mi riscossi dai miei pensieri quando la inquadrai, con i cubicoli alle sue spalle. Era uscita dalla lunga fila per rientrare nella nostra zona.

«Sì, sono io» risposi senza porgerle la mano. Rimasi in coda. Non era consentito spostarsi, e mi stava bene.

«Io sono Rossella, Carla ha detto che abbiamo quasi la stessa età.»

«Può essere.»

Accennò un sorriso, abbassando il cappuccio della tuta.

«Il lavoro per oggi è finito, visto che ci hanno appena fatto fare la doccia, giusto? Inizia a diventare buio, potremmo fermarci a fare due chiacchiere?» azzardò.

«Dipende dal tuo turno» le dissi facendo spallucce. «Distribuiscono gli orari ogni settimana, e possiamo passare il tempo solo con chi lavora nelle nostre stesse vasche.» *Per non farci familiarizzare*, pensai.

«Oh» sussurrò, visibilmente delusa. Poi un'altra figura sbarrò il mio campo visivo.

«Rossella, devi stare in fila e seguire me!» ringhiò a mezza voce Carla, dopo averla strattonata via. «Scusa il disturbo, Ani.»

Feci un breve cenno di assenso.

Guardavo le spalle della nuova arrivata, già piegate dal primo turno di raccolta, la sua testa che annuiva, gli occhi bassi. Dovevamo avere al massimo due o tre anni di differenza, eppure c'era un abisso tra di noi. Un abisso che però, in qualche modo, ci aveva portate nella stessa desolazione.

Carla era una lavoratrice devota, un'amante delle regole. L'indottrinatrice perfetta. Io non andavo bene, e neppure ci tenevo. Non spiegavo niente alle persone. Quasi nemmeno parlavo. Osservavo, fissavo chi mi stava attorno coi miei occhi scuri fino a creare imbarazzo, e tacevo. Non potevo istruire nessuno, non volevo. Io desideravo solo confondermi tra le altre, diventare una faccia come tante. Peccato che la mia massa di lunghi riccioli neri la pensasse diversamente.

All'improvviso qualcosa si mosse dietro di me.

«Raccoglitrice, perché si è fermata e non segue le sue colleghe?»

Sussultai, girandomi di scatto, pronta a fingere l'espressione più rilassata possibile.

E quando vidi chi aveva parlato, evitai per un soffio di mandarla a quel paese.

«Bi, porca miseria...» imprecai, riprendendo a muovermi di fianco a lei, correttamente in fila.

«Mi viene ancora bene la voce da Stecca, eh?» disse soddisfatta, sollevando il sopracciglio destro con un mezzo sorriso malizioso.

Bianca, Bi, era la sola persona capace di farmi divertire là dentro. Era bellissima, attorno ai trent'anni, con un corpo che racchiudeva conflitti profondi. Ci aveva lavorato tanto, Bi, così tanto da riuscire a trovarci una sorta di equilibrio. Una tregua. Una pace che, per quanto precaria, le dava comunque sollievo. Chiunque la conoscesse, dopo poco si dimenticava dei cosa o dei perché. Per tutti era Bi. Punto.

«Smetterai mai di farmi questo scherzo?» le chiesi, a metà tra rabbia e risate.

«E tu smetterai mai di cascarci con tutti i piedi, Bambina?»

«Non credo» ammisi grattandomi la testa, e cercando di stare attenta a non perdere il passo della fila.

Un brontolio risuonò alle nostre spalle. «Ce la fate, per una volta, a rimanere in riga come le altre?» ci richiamò all'ordine una delle adepte di Carla.

Come se non bastassero le Stecche a controllarci, ci facevamo la guerra anche tra di noi.

«Va bene, va bene» replicò Bianca facendosi spazio dietro di me, liquidandola. Tanto era solo l'ennesimo richiamo. Restò in silenzio qualche secondo, poi non sopportò oltre.

«Stanno istruendo bene la nuova burattina?» mi domandò.

«Credo di sì, è con Carla.»

«Santo cielo, Capelli Grigio Topo!» proclamò teatrale.

Sogghignai.

«Le avrà già farcito quella testolina liscia e anonima di pensieri storti?»

«Non lo so» ragionai. «Ma forse, per lei, sarebbe meglio così.»

«Raccoglitrici, alt!»

Piantammo i piedi a terra, raddrizzando le schiene. Gli Integri, gli uomini che sorvegliavano la sicurezza del campo e che vegliavano giorno e notte su di noi, controllavano che tutte le donne a fine turno rientrassero nelle loro abitazioni. Ma non sempre che ci restassero.

«Le residenti al Cardo 3 rientrino nei propri alloggi!»

«Ci vediamo dopo?» mormorai.

Bi schioccò le dita.

«Mi pare ovvio, Bambina.»

Accostai la porta, restando nella penombra del mio cubicolo con il pensiero di Rossella. Mi dispiaceva che l'avessero portata lì alle Saline, ma allo stesso tempo un po' la invidiavo. Perché il primo periodo al Campo era un adattamento costante che, certo, ti stancava, però ti permetteva di avere ancora un briciolo di speranza e ti faceva credere di aver raggiunto un luogo importante, se venivi affidata alle mani giuste. Come le mani di Carla.

Chiusi gli occhi e mi lasciai andare al ricordo.

«Allora, piccoletta, ora ti farò vedere cosa succede dentro le Saline.»

Carla continuava a spiegare. Io restavo dietro di lei, a testa bassa, per mascherare il pianto e il fastidio della guardia che mi spintonava per farmi tenere il passo. Lo odiavo.

«Questi signori vestiti di nero sono gli Integri» blaterò Carla girandosi per indicarlo, «e sono qui per aiutarci, per proteggerci.»

Mi morsicai l'interno del labbro. Non riuscivo a capire davvero quella frase, ma l'intuito mi suggeriva che dovevamo avere un concetto molto diverso di *aiuto*. La verità era che potevo cogliere solo qualche parola di tutto quello che diceva, e volevo mia madre. Dov'era?

Strofinai il braccio sulle guance.

Stavamo uscendo dalla strada con le file di cubi di metallo ai lati, dirette verso una serie di piccoli edifici irregolari in mattoni e cemento che stavano oltre una rete altissima. C'era scritto qualcosa vicino alle porte, però tra gli occhi lucidi e la polvere che si alzava col vento leggere diventava impossibile. Forse mamma era là?

«Ani.»

Sollevai la testa.

L'Integro era sparito.

«Ani» ripeté lentamente Carla, «ora passeremo dagli spogliatoi del Campo per farti cambiare.»

Raddrizzai la schiena e fissai la mia guida.

«Stai capendo qualcosa di quello che ti sto dicendo?»

«Mamma?» domandai.

Carla si fermò per esaminarmi. Sembrava accigliata, infastidita. «Va be', senti, imparerai in fretta.» Poi si abbassò fino a guardarmi in faccia, e cambiò espressione. «Tua mamma non è qui» rispose addolcendo la voce. «Lei deve stare nell'Area di Comando, lavorerà con le persone importanti. È fortunata, sai?»

Aggrottai la fronte. Continuavo a non capire.

«Tante sono arrivate qua senza saper fare niente» proseguì piano, «così sono diventate Raccoglitrici. Solo donne, eh, perché gli uomini non possono raccogliere, sono troppo distratti e sbrigativi. Loro stanno nelle altre sezioni e hanno ruoli militari» disse facendo un cenno con la mano. «Noi invece ci tramandiamo il lavoro, facciamo esperienza, e alla fine siamo quelle che procurano il sale per tutti. Devi esserne orgogliosa.»

Tirai su col naso. Cosa stava dicendo? E perché non avevo ascoltato di più le lezioni di mia madre?

«Mamma...» ripetei, con un groppo in gola che non riuscivo a nascondere.

«Ani, non puoi stare con la tua mamma. Hanno diviso anche me e il mio bambino quando siamo arrivati qui» mi rivelò, «perché rimanere con la propria famiglia ci distrae dal nostro mestiere. Se noi siamo importanti per la raccolta, lui ormai sarà sicuramente un Integro con i fiocchi.» Sollevò lo sguardo e sospirò. «Non vedo l'ora d'incrociarlo in divisa» disse, con l'espressione fiera. Poi tornò a me. «Vieni, è ora di levarti quei vestiti sporchi di dosso. Con la divisa sembrerai una vera Raccoglitrice anche tu.»

Quindi mi indicò un cancello sulla sinistra dell'alta rete e sorrise.

Ero così confusa. Volevo disperatamente rivedere mia madre, mia sorella, mi rifiutavo di accettare che non avrei più incontrato mio padre, eppure Carla senza le persone che amava sembrava felice.

Sarebbe stato così semplice vivere come lei.

«Ecco Ani, guardati, sei perfetta!»

Annuii per l'entusiasmo della Raccoglitrice sconosciuta, consapevole di quanto la perfezione fosse lontana da me.

Gli stivali di gomma mi facevano i piedi come quelli di un clown. Le solette dentro li rendevano tollerabili, ma da fuori erano ingombranti come pinne. I pantaloni, spessi e lunghi, sfoggiavano almeno quattro risvolti che Carla mi aveva fissato con le spille da balia. La felpa, dopo vari tentativi di adattamento, era stata tagliata sul busto e sulle maniche. La misura più piccola mi stava come una camicia da notte.

La sciarpa alta, col cappuccio incorporato, sembrava carina sul davanti, ma dietro aveva le code che toccavano terra. Dovevo fare il triplo nodo per evitarlo.

Ero a dir poco ridicola, ma la Raccoglitrice aveva passato in rassegna gli scaffali carichi di divise che ricoprivano tre pareti su quattro nella piccola stanza afosa, e quello era il meglio che potessimo ottenere.

«Quando c'è vento forte devi tirare su il cappuccio e alzare la sciarpa a coprire la bocca, così non ti mangi la polvere» spiegò Carla. Accompagnò le parole col gesto, e io tentai di imitarla, insaccando i ricci troppo voluminosi.

«Con quei capelli il cappuccio non le entrerà mai» disse la seconda Raccoglitrice, ridacchiando.

Carla alzò le spalle. «Non importa» replicò. «Basta che sia comoda per lavorare. Passale un gavaro» e la donna mi mise in mano una specie di scopa senza le setole. Sollevai quel bastone, lo studiai, e guardai lei.

«Questo, ragazzina, ti serve per spingere il sale e raggrupparlo» mi illustrò la sconosciuta, mimando il movimento. Lo ripeté fino a quando si rese conto che avrei continuato a fissarla.

«Basta istruzioni, imparerà in acqua. Giusto, Ani?» e dopo averlo chiesto Carla mi fece cenno di seguirla fuori.

Ci incamminammo lungo un sentiero sterrato, con la rete alla nostra sinistra e un muro lunghissimo intervallato da torri bianche alla nostra destra.

«Stiamo salendo verso la vasca di deposito nord-ovest» annunciò lei. Io stavo guardando il gigantesco palazzo grigio che si intravedeva oltre la recinzione.

«Ani, non distrarti» mi ordinò battendo le mani. Tornai a osservarla in silenzio. «Ora vedrai per la prima volta le Saline. Ti sembreranno un enorme lago, o un pezzo di mare chiuso da un confine di terra, ma in realtà sono divise in quattro vasche, tutte di profondità diversa.»

Mi allarmai.

«Mare?» le domandai, temendo di aver capito bene. Conoscevo quella parola, e la traversata l'aveva resa ancora più spaventosa.

«Sì» confermò squadrandomi, «ma non preoccuparti, la più fonda è la prima, dove stiamo andando noi, e al massimo raggiunge i trenta centimetri.» Allargò i palmi delle mani per mostrarmi quella misura e rise. «Non sei così piccola.»

Rilassai le spalle. Se quelli erano trenta centimetri d'acqua, potevo affrontarli.

«In queste vasche il sale si deposita e cristallizza; noi man mano lo spostiamo con gavaro e palette nelle vasche sempre più basse, fino a raccoglierlo dentro le gerle e accumularlo qui» disse, picchiando contro una delle torri panciute. Però fu solo quando Carla sbatté il palmo sulla loro superficie che mi accorsi di cosa fossero fatte: tela. Spessa tela bianca. Un pannello immenso, considerate le dimensioni. Non riuscivo a calcolare quanto fossero alte, sapevo solo che la porta di metallo posizionata al loro fianco equivaleva al massimo a un decimo della loro statura. Forse meno.

«Qui dentro il sale si fa asciugare bene, e si raccoglie anche il vapore che tramite tubature sotterranee diventa la nostra acqua usata nel Campo; poi gli Integri caricano l'oro bianco fino al magazzino interno, quello dove nessuna di noi ha accesso, dentro l'Area di Comando.»

L'Area di Comando.

Allargò le braccia verso l'enormità grigia che avevo notato prima. Non avevo mai visto niente di così grande. La strada, la rete, il muro, le torri, soprattutto il palazzo. Era tutto colossale. E mamma stava da qualche parte là dentro.

Carla batté le mani. «Adesso però muoviamoci, che c'è della strada da fare» dichiarò accelerando il passo. E io, con le mie scarpe fuori misura, corsi verso la mia condanna.

«Eccoci arrivate» annunciò la mia guida, spalancando la porta di metallo accanto all'ultima torre. Per una frazione di secondo la luce mi accecò. L'aria mi picchiava in faccia con più violenza, ma era talmente satura di umidità che faticavo a respirare.

«Su, cammina!» mi esortò lei, spingendomi. E io saltai in avanti, aprendo completamente gli occhi.

La distesa d'acqua era davvero un mare. Un mare piatto, costellato da donne incurvate vestite come me.

Che posto era quello?

«Metti quei piedi a mollo che ti faccio vedere come funziona. Tu oggi resti qui perché sei con me, per imparare. Non puoi stare sola.»

Poi iniziò a tastare il fondo, spingendo col gavaro.

«Ecco, capito? Devi sentirlo, il sale. Devi toccarlo. Se non fai così è inutile che tu ti metta a lavorare, tanto varrebbe usare i macchinari, e loro non vogliono. Bisogna faticare e sporcarsi per meritarsi l'alloggio sicuro che abbiamo qui. Impegnati! Maneggiamo la cosa più importante del mondo!»

Mi sfuggiva il motivo della sua espressione orgogliosa, ma tentai di imitarla in qualche modo. Immersi il braccio, mi bagnai i capelli, senza minimamente intuire cosa dovessi fare.

«Guarda me! Controlla i cristalli!» ribadì. Eppure continuavo a non comprendere. Osservavo le altre Raccoglitrici. Si muovevano in automatico, seguendo una routine consolidata.

Strinsi gli occhi, per mettere a fuoco. Tasta, spingi, avanza. Tasta, spingi, avanza. Riprovai. Era complicato rendermi conto di cosa stessi combinando, eppure stare in acqua non era male.

Cercai di trovare il ritmo tra i commenti divertiti di Carla e delle donne vicine, e per un po' divenne quasi piacevole. Poi arrivò lui.

Un uomo grosso, con l'uniforme nera e gli stivaloni alti fino al ginocchio. Mi squadrò con un'espressione nauseata e parlò sottovoce alla mia insegnante. Lei imprecò.

«Non è possibile! Sono appena arrivata!» L'Integro non fece una piega. «Dove devo andare?» gli chiese sbuffando.

«Alla vasca sud-est» rispose quello atono.

«Ma è completamente dall'altra parte, santo cielo!» sbottò Carla. Piazzò il suo gavaro in mano al militare. «Sono tutte troppo delicate» brontolò uscendo dall'acqua. «Come se fossero questi i problemi. I lividi passano. Bisogna rimboccarsi le maniche e lavorare, altroché!»

Per fortuna allora non capii quell'affermazione, o sarebbe stato troppo. Comunque, anche Carla mi aveva piantata in asso. Non mi piaceva, però tutto era meglio di trovarsi in un luogo sconosciuto, senza sapere cosa fare, con un tizio ostile e armato che mi fissava. Guardai attorno per cercare suggerimenti.

«Sono sola» abbozzai disorientata.

Lui non fiatò.

«Sono sola» ribadii. «Mamma.» Indicai col dito verso il punto in cui ci avevano separate.

Aspettai invano la sua risposta. Il militare continuò a studiarmi come se fossi un animale raro, senza emettere un suono.

«Sono sola» ripetei con più forza. «Mam...»

Ma non riuscii a finire. Mi ritrovai con la bocca del fucile a pochi centimetri dalla fronte. L'uomo teneva sotto tiro la mia testa e taceva, serio. I polmoni mi si strozzarono. Cominciai a iperventilare, cercando i vocaboli giusti.

«Io» smozzicai, «io...»

«A lei ci penso io, mio caro» disse una voce alle mie spalle. «Eravamo d'accordo così con Carla, vero, tesoro?»

Girai il capo lentamente per capire chi stesse parlando. Mi trovai davanti una ragazza alta, snella, con lunghi capelli chiari appena ramati e gli occhi azzurri da gatta. Sorrideva, conciliante.

«Eravamo d'accordo, bambina, giusto? Dillo al signore» ribadì con gentilezza.

Io mi voltai e annuii, tremando.

L'Integro ci studiò, poco convinto, poi abbassò l'arma e girò sui tacchi.

«Un adorabile stronzo. Doveva dimostrare la sua virilità con la novellina di turno» sussurrò la ragazza, appena la distanza tra noi e la guardia aumentò. «Che mi dici? Stai bene?»

Tentai di rispondere. Provai a gesticolare. Poi crollai. Caddi in ginocchio, a mollo fino ai fianchi, mordendomi l'interno del labbro per non scoppiare a piangere.

La ragazza mi osservò, prese un lungo respiro e allargò le braccia. «Benvenuta alle Saline» decretò. «Io sono Bianca.»

Ripensare al primo giorno era una stilettata. Guardare di nuovo quel mondo con gli occhi di una ragazzina sapeva di fiele. Sembrava passata un'intera vita dal mio ingresso al Campo di Raccolta, invece erano bastati pochi anni per cambiare l'esistenza di tutti. La fine di quelle risorse che sembravano inesauribili aveva gettato le persone nel panico e l'economia in un baratro nero. Niente più petrolio. Niente gas. Automezzi da buttare lasciati a deperire nel nulla, poi sventrati per ricavare ogni elemento utile possibile. L'acqua sempre più carente aveva causato mancanza di cibo, fatto divampare conflitti, giustificato regole ogni volta più strette. Ma era stata la paura a portarci verso il controllo assoluto. Nessun politico aveva escogitato soluzioni efficaci: il vuoto rendeva plausibili le proposte più irragionevoli e gli espedienti miopi più convenienti.

La scoperta del sale come unica fonte di energia e la corsa per ricavarlo ne erano state l'immediata conseguenza. Serviva un'organizzazione salda, che conoscesse le procedure adeguate per produrlo in maniera corretta, ed era fondamentale uno sforzo collettivo per dare a ognuno quanto fosse necessario. Questo ci avevano raccontato. La realtà era che chi non aveva i mezzi economici arrancava e i governi bruciavano l'oro bianco come se potessero sprecarlo. Ancora una volta la Storia non ci aveva insegnato niente. Per questo eravamo fuggiti dalla Turchia, perché oltre quel mare speravamo di trovare un mondo diverso. Ma non era stato così. Non sapevamo che in Italia stavano capitando le stesse cose.

Un colpo secco alla porta fece rimbombare tutta la struttura di metallo e mi spaventò. Scattai in piedi e percorsi i tre passi che mi separavano dall'ingresso.

«Controllo!» sbraitò la voce da fuori.

«Sì, sblocco» dissi, e girai la serratura interna. Potevamo chiuderci dentro i container, ma comunque senza qualcuno che facesse scattare la maniglia dall'esterno non era possibile uscire. Però era per la nostra sicurezza, come ci garantivano sempre. Certo. Con la paura che avevamo di quei "controlli" troppo spesso usati per compiere ben altro, la nostra sicurezza era l'ultimo dei loro pensieri.

Sbuffai piano. Le serrature interne erano solo apparenza. Tutto là dentro lo era.

Il portone si aprì. Per un istante la luce dei lampioni a sale mi abbagliò, poi li vidi. Gli occhi azzurri da gatta.

«Non fare quella faccia sorpresa, tanto non mi riconoscerai mai.»

E Bi mi soffiò un bacio dalla punta delle dita. Entrò, sciolse i legacci del cappuccio gettandolo via, si prese il cuscino senza chiedere permesso e mi lasciò la branda libera. Lei si stendeva sempre a terra. Il guanciale accartocciato sotto il gomito, il fianco appoggiato sul pavimento, le gambe leggermente raccolte. Era una nobile nella penombra adagiata sul triclinio.

«Allora, cosa sappiamo della pulcina appena sopraggiunta?» domandò mentre si sistemava.

Mi piazzai a sedere sulla branda e rimasi a fissare la porta, rivangando pensieri che tentavo di modificare, ma che non cambiavano mai. Sospirai. «Niente.» E scossi la testa.

«Ti prego, non investirmi di parole, Ani, la tua logorrea finirà con lo stremare la mia misera, affaticata persona! Le orecchie, dio mio, sento il sangue sgorgare dalle orecchie!»

Poi appoggiò il dorso della mano alla fronte, sfoggiando un'espressione da condannata a morte.

«Discreta» le feci notare.

«Stitica» rispose, alzando un sopracciglio. Però il punto restava lo stesso.

«Non c'è niente da sapere, Bi. Si chiama Rossella, ha pochi anni meno di me, ed è impreparata a un posto come questo. Non c'è niente da sapere» ribadii. «Davvero.»

«Quindi nessun supporto per un'eventuale fuga.»

«Nessuno» conclusi.

Bianca si passò la punta dell'indice sul naso, alla ricerca di un'alternativa di cui avevamo già discusso troppe volte.

«Per andarcene serve qualcuno dall'interno, qualcuno che abbia accesso all'Area di Comando» disse. Come se non lo sapessi già.

«La ragazzina tornerà là dentro al massimo un paio di volte, per ricevere tutta la fornitura di abiti e oggetti personali, dopodiché sarà fuori dai giochi anche lei. È troppo rischioso» mormorai, «e non c'è abbastanza tempo.»

«Sai a chi potremmo chiederlo, vero?»

Chiusi gli occhi. La porta aveva esaurito il suo fascino.

«No.»

«Vuoi farmi credere che non ne avrebbe il coraggio, Bambina?»

Non la guardai. Conoscevo le espressioni di sfida che Bianca sfruttava a suo vantaggio.

«Non a lei» mi trovai a ripetere.

«Lo farebbe» ribadì comprimendo le distanze. «Porterebbe fuori me, te, e tutte le donne che stanno marcendo in questo posto di merda.»

Avvertii il suo respiro vicino, così riaprii le palpebre. Mi stava seduta accanto con le braccia incrociate sul petto.

«Lo farebbe» rimarcò.

«Lo so.»

«Ne sarebbe addirittura felice, se avesse coscienza di come funziona per noi Raccoglitrici.»

«Lo so» ripetei. E lei mi mise una mano spalancata sopra la testa.

«Ma non cercherai di metterti in contatto con Sakine, vero?»

Sakine. Mamma.

Era passato talmente tanto tempo dall'ultima volta in cui l'avevo vista che mi si stringeva il cuore solo a sentire il suo nome. Mi mancava il suo profumo, la sua risata, lo sguardo emozionato che aveva ogni volta in cui le concedevo di abbracciarmi.

Sospirai.

«No, Bi, sarebbe troppo rischioso.»

«Credi che non preferirebbe vivere peggio, ma insieme alla sola figlia che le è rimasta?»

«Io non saprei trovarle le medicine, e lei ha già perso troppo. Un marito morto, la figlia maggiore svanita nel nulla, i reumatismi che le stanno divorando le ossa. Almeno ora è nell'Area di Comando, vive decentemente e si prendono cura dei suoi bisogni.»

«Si prendono cura, certo.»

«Lei dice così, e io mi fido.»

Fece una pausa, studiandomi.

«Come sai che le danno le medicine, Ani?»

Ecco. Era quando mi chiamava per nome che Bianca mostrava il suo aspetto più determinato. Aveva bisogno di progettare la fuga prima di appassire là dentro. Doveva farlo, prima che in quell'ammasso di sudari ci appassissimo tutte.

«C'è una grossa roccia con un lato piatto, vicino alla recinzione più lontana dalle telecamere di sorveglianza» rivelai. «È nel nostro campo, quindi riesco a incidere messaggi, o a lasciarle dei disegni sulla polvere, senza preoccuparmi della rete elettrificata. Lei usa un bastone di legno appuntito per farlo. È scomoda, ma ce la fa.»

«Messaggi?»

Annuii.

«Quindi è in questo modo che siete sempre rimaste in contatto?»

Annuii di nuovo.

«E non ti sei mai degnata di dirmelo perché...?» chiese con una punta di risentimento. Mi dispiacque, ma sapevo di aver fatto la cosa giusta.

«Meno sai, meno sei ricattabile» sintetizzai.

Bianca affondò le dita in mezzo alle mie ciocche, senza spostare lo sguardo di un millimetro. Poi mi lasciò.

«Ricordami che le amiche intelligenti sono delle noiose rompicoglioni, la prossima volta.»

Mi mordicchiai il labbro inferiore.

«Sarà fatto.»

Appoggiò i palmi sulle sue guance rosee, le strizzò, e lasciò scivolare le mani sulle ginocchia.

«Non ce ne andremo mai, vero, Bambina?»

Mi strinsi nelle spalle. Neanche io volevo sentire la mia risposta.

«Certo che» iniziò a ragionare lei «affidare la pulcina a quella bacchettona di Carla è stato il migliore dei modi per farla abboccare a tutte le favole delle Stecche. Capelli Grigio Topo è più rigida di loro.»

Un cambio d'argomento repentino. Grazie, Bi.

«E cosa volevi che facessero?» ribattei. «È nell'interesse degli Integri che lei creda a tutto quello che le viene raccontato. Nessuna nuova deve azzardarsi a fare domande, in modo da perdere la capacità analitica, così darà per scontato di essere sempre al corrente delle notizie importanti. Sapere senza capire.»

Lo diceva sempre mio padre, quando ero piccola.

«Sapere che noi Raccoglitrici siamo importanti, che il controllo è giustificato da pericoli esterni, che la notte le guardie fanno le ronde davanti alle nostre stanze solo per verificare le nostre condizioni, senza capire che tutto è organizzato per tenerci recluse qui, a lavorare, a scontare una pena che dicono di non infliggerci e che non meritiamo, ma soprattutto che non interessa a nessuno. Basta avere il sale» intonò Bi con voce solenne, cupa.

«Basta avere il sale» le feci eco. Poi un botto. Il primo di tre colpi violenti.

Saltai in piedi con gli occhi sgranati. Bianca si alzò con calma, scrollandosi la polvere dalla tuta.

«Buona, Bambina, buona. È per me.»

«Controllo» gridò una voce roca.

«Prego, è aperto» rispose Bi. Io sudavo freddo. Non mi sarei mai abituata alla compiacenza di alcune guardie per quanto riguardava le nostre chiacchierate serali.

Un Integro spalancò la porta. Era grosso come i vecchi armadi in legno che aveva mia nonna, con la faccia rettangolare e gli occhi talmente stretti da non riuscire a distinguerne il colore. Indossava la tipica divisa delle sentinelle governative: nera, spessa, rigida quanto i loro principi. Mi rincuorava soltanto sapere che con quella roba addosso sudavano quasi quanto noi.

«Sapevo di trovarti qui. Devo riportarti in camera.»

Lo aveva detto rivolto a Bi, duro come un pilone di cemento. Maledetta Stecca.

«Andiamo, Ermes, mio caro, l'altra sera non mi pare fossimo rimasti ai convenevoli cavallereschi» e la mia amica si girò a farmi l'occhiolino. Avvampai. E anche il tizio in uniforme sfiorò l'autocombustione.

«Fuori!» ordinò con più vigore, ma il fatto che non riuscisse a staccare lo sguardo dai propri stivali impolverati rendeva l'imposizione meno efficace.

Bianca gli strinse la mano attorno al gomito.

«A domani, Bambina» mi salutò avviandosi. «Torno nelle mie stanze.»

La osservai ancheggiare al fianco di quell'enorme uomo imbarazzato e, dopo anni, sentii il bisogno di pregare. Pregai che lei sapesse cosa stava facendo.

2
Bianca

Percepivo lo sguardo di Ani incollato alla mia schiena come la maglia della divisa durante il turno di raccolta. Vedere che mi allontanavo dal suo cubicolo con un Integro la spaventava sempre.

Tranquilla, Bambina, Bi ha tutto sotto controllo.

«Ermes, alza quella testolina. Siamo solo io e te, no?»

La Stecca di merda ragionò un istante prima di dirigersi verso il primo passaggio, attraverso la Zona di Comunicazione, poi sollevò lo sguardo pensando di stupirmi con un sorriso sornione, ottenendo una cosa simile all'emiparesi facciale. La luce dei lampioni a sale collocati lungo tutto il Cardo 3 era quantomeno sprecata per dei lineamenti simili.

«C'è solo Bruno» mi rispose, «ma lui tiene la bocca chiusa.»

«Il ragazzo nuovo?» chiesi.

«Sì, quello nero come un carboncino.»

La sola cosa in grado di evitargli una valanga di insulti fu il morso che mi inflissi sulla lingua. Un giorno gli avrei insegnato come usare le parole. Recuperai un briciolo di controllo, quanto bastava per tornare a sorridergli in maniera convincente, poi avviluppai il braccio attorno al suo.

«Non si dovrebbe pronunciare *Brunó*?» gli domandai con l'espressione più vacua possibile. «È di origine francese, lui, giusto?»

Zucca Vuota fece spallucce.

«Bruno, Brunó, è uguale. Mi risponde in qualunque modo. Poi, tanto, anche con un nome diverso è sempre lui. Non conta mica niente, il nome.»

Strinsi le palpebre per un secondo, poi mi conficcai le unghie nei palmi delle mani.

Eh, no, Ermes, enorme spigoloso cumulo di sterco, il nome conta. Mi identifica. Il nome è la sola cosa davvero mia. Soprattutto qui.

Avrei tanto voluto gridarglielo in faccia, a quella Stecca maledetta che tenevo vicina. Non si poteva decidere il nome di una persona, qualora ne avesse già un altro. Qualora ne avesse scelto un altro.

Chiunque associava il nome alla propria identità. Per questo storpiarlo significava essere brutali. Era denigrante. Era violento. Lo era per un ragazzo come Brunó. Lo era per me. Per me che ero sempre stata Bianca, ma le persone non riuscivano a capirlo. Non ci riuscivo nemmeno io prima di fermarmi a comprendere chi volessi essere. Per questo mi incazzavo così. Perché avevo il diritto di decidere come essere chiamata. E non servivano altri stronzi a sostenere il contrario.

Il mio nome era Bianca. Io ero Bianca.

Ma come potevo spiegare una cosa simile a quel plateale esempio di gonade che era Ermes? Facile: non potevo. Lui era senza speranza. Tutti loro lo erano.

Scrollai la testa, col mezzo sorriso nascosto dai capelli.

«Ti faccio ridere?» mi chiese.

Annuii, con un risolino stupido d'accompagnamento. Un'oca giuliva perfetta.

«E cos'è che ti fa ridere?» domandò, gonfiando il petto per la soddisfazione.

«Immaginavo le cose e le persone con nomi diversi» risposi di getto. Stecche al posto di Integri, per esempio.

«Nomi diversi come?» disse adombrato.

Mi irrigidii, ma fu solo un secondo.

«Tipo, quello» indicai i suoi piedi, «non stivale, ma tubo!»

«Tubo?»

«Sì!» esclamai, presa dall'entusiasmo. «Non sole, fiamma! Oppure quella, non rete, griglia!»

Zucca Vuota sorrise.

«Non sale, oro» mormorò.

«Esatto!» confermai entusiasta, aggrappandomi a lui.

«Non acqua, nettare.»

«Bravissimo!»

Sì, Bianca, lodalo 'sto infame.

«Non pistola, garanzia.»

Continuai a sorridere, cogliendo una piega imprevista.

«Non rigidità, giustizia. Non disordine, pericolo.»

Sì, cucciolo, hai capito il giochino.

«Ermes...»
«Non amante...» E mi guardò. L'espressione pacata, consapevole. Stava scegliendo quanto andarci pesante. «Non amante» ripeté, «gatta selvatica.»
Che schifoso.
Strinsi la mascella. Detestavo farlo, mi mordevo la lingua piuttosto che mostrare una smorfia rigida sul volto. Di solito avevo il pieno controllo del mio corpo, ma le Stecche erano dei bastardi così disumani che a volte la mia disciplina scivolava via.
Sentivo come se improvvisamente, con quel gesto involontario e naturale, io venissi messa al muro. Eccola là, la prova della mia mistificazione alla portata di tutti! Così venivo investita dalle mie insicurezze, come se fossero amplificate e sotto gli occhi di chiunque. Le linee troppo spigolose tra il collo e la mia bocca erano l'ennesima prova tangibile della mia inadeguatezza.
A voi la grande notizia, signore e signori: io non ero chi dicevo di essere.
Rilassai subito i muscoli del viso. Avevo ben altro di cui preoccuparmi in quel momento. Tipo gli estimatori in divisa di gatte selvatiche. Esplosi in una risata. Anche la maledetta Stecca rise. E rise. E rise ancora più forte. E purtroppo capii subito perché.
«Anche lui» sbraitò sguaiato, «anche lui allora! Non Bruno, Carboncino!»
Era apparso da un lato del capannone, senza fare rumore. La cosa più triste erano i suoi occhi. Non fece altro che socchiuderli e stendere le labbra in un sorriso mesto, mortificato.
Avrei voluto dirglielo. Avrei tanto voluto dirgli che mi dispiaceva vedere quanto fosse abituato agli insulti, ai nomi che altri sceglievano per definirlo. Avrei voluto dirgli che erano pezzi di sterco coi piedi. E che lo capivo.
Invece misi la mano davanti alla bocca, finsi di sghignazzare, e continuai a rimanere appiccicata all'essere schifoso che si arrogava il diritto di dire troppo. Dovevo farlo, o non sarebbe mai finita.
Scusami, Brunó. Ci pensa Bi.
«Senti, ragazzo scuro, è tutto tranquillo?»
Aveva bisogno di insistere, lo stronzo. Ma ancora tacqui.
«Tutto in ordine, Maggiore» rispose in modo gentile Brunó. «Sono tutte nelle loro abitazioni.» Mi guardò. «Quasi tutte.»
«No, Carboncino. Tutte» lo corresse, passandomi il braccio dietro la schiena e stringendomi troppo forte.

«Sì, scusi.» Abbassò la testa. «Tutte.»

«Bravo ragazzo» rise Zucca Vuota, dandogli una sonora pacca sulla spalla. «Ora concedimi un pochino di tempo lontano da qui. Poi, quando tornerò, potrai prenderti la tua pausa.»

Vidi Brunó irrigidirsi.

«Sono a posto, grazie» mormorò.

«Ti verranno i calli sulle mani, se continui così, sai?» berciò Ermes. Un signore. Una damina col mignolo alzato. Poi iniziò a spingermi avanti senza tante cerimonie.

«Ci vediamo dopo, Carboncino!»

Mi voltai leggermente, senza smettere di camminare, quanto bastava perché vedesse le mie labbra.

«A dopo, Brunó.»

Lui non rispose. Ascoltai il silenzio, sperando che quell'accento gli avesse detto più di quanto non potessi fare in quell'istante. Era troppo importante la partita che stavo giocando.

Nel Campo di Raccolta c'erano attività che non erano note al Centro di Comando. O meglio, non ufficialmente. O, per essere più precisi, tutti sapevano, ma ammettendolo avrebbero dovuto confessare che la cosa non li turbava, ed era già sufficiente quella presa di posizione per dimostrare quanto non gli fregasse niente di noi.

La scelta, tra le Raccoglitrici, era una sola: ubbidire o no.

Perché quando la notte le Stecche passavano a bussare, non sapevi mai se si trattasse di un semplice controllo, o di un prelevamento. Così lo chiamavano. *Prelevamento.* Non abuso. Non stupro. Prelevamento. In fondo anche a loro piaceva immaginare le cose con nomi diversi. Se alla povera vittima fossero rimasti troppi segni addosso, dopo la serata, il giorno successivo veniva mandata in infermeria per un fantomatico colpo di calore.

Un meccanismo semplice e omertoso.

Ma non avevano fatto i conti con la nostra voglia di vivere. Con la mia.

A loro piaceva quel gioco e io ero il loro divertimento esotico? Perfetto. Dovevano solo continuare a scegliermi, a portarmi dentro l'Area di Comando, nelle loro stanze. Chiedevo soltanto quel favore, in cambio di un finto trasporto del mio corpo. Prima o poi gliel'avrei fatta pagare cara. Avrebbero pagato tutto. *Sì, bastardi. Ci pensa Bi.*

«Quindi? Beviamo qualcosa?» gli sussurrai all'orecchio.

Ermes sorrise, malizioso. «Forse, più tardi, potrei offrirti un buon drink.»

Mantenni lo sguardo accondiscendente, ma la voglia di pestarlo continuava a crescere. La fuga. Dovevo concentrarmi sulla fuga. Le Stecche erano solo un mezzo. Tramite i loro appetiti io potevo accedere all'Area di Comando, potevo capire dove stavano le telecamere, i punti da cui controllavano il nostro Campo, incredibilmente ancora alimentati a energia elettrica. Tramite i loro ormoni sfrenati, potevo cercare l'unica persona che avrebbe potuto aiutarci: Sakine.

Sì, Ani avrebbe dato di matto, ma era un problema secondario. Prima dovevamo uscire.

Non che fosse così facile. Alcuni giorni desideravo che mi scegliessero sempre più spesso. Altre volte pregavo perché passassero oltre, che si dimenticassero di me. Erano quelle le volte in cui mi ripetevo che le Stecche erano un mezzo e che in qualche modo potevo controllarli. Potevo gestirli. Niente di più.

«Fai il misterioso?» cinguettai, sperando che non mi saltasse la voce.

Lui spostò la mano dalla mia schiena per stringermi una natica.

«Non sono io il misterioso, qui» rispose. E ancora non vacillai. Nessun cedimento. Nessun cambio di passo. Eravamo troppo vicini alla recinzione.

L'Area di Comando era oltre la Zona di Comunicazione, separata dal Campo di Raccolta da quella che sembrava una semplice rete. Alta, fitta, ma nulla di più, al primo sguardo. Poi, quando ci si accostava, si percepiva la tensione dell'aria.

La corrente elettrica, alla quale nessuno aveva più accesso, grazie a una strana casualità era sempre disponibile per il nostro controllo. Ma non era tutto. Quella maledetta recinzione tagliava. La maglia era affilata come una lama e bastava sfiorarla per ritrovarsi sanguinanti. Non servivano a nulla gli stracci buttati sopra per tentare di arrampicarsi. Quando non era una scarica elettrica a ucciderti, era il dissanguamento. Non a caso la madre di Ani usava un bastoncino di legno, per scriverle sulla pietra che sfruttavano. Erano sveglie, quelle due.

«Raccoglitrice.» La Stecca si fermò. «Sai già dove siamo, vero?»

Annuii.

«È l'accesso all'Area di Comando, da qui non si parla, non si guarda, non si respira se non è necessario.»

Mi morsicai la lingua.

«Leggi quel cartello» ordinò.

«Nessuno entra. Nessuno esce» intonai, come la brava scolaretta che non ero mai stata.

Sotto quelle due frasi qualcuna di noi, probabilmente la Pazza, aveva inciso qualcosa che evitai minuziosamente di leggere: *Noi siamo nessuno.* Mai niente di più azzeccato.

Ermes aprì i vari lucchetti, corredati di doppia combinazione con rondelle numerate, del portoncino metallico incastonato tra i due lunghi tratti di rete, poi mi fece cenno di muovermi.

Lo sentivo che fremeva. Per quanto tutti sapessero cosa combinavano le Stecche con noi Raccoglitrici, non dovevano farsi beccare. Dovevano tenere la polvere sotto il tappeto, perché l'immagine di ordine e correttezza rimanesse invariata nelle alte sfere.

Bastava che il popolo abbiente non sapesse come ce la passavamo noi, pezze da piedi. Non era importante.

Ma tutte le volte che leggevo quel cartello me lo imprimevo nella mente.

Nessuno entra.

Nessuno esce.

Noi siamo nessuno.

E quegli stronzi non ci avrebbero fermate.

3
Ani

Mi svegliai di soprassalto, sudata, con quella sensazione che bruciava dentro. Avevo sognato Bi.

Lei, da sola, e io che dormivo chiusa in camera con la divisa da lavoro addosso.

Al diavolo.

Odiavo il malessere che mi dava la stoffa appiccicata alla pelle anche di notte, ma temevo di più la libertà di movimento delle Stecche. Noi mettevamo i blocchi nelle porte, però le guardie del Campo potevano aprirle comunque.

Continuavo a pensare a Bi. Sapeva che quegli uomini si dimostravano gentili a malapena per il tempo sufficiente a soddisfare i loro piaceri, che potevano essere violenti. Pericolosi. Però lei non demordeva. Bianca perseguiva il suo obiettivo fino allo stremo. Io invece non avevo neanche la forza di considerare mia madre come ipotetico aiuto.

Korkakça. Codarda.

Passai le mani sulla fronte e sulla nuca, sollevando i capelli. Faceva un caldo infernale.

Dormire con la tuta e gli scarponi non mi rendeva immune ai prelevamenti, ma in qualche modo mi dava sicurezza. Temevo che gli Integri mi guardassero, che aprissero la porta del container solo per osservare il mio corpo, quel corpo che sapevo di dover proteggere, ma non sentivo mio. Mi tornava utile, ma non si trattava di me. Io ero la mia mente. E, forse, anche le Stecche lo sapevano. Nessuno di loro mi aveva mai avvicinata davvero. Mi spingevano, mi toccavano per dispetto, per umiliarmi perché sapevano quanto lo odiassi, ma niente di più. Ero una ragazza di vent'anni con un corpo prosciugato dal sale e da quel posto. Una che sorrideva poco e ragionava troppo.

Le guardie non potevano saperlo, ma somigliavo tanto a mio padre. Avevo il suo stesso taglio degli occhi: enormi, obliqui e scuri. Ero sottile, atletica, minuta. Mamma avrebbe sorriso nel vedermi. Diceva che ero la versione più piccola del suo Cengiz quando ancora ero solo una ragazzina silenziosa e veloce di testa. Una bimba ribelle, come il guerriero di cui papà portava il nome.

Sospirai.

Papà.

Cos'avrebbe pensato di me?

Chiusi le palpebre davanti al suo ricordo.

Il suo sguardo mentre giocavo sul pavimento. La sua espressione dolce quando mi incrociava nel corridoio la mattina. Quello era il nostro modo di abbracciarci.

Lavorava tantissimo nell'impresa edile che aveva fondato con zio Hamet. Mamma cuciva, e noi passavamo le giornate in campagna.

Rividi le terre coltivate attorno a casa di nonna, il grano alto, lei che mi raccontava di come avesse passato la vita a combattere e a insegnare ai suoi figli come farlo.

Rividi mia sorella. Gizem.

Era tutto così diverso quando potevamo correre in quel mare dorato, quando stavo là a guardarla ridere. Sì, perché rideva sempre, lei. Io no. Mille volte avevamo litigato e le avevo tenuto il muso, barricandomi nei miei malumori infantili, eppure la adoravo. Cercavo i suoi occhi complici senza dire niente, poi abbassavo lo sguardo, come se ogni volta nascondessimo dei segreti inconfessabili. Merda, ricordarla era un tormento. Un tormento enorme.

«Tu sei come Cengiz» sussurrava nonna, «Gizem è come vostra madre, ma tutte e due dovrete lottare sempre per poter essere le persone che sognate di diventare. Capito, mia piccola Nergis?»

Nergis, mi chiamava. Narciso, in turco.

La nonna aveva scelto il mio secondo nome perché era il fiore associato alla bellezza e alla potenza delle donne, insieme al legame con i morti. Le forze dei due mondi, diceva.

Mia sorella era *Düğünçiçeği*, ranuncolo. Il bocciolo tondeggiante dal colore del sole che si dona alle madri, ma allo stesso tempo l'erba scellerata, in quanto tossica. Come il narciso. Due piante femmine. Due fiori bellissimi e pericolosi.

Nonna credeva che avremmo potuto cambiare il mondo, e ha continuato a crederci finché non l'hanno fatta saltare in aria.

Uccisero lei e lo zio perché avevano nascosto una famiglia curda, ma il loro segreto venne tradito senza che potessimo scoprire da chi. Per questo, nel giro di pochi giorni, noi quattro eravamo fuggiti dai luoghi dove eravamo nati.

Il viaggio per mare era stato lungo, tremendo, anche per me che ero una bambina inconsapevole, ma nulla di paragonabile all'arrivo. Era bastato mettere piede su quelle coste nuove per trovare altro dolore. Altra morte.

Gizem svanita, non appena avevano cercato di metterle le mani addosso. Mio padre perduto per sempre, picchiato a morte per averla difesa.

Mi erano rimasti solo due vecchi libri dai quali non mi volevo separare, ma le Stecche mi avevano preso tutto quanto una volta al Campo: le cose a cui tenevo, la mia libertà, mia madre Sakine.

Io, minuta e rapida, andavo bene per raccogliere il sale; mamma, modellista esperta, era utile per cucire le elaborate uniformi dei membri del Governo.

Poi lei si ammalò. Me lo raccontò usando la nostra pietra piatta. Niente parole, era l'accordo. Aveva disegnato una siringa e un osso. Io avevo risposto con un piede ingessato seguito da un punto interrogativo. Lei si era esibita in qualcosa di simile a una signora anziana ingobbita, che camminava col bastone. Io un viso preoccupato. Lei un cuore e un narciso. Sicuramente aveva sorriso, facendolo.

Merda, come mi mancava.

Volevo sapere.

Volevo chiederle come stava.

Volevo vedere coi miei occhi le sue condizioni.

Ma ben presto capii.

I primi mesi credevo davvero che me l'avrebbero fatta incontrare. Ogni volta rimandavano, però non mi scomponevo. Aspettavo. Poi il tempo continuò a dilatarsi.

Le giornate alle Saline si moltiplicarono, come le scuse, e nessuno ci permise di fare niente. Mai.

Ci incrociammo solo qualche volta in quegli anni, tra la folla della Zona di Comunicazione, durante qualche comizio. Era questione di una manciata di attimi, ed eravamo separate da una distanza spietata.

Lei si illuminava. Io mi sentivo morire.

Sakine era una madre meravigliosa. Come potevo coinvolgerla nel nostro piano di fuga?

Avrebbe perso i privilegi del suo lavoro, le sicurezze minime che le spettavano facendo la sarta per gli alti ranghi. Avrebbe perso le sue medicine; e io non ero pronta a farlo succedere.

Speravo solo che mio padre potesse perdonare la sua figlia *korkakça*.

Mi guardavo attorno dopo l'ennesima notte tormentata dagli incubi, trovando la desolazione delle Raccoglitrici abbandonate a loro stesse. Tutte in fila, tutte ben visibili, senza assembramenti, senza contatti, impossibilitate a passarsi di nascosto qualsiasi cosa.

«Buongiorno, Testa Riccia!» annunciò una Bianca sorridente, apparendomi accanto.

«Non mi sembra un buongiorno.»

Lei sollevò un sopracciglio. «Sei fastidiosa» decretò senza mediazione. Poi si mise in coda dietro di me.

Stavo per brontolare qualcosa, sentendo della confusione alle mie spalle, quando mi resi conto che non si trattava dell'entusiasmo mal contenuto da Bi.

«Hai una striscia di stoffa?» chiese una donna inquieta, roteando gli occhi tutt'attorno. Stava passando furtivamente da ogni Raccoglitrice, ottenendo risposte più o meno secche, alternate a silenzi tesi. Aveva l'espressione stanca, dolente, e mostrava le mani dalla pelle spaccata. Le serviva almeno una benda per affrontare il turno.

Quando arrivò a Bianca mi ricordai del suo viso. Si chiamava Vera.

«Uno straccio, uno scampolo di tessuto che io possa legare alla mano» la supplicò.

«Tesoro, straccia la tuta» le rispose Bi.

«Non posso rovinarla, mi rimprovereranno!»

«Dammi retta» continuò Bianca con voce chiara. «Ti conviene non dire niente, strappare quello che hai e rimetterti in fila.»

Vera s'incupì. «Non vogliono mandarmi in infermeria...»

Ma non finì la frase. Una Stecca arrivò di corsa e le picchiò il calcio del fucile contro la schiena. Lei cadde carponi per terra, con le mani insanguinate ricoperte di polvere. Lo sgomento zittì tutta la coda, come a ogni accanimento che ci riservavano le guardie.

Io mi bloccai. Per quante volte avessi visto quelle scene, non riuscivo a ignorarle, ma protestare avrebbe solo peggiorato le cose.

Bi tossì. «Vai avanti, Bambina.»

Socchiusi gli occhi.

Bianca. C'era sempre lei a spingermi avanti quando non sapevo come fare. Lei, col suo gesticolare. Col suo comparire nella maniera giusta fin dal mio primo turno. Con le sue ciarle infinite quando parlavo quattro parole in croce d'italiano. Di nuovo, mi abbandonai al ricordo.

«Appena finito di lavorare nella melma si va alle docce, per fortuna, o con questo clima marciremmo nel giro di pochi giorni. Diamine, riesci a immaginare come sarebbe non sciacquarsi neppure un minimo quell'acqua salata dalla pelle? Diventeremmo più secche delle prugne in meno di una settimana!» Aveva parlato quasi senza respirare.

Fissavo quella ragazza strana, col mento appuntito e le mani grandi, nodose, che ancheggiava davanti a me i suoi fianchi tanto stretti, e riuscivo a dirle solo una cosa.

«Piano.»

Lei sollevò un sopracciglio, arricciò le labbra e mi scrutò a fondo.

«Capisci quando parlo?»

«Piano» ripetei seria.

«Va bene, va bene» comprese. «Quando parlo piano mi capisci?»

Annuii.

«Ma non sai usare le parole, giusto?»

Tentennai un istante, poi annuii di nuovo. Lei sbatté le palpebre e sorrise.

«Non preoccuparti, Bambina», schioccò le dita. «Parlo a ritmo continuo e in maniera così corretta che ti tirerò su come un'ermetica di prim'ordine! Ci pensa Bi!»

Poi fece per toccarmi il braccio. Mi ritrassi talmente in fretta da spaventarla.

«Ti sei fatta male?» chiese.

Scossi la testa rapidamente, senza avvicinarmi. Bianca aggrottò la fronte.

«Non capisco, ma la cosa importante è che tu non abbia dolore» ammise, prima di riprendere con entusiasmo. «E ora ti senti pronta per una breve lezione su questo posto?»

«Piano» risposi, iniziando a rilassarmi.

«Piano» accettò, «pianissimo. Dovrai tirarmi dei sonori calci negli stinchi per farmi accelerare. Dunque, primo: non si parla con le Stecche.»

«Stecche?» domandai.

Bianca sgranò gli occhi. «A bassa voce, Bambina, devi dirlo a bassa voce.»

Inclinai la testa.

«Stecche?» mormorai.

«Sì tesoro, quello è il modo in cui tra di noi chiamiamo gli Integri» bisbigliò. «Perché sono rigidi come stecche, ma credo che loro non sarebbero felici di saperlo.»

Ignoravo il significato di quella parola, però il suono mi sembrava adatto.

«A ogni modo» proseguì, «non si parla mai per prime con loro. Portano sempre guai. Ripeti con me: sempre guai.»

«Sempre guai» sussurrai. Non misi in dubbio quell'affermazione. Bianca mi guardò soddisfatta.

«Secondo» enumerò con le dita, «non allontanarti mai da me.»

Sollevai le sopracciglia, col dubbio di aver frainteso. Lei si abbassò per parlarmi all'orecchio.

«Dimentica la maggior parte delle cose che ti ha detto Carla, Bambina. Questo posto è complicato, ti prende, ti mastica e ti sputa, però so che puoi farcela. Segui me, guarda come faccio io, e vedrai che andrà tutto bene.»

Poi si fermò a scrutarmi e sorrise.

«Diamine, non ho mai visto nessuna così piccola cercare di imporsi con una Stecca già dal primo giorno. Sei una tosta, Ricciolona.»

Per la prima volta da quando eravamo arrivate al Campo quella strana ragazza alta mi aveva fatta sentire a mio agio. Parlava troppo in fretta, si agitava di continuo, eppure era stata la sola a rispettare il mio modo di essere.

La guardai e decisi.

«Grazie» riconobbi, «mi chiamo Ani.»

Dopo quello che era appena successo, sembrava incredibile ricordare qualcosa di bello accaduto là dentro, come quella giornata di sette anni prima, eppure Bianca sapeva creare dei momenti unici. Era il suo dono. Insieme a quello di farsi notare ovunque, di non mollare mai le proprie idee, di odiare molto e di amare molto di più.

«Com'è andata stanotte?» le sussurrai in coda, senza girarmi.

«Bene, se consideri che la prelevata tra noi due non sembro io.»

Risi amaramente. «Non ho dormito molto.»

«Ma va'?»

«Avevo delle cose a cui pensare» ribadii, come se non mi conoscesse abbastanza.

«È per questo che io mi muovo. Troppi pensieri fanno male alla pelle, Bambina.»

Stavo cercando qualcosa con cui ribattere, ma riuscivo solo a trattenere il fiato, con la bocca coperta dalla sciarpa del cappuccio, per non respirare la polvere che alzavamo con gli stivali. Sotto i nostri piedi terra spaccata, dura; attorno a noi i cubicoli corrosi dalla salsedine; in fondo il muro della Salina. Tutto grigio, consumato e morto. Quel posto era arido quanto chi lo governava.

Mi schiarii la gola secca, quando finii contro la schiena della Raccoglitrice davanti a me. Perché si erano fermate tutte?

«Cardo 4, dal 7 al 12, fuori!»

L'Integro sbraitò tre volte l'ordine, poi intimò di ripartire. Lo fissai quasi stupita. Non avevo nemmeno sentito lo stop. Dovevo essere davvero stanca.

Di colpo, delle grida incontrollate interruppero nuovamente la routine mattutina. La Pazza stava correndo tra le vie del Campo, urlando a pieni polmoni.

«Cercate il cammino» strillava, «cercate la via! Brucerà, e resteranno le ceneri dei loro desideri!»

Le gambe magre, con la pelle riarsa, scattavano troppo veloci per una donna di quell'età. Aveva i capelli bianchi sconvolti, lo sguardo folle verso il cielo.

La Pazza era al Campo da quando la prima Raccoglitrice ne aveva memoria. Nessuno sapeva come e perché ci fosse arrivata, ma la vedevamo sbucare da luoghi strani, e ci eravamo accorte che con lei i controlli erano più accomodanti. Forse le Stecche la consideravano solo una vecchia matta che rendeva più interessanti le giornate con le sue esplosioni di follia. Un giocattolo innocuo che lavorava come un mulo e, in fin dei conti, non li disturbava così tanto. Eppure io avevo il sospetto che lei potesse conoscere dettagli importanti per la nostra fuga. Il problema era tirarli fuori dai meandri della sua testa.

Tutte la guardammo pensando la stessa cosa. La disse solo Bi.

«Non voglio diventare come lei» decretò sottovoce.

«E stai lavorando per evitarlo» mormorai. «È stato rapido, ieri, almeno?»

«Mai abbastanza, Bambina» rispose Bi dopo un attimo di pausa. «Però ho fatto un giro interessante nella stanza dei bottoni. Se riuscissi ad andare ancora qualche volta, potrei trovare i punti morti delle telecamere.»

«Ce ne sono?»

«Credo di sì, ma mi servono più visite là dentro.»

Annuii. E il senso di colpa mi frustò. Era lei. Ogni volta era lei a pagare il prezzo dei nostri piani di fuga.

Mi sentii una schifosa egoista. Quanto tempo sarebbe servito perché anche Bianca diventasse l'ennesima vittima di quella prigione? Quanto dolore l'avrei costretta a sopportare per causa mia?

«Bi, non è giusto che sia sempre tu. Dovrei aiutarti. Dovrei essere con te. Dovrei...»

Ma la voce mi rimaneva bloccata in gola. Non riuscii a dire altro.

«Hai finito?» chiese.

Strinsi i pugni, muta.

«Lo prenderò per un sì» considerò pratica. «E non voglio più sentire una marea di stronzate simile, Ani. Ti hanno mai scelta? Su, avanti, sono mai venuti a prenderti la notte?»

Negai, continuando a mettere un piede davanti all'altro verso l'accesso per la vasca di raccolta.

«Ecco. Scelgono me, cercano me, e io sfrutto ogni occasione che quella manica di stronzi mi danno. Loro sono solo un mezzo» continuò, «e tra noi due c'è solo la sottoscritta ad aver già visto quel posto. Tu per orientarti ci metteresti una vita, così finiremmo per essere in due ad avere delle informazioni incomplete. Grande idea.»

Non parlai.

«In più ti ucciderebbe.»

Sgranai gli occhi, balbettando qualcosa.

«Bambina, ci conosciamo da quasi sette anni, giusto?»

Annuii.

«E ancora non hai mai cercato un vero contatto tra di noi.»

Mi voltai di scatto.

«Bianca, io...»

«Girati immediatamente e accelera, se non vuoi che ti strillino dietro, piccola rompipalle!» esclamò. Tornai a guardare la nuca sudata della donna che mi precedeva.

«Non ti sto accusando di niente, Testa Riccia. Secondo te potrei mai rinfacciare a qualcuno una scelta che riguarda il proprio corpo?»

Sentii le lacrime salire agli occhi. Ero certa che lei sapesse, ma non potevo concedermi il lusso di darlo per scontato. Dovevo dirglielo. Volevo.

«Non dipende da te. È che semplicemente non mi va di toccare le persone. Mi viene spontaneo così.»

«E a me viene spontaneo essere un bellissimo unicorno, Ani, quindi siamo a posto. Ci pensa Bi.»

Girai la testa quanto bastava per sorriderle.

«Quanto ti fa male?» mormorai.

«Non quanto ne farà a loro quando scapperemo, Bambina.»

Mi asciugai le guance, soffocando un singulto.
«Dici, eh?»
«Certo, ricciolona bella, cosa credi? Ho i miei metodi!»
Le diedi una spintarella mentre stavamo già afferrando la gerla e il gavaro, indecisa su cosa desiderassi fare.
Lei fece finta di spararmi con le dita.
«Adesso vorresti abbracciarmi, lo so.»
E scoppiai a ridere.

4
Bianca

Caldo di merda.

Dentro quelle cazzo di torri non si poteva respirare.

Da quando ero rinchiusa al Campo le temperature aumentavano ogni anno. La situazione aveva raggiunto vette tragiche già prima della mia reclusione, con foreste devastate, terra sempre più secca, spaccata per quanto era arida, fiumi ridotti a letti vuoti e mari che guadagnavano metri senza lasciare scampo a chi viveva sulle coste. Era parso tutto mostruoso, allora. Eppure diventava sempre peggio.

Ma non aveva importanza. Là si accumulava ricchezza: il sale.

Cloruro di sodio, NaCl, volendo complicarsi la vita. Soldi, per essere chiari.

Da quando avevamo prosciugato la terra dai combustibili fossili, il sale era l'essenza di tutto: scaldava o raffreddava gli edifici, faceva muovere gli automezzi, rendeva possibile la conservazione di molti prodotti, si utilizzava nei medicinali e forniva sostanze nutritive. Certo, a chi poteva permetterselo. Di sicuro non a noi recluse. Le perquisizioni decisamente troppo accurate, e le punizioni previste per chi veniva beccata a tenere una manciata di quella roba per sé, facevano passare la voglia.

Perdere il sale significava la morte. Ma qualche volta anche raccoglierlo.

Le Saline erano enormi distese d'acqua che contenevano il più grande tesoro rimasto sulla terra. E lessavano noi.

Il gioco era semplice: l'oro bianco si depositava, e le Raccoglitrici lo accumulavano. Facile. Niente macchine. Non si sprecavano risorse per cercarlo. Poi, quando l'acqua vecchia era stata sfruttata, ne veniva presa di nuova dal mare per scaricarla dentro le pance delle Saline. Così il giro ricominciava, e finiva con noi. Con le nostre mani massacrate. Perché li dovevamo sentire tra le dita, quei cristalli maledetti. Era importante che ne percepissimo le dimensioni, che toccassimo il nuovo petrolio per riferire come si formava. Se era troppo piccolo, avremmo rischiato di danneggiarlo. Se era troppo grosso, stava cristallizzando eccessivamente in fretta. Ma a me non interessava. Poteva essere grande come una quercia secolare o più contenuto del cervello di Ermes, non erano affari miei. Io volevo solo fuggire.

Mi girai per cercare Ani e per colpa del riverbero non vidi il cumulo di terra. Gli stivali diventarono delle ventose attaccate al fango e, sommati al peso della gerla piena per metà che tenevo sul petto, mi fecero sbilanciare. Roteai le braccia. Contrassi gli addominali. Non servì a un cazzo. La culata fu inevitabile.

«Bi, tutto a posto?» urlò Ani correndomi incontro.

«Certo, figurati, sto un fiore» risposi, guardando il pantano che mi ricopriva la tuta e le chiappe a mollo in venti centimetri scarsi d'acqua. «Stasera fanghi da me, ci sei?»

La Bambina sorrise aiutandomi a rialzarmi. Poi in un istante cambiò espressione.

Seguii il suo sguardo fino ad arrivare a una personcina ingobbita dagli occhi vacui. Si muoveva a scatti, come se faticasse a restare in piedi. Il viso deturpato da chiazze rosse.

«Rossella» mormorò Ani. Ci scambiammo un'occhiata atterrita. Mi si strinse il cuore. Avevano già riservato il trattamento di benvenuto a quella nuova.

«Raccoglitrici, non è una pausa!» ci gridò contro una Stecca dal bordo della vasca di raccolta.

Mi allontanai dalla Bambina. «Sono solo scivolata, brav'uomo, la mia grazia è venuta a mancare per un attimo!» replicai, sfruttando l'ironia per distrarmi.

Lui sparò.

Gli schizzi caldi arrivarono fino alle nostre facce esterrefatte. Non voleva ferirci, era evidente. Il proiettile aveva colpito un punto a più di un metro da noi e gli Integri usavano mirini di precisione, ma quel tipo restava uno stronzo. Lui e la sua reazione spropositata.

«Non è una pausa!» strillò di nuovo.

«Come se non fossi stato chiaro, eh?» sussurrai.

Maledetto. Mi abbassai, sfilando le bretelle del cesto rivestito in tela grezza e piantandolo per terra. Avevano il fondo appuntito proprio per quel motivo.

«Ne hai perso tanto?» chiese Ani, iniziando a filtrare il sale con il piccolo setaccio in legno che ci davano per lavorare. Stava china, con le ginocchia piegate e le gambe larghe, e tastava i cristalli, come me. Come tutte. Gerla conficcata nell'area più asciutta nelle vicinanze, mani nell'acqua, schiena ricurva. Sembravamo un branco di rane grigie.

«Diciamo pure che due ore buone di lavoro sono andate a ravanare tra le more» riassunsi spalettando.

Lei cercò aria.

«Ma lo stanno aspirando il vapore?» mugugnò. «Non si respira.»

«Credo di sì, però mica hanno fretta. Sai cosa frega a loro, basta che almeno la maggioranza di noi non vada in debito d'ossigeno e non stramazzi in acqua per i dolori articolari. Fino a quando li riforniremo del loro grande tesoro niveo, andrà tutto bene.»

«Già» sussurrò, persa nei suoi ragionamenti. «Già...»

Le bussai sulla testa.

«Terra chiama Bambina, terra chiama Bambina! Rispondi, Bambina!»

Ani mi guardò appena infastidita.

«Stavo riflettendo, Bi.»

«Ma dài? Veramente?» le dissi incrociando le braccia.

«Sì, insomma, pensavo: cosa farebbero se improvvisamente rimanessero senza sale?»

Aggrottai le sopracciglia, squadrandola.

«Cos'hai in mente?»

La vidi cacciarsi le dita tra i capelli per annodarli.

«Tu hai scoperto com'è strutturata l'Area di Comando, giusto?» chiese guardandosi attorno.

Presi la mia paletta dalla parte del setaccio, e usai il manico su quella poltiglia di terra. I disegni, là, sarebbero rimasti un vago ricordo entro pochi minuti.

«In pratica la parte più vicina alla rete del Campo di Raccolta comprende le camere delle Stecche, e sono tante. È un maledetto formicaio, Bambina.»

Lei annuì. Io evidenziai un altro spicchio.

«Accanto c'è la sala monitor, con le zone riprese, e una piantina di tutto il quartier generale. Approssimativa, ma più che sufficiente.»

«In che senso?»

«Nel senso che ci sono solo i contorni, però è comprensibile.»

Ani inclinò la testa. Iniziai a far girare il manico di legno nella fanghiglia.

«Devi pensare a una specie di spirale irregolare, dove per tutto l'arco esterno dal lato del Campo ci sono i dormitori delle guardie. Poi c'è la sala di controllo coi monitor, quella che dicevamo prima.»

«Va bene» mormorò Ani. «Ma questa è solo una parte della circonferenza. Il resto?»

«Il resto sono gli alloggi dei residenti nell'Area.» Tirai una linea incurvata accanto a quelle già disegnate, chiudendo un grosso cerchio. «Operai, artigiani, specialisti, piccoli responsabili, coordinatori e così via. In pratica, più sono alte le cariche, più vivono all'interno della spirale. Spirale che si conclude con un luogo completamente chiuso, isolato dal resto.»

«Sei riuscita a scoprire un sacco di cose senza farti beccare» osservò Ani.

«Come se tu non sapessi con chi hai a che fare, Testa Riccia. Pensa piuttosto che lì, in quella maledetta roccaforte, ci sono i magazzini del sale» decretai, sperando di averla distratta. Lei non doveva sapere cosa combinavo davvero durante le mie escursioni notturne. E per aggiungere enfasi piantai la paletta in mezzo al disegno.

Ani strinse le palpebre per affilare la concentrazione, fissando la piantina abbozzata mentre scompariva. «Sono disposti a sacrificare loro stessi, pur di proteggere il bottino.» Fece una pausa. «No, aspetta, è ancora peggio» sentenziò. «Decidono di immolare chiunque lavori per l'Area di Comando; poi, forse, loro stessi.» Un'espressione disgustata le deformò il viso. «L'oro bianco vale più della vita umana» sibilò.

Ero abbastanza sicura che stesse pensando a sua madre.

«E credo pure che là dentro ci sia un po' di tutto, sai?» le feci notare, per distoglierla dall'etica vomitevole del Governo. «Occorre solo capire bene dove tengono armi, cibo, o qualsiasi cosa serve a sopravvivere in questo posto.»

«Devono essere magazzini a settori concentrici, vista la logica che hanno usato nel disporre il resto, e l'accesso a quello del sale passa per forza dagli altri.»

Poi non aggiunse altro. Rimase immobile, assorta nelle sue considerazioni. Muoveva le labbra velocemente, ma non riuscivo a sentirla. Mi avvicinai.

«Non lo abbiamo mai detto... mai... come possiamo... dovremmo coinvolgere altre persone, dovremmo fidarci, eppure...» Prese fiato. «Eppure...»

Interruppe di colpo il mugugno infilando la testa tra le ginocchia.

«Non riesco a pensare di lasciare indietro nessuno, Bi» confessò.

«Ma non puoi salvare tutti» le risposi.

Dirlo era crudele. E oggettivo.

«Scusa, tesoro.»

Tolsi la paletta dal disegno semi cancellato per ricominciare a setacciare. Almeno fino a quando non mi ribaltai.

«Bi!»

Sentii il grido, ma il calcio fu più veloce. Caddi all'indietro, colpendo la gerla, rovesciando di nuovo tutto il contenuto.

«Vi avevo detto che non era una pausa!»

Bastardo. La Stecca che ci aveva sparato era davanti a noi, e mi aveva appena piazzato una pedata violenta addosso.

«Stavamo cercando di salvare...»

«Silenzio!» strillò, con uno scarpone sul mio fianco. Faceva un male tremendo, ma non gli avrei dato la soddisfazione di farglielo capire.

«Dovete andare nelle zone meno profonde, lavorare qui non serve a niente.»

«Ma ci avevano ordinato di controllare anche da questa parte.»

«Nessuno ti ha chiesto di intervenire, merda turca» sbraitò rivolto ad Ani. «Sto parlando con questo abominio.»

Strinsi i denti per non reagire. Ero sfacciata, non stupida.

«Allora, scherzo della natura, sai che se il sale ti cade in acqua si scioglie?»

Tacqui.

«Be'? Sei sorda?» rise, abbassandosi e piantandomi il ginocchio nello stomaco. «Così mi senti meglio, oppure hai perso la voce?» Digrignò i denti. «Così mi senti?» chiese di nuovo, sputandomi addosso schizzi di saliva.

E spinse. Fece forza col piede che aveva ancora a terra per comprimere il mio busto nel modo più violento possibile.

«Rispondi!» ordinò. Ma mi mancava l'aria. Quello schifoso Integro era il doppio di me e mi stava addosso con tutto il suo peso.

«Non riesco a parlare» mormorai.

«Però il fiato per lamentarti lo hai trovato, eh? Bene, la risolviamo subito.»

La Stecca si alzò velocemente, spostò i piedi accanto alle mie spalle tenendo le gambe divaricate e imbracciò il fucile.

«Ora riproviamo» disse sprezzante, puntandomi la canna in faccia. «Sai che se il sale ti cade in acqua si scioglie?»

Ancora non risposi. Fissavo lo stretto tubo di metallo che avevo davanti alla fronte, e pensavo che tutta la mia fatica non era servita a nulla.

L'allegria forzata, i prelevamenti, le notti passate a studiare la fuga.

E prima ancora le mie paure, i miei dolori, lo sforzo immenso per capire che volermi bene non era impossibile.

Il mio segreto.

«Parla!» gridò la bestia sopra di me, agitando il fucile. Avrei potuto dire qualcosa, però sapevo cosa sarebbe successo. La mia replica avrebbe portato a un'altra domanda, e ogni sua parola sarebbe stata più feroce. Lo sapevo. Conoscevo quegli uomini. Non volevano sottomettermi, volevano solo farmi male. Volevo usare la mia voce per farmi ascoltare, ma non riuscivo. Non potevo.

«Bi, rispondi» m'implorò Ani.

Scusa, Bambina, non credevo finisse così.

Chiusi gli occhi.

Aspettai lo sparo.

Ma il boató travolse tutto.

5
Ani

Boccheggiavo.

Soffocavo.

Guardavo la tela bianca della torre sgretolarsi per colpa di una forza che non conoscevo.

Soffocavo.

Cadevo.

Sbattevo contro l'uomo che fino a un secondo prima stava per uccidere Bi.

Rotolavo.

Soffocavo.

Sentivo i polmoni compressi, inutili.

Mamma.

Piangevo.

Soffocavo.

Poi il buio.

Riaprii gli occhi senza rendermi conto di dove fossi.

C'era fumo. Una parte di torre rimasta in piedi si stava annerendo lentamente, quasi bruciasse a fuoco spento. Ardeva, facendo nevicare rimasugli scuri e appiccicosi su di noi.

Tentai di parlare, provocandomi un accesso di tosse.

«Bambina» fu il rantolo alle mie spalle.

Bi si stava avvicinando a carponi. Si girò verso sinistra, notò la Stecca riprendere vagamente conoscenza, e gli diede un calcio in faccia.

«Ops» sibilò.

Stava bene. La guardai con sollievo, ma avevo un unico pensiero.

Riuscii a mettermi in ginocchio, ondeggiando, con la tosse che non mollava. Mi puntellai con una mano nella fanghiglia, spostai il peso di lato e stesi una gamba. Puntai il piede. Porca miseria, mancava l'aria.

Però dovevo alzarmi. Dovevo muovermi.

Tirarsi in piedi senza smettere di tossire si rivelò abbastanza complicato, ma il fiato corto non mi poteva fermare. Un passo. Due. Quello successivo ancora.

Quando mi misi a correre, il respiro divenne pesantissimo. Sentivo solo la finta nevicata cinerea sulla pelle e Bi, alle mie spalle, che mi chiamava.

L'esplosione era stata violentissima.

Però non mi fermai.

Dovevo andare da mia madre.

6

Bianca

Cercai di urlare, ma non capii nemmeno se la voce uscisse dalla mia bocca.

Merda.

Tossivo, sbavavo, mentre Ani correva via come una lepre, come se davanti a noi, sotto quella neve artificiale, le fiamme non stessero crescendo rapidamente, come se non ci fosse appena scoppiato il mondo addosso. Tentavo di seguire la massa di capelli neri che si mischiava al fumo denso, ma lacrimavo, faticavo a coordinare i pensieri. La perdevo. Non fare stronzate, Ani.

Rantolai, sputando a terra.

Controllai quella guardia maledetta dietro di me e poi cercai di recuperare un minimo di equilibrio. Sollevai la testa, piano, fino ad avere la schiena dritta, poi incamerai aria. Tossii di nuovo, tastandomi il collo. Avevo perso il cappuccio.

Con gli occhi annebbiati mi guardai addosso e notai uno strappo nella manica destra della tuta. Ci cacciai tre dita dentro e tirai senza riguardi, stracciandone una porzione irregolare, ma che speravo bastasse.

Feci tutto in fretta, tremando, perché sentivo il petto bruciare come l'inferno, la gola che raschiava, e avevo paura. Cazzo se ne avevo. Ma dopo aver appoggiato la pezza di stoffa su naso e labbra, ero in grado di respirare. Sentivo i detriti che mi si incollavano addosso, sudavo, piangevo, ero nel panico, però riuscivo a respirare.

Anche stavolta vi è andata male, stronzi. Sono ancora qui.

Notai il fucile abbandonato di fianco alla Stecca priva di sensi. Diamine, che tentazione. Sarebbe bastato un secondo per afferrarlo e fuggire via. Lo stesso secondo che ci avrebbero messo gli altri Integri a spararmi addosso se mi avessero vista armata. E in ogni caso non avevo ancora capito cosa cazzo stesse succedendo. Strizzai gli occhi e cominciai a guardarmi attorno.

Molte Raccoglitrici erano nelle mie stesse condizioni, in ginocchio nel fango, spaventate. Altre erano in piedi, e camminavano disorientate. Qualcuna aiutava chi stava peggio. Altre non si muovevano più. Posto schifoso.

Fu in quel momento che lo notai. C'era qualcosa che stava prendendo forma tra il fumo e le fiamme.

La Bambina correva, ma non era la sola.

Un'enorme porzione di tela bianca era caduta nel fango, salvandosi dal fuoco, e un gruppo di Raccoglitrici la stava recuperando, per poi trascinarsela dietro a grandi falcate.

Guardai l'incendio. Il grigio. Niente luci attorno.

Cazzo. L'esplosione aveva fatto saltare la corrente.

Mi alzai più velocemente possibile, incespicai, caddi ancora in acqua e ancora mi risollevai. Avevo perso completamente la mia grazia, e non poteva fregarmene di meno. Non mi sarei fermata. Avevo capito. Quel branco di stronze stava cercando di scappare. Brave, ragazze.

Ani sicuramente le aveva già viste, e io dovevo sbrigarmi.

Il Centro di Comando doveva essere nel pallone più assoluto, con le Stecche sparse in giro, fuori controllo, e il Campo di Raccolta lasciato sguarnito.

Ridevo e tossivo dietro la mia pezza di stoffa.

Vi hanno aperti come cozze, brutte merde.

Più mi avvicinavo e più mettevo a fuoco il quadro generale.

C'era una zona della recinzione danneggiata per il crollo di una parete, dietro gli uffici degli Integri, prima dei depositi più piccoli. Le Raccoglitrici stavano puntando là.

Non le avevo ancora raggiunte, ma le distinguevo. Avrei potuto dire i nomi di tutte quelle donne intente a trasportare il pezzo di tendone, sapevo dove stava la loro schifo di casetta nel Campo, ma non c'era lei. Mancava Ani.

Virai bruscamente di lato, infilandomi tra le stradine degli uffici, frustrata per la rabbia.

Non c'era. E mentre lo realizzavo mi sembrava sempre più idiota averlo creduto. No che non c'era. La Bambina non sarebbe mai fuggita. Aveva una madre, in quel posto maledetto.

Sei veramente una cogliona, Bi.

Cosa dovevo fare? Cosa stracazzo dovevo fare?

Picchiai il palmo contro la fronte ripetutamente.

Adesso calmati!

Farsi prendere dal panico non serviva a nessuno. Capire come fosse meglio muoversi, sì.

Sporsi la testa per controllare la situazione. Le Raccoglitrici stavano buttando a più strati il telo sopra la recinzione rotta, e cominciavano l'arrampicata. Che mancasse davvero l'elettricità o che fosse la canapa spessa a fare da isolante, poco importava. Stavano fuggendo.

Io mi sentivo morire.

«Muoviti, Bambina!» sibilai, ma sapevo che non sarebbe mai tornata senza la madre.

Era un'occasione imperdibile, come potevo lasciarmela scappare?

Maledetto Campo di Raccolta, fottute Stecche, maledettissima anche tu, Ani.

Ma non mi muovevo. Premevo le dita contro il cuoio capelluto e impazzivo. Le avevo detto che non poteva salvare tutti, lo sapeva, la stronzetta dagli occhi scuri, perché doveva provarci sempre? Perché lo stavo facendo anche io?

Poi il caos. Spari, grida, il rumore di troppi stivali nel fango.

Mi schiacciai contro il muro, lasciando cadere a terra il brandello di tessuto che mi permetteva di respirare, e mi piazzai il braccio sulla faccia, pregando che servisse.

«Scendete! È l'ultimo avvertimento!» strillavano le guardie.

Ma mentivano. L'ultimo avvertimento andava dato prima di colpire, e loro lo avevano già fatto.

Altre piccole esplosioni, altre grida disperate. Inferocite.

Le Raccoglitrici erano sotto tiro, eppure continuavano a cercare la fuga. E in fondo le capivo. Forse era meglio morire tentando di tornare libere che non averci mai provato.

Mandai giù un colpo di tosse con un singulto, quando i rumori attorno a me iniziarono a cambiare.

Meno grida, niente spari, suoni ovattati.

Vaffanculo.

Poteva già essere finita? C'eravamo già bruciate quella piccola occasione? Dovevo controllare cosa cazzo stesse succedendo, ma sentii dei passi. Concitati. Vicini.

«Cerca qui in zona. Potrebbero essere nascoste ovunque, quelle vacche.»

E in un attimo cominciarono piccoli colpi contro i muri, fruscii, sentore di tessuti strofinati tra loro, movimenti rapidi, poi nulla. Il silenzio pesante di una presenza che cerca di non farsi scoprire. Come me.

Merda. Dovevo correre. Dovevo scappare.

Respirai troppo velocemente. Sentii un misto di polvere e saliva incastrarsi nella gola, e mi prese il panico. Deglutii, buttando giù quel blocco che mi soffocava, ed emisi un piccolo colpo di tosse. Un solo stramaledetto rumore.

Porca puttana, Bi!

Era fatta.

Mi staccai dalla parete alle mie spalle e sbucai nella strada principale, in mezzo al fumo denso. Tossii, stavolta facendo un gran caos. Vaffanculo. Per quel che valeva.

Fu tutto molto veloce. Dentro la nuvola di fumo sembrava ci fossero delle forme scure. Dopo un secondo la nuvola si era diradata, e davanti a me rimanevano solo figure in tenuta d'assalto che correvano. Tutte tranne una. Lui. Casco oscurante, uniforme tagliata con l'accetta, stivali pesanti.

Una Stecca. Una maledetta guardia che girava su se stessa, spaesata, in cerca di qualcosa che sembrava non comprendere nemmeno lui. Poi mi individuò.

Merda.

Puntò all'istante la sua arma contro di me, in tutto il suo nero fulgore.

«Cercavo un goccio d'acqua» esordii senza fiato. Mi stava scoppiando il cuore.

«Non lo fare» rispose lui. Agitò il fucile con un gesto secco, e io alzai le mani. Sfacciata, non stupida.

«Non faccio nulla.»

«Perché ti trovi così lontana dalla torre?»

«Non c'è più, alla vasca sud, la torre» replicai, fingendo tranquillità.

La Stecca si girò rapidamente per controllare. Vide che le grosse vele di canapa bianca erano scomparse dal panorama e sussultò. Sembrava agitato.

«Non puoi stare qui» continuò, «è vietato, per voi, stare qui.»

«Volevo solo allontanarmi da quella roba che mi bruciava sopra la testa» dissi, senza abbassare i palmi. La guardia stava là, tesa, impegnata a tenermi sotto tiro, nervosa. E una guardia nervosa è una guardia pericolosa.

«Perché sei venuta qui?»

«Piovevano detriti infuocati, roba fetente e appiccicosa che...»

«Bianca, perché sei venuta qui?»

Mi fermai.

«Fa la differenza, per me. Lo capisci?» mi incalzò.

Aggrottai la fronte, senza ribattere nulla. Non usavano mai quel tono. Non si rivolgevano mai a noi facendo domande per le quali fossero necessarie le risposte. E quella voce... come avevo fatto a non capire?

L'Integro abbassò lentamente l'arma e sollevò la visiera per mostrarmi gli occhi. Lo riconobbi anche attraverso la cortina di fumo.

Brunó.

«Devo sparare a chiunque stia tentando di fuggire» mormorò con lo sguardo dispiaciuto.

Smisi di respirare. Mi morsicai il labbro sentendo lo stomaco rattrappirsi. Non lui, cazzo. Non poteva colpirmi lui.

«Quindi, Bianca, mi farebbe piacere sapere che tu non lo stavi facendo.»

Sbattei le palpebre un paio di volte. Era una scappatoia?

Lo fissai con le labbra socchiuse. Mi stava offrendo un alibi. Un'alternativa. La mia pelle si ricoprì di brividi, la mia mente di opzioni che non riuscivo a valutare. Avrei potuto cantare dalla disperazione, ma quella polvere schifosa continuava a grattarmi la gola.

Vaffanculo. Misi i pugni sui fianchi e mi sporsi verso la sua faccia.

«Con chi credi di parlare?» chiesi, la voce arrochita. «Siete ovunque, probabilmente avrete già riallacciato la corrente. Solo una pazza fuggirebbe!»

Sfacciata, non stupida. Spaventata.

Quanto potevo fidarmi di lui? Avevo di fronte il ragazzo nero, quello emarginato dagli altri, o stavo davanti a una maledetta Stecca?

Brunó rimase in silenzio. Io sentii tutti i nervi tendersi.

«Possiamo supporre che tu stessi cercando la tua amica» ipotizzò appoggiando il calcio del fucile a terra, «quella con i ricci neri, che stava correndo verso l'Area di Comando?»

Sorrisi.

Si fottessero le guardie di merda.

«Cos'altro avrei mai potuto fare?» cinguettai, con una tonnellata in meno sul petto.

«Quindi, in pratica, tu ora stai tornando a quel che resta della torre, perché non hai trovato...»

«Ani.»

«Esatto, Ani» mi fece eco. Gli si vedeva il sorriso negli occhi.

Grazie, ragazzo dal cuore troppo grande per stare lì. Non lo dimenticherò.

E, d'istinto, mi avvicinai.

Brunó scattò indietro, afferrando il calcio del fucile.
«Volevo solo essere gentile, tesoro» dissi.
«Va bene, ma ti prego di tornare alle Saline.»
Era di nuovo nervoso. Come se fossi io quella armata.
«Brunó, mi stai salvando il culo. Non avrei motivo di fare qualcosa di stupido.»
Chinò lo sguardo e abbassò la visiera.
«La libertà è sempre un buon motivo» osservò, «non credere che sia tanto ingenuo da dimenticarlo.»
«Non lo credo» risposi. Non lo credevo davvero.
Cominciò a camminare lentamente all'indietro, stringendo il fucile contro il petto.
«Allora non scappare. Perché dirò che ti ho vista, e che stavi tornando nell'area delle torri dopo aver tentato di intercettare la tua amica.» Fece una pausa. «Se non andrai ne subirò le conseguenze, Bianca.»
Chiaro. Lo avrebbero punito, pestato. Forse ucciso. Perché lui era diverso da loro, e glielo avrebbero sempre ricordato.
«Tu aiuti me, io aiuto te» sentenziai.
Si fermò, con entrambe le mani strette attorno alla propria arma puntata verso il cielo.
«Non scappare» sussurrò.
«Non lo farò.»
E Brunó si girò, cominciando a correre verso le altre stradine in mezzo agli uffici.
Crollai per terra, con i brividi di sollievo che mi facevano tremare. Se fosse stato qualcuno di diverso, sarei morta senza nemmeno tentare di fuggire.
Sbuffai. Prima di sollevare le chiappe da terra, mi sarei concessa un istante per tossire in pace e riprendere fiato, poi avrei messo un passo davanti all'altro fino alla Salina.
C'era una stronzetta riccia che voleva salvare tutti da ritrovare e una fuga da progettare.
Si ricomincia. Ci pensa Bi.

7
Ani

Come poteva essere? Perché il mondo esterno continuava a muoversi e io riuscivo solo a guardare le fiamme che si ripetevano nella mia testa?

Mamma.

Mi sentivo come una piuma di piombo. Bloccata nel tempo dentro una lunga caduta, eppure immobile da far male.

Due giorni. Una serie di ore infinite in cui mi ero persa dentro l'angoscia di non sapere. E quella maledetta sensazione che stava là a dirmi che non servivano conferme da parte di nessuno.

Il ricordo dei polmoni che bruciavano di fumo, calore e cenere me lo diceva. Il vuoto, dentro e attorno a me, lo ribadiva. Ancora.

Ero corsa verso il fuoco. Lo avevo visto proiettarsi contro il cielo, inghiottendo tutto quello che lo circondava. Mi ero spinta oltre il cordone di Integri gridando una sola parola, l'unica che avesse un senso, la stessa che ero riuscita a strillare mentre in due mi fermavano e mi trascinavano via.

Mamma.

Ma lei non aveva risposto. Non sapevo nemmeno dove fosse. Cercavo il suo sguardo ovunque. Pregavo di poterlo rintracciare come per magia nella marea urlante, ma era inutile. Trovavo solo sguardi terrorizzati, teste scure e ricce come la sua che scappavano senza ascoltare il mio grido implorante. Saperla in mezzo a quella folla accalcata per fuggire dall'incendio sarebbe stato già qualcosa, eppure le ossa mi dicevano altro. La sensazione ribolliva.

«Mamma!»

«Stai zitta, ragazzina!»

Avevo ignorato completamente la Stecca, sporgendomi oltre il suo braccio, aggrappata al piccolo mitra come se fosse la maniglia per accedere all'Area di Comando.

«Mamma! Mamma!»

«Ti ho detto di piantarla.»

Incurante dell'avvertimento, mi ero sporta ancora di più. Avevo schierati davanti agli occhi fiamme, terrore e morte. Una maledetta guardia era l'ultimo dei miei problemi, almeno fino a quando non era arrivato violento il colpo in testa.

«Dovevi piantarla quando te l'ho ordinato, stronzetta» avevo percepito prima di perdere i sensi.

Mi trascinavano per le braccia, le ginocchia che strisciavano per terra.

«Dove la mettiamo?»

«Non lo so» aveva detto una seconda voce maschile. «La stanza qui accanto è già piena di rompipalle rumorose, e gli uffici sono fuori discussione. Pensa solo a quanti feriti abbiamo da rattoppare. Stiamo già rischiando di finire nella merda. Il Presidente...»

«Per favore» si era irrigidito il primo, più giovane, «non tirarlo in mezzo.»

«Non sono sicuramente io a volerlo tra i piedi, lo sai. Credi davvero che si limiterà a vigilare da lontano?»

Erano rimasti in silenzio per un istante.

«Col cazzo, novellino» aveva continuato la Stecca. «Vorrà vederle in faccia, controllare, sapere perché non stavano più al loro posto. Non tiri su una baracca come questa per farti prendere per il culo da delle donne che spesso nemmeno capiscono di essere in galera.»

Silenzio, di nuovo. Ci eravamo fermati di colpo.

«La portiamo in infermeria. E la leghiamo stretta, questa, così ci pensa due volte a reagire davanti a un ordine.»

Una risata secca, due strattoni più sgarbati ai gomiti, poi solo polvere. Avevo cercato di capire quale vicolo avessero preso, ma non ne ero in grado.

Stavano sollevando troppa polvere. Non ero riuscita a trattenermi e avevo tossito.

«Ma è cosciente!» si era stupito il più anziano. «Tienila!»

Avevo iniziato a dimenarmi come una forsennata. Dovevo liberarmi, correre di nuovo da mia madre.

Uno dei due mi aveva afferrata, stringendo con forza.

«Calmati! Non ti è bastato?» aveva sbraitato il giovane che mi tratteneva con la schiena sul suo petto.

L'altro non aveva parlato. Avevo guardato il calcio del suo mitra colpirmi in faccia.
Sakine. Mamma.

Mi girava attorno con il suo modo di fare leggero. Sorrideva, mia madre. Spostò il suo lavoro con ago e filo sopra il tavolino, sedendosi sulla poltrona più bassa. Fingeva di sentirsi più comoda là, ma sapevo cosa voleva fare. Io ero stesa sul tappeto, leggevo, non dicevo una parola da ore, e lei voleva vedere come stavo.

Sollevai lo sguardo dalla pagina. Sakine stava versando il tè.

"Tieni" disse, spingendo la tazza verso di me, "almeno così sarai costretta ad alzarti per andare in bagno."

Rise. E io, da preadolescente cocciuta, finsi di non ridere con lei, nascondendo la faccia dietro il libro.

"Aspetta!" esclamò, tirandosi su. La veste da casa rossa le sventolava addosso mentre andava a prendere i biscotti al sesamo. Li avvolse in un tovagliolo e li mise sul tavolino, dietro il suo cesto da cucito.

"Così tua sorella non ti vede mentre li mangi" sussurrò.

Allungai la mano lentamente, come se temessi di essere scoperta, e sbirciai fuori dal portone spalancato. Gizem stava aiutando papà a lavare il furgone, sporco di terra e cemento. Sospirai, sentendo i semi di sesamo incastrarsi tra i denti.

Entrambi i nostri genitori stavano facendo qualcosa che in realtà era altro da quanto appariva.

Mamma cercava di farmi mangiare ciò che mi piaceva, perché a volte il cibo mi interessava quanto gli abbracci, e papà giocava sotto il sole estivo con mia sorella, buttandole l'acqua addosso dopo averla vista di malumore. Eravamo così in famiglia. Parlavamo poco, ma sapevamo farci capire.

Mi caddero delle briciole per terra e mi agitai per raccoglierle.

"Non pensarci" disse mamma, rifinendo l'asola di un polsino. "Mangia quanto vuoi, puliremo dopo."

Sorrise ancora. Era bella, mamma. Inclinai la testa per guardarla. Aveva i capelli scuri raccolti, le labbra piene, e le guance un po' più morbide di quelle di Gizem. Muoveva in fretta le dita. Mi incantai a osservare i suoi gesti rapidi, quasi che l'ago facesse parte delle sue mani. Gli occhi mi si inumidirono. E quando sbattei le palpebre lei non c'era più.

"Tatlı rüyalar, benim güzel Nergis'im."
Mi rigirai confusa nella penombra. L'ambiente era cambiato. Quella voce...
"Tatlı rüyalar, benim güzel Nergis'im." *La sua mano leggera mi sfiorava il viso. "Sogna, mio dolce narciso" aveva ripetuto.*

"Dov'è mamma? E Gizem?" le chiesi, sorridendo insieme a lei, senza ottenere risposta. Ma stavo bene. Sospirai, felice della sua presenza.

"Che bello averti qui" le dissi, appoggiando la testa alle sue ginocchia.

Fuori dalla finestra il cielo era terso e le spighe alte si piegavano in coro al volere del vento. La casa era calda e la grande foto di famiglia stava là, appesa al chiodo incastrato tra le fughe del muro di pietre. La credenza dalle ante in vetro, con tutte le tazze del servizio che non usavamo mai, sembrava più attraente del solito. Brillava. Come lei, la mia babaanne. *La mia nonna.*

"Piccola anima bianca, non sono qui."

Sollevai il capo di scatto.

"Com'è possibile?"

"Ani, ascoltami..."

"Cosa significa? Dove sei?"

La luce iniziò a calare.

"Sei una donna forte" disse nonna seria, senza preamboli. "E se stiamo parlando, ora, è perché credi di aver bisogno di me, ma non sono io la fonte della tua resistenza. Sei tu."

Sentii il calore diminuire. Mi alzai in piedi davanti a lei, e improvvisamente nonna sembrò piccola, lontana.

"Ma come può essere?"

"Sei tu" ribadì, "è la tua mente, è il tuo cuore, bambina mia."

"Sono sola, nonna." L'oscurità ci stava circondando. "Sola. Anche mamma..."

"Sei tu, sei la tua forza, sei il veleno che brucerà finché non resteranno solo le ceneri dei loro desideri. Benim güzel Nergis'im.*"*

La sua voce stava diventando solo un sussurro nella mia testa. La foto era svanita. La credenza inghiottita dal nulla.

"Babaanne..."

"Trova la tua strada, Ani. Segui il cammino della salsapariglia."

Poi scomparve.

Ero riemersa dal buio non so quanto tempo dopo. Avevo riaperto gli occhi ancora umidi in una stanza piccola, afosa, con un fortissimo odore di disinfettante. Sentivo un peso bruciante nel petto e mi faceva male la faccia. Nella penombra si intravedevano mobiletti chiari, un lettino circondato da confezioni di medicinali consunte, due carrelli di metallo ben forniti di fiale e salviette. Dopo avermi picchiata, le Stecche mi avevano portata in infermeria.

Strinsi le palpebre cercando di recuperare la lucidità. Mi ero smarrita in un sogno nostalgico e il dolore familiare mi si era incollato addosso.

Mamma. Nonna. Gizem. Papà.

Cercai di ricacciare indietro le lacrime, ma fallii. Ero rimasta sola. Sola, e legata a una sedia, con le mani strette dietro la schiena e le caviglie bloccate da una corda, una striscia di stoffa sulla bocca. Mentre ero svenuta il mio collo era rimasto in tensione così tanto da dolermi appena cercavo di sollevare la testa.

Mugugnai un lamento. Tentai di far forza sulla schiena indolenzita, di allentare un po' i legacci, fino a quando non si mosse qualcosa nella stanza adiacente. Dovevo fare attenzione. Cercai con lo sguardo qualcosa di tagliente, ma non erano così stupidi da lasciare in giro oggetti simili.

Un colpo ovattato. Passi. Cigolii e borbottamenti al di là dei muri che mi circondavano.

«Davvero le sta controllando tutte, signore?» chiese quello che sembrava la guardia più giovane che mi aveva trascinata là.

«Quando i miei sottoposti non compiono i loro doveri» cominciò una voce nuova, «questi diventano una mia responsabilità. È un peccato che alla fine debba sempre intervenire io a sistemare certe mancanze.» Dopo una breve pausa, lo sconosciuto proseguì. «Se tutti rispettassimo i nostri ruoli, la società funzionerebbe decisamente meglio. Non lo trovi molto vero, nella sua semplicità?»

La domanda era stata posta in tono pacato, ma c'era qualcosa di spaventoso in quel modo di scandire le parole. Erano suonate cortesi e gelide allo stesso tempo, come fossero velluto ghiacciato sulla nuca.

«Sì, Presidente» aveva mormorato il ragazzo.

Presidente?

Il panico mi prese lo stomaco, mozzandomi il respiro.

«Quindi?» continuò. «Si può vedere questa Raccoglitrice o no?»

«Ah, certo Presidente, scusi!»

La porta si aprì. E io venni investita da un fascio di luce. Rimasi immobile per il terrore. Avevo tenuto la testa piegata in avanti e gli occhi ben chiusi, con i capelli che ciondolavano lunghi davanti alla faccia come fossero una tenda. Le gocce di sudore mi correvano lungo le tempie.

«Quindi è lei?»

«Sì, Presidente» confermò la Stecca.

Riuscivo a decifrare i movimenti dell'uomo seguendo i suoi passi e la sua voce autoritaria. Si era limitato a girarmi attorno, ma la sua presenza sembrava saturare tutta la stanza.

Non tremare, Ani.

«L'avete già identificata? Sapete per quale motivo fosse nell'Area di Comando a fare tutto quel baccano?»

«Sì, signore» balbettò il giovane, imbarazzato. «È la figlia di un'operaia del reparto tessitura.»

«Sappiamo già se sia tra i cadaveri?»

«Non ancora, Presidente» tentennò. Incespicava nelle parole per la tensione. «Dobbiamo fare accertamenti» aggiunse, «ma al momento è la zona più colpita dagli incendi.»

Una pugnalata al cuore mi trapassò. Ero bloccata là, con la disperazione che mi divorava, e due uomini che mi avevano schedata come la figlia di qualcuna che, con ogni probabilità, era morta. Morta per un'esplosione dalla quale nessuno ci aveva protette. Morta per un attacco compiuto da nemici non nostri o magari, per quanto quei due ne stavano discutendo tranquillamente, per un'iniziativa assurda presa da loro stessi.

Strinsi i denti.

Maledetti. Maledetti tutti.

«Capisco la situazione. Dovremo fare le nostre valutazioni» rispose il Presidente senza mostrare alcun coinvolgimento.

«Vuole vederla in faccia?»

No! Quello stupido Integro aveva posto la domanda al suo capo per rendergli il miglior servizio possibile, rischiando di condannarmi. Cos'avrei potuto fare se si fossero avvicinati così tanto? Se mi avessero toccata? Merda. Un tremito mi scosse appena.

«Non mi interessa» si espresse il Presidente. E io avevo ringraziato chiunque tirasse le fila del mio destino: sentire la sua voce già più lontana da me mi aveva quasi fatto sfuggire un sospiro. «Per quanto mi riguarda è sufficiente sapere che la ragazza avesse una motivazione plausibile per trovarsi lì, e che non fosse una di quelle pazze, se non peggio.»

«Certo, signore, giustamente» replicò il burattino, chiudendo la porta e lasciandomi di nuovo nel buio.

Mamma.

Mamma.

"Ani, vai con signora" mormorava mia madre dandomi delle piccole spinte. Stavo ancora piangendo quando i militari in nero dissero che quella donna con i capelli castano-grigiastri e le palpebre pesanti mi avrebbe spiegato come funzionava la vita nel Campo di Raccolta. A me, che non riuscivo a lasciare le dita di Sakine. Avevo appena perso mio padre, mia sorella era svanita nel nulla, mi rifiutavo di mettere anche solo un altro passo tra me e la mamma.

"Puniranno sicuramente le persone che vi hanno fatto del male e cercheranno sua figlia" ripeteva Carla. "Non si preoccupi."

Fatto del male. *Era così che si definiva l'omicidio in questa lingua? Eppure non mi sembrava che fosse la traduzione giusta, pensando a tutte le canzoni italiane che ascoltavamo a casa. Guardavo quella donna vestita con una strana tuta color sabbia, una sciarpa e gli stivaletti alti nonostante il caldo, che tentava di dimostrarci empatia, ottenendo solo il mio cipiglio indurito.*

Avevo paura. Studiavo quello spazio enorme e polveroso, con le file di abitazioni cubiche tutte uguali che rendevano tutto alienante. Sembrava un alveare morto, arido come le guardie che ci circondavano.

"Grazie" disse mia madre con un filo di voce. Aveva il viso congestionato dal pianto e le labbra gonfie, le parole le si mozzavano sulla punta della lingua mentre tentava di pronunciarle. Gli occhi scuri, lucidi, passavano da me alle altre persone con una rapidità angosciante. Cercava di apparire calma, però tremava.

"Non parla? Quanti anni ha?" le chiese Carla con gentilezza.

Mamma, con la sola mano libera che le concedevo, si sistemò una ciocca di capelli neri dietro l'orecchio.

"Tredici" replicò. "Io ho provato a insegnare vostra lingua con musica, a casa, però non parla molto."

Tralasciò il fatto che, pur comprendendo quasi tutto quello che dicevano, avrei faticato a rivolgere la parola a chiunque.

"Ma pensa, carina, sembra ancora più piccola!"

Sakine sorrise e annuì, forse per evitare altri commenti inadeguati. Carina *era l'ultima cosa che la gente pensava di me.*

"Non siete di queste parti, giusto?"

Carla continuava a fare domande di circostanza, sulla mia salute, le mie abilità fisiche, il lavoro di mamma. Si comportava come se volesse conoscerci a fondo. Era incredibile che potesse anche solo pensare di riuscirci.

Mia madre rispose qualcosa che non ascoltai e che lasciò cadere la conversazione. Carla sbuffò dal naso a labbra strette prima di tentare l'ennesimo approccio.

"Cosa dici, ragazzina" trillò falsamente benevola, "vieni con me a vedere il Campo di Raccolta?" Poi mi prese per una spalla.

E io impazzii. Saltai indietro come una molla, pestando il piede a una guardia, picchiando la testa contro lo stomaco di un'altra, perdendo il contatto con mia madre.

Lo ignoravo, ma in quel momento avevo dato il via al disastro.

"Non la toccate" disse mamma senza smettere di fissarmi. "Non dà problemi! Ani, değerlim*!"*

Mi chiamava "tesoro mio" tentando di farmi recuperare la calma, ma ormai scattavo da una parte all'altra, tentando di schivare le dita rapaci dei militari che si divertivano da pazzi. Iniziarono le lingue di fuoco. Il fumo, la polvere, l'odore di bruciato che impregnò l'aria in pochi secondi, rendendo il viso di mia madre un'ombra indefinita. Le guardie aumentavano. Aumentavano. E ridevano. Mi circondavano con le loro mani enormi, mi toccavano, e io non vedevo, non la vedevo più. Erano mostri che fingevano di volermi prendere quando, in realtà, desideravano solo allontanarmi da lei. Da lei, che non avrei più incontrato.

I sogni non smettevano di perseguitarmi, mescolando i ricordi agli incubi, scavando una voragine bruciante dentro il mio petto.

Gli Integri mi avevano tenuta in infermeria tutta la notte, e la mattina dopo si erano premurati di sedarmi prima di trasportarmi fino al mio letto, nel Campo di Raccolta. Niente di più.

Ero ancora nel buio. Ferma, rannicchiata, con quelle fiamme incise nella memoria, contornate dalla neve nera dei tendoni che si sgretolavano.

Continuavo a cercare il suo volto tra la folla, senza trovarlo. E ascoltavo la voce di nonna, come se fosse possibile sentire di nuovo la sua mano sulla guancia. Strinsi il cuscino più forte, sentendo solo il vuoto che mi corrodeva dentro.

Ero sola. Sola. Immobilizzata dal dolore. *Korkakça.*

Nessuno mi aveva più dato notizie, ma lo sapevo. Lo sentivo.

Poi la baracca cominciò a tremare.

«Ani, sei sveglia?»

Anche non lo fossi stata, era impossibile ignorare quella presenza. Bianca bussava alla porta come se volesse sfondarla.

«Bambina, rispondi! Fammi capire almeno che non ti sei impiccata con tutti quei capelli!» disse, con una punta d'ironia. Ma io non riuscivo. Non potevo.

Scusa, Bi.

E lei si fermò.

«Ani. Io sono qui. Non so cosa sia successo esattamente, ma non è difficile immaginarlo.»

Rimase in silenzio qualche secondo, e diede un ultimo colpo al metallo.

«Lo so che sei testarda» continuò a mezza voce, «ma non credere di potermi battere. Io sono la regina delle testarde.»

Sorrisi mio malgrado, lasciando scivolare una lacrima.

«Non ti permetto di andare da nessuna parte, Bambina. Sono con te, capito?»

Lo sapevo. Bianca era la mia àncora. Lei era i miei pochi sorrisi, la presenza quotidiana, quella che si rendeva conto di quando mi perdevo nella mia mente, di quando il mio silenzio chiamava la sua compagnia. Bi era tutto questo, e mi aveva salvata da me stessa diverse volte, ma Sakine era mia madre, la presenza che dava un senso a quel posto dimenticato dalla speranza. E ora non c'era più. Maledetti. Maledetti loro e il loro sale.

Avrei voluto dire questo a Bianca, le sarebbe bastato, eppure non riuscii. Presi un respiro, mi morsicai il labbro per trattenere un singhiozzo, e lei se ne andò.

8
Bianca

«Ma guarda tu con che razza di testona devo avere a che fare» borbottai, strisciando la manica della tuta sulla faccia. «Adesso mi verranno anche gli occhi gonfi, sta' a vedere.»

E continuavo a dire scempiaggini per cercare di mettere un freno alle lacrime. Perché ci tenevo, cazzo. Perché Ani aveva perso tutti, e io dovevo aiutarla. Dovevo. O saremmo impazzite entrambe.

«Ah, merda!» esclamai fermandomi. Avevo fatto al massimo due metri da casa della Bambina. Me ne stavo a frignare in mezzo al Cardo 3, con la sfilza di container ai miei lati. Conoscevo come le mie tasche quelle strade sterrate e misere, ricordavo la lamiera di ogni cubicolo nel Campo, eppure non bastava a conservare un minimo di contegno. O di equilibrio. Camminare con la vista così appannata era impossibile.

«Che succede?»

Mi tamponai le palpebre con quel poco di tessuto asciutto che rimaneva sui polsini della tuta, e le aprii.

Brunó.

«Oh, ciao tesoro» blaterai d'istinto, «mi levo subito da qui. So che ho finito il turno, ora vado...»

«No, dico davvero» rispose lui. «Che succede?»

Lo fissai, tirando su col naso. Se ne stava là, nella sua uniforme più brutta di una punizione, a guardarmi senza puntarmi addosso un'arma, senza mettersi in allerta a ogni movimento che facevo.

«Questo dovrebbe essere un ordine o una domanda?» gli chiesi.

«Una domanda» rispose tranquillamente, come se fosse la cosa più scontata del mondo.

«Uh, certo, perdonami, ho scordato che stavamo andando a prendere un tè, vorrai scusarmi se non mi sono procurata dei frollini al burro» azzardai. «O sei già andato a prenderli tu, mentre vagavi dalle parti degli uffici l'altro giorno, durante quella terrificante esplosione di cui nessuno vuole spiegarci niente?»

Magari quella battuta poteva essere un buon gancio.

Lui sollevò le sopracciglia e abbassò lo sguardo.

«Beccato. Si vedeva, eh?»

Sussultai, colta di sorpresa. «Hai da dire soltanto questo?» gli chiesi, incerta su come interpretare la sua reazione.

Brunó spinse in fuori il labbro inferiore. «Non conosco bene quella zona; e per quanto riguarda l'esplosione, il Presidente non ha ancora dato chiarimenti. Almeno non a noi bassi in grado.»

«Tutto qui?» Aggrottai la fronte. «Ti scoppia qualcosa tanto vicino da scaldarti il deretano e va bene così?»

Annuì facendo spallucce, mostrandomi arrendevole le mani.

Nessuna replica rabbiosa o negazione dei fatti, niente giustificazioni date a caso, giusto per fingere una competenza assoluta, nessunissimo orgoglio militare.

«Si può sapere da dove salti fuori, ragazzo strano?»

Lui inclinò leggermente la testa, stringendo gli occhi. Poi sorrise, con un'espressione così spontanea da disarmare.

«Dài, ti accompagno» disse. E io annuii, fregandomene del protocollo riguardo i contatti umani. Poteva bruciare nelle roventi pire dell'inferno, il cazzo di protocollo. Iniziai a camminare di fianco a lui, con calma, le braccia incrociate. Inanellavo passi lenti, su quello sterrato tutto uguale che attraversava il Campo, e osservavo le guardiole, pensando che dietro quel cemento c'era una rete e, ancora oltre, la libertà.

La strada verso il Cardo 2 non era tanto lunga e io ero a credito di informazioni.

«Non hai risposto, tesoro» gli ricordai.

«Anche tu prima hai risposto con una domanda!» esclamò, spalancando i palmi.

«Certo che sei un bel precisino, eh? Come se una persona a modo come me non potesse avere i suoi segreti qui dentro.» replicai, simulando indignazione.

«Tecnicamente no, non puoi. E in più ti ho vista piangere.»

Sbattei le palpebre.

«Fetente di un pignolo, anche tu. Un pignolo e una testona» rincarai. Quindi lo presi a braccetto, controllando chi ci fosse in giro, e lui fece lo stesso prima di tranquillizzarsi. Sì, vero, il protocollo poteva bruciare all'inferno, ma con calma.

«Ani sta da schifo» riassunsi. «Non so cosa sia successo a sua madre, e se lei lo sa non me lo vuole dire. Il giorno dell'incendio l'ho vista correre come il vento verso l'Area di Comando, poi è sparita fino a ieri mattina, quando mi è passata davanti su una lettiga, completamente incosciente. La sera dopo il mio turno ho cercato di parlarle, ma forse era ancora svenuta. Stamattina dovevo lavorare e ora ci ho riprovato, ma niente. L'ho sentita muoversi, però non risponde.»

Brunó annuì.

«Tu davvero non ne sai nulla, dell'esplosione o di sua madre?» azzardai senza troppe speranze.

«No, Bianca. In caso contrario ti avrei risposto diversamente.»

Gli strinsi un po' il braccio. Lo speravo.

Forse potevo depennare la mia idea "le Stecche si fanno scoppiare le bombe sui piedi da sole" dall'elenco delle loro grandi stronzate.

«Anche mia mamma era là dentro, sai?» disse, senza nessun preavviso. Io mi bloccai, incerta su come affrontare la cosa, e lui fece lo stesso. Deglutì, finse un colpo di tosse, consapevole di essersi aperto molto più di quanto non dovesse, poi ricominciò a muoversi. Però io continuavo a pensare la stessa cosa: un'altra donna morta. Un altro ragazzo reso orfano troppo presto.

Lui si girò verso di me scuotendo un poco la testa.

«No, no, tranquilla. Sta bene, l'ho già incontrata. Ha solo avuto molta paura.»

Mi slacciai dal suo gomito, poi lo spintonai.

«Brutta bestia unicellulare che non sei altro! Lanci una bomba simile senza preavviso e solo dopo precisi che è già tutto a posto! Ti pare il caso? Eh? Ti pare?»

«Bianca...»

«Bianca un gran cazzo, caro il mio Integro tutto impettito nella sua divisa nera! Non si fa così! Le notizie vanno date con un minimo di coscienza! Già ne ho una di disperata, chiusa nel suo cubicolo, come faccio a gestirvi in due?»

Gesticolavo come una pazza. Roteavo le braccia rischiando di colpirlo, infischiandomene, camminando con la foga di chi vuole uccidere uno stuolo di scarafaggi.

«Bianca, guarda che...»

«E non provare a fare quella faccia preoccupata! Credete che sia di ferro? Lo sapete, lo dico sempre, cazzo, che ci pensa Bi, ma anche io ho un limite, lo capite, eh? Ve lo siete mai posto il problema?»

Brunó tentò di proferir verbo, con scarso successo. Ero un maledetto fiume in piena.

«Ho pensato a Sakine, a tua madre, alla mia, e credevo che fossimo tutti e tre così, incerti, senza notizie utili. Porca miseria schifa!»

Mi prese per le spalle, senza fiatare, tenendomi ferma davanti a lui. Io mi resi conto di tremare.

«Bianca» mormorò. Tirai su col naso e, improvvisamente, vidi la scena dall'esterno. Io, una Raccoglitrice, una lavorante senza alcun vero diritto, stavo sbraitando addosso a chi poteva decidere anche del mio prossimo respiro, là dentro, e nessuno lo avrebbe rimproverato di niente. Nessuno. Niente. Come me.

«Potrei aver esagerato» ammisi.

Lui sorrise con discrezione. Forse pensava che perdere il controllo una volta per uno fosse accettabile.

«Potresti» confermò. E mi liberai dalla sua presa. Sembrava diverso dagli altri, sì, ma quanto? Fino a dove potevo spingermi? Una guardia meno stronza smette di essere una guardia?

Brunó arricciò le labbra, mi rivolse un cenno cortese per farmi proseguire, e svoltai a sinistra poco lontano da lui. Lentamente. In silenzio.

«Non mi parli più?»

«C'è chi apprezzerebbe molto questo privilegio, tesoro. Goditela e basta.»

Ridacchiò di nuovo. Non volevo che mi vedesse così. "Bi è più forte" ripetevo; "Bi non crolla" mi raccontavo. Bla bla bla, che marea di cazzate. Volevo aiutare Ani, avevo bisogno di andare via da quel posto di merda, mi mancava tutto quello che ero e che sarei potuta essere fuori da là, quindi pensare per una frazione di secondo che anche Brunó avesse perso la madre era stata la goccia di troppo. Una piccola, ridicola goccia che in realtà nemmeno doveva riguardarmi. Eppure... Per fortuna che doveva essere la ricciolona quella che voleva salvare tutti. Vaffanculo, cara me.

«Posso raccontarti una cosa?» s'intromise nei miei ragionamenti.

Lo squadrai. Si era messo le mani in tasca, e guardava in avanti, calmo, risalendo il Cardo 2 verso il muro di cinta della Salina.

«Se proprio devi...» gli concessi.

Lui scosse la testa con un mezzo sorriso.

«Mio padre era un uomo violento» cominciò. «Alzava le mani su tutti, in famiglia, solo che io ero troppo piccolo per rendermi conto davvero di quanto fosse grave quello che faceva.» Prese un respiro. «Non so perché te lo sto dicendo.»

Senza nemmeno pensarci infilai nuovamente la mano sotto il suo braccio. Lui non si scansò.

«Un giorno tornai a casa da scuola e trovai mia madre a terra, sanguinante. Faticava a respirare, eppure continuò a supplicarmi di non portarla all'ospedale, perché era certa che le conseguenze di un ricovero sarebbero state peggiori di qualsiasi osso rotto.»

Toccò a Brunó tirare su col naso. Feci finta di niente.

«Mi sono sentito un figlio inutile per anni» continuò abbassando la voce, «fino a quando non è crollato tutto, e mia sorella è scappata.»

«Merda» sussurrai. Lui si leccò le labbra.

«Da quel momento mio fratello è diventato peggio di nostro padre. Non cercava nemmeno un pretesto per farci del male, ci picchiava e basta. Io potevo solo trovare un modo per salvare quello che rimaneva. Mi sono messo in contatto con gli Integri tramite dei loro fedeli nella nostra zona, ho raccontato che conoscevo due persone responsabili di piccoli furti ai danni del Governo e che le avrebbero trovate all'indirizzo di casa mia. Poi ho sperato con tutto me stesso che fosse vero.»

Fece una pausa.

«Lo era?» gli chiesi un attimo dopo. Mai stata paziente. Lui annuì.

«Trovarono delle prove circostanziali. Probabilmente tra tutte le porcherie che avevano combinato c'era qualcosa che aveva disturbato gli Integri, così li hanno portati in galera. La giustizia non fa sconti, hanno detto. Siamo stati fortunati.»

Sguardo puntato in avanti, passo calmo. Piccolo Brunó.

«Sappi solo che sto pregando perché quei due stronzi siano morti tra le più atroci sofferenze.»

Gli accarezzai la spalla, rendendomi conto troppo tardi di quanto quel gesto fosse azzardato.

«È così che sono entrato a far parte degli Integri.» Abbassò la voce, guardandosi attorno con circospezione. «Hanno detto che ci avrebbero aiutati, che avrebbero trovato un posto sicuro per me e mia madre nel caso mio fratello e mio padre fossero usciti. Lei è alle cucine dell'Area di Comando, mentre io...»

«Tu sei qui» conclusi al posto suo.

«Sì, certo, è meglio di prima, ma continuo a essere quello diverso. Lo vedi. Nessuno è nero tra gli Integri, e...» Lasciò la frase in sospeso, scatenando una scintilla di curiosità e speranza nella mia mente.

«E cosa?» lo incalzai. Gli altoparlanti crepitarono senza motivo, e lui li guardò. Poi aggrottò la fronte, negando con la testa.

«Niente. È che me la figuravo differente, la giustizia.»

Diamine. Era meno di quanto sperassi, ma molto di più di quanto mi sarei mai potuta aspettare. Dovevo respirare a fondo e aspettare. Riconoscevo le persone che covavano qualcosa, le sentivo, e Brunó era una di loro. Però dovevo trattenermi, o avrei mandato tutto a puttane. Sfacciata, non stupida.

«Tocca a te, Bianca» disse, girandosi a guardarmi con un mezzo sorriso.

«Ah, tesoro» attaccai con un grosso sospiro, «temo che la mia storia sia molto più banale.»

«Non mi aspetto niente di banale da te.»

«Oh, ma questo è perché so rendere tutto interessante!» gli risposi allungando il braccio libero, per poi gesticolare con la mano spalancata. «Come posso introdurti al mio piccolo universo, se non partendo dall'inizio?»

Schiarii la voce raddrizzando la schiena, pronta a prendere possesso del palcoscenico che mi aveva riservato il destino: una strada vuota e polverosa persa in mezzo allo schifomondo. Dovevo arrangiarmi con quello che c'era.

«Diversi anni fa, ma non poi così tanti» puntualizzai, «iniziava a sbocciare una piccola Bi. Era sempre esistita, ma diciamo che la sua nascita è stata più faticosa, rispetto alle altre. La fortuna della ragazzina era che i suoi genitori l'amavano. L'amavano così tanto da non essere interessati a nulla che non fosse il suo benessere. Avrebbero fatto tutto il possibile per lei. Lo hanno fatto.»

E mi passò la voglia di ridere.

«Il problema, caro il mio Brunó, è che quando non sei una persona "canonica" spicchi, capisci? E spiccare può essere un dono, come può diventare una stronzissima maledizione.»

Lo osservai, per essere certa che avesse ben chiaro cosa intendevo, e lui si limitò ad annuire.

«Il Presidente dice che "le persone deviate creano confusione sociale, incertezza, dubbio. E il dubbio alimenta la paura"» ripetei a memoria, spingendo sull'acceleratore delle sensazioni del mio accompagnatore. *Perdona l'audacia, tesoro.*

«Fatto sta che la gente, quando non conosce le cose, ha due scelte: informarsi o insistere nell'ignoranza. Non occorre che ti dica quale sia la strada più semplice da percorrere, vero, mio caro?»

Brunó non parlò. Nella mia testa rivedevo nitidamente il momento in cui mi avevano strappata da casa, come se fosse accaduto quel mattino stesso. I miei genitori, che fino a pochi minuti prima avevano sorriso, discutendo dei miei studi di teatro. Loro che venivano trascinati fuori dalla porta d'ingresso, buttati in mezzo alla strada come due criminali. Mamma, disperata, che si sfiniva di urla. Mi diceva che non era colpa mia, che non lo sarebbe mai stata. Poi più nulla. Da quel giorno li avevo persi. Perché in realtà avevo scoperto sulla mia pelle che esisteva una terza scelta, davanti alle cose che non si conoscono: distruggere, eliminare, sradicare. Ed era la scelta che continuavano a fare loro. Maledette Stecche.

Deglutii, ringraziando che il mio interlocutore non fosse partito con un'arringa difensiva verso le regole inumane del Governo, e mi fermai. Eravamo arrivati davanti al mio container. Lui si piazzò di fronte a me.

«Da quanto sei qui?» chiese, serio.

Sospirai. «Oh, su, non si chiede l'età a una signora!»

«Bianca...»

«Anni» lo bloccai prima che potesse aggiungere altro. «Anni passati al Campo di Raccolta perché mi dovevano contenere socialmente. Così dissero quando arrivai.»

«*Contenere*» mi fece eco.

«Esatto» confermai, sperando in una reazione più scomposta di quella appena ottenuta. Ma lui si limitò a fare un sorrisino sarcastico.

«Se il loro intento era contenerti, direi che hanno fallito.»

«Perdonami?» domandai, colta di sorpresa.

«Be', ti sei ascoltata? Sento meno volgarità in camerata!»

«Ah sì, sei così delicato?» sbraitai cercando di mollargli un calcio sugli stinchi. «Quindi credi che io sia scurrile? E non sai nemmeno quanto!»

Aggiunsi i pugni alle pedate, e ancora nulla.

«Fermati, bisciolotto marino!» strillai.

«Nemmeno per sogno!» rispose. Rideva in maniera incontrollata. E fu proprio in un eccesso di risa che riuscii a colpirlo sul costato.

«Auh, va bene, va bene! Basta!»

Continuava a sogghignare. Lo guardai dritto in faccia, negli occhi belli e gentili, prima di chiedergli quello che volevo.

«Se ti sembro una persona così tanto volgare» sussurrai, «perché hai scelto di raccontarmi la tua storia?»

Ci fissammo per qualche istante, fermi.

«Perché sei l'unica, qui, che mi chiama col mio nome.»

9

Potevano dire quello che volevano, ma avrei trovato il modo. Erano passati più di tre giorni dall'esplosione. Dovevo andare a cercarle.

10

Ani

Aprii la porta senza nemmeno guardare. C'era solo una persona che continuava a cercarmi da giorni.

«Alla buon'ora, Bambina!» esclamò Bianca, mentre io mi trascinavo di nuovo sopra il cumulo di tessuto che era diventato il mio letto. «Senti, tesoro, te lo dico con tutto l'affetto del mondo, ma qui dentro c'è un fetore che credo di non aver sentito nemmeno quando mi levo gli scarponi a fine turno. Credo che tu stia marcendo. Hai controllato?»

«No» risposi gettandomi sulle lenzuola, o su quello che ne rimaneva.

«Uh, carina, ti coltivi un pezzo d'arte "sudore su tela"! Riesce bene? Poi lo fai quotare?»

Non replicai. Sospirai nel cuscino e chiusi gli occhi.

«Hai intenzione di continuare così?»

Silenzio.

«Ani?»

Non riuscivo a dire niente. Le parole mi sembravano tutte vuote, senza nessuna forza. Sentii Bianca avanzare verso il letto.

«Va bene, ho capito l'antifona. Non so per quale motivo tu mi abbia aperto se pensi di non fiatare» puntualizzò con una punta di biasimo, «ma ho capito. Sì.»

Poi il nulla. Non si sentì volare una mosca. Aprii gli occhi per controllare se fosse ancora là e la trovai in piedi, con le braccia conserte, a fissarmi.

«Be'? Cosa credevi, che me ne sarei andata? Che il turno massacrante di stamattina mi avrebbe fermata?» chiese senza aspettarsi una risposta. Si avvicinò, facendomi cenno con le mani di spostarmi un po' più in là.

«Su, levati piccoletta, fa' spazio a Bi.»

Mi rannicchiai su un lato, con la faccia mezza nascosta dai capelli spettinati, e la osservai scansare anche il minimo scampolo della stoffa accartocciata che componeva il mio giaciglio.

«Cazzo, Ani, non so quali siano le tue intenzioni, ma questa roba credo che sia più facile da bruciare che da ripulire.»

«Addirittura!» esclamai senza nemmeno rendermene conto.

«Eccola, quella stramaledetta voce! Bentornata! Come? Dici che la Bambina qui ti teneva segregata? Che si rifiutava di farti uscire per principio? Eh, lo so. È testarda quanto un mulo» valutò gesticolando. «Sai cosa? Magari un caprone! Con quel fascino maligno primordiale, eh? E poi, scusami, puzza esattamente allo stesso modo!»

Ascoltai il monologo di Bianca senza riuscire ad arginarla. Merda, quanto mi era mancata. E ridacchiai. Sfidai il peso dentro il petto, lo stomaco aggrovigliato, gli occhi dolenti per le troppe lacrime. Fu una sensazione strana, seguita da un briciolo di senso di colpa, ma ridacchiai. E Bi se ne accorse.

«Tutto bello, ma non credere che ti abbracci, ora. Prima ti fai una doccia.»

«Che stronza» mormorai, grata, con un mezzo sorriso ancora in faccia.

«Stronza io? Sarai cretina tu» puntualizzò, «che ti sei fatta cinque giorni in solitudine dentro una sauna schifosa prima di far entrare me, la luce dei tuoi occhi. Guardati, due minuti e sono già riuscita a farti ridere!»

Allungai una mano per toccarla.

«Non sfiorarmi nemmeno, per l'amor del cielo!» esclamò schizzinosa. Però le sue dita strinsero le mie.

«Scusa» sussurrai.

«Smettila di chiedere scusa, caprona puzzolente. Piuttosto, come stai?»

«Non lo so» ammisi.

«Be', mi aspettavo cose pesanti da te, come "voglio morire, ho chiesto di tuffarmi nella sbobba a cena", o ancora peggio, "inizio ad apprezzare il lavoro delle Stecche"» si lanciò, creativa, «frase che avrebbe attestato senza dubbio il tuo avvicinamento alla follia. Un "non lo so" così vago è quasi piacevole.»

Abbassai lo sguardo. «Già.» Era la replica più articolata che potevo produrre. Sapevo che stava arrivando la parte difficile.

«Sakine?» chiese senza preamboli.

Mi morsicai l'interno del labbro e le dita di Bianca si chiusero di più sulle mie. Scossi il capo.

«Non vuoi parlarne?»

Continuai a scuotere la testa. «Non lo so» mi trovai a ripetere, realmente inconsapevole.

«Versatile, come frase» ironizzò.

«Non so cosa dirti» precisai, stanca fino al midollo di girare nella mia mente in cerca di una risposta. «Non so niente. Non lo so.»

Avevo solo un grande buco nero in mezzo al petto ed era tutto ciò che riuscivo a sentire.

Bi accavallò le lunghe gambe. Lasciò passare qualche secondo prima di prendere un respiro profondo e raccontare.

«Sono andata di nascosto alla rete tutti i giorni, appena uscita dal turno» mi rivelò con cautela. «Sulla pietra non c'era mai niente. Mai, Bambina.»

Lo sapevo. Mi avevano lasciato in quella stanza da troppo tempo perché le cose stessero diversamente. Non erano necessarie conferme, eppure quella semplice frase fu l'ennesimo cazzotto nello stomaco. Uno di quelli che ti spingono su le viscere, mozzandoti il respiro, chiudendoti la gola. Feci una smorfia a occhi chiusi e abbandonai la faccia sul cuscino. Mamma. Mamma.

Singhiozzai.

«Magari è semplicemente ricoverata, tesoro. Potrebbe essere su un letto d'ospedale, o di quel cavolo che hanno al di là di quella maledetta rete» azzardò. «Oppure è già nelle sue stanze, ma ha le mani fasciate. O i piedi. Guarda che le ustioni sono bastarde forte, eh?»

Negai. Annuii. La ascoltavo, ma sentivo una voce dentro di me che non lasciava dubbi. Mi diceva di non sperare. La mia famiglia non esisteva più.

«Sono sola, Bi.»

«Col cazzo!» tuonò, alzandosi in piedi di scatto. «Non ti ci provare a dire che sei sola. Chi sarei io, allora?»

Sollevai il viso, allungando ancora le dita verso di lei.

«No, scusa, no» smozzicai in preda alla confusione. «Tu sei una sorella. Non saprei davvero come avrei fatto senza di te, ma lei era mia madre. Era tutto. Era l'affetto che mi teneva in piedi, il mio passato, la mia àncora.» Tirai su col naso. «Lei era il mio vecchio mondo, e c'è sempre stata senza bisogno che la vedessi. Sapevo che stava bene, per quanto potesse, e mi bastava» sospirai. «Adesso non esiste più. E io non ho più niente.»

Bianca mi studiò, poi tornò a sedersi e, con lentezza, come se volesse essere certa del mio permesso, mi abbracciò. Strinse forte, affondandomi il volto tra i capelli, lasciando sfogare il mio ennesimo pianto.

«Primo» cominciò, «smettila di essere così sicura, ancora non sai cosa sia successo davvero. Secondo: hai già tutto tu. Il tuo passato, il tuo futuro, ogni parte di quello che sei lo hai tu, grazie alla tua capoccia dura e a quello che negli anni ti ha regalato chi ti vuole bene. Lasciatelo dire da una che ci ha fatto pace molto tempo fa. Infine, terzo» disse prendendomi per le spalle e mettendomi davanti a lei, «azzardati ancora a dire che sei sola e ti apro il cranio come una castagna al forno.»

Ridacchiai tra i singulti e Bianca mi lasciò andare per mostrarmi l'arco considerevole del gesto con le mani.

«Ah, sia messo agli atti che mi hai dato una delle risposte più lunghe della tua vita, e che ti ho abbracciata nonostante il tuo aroma erborinato.»

«Stupida» l'apostrofai, ma stavo già tornando a respirare. Stropicciai le guance e le palpebre, tentando di recuperare la calma. Bi mi sorrideva, gli occhi accesi e la coda di cavallo spettinata.

«Hai voglia di dirmi cosa ti è successo, dopo l'esplosione? O facciamo finta che quel livido sulla tua faccia ci sia arrivato da solo?» domandò.

Le risposi facendo spallucce. «Non c'è molto da dire. Sono corsa alla Zona di Comando e ho visto l'incendio più grande della storia, terrore e caos.» Mi asciugai il muco con il polsino della tuta.

«Questo fa abbastanza schifo.»

«Scusa. Dicevo del caos.»

«E del terrore» puntualizzò.

«Sì. E le Stecche mi hanno tramortita perché strillavo troppo.»

«Livido spiegato, guardie di merda!» ringhiò Bianca.

«Dopo mi hanno portata in infermeria, credo. Puzzava di disinfettante. Devono avermi sedata, perché ricordo pochi momenti di lucidità prima di arrivare qui.»

«Quindi prima che ti trasportassero alla tua reggia è il buio assoluto?»

Mi fermai a ragionare. Non era necessario che le raccontassi del sogno, ma il resto sì.

«Credo di aver sentito la voce del Presidente.»

Un'espressione sbigottita si stampò sul volto della mia amica.

«Perdonami?»

«Lo hanno chiamato così, quindi credo proprio di aver sentito la sua voce» ribadii.

«Tesoro, quando pensavi di mettermi al corrente?» attaccò, sarcastica. «Capisco che tu abbia avuto impegni, ma non mi sembra esattamente un dettaglio.»

Poi sbatté le ciglia più volte, rapidamente. Restai a fissarla interdetta.

«Bambina, pensi di spiegarmi questa cosa o devo recuperare un forcipe per estrarre le parole dalla tua bocca?» chiese a labbra strette, continuando a sfarfallare con le ciglia.

«Stavo lì, legata, e secondo loro dovevo essere incosciente, per questo quando ho sentito l'Integro che mi sorvegliava aprire la porta ho continuato a tenere gli occhi chiusi. Poi la voce.»

«Quella del Presidentissimo?»

«Credo di sì. Sembrava molto simile a quella che sentiamo durante le comunicazioni» ragionai.

«Cos'ha detto? Ha parlato dell'esplosione?» m'incalzò.

Bianca continuò a guardarmi mentre io cercavo il modo giusto per descrivere quello che ricordavo. Non era tanto il timbro, quanto il modo in cui aveva scandito le parole. Gli ordini che aveva dato senza davvero ordinare nulla, la superiorità con la quale si era rivolto alla sentinella. Era ben diverso dall'atteggiamento che traspariva dai discorsi ufficiali. Emanava qualcosa di più inquietante.

«No, non ha parlato di niente. Ma faceva paura.» Era la sintesi perfetta.

«Ma cosa voleva il malvagio da te?»

«Non lo so.»

«Ti piace sul serio questa espressione, eh?» ribatté Bianca.

Le diedi una spinta. «Non lo so davvero, pignola» rimarcai.

«Sta' a vedere che per gli altri "non lo so" conoscevi la risposta e ti sei rifiutata di accontentarmi per dispetto!» strepitò mulinando le braccia.

Sorrisi ancora. «No, hai capito benissimo cosa intendo, e ricordo una sola cosa, però non so come interpretarla.»

«In che senso, Bambina?»

Mi grattai la testa, cercando di ricordare la frase esatta.

«Voleva sapere perché fossi corsa alla Zona di Controllo, ma soprattutto voleva assicurarsi che» mimai le virgolette con le dita «non fossi una di quelle pazze.»

«Quali pazze? Le Raccoglitrici che hanno cercato di fuggire?» sbuffò. «Ovviamente non ci è dato sapere chi siano le pazze venefiche che intende lui, vero?» osservò Bi.

Spalancai gli occhi.

Venefiche. Veleno. Bruciare. Improvvisamente ricordai un minuscolo dettaglio molto vivido, una coincidenza troppo precisa perché non la considerassi qualcosa di più.

«So da chi dobbiamo andare» sussurrai.

«Andare? Dove? E come, stellina d'oro e d'argento?» incalzò Bi, sarcastica. «Hai ben chiaro dove siamo, sì?»

Se ne stava protesa in avanti, con un'espressione severa stampata sul viso, ma prima di poterle rispondere bussarono alla porta.

Bianca corse ad aprire.

«Buon pomeriggio!» esclamò gioviale, senza nemmeno l'ombra del nervosismo di prima.

L'Integro davanti a lei grugnì qualcosa. Era poco più alto di me e aveva gli occhi mezzi chiusi oscurati dalle sopracciglia spioventi, corredate alle guance da bulldog.

«Gradisce accomodarsi, caro?» lo invitò come se fosse all'ingresso di una lussuosa sala da tè.

«Devo dare un avviso a tutte le Raccoglitrici.»

Bianca mi guardò stringendo le palpebre per una frazione di secondo, poi tornò a occuparsi della Stecca.

«Mi dica pure» cinguettò.

«Domani mattina presto siete tutte convocate nella Zona di Comunicazione. Il Presidente terrà un discorso.»

Bi rimase senza parole. Io fissai stupefatta la Stecca. Nella Zona di Comunicazione si tenevano assemblee straordinarie, degli incontri tra noi, la plebe, e le alte sfere, gratifiche speciali in occasioni inimmaginabili. Di solito erano inutili discorsi di propaganda, ma almeno ci permettevano una pausa dal lavoro.

«E chi di voi due risiede qui?»

«La ragazza a letto» rispose Bianca. «La scusi, è abbastanza provata.»

«Bene, allora la signorina, immediatamente dopo il discorso di domani, deve recarsi all'Area di Comando. E nel pomeriggio dovrà tornare ai normali turni di raccolta.»

«Le viene consentito l'accesso all'Area di Comando?» chiese Bi al posto mio. «Come mai?»

La pausa della guardia mi fece venire i brividi.

«Deve recuperare gli effetti personali di sua madre.»

Il respiro mi si mozzò in gola.

«Il corpo è già stato cremato, in quanto irriconoscibile se non tramite l'impronta dentale.»

Tremai. Il peso sul petto mi strinse i polmoni. Poi svenni.

11
Bianca

«Su, bevi» la incitai, posandole il bicchiere sulle labbra.

Ani si era riavuta dallo svenimento dopo pochi secondi, per poi andare in pezzi in un pianto disperato addosso a me. La Stecca, dopo averci guardate per un attimo, aveva deciso che il suo compito poteva considerarsi esaurito e se l'era filata di gran carriera. Bello stronzo.

«Avanti, Bambina» continuai a insistere, «almeno un goccio d'acqua devi buttarlo giù. Ti proporrei qualcosa di più forte, ma temo che nessuno qui possa portarci un grappino.»

Tentai di farla sorridere, ma il suo sguardo restava vacuo. Aveva finito per addormentarsi con ancora le lacrime agli occhi, sfiancata dal troppo piangere e dai singhiozzi incontrollati. Speravo che almeno il sonno le avesse regalato un minimo di pace.

«Ani» riprovai. Lei annuì.

Socchiuse la bocca e mi lasciò versare un sorso. Mandò giù, poi allontanò il bicchiere.

«Va meglio?» chiesi, senza sperarci troppo. La Bambina annuì meccanicamente. Con ogni probabilità non aveva nemmeno capito la domanda. La aiutai a stendersi di nuovo, sistemando il lenzuolo lercio come meglio potevo.

Io mi sedetti a terra, controllando il ritmo del suo respiro grazie al movimento delle spalle, e sospirai.

Che schifo. Ormai mi faceva vomitare tutto di quel posto. Le vite sprecate, le morti annunciate e dimenticate in fretta, la violenza come pane quotidiano e il dolore che camminava al nostro fianco. Senza tralasciare l'egoismo, la sterile apparenza, la devozione più cieca al potere.

«Sono qui, Testa Riccia, non ti mollo. Ci pensa Bi» sussurrai. E scivolai nel sonno insieme a lei.

Mi svegliai di scatto sentendo un rumore nella penombra. Una sagoma scura si stava avvicinando alla porta del cubicolo.

«Chi cazzo...»

«Sono io, Bi.»

Ci misi un attimo per mettere a fuoco la situazione.

«Bambina?» biascicai assonnata.

«Sì» confermò lei, con un filo di voce.

«Cosa fai lì, dritta davanti alla porta?»

Non rispose.

«Ani?»

«Devo andare.»

Rimasi un secondo in attesa. Quando capii che non avrebbe continuato mi stropicciai la faccia e sbuffai.

«Riformula» le suggerii. I miei neuroni erano ancora troppo assonnati.

Lei ondeggiò, quasi stesse per cadere, poi si cacciò le dita in mezzo al nido spettinato che aveva in testa, accucciandosi a terra.

«Nonna mi ha riportato la frase della Pazza» disse guardandomi.

Sbattei le palpebre ripetutamente. Forse stavo ancora dormendo.

«Riformula e argomenta, beato cielo» aggiunsi.

Ani sbuffò, chiuse gli occhi per un secondo e lasciò cadere le braccia in avanti.

«Ho sognato nonna, quando ero sedata in infermeria.»

«A-ha» annuii, aggrottando le sopracciglia.

«Nel sogno eravamo a casa sua e mi ha detto: *Sei il veleno che brucerà finché non resteranno solo le ceneri dei loro desideri*. Più o meno la frase che ha gridato la Pazza l'altro giorno, prima che iniziassimo il turno. Per questo voglio parlare con lei.»

Inclinai il capo, fissandola mentre tentava di interpretare il mio silenzio.

«Non rispondi?» mi chiese serissima.

«È solo che...» cercai le parole più eleganti per esprimermi. «Te ne sei ricordata solo ora?»

«Non riuscivo più a prendere sonno. Sentivo di aver perso qualcosa per strada e mi è venuta in mente nonna.»

La studiai. «Va bene, tesoro, ho capito. Ma non ti sembra un po' pochino per alzarsi nel cuore della notte e uscire, rischiando di essere beccata dalle Stecche?»

Lei serrò le labbra.

«Aspetta» mi affrettai. «Intendo che correresti un grosso pericolo per quella che, magari, era una reminiscenza del momento, capito?»

La faccia di Ani non cambiò di una virgola.

Tentai di spiegarmi ancora. «No, insomma, forse...»

«Non ho altro, Bi. Quali opzioni ci sono, a parte fidarci di questo?»

La Bambina mi guardò con la sua aria cocciuta e triste. Provai ad analizzare la situazione al meglio, ma mollai in un attimo. Quella di elaborare dati non era competenza mia.

«Sai cosa?» domandai, avvicinandomi a lei. «Hai ragione. Mi rendo conto che questo è uno dei momenti più brutti della tua vita e che daresti fuoco al mondo, eppure hai la tua mente acuminata a pararci le chiappe. Quindi, prima di buttare tutto a ramengo, andiamo a parlare con la vecchia suonata. Se non lo facessimo ti mangeresti un pezzo alla volta fino ai gomiti per non aver sfruttato questa occasione.»

Lei sospirò, sorpresa dalla mia inversione di rotta. «Grazie» mormorò. Poi le si ruppe la voce. «È... difficile.»

«Non è difficile, è un maledettissimo schifo» rincarai. «Ma adesso quei vermi in nero stanno recitando la loro parte più vomitevolmente strisciante, ti hanno concesso più spazio, e questo è il nostro appiglio.»

«Era lì dentro, non me lo hanno detto» tremò. «Lo sapevo, me lo sentivo, mi stavano concedendo troppo. Era lì dentro e non me lo hanno detto.»

«Sì, Bambina, era...»

«L'hanno bruciata senza farmela vedere!» esclamò alzandosi di scatto. Aveva gli occhi gonfi, lucidi, il volto rigato di lacrime e i capelli ridotti a una nube nera annodata per tutte le volte che si era rotolata nel letto. Mi sentii una merda e feci la sola cosa logica.

«Sì, l'hanno bruciata e non ti hanno permesso di salutarla» replicai asciugandole una guancia col pollice. «E sai cosa? Ti hanno lasciata marcire nel tuo tugurio per giorni. Se fosse stata viva probabilmente non avresti ricevuto sconti.»

Si morsicò il labbro per l'ennesima volta.

«Sono delle bestie e meritavano di morirci loro in quel cazzo di incendio, ma non è successo» continuai. «Sono vivi, si stanno ricostruendo una bella fortezza con la fatica di spalle che non gli appartengono e noi, in questo campo dove facciamo finta di non essere prigioniere, siamo costrette a piangere le persone cadute in un attacco che nemmeno le coinvolgeva.»

Ani abbassò la testa, strofinando la manica sugli occhi, e strinse i pugni.

«Sakine non c'è più» rimarcai. «Puoi scegliere di salvarti senza lasciarla indietro. Soffrirai per non so quanto tempo, Bambina, però se ci impegniamo potrai farlo fuori da qui. La vecchia fa parte delle Raccoglitrici da un'infinità di tempo, sa sicuramente cose che noi ignoriamo, e tu domani potrai entrare nell'Area di Comando.»

Ero stata crudele. Le avevo buttato addosso tutto quello che pensavo, sperando solo che non sprofondasse nella sua angoscia.

«Cosa dovrei fare, secondo te?» chiese cupa, eppure meno disperata. La mia Testa Riccia.

«Non lo so» ammisi spalancando le braccia e sollevando le sopracciglia. «Non ne ho la più pallida idea. Dove ti porteranno? A cosa potrai accedere? Ti diranno perché scoppiano palazzi e nessuno ne parla? Sono tutte cose che scoprirai una volta dentro. Adesso, tanto vale rivolgersi alla Pazza.»

Finalmente la mia amica sollevò lo sguardo. Era un cumulo di macerie, sporca e distrutta, ma la sua espressione aveva una forza diversa.

«Andiamo?» domandai. E lei, con un cazzo di passo deciso, si mosse.

«Bambina, non correre!» ansimai, col cuore in gola.

«Non abbiamo un minuto da perdere» sibilò, impietosa. Non capivo come potesse muoversi così rapidamente. «Se ce la sbrighiamo in fretta, poi potrò fare la doccia come volevi tu» mi fece notare.

«Che vada allegramente a sculacciare le oche, la doccia. Di sicuro la signora non ci farà caso» brontolai a bassa voce. Ridicolo. Cercare di corrompermi con l'idea di una sua doccia mentre stavo sputando i polmoni. Quella ragazza non riusciva proprio a definire le priorità.

Ma tanto sapeva che non aveva nessun bisogno di comprarmi.

Ani doveva entrare nell'Area di Comando da lì a poche ore e le servivano tutti gli aiuti possibili. Diamine, servivano a me per non impazzire, in quel momento. Ci spostavamo furtive, le schiene rasenti alle lamiere calde, pregando di arrivare alla meta senza che qualcuno ci beccasse. O ci sparasse.

Il Cardo 1 era dalla parte opposta del Campo rispetto al cubicolo di Ani, e raggiungerlo senza farci notare non era per niente semplice. Scattammo tra le file di container, correndo il più velocemente possibile, e tenni il ritmo di quella gazzella per puro miracolo. Stava per scoppiarmi la milza.

«Bi, fermati.»

«Che succede?» smozzicai.

La Bambina indicò brevemente un container lurido e si girò a guardarmi.

«È quello» sussurrò.

Io annuii, col fiato che si rifiutava di collaborare. Osservai il suo profilo sotto la luce della luna.

«Quindi, Testa Riccia» feci una pausa. «Che si fa?»

«Dobbiamo solo entrare.»

Entrare in piena notte. Dalla Pazza.

Certo, minuzie.

«Siete spie!»

Chissà perché me lo sentivo che non sarebbe stato semplice.

«No, signora, siamo vittime, come lei» cercai di essere accomodante. Poi sibilai ad Ani: «Ma cosa diamine strilla!».

Con la Pazza impegnata a imitare le scimmie urlatrici stava diventando impossibile non farsi sentire. Come se essere davanti al suo container senza alcun permesso non fosse sufficiente a farci ammazzare di botte.

«Spie, spie! Andate via!»

«Mi raccomando eh, non sforzarti ad aiutare, caprona!»

Ani mi fissava con un misto di divertimento e disapprovazione, tenendo le braccia incrociate al petto.

«Stai tentando da dieci minuti» osservò, «e non hai ancora ottenuto niente. Come pensi di gestirla?»

Smisi di bussare per mettermi le mani sui fianchi. «Se pensi di fare meglio, signorina, prego.» Poi mi piazzai a lato della porta, indicandogliela con gesti plateali. «Avanti, tesoro bello, a te l'onore.»

La Bambina guardò me e subito dopo la porta, poi fece un sospiro. Era davvero ridotta male. Il viso smunto, segnato dal brutto livido sulla tempia, e gli occhi gonfi. Ma non cedeva, la mia pulcina. Diede tre piccoli colpi al metallo, usando solo una nocca.

«Mi perdoni, signora, il mio nome è Ani. Sono quella ragazza con i ricci scuri che ha visto più di una volta alla vasca di deposito sud.»

«Vai via!» gridò la Pazza.

«Mi pare tu l'abbia convinta. Brava» constatai sarcastica. Lei mi fulminò con lo sguardo.

«Signora, mi scusi» riprese, «ma è un momento terribile per me. Ho perso mia madre nell'esplosione della settimana scorsa e poco fa sono passati a informarmi che l'hanno cremata senza nemmeno permettermi di darle l'ultimo saluto...»

Cazzo. Non me l'aspettavo. La Bambina aveva deciso di andarci pesante.

Appena pronunciata l'ultima frase, Ani cercò i miei occhi e annuì. «Se dobbiamo giocarci il tutto per tutto» mormorò, «facciamolo.»

E un refolo d'aria si mosse. La porta si era aperta, lasciando intravedere dallo spiraglio una piccola testa di capelli bianchi spettinati.

«Entrate» ci ordinò la Pazza, brusca.

Spinsi l'uscio per far andare la Bambina prima di me e il calore malsano della stanza ci investì.

«Ti avevo detto che non avrebbe fatto caso alla tua doccia» borbottai con un colpo di tosse. Ani mi fulminò con lo sguardo.

L'interno del cubicolo non era tanto diverso da quelli di tutte le altre donne segregate là: un angolo col water in bella vista e un mezzo letto comodo quanto un pugno nelle reni. E basta.

Solo le bordature nere che vedevo correre lungo le pareti e le lenzuola ingiallite non facevano parte dell'arredamento.

«Chiudete» disse perentoria. Lo feci, ma prima cercai di prendere un'ultima boccata d'aria, pentita di aver abbandonato la sciarpa sul mio letto.

La Pazza era scalza, con la tuta enorme arrotolata sulle braccia e sui polpacci. Aveva i capelli bianchi troppo lunghi, con le punte ingiallite dal sole e dalla terra che le si appiccicava addosso durante i turni. Una ragnatela di rughe abbronzate circondava due iridi nere vispissime e la linea tremolante quasi priva di labbra che era la sua bocca.

«Cosa volete da me?» chiese indietreggiando, come se volesse difendersi da noi.

Ani aggrottò la fronte, studiandomi.

«Fai quello che vuoi» borbottai alzando le spalle.

Lei fece scrocchiare il collo, poi iniziò. «Vorremmo sapere cosa intendeva l'altro giorno quando ha parlato delle ceneri dei loro desideri.»

La Pazza ridusse gli occhi a due fessure, mentre protendeva il busto in avanti. Era bastata quell'affermazione a farle cambiare atteggiamento. Non le incutevamo più paura. Eravamo diventate interessanti.

«Ti sei ricordata questa frase?» domandò lentamente dondolando la testa.

«No» ammise la Bambina a disagio. «Me l'ha ricordata una persona importante in un sogno.»

«Un sogno» sibilò la vecchia, facendole eco. «E questo cos'ha a che fare con la morte di tua madre?»

Ani accusò il colpo. Le tremò il labbro, deglutì visibilmente, però rimase in piedi.

«Non lo so» ammise, «ma l'ho sognato poco dopo che lei era morta.»

La Pazza sorrise.

«Cosa ti hanno detto della cremazione?» chiese, senza smettere di muovere il capo.

«Niente» replicò la Bambina, con rabbia. «Non mi hanno detto niente, solo che domani mattina devo andare a recuperare i suoi effetti personali, dopo il discorso del Presidente.»

La vecchia esalò una risatina mettendo in mostra i denti marci e a me si accapponò la pelle. Non avevo idea di come si potesse essere più inquietanti.

«Quello che ascolterete domani, ragazzine, vi confermerà cose che già sapete.»

«E cosa dovremmo sapere?» mugugnai, cercando di parlare in apnea.

«Che in questa galera di sale non è tutto perfetto» rispose la donna avvicinandosi a me. «Anche il loro mondo ordinato ha delle falle.»

Feci un passo indietro, attenta a non toccare la parete sporca.

«E cosa mai potrebbe avere a che fare...» cominciai. Poi incespicai. Distolsi lo sguardo e, quando tornai a mettere a fuoco cosa avevo davanti, mi trovai la sua faccia incartapecorita a pochi centimetri dal mento.

«Non prendermi in giro, occhi belli» sussurrò, appestando l'aria con il suo alito. «Qui aspettiamo tutte la stessa cosa: un'occasione per evadere.»

Pazza un cazzo, la nonnina.

«E anche se fosse vero? Se volessi scappare?» chiese Ani, catturando l'attenzione della vecchia.

«Dovrete essere pronte, ragazzine. Bruciateli con la rabbia, usate la testa, e trovate il loro punto cieco» disse.

Arricciai le labbra.

«Ottimo signora, grazie» replicai. «E anche grazie al cazzo.»

«Bianca!»

«Eh, no, tesoro, no. Perdonami, ma così mi sento solo presa per il culo. Sono anni che cerco, che memorizzo i dettagli delle telecamere a circuito chiuso, ma ancora non sono riuscita a trovare niente di utile. Va bene che questa donna è un pilastro della storia del Campo, ma un consiglio così potevo dartelo anche io. Ne vuoi un altro? Quando pisci non mirare ai piedi se ti piacciono i calzini asciutti. Va bene?»

L'ultima frase la pronunciai piegata in avanti per trovarmi con la faccia alla stessa altezza della Pazza. E lei sorrise.

«Non parlavo di quei punti ciechi» ridacchiò, dandomi due schiaffetti delicati sulla guancia. Un gesto così spontaneo da sembrarmi assurdo e necessario insieme.

«È seria?» chiesi alla Bambina, stupefatta quanto me. La vecchia si mise seduta sul letto e cominciò a levarsi la pelle morta da sotto il piede.

«Qui tutte seguono lo schema e le Stecche si aspettano questo. Non fatelo. Prendete la direzione opposta, percorrete il sentiero intentato. E fidatevi, non tentennate» propose come se fosse la cosa più logica del mondo.

Strinsi gli occhi. «Posso dire ancora grazie al cazzo?»

«No» replicò Ani, reggendosi la fronte con la mano.

La Pazza rise di gusto. «Siete uno spasso!»

«Fa piacere che almeno una di noi si diverta» borbottai passandomi le dita tra i capelli.

«Non seguite lo schema, ragazze. Siate la nota che non possono prevedere» riprese seria la vecchia.

«Si rende conto di essere un po' vaga, vero?» insinuò la Bambina, con quel tocco di sarcasmo che le serviva per non esplodere.

«La precisione è impossibile, le scelte sono vostre» sentenziò l'altra sempre più criptica. E io sbottai di nuovo.

«Allora, cara la mia signora di bianco ornata, capisco che l'Oracolo di Delfi abbia tratto il suo fascino dal mistero delle sue rivelazioni, ma lei dovrebbe considerare che noi non siamo pellegrine, non abbiamo giorni interi per interpretare le parole arcane che ci sta propinando e, sopra ogni cosa, iniziano un po' a girarci le gonadi.»

Ani non cercò neppure di fermarmi.

«Quindi» seguitai, «se lei potesse spiegarci in quale modo sia possibile ottenere un beneficio dalla visita di domattina all'Area di Comando, le saremmo molto grate.»

Attesi una reazione qualsiasi, inutilmente. La Pazza ci stava guardando con una tenerezza che mi disorientava ancora di più.

«Io mi arrendo» sibilai, sbattendo le braccia lungo i fianchi.

«Secondo voi come potrei aiutarvi, se io per prima mi trovo ancora qui?»

La domanda suonò semplice. Già, perché non ci avevamo pensato?

«Per fuggire bisogna rompere le regole» continuò, «è sempre stato così. Andando oltre le norme si fugge dagli schemi, si creano nuove realtà, cominciano le rivoluzioni. Senza regole spezzate, si resta rinchiuse. Rinchiuse qui.»

Restai a bocca aperta. Era una delle cose più vere che avessi mai sentito.

«Io non posso infrangere le loro regole, ma voi sì, lo so. Voi potete essere le Strighe dei loro incubi» decretò.

«Strighe?» mormorò la Bambina.

«Le sorelle, le messaggere della terra, le paure di chi è cieco e sordo» replicò, più contorta di quanto ancora non fosse stata.

«Signora» cercai di fare il punto.

«Marta» mi corresse.

«Sì, bene, Marta» ripetei, «partiamo dall'assunto che non sto capendo praticamente nulla di quello che esce dalle sue labbra, ma davvero secondo lei queste cose dovrebbero aiutarci?»

La Pazza si alzò in piedi sul letto, mi afferrò per le spalle e si piegò per darmi un bacio sulla testa, tenera e pestilenziale.

«Hai qualcuno che ti aspetta, là fuori?» chiese.

Trattenni il respiro. «Nessuno» replicai, sentendo la malinconia arrivare.

«Tua madre? Tuo padre? Amici?» perseverò. Mi leccai le labbra.

«Non so se i miei genitori siano ancora vivi. L'ultima volta che li ho visti sono stati picchiati e portati via dalle Stecche, chissà dove. Li hanno accusati di avermi cresciuta senza rispettare le leggi.»

Bella scelta del cazzo quella di amarmi così com'ero. Vi ha proprio semplificato l'esistenza, ragazzi.

Era passato tanto tempo, eppure il dolore mordeva ancora. Quello stramaledetto groppo in gola non accennava a levarsi dalle scatole.

La Pazza mi posò un palmo sulla guancia.

«Gli amici?» incalzò.

Scossi il capo. Il groppo si stava portando dietro anche una deprecabilissima nausea.

«Devo ringraziare quelli che credevo amici se sono qui» mormorai. E per me l'argomento era chiuso.

La vecchia prima strinse gli occhi su di me, poi abbracciò con lo sguardo tutta la stanza.

«Ognuna di voi deve ascoltarsi e farsi ascoltare. Non esistono colpe per le quali sia giusto tenervi chiuse qui» disse in modo grave. «Ricordatevelo.»

Un brivido mi attraversò le spalle, la schiena, lo sentii fin dietro le cosce, attorno alle caviglie che avevano rischiato di cedere.

«Silenziosa, anche tu non hai chi ti aspetta là fuori?»

Mi voltai appena in tempo per vedere la mia amica negare con la testa.

«Io vengo dalle montagne, dove i vecchi ghiacciai si erano ritirati, e potevo usare i Trovanti per capire dove fossero» iniziò a raccontare la Pazza, come se sapessimo a cosa si stava riferendo. «Era impossibile perderli. Erano massi enormi, trascinati a valle dal ghiaccio, lasciati lì, nel mezzo di piane che non avrebbero avuto ragione di ospitarli, e sotto il Trovante c'erano loro. Loro.»

Aveva l'espressione persa di chi coltivava quel ricordo da una vita, sperando di condividerlo con qualcuno. Iniziava a spaventarmi. Di cosa stava parlando? Chi erano *loro*?

«Qui non esistono quelle pietre, è chiaro, ma ricordatevi sempre di seguire il cammino della salsapariglia. Così troverete la via» disse.

E Ani sbiancò.

12
Ani

L'aria attorno alla rete che portava dal Campo all'Area di Comando tremava, ma non quanto le donne che la stavano attraversando per raggiungere la Zona di Comunicazione. E non quanto me, quando la Pazza aveva menzionato la salsapariglia. Lo aveva detto dal nulla, come se lo sapesse, come se anche lei avesse sentito la voce di *babaanne*. Prima nonna, poi lei: come poteva essere un caso? Avevo rimuginato per ore su quella coincidenza fino a quando non ero piombata in un sonno profondo, dopo giorni interi in cui non ero riuscita quasi a chiudere occhio, e così avevo sognato.

Tutto bruciava, le fiamme divoravano il buio e liberavano la luna dal suo compito faticoso di portare luce. Bruciavano i container, le reti elettrificate, le armi che esplodevano diventando altre lingue di fuoco. Bruciava come forza che ardeva dentro di me. Bruciava la notte, e il nostro dolore con lei.

Ma in quel momento non avevamo fiamme. Eravamo Raccoglitrici incastrate in fila senza la forza di guardarsi, alcune disperate, altre mute come me, chiuse nell'angoscia, e qualcuna quasi indifferente all'idea delle cazzate che ci avrebbero rifilato per l'ennesima volta, come se quella "gita" fosse una pausa dalla quotidianità.

Però bastava il cartello sopra l'ingresso della recinzione a ricordarci qual era il nostro ruolo là dentro:

Nessuno entra.

Nessuno esce.

Noi siamo nessuno.

E nemmeno i nostri morti.

In sette anni al Campo non mi ero ancora abituata a oltrepassare quella soglia e a poter guardare sullo schermo chi ci stava parlando, mentre anche gli altoparlanti gracchiavano il sermone di turno. Varcare quel confine, incrociare la realtà delle Raccoglitrici – tutte donne, tutte operaie – con quella dell'Area di Comando, città-palazzo con una popolazione eterogenea che a noi appariva più libera, mi rendeva irrequieta. Stavamo entrando nel luogo dove risiedevano le persone che decidevano per la nostra vita, le persone che per il proprio interesse avevano provocato un numero enorme di morti, un numero che andava ben oltre a quello dell'esplosione di pochi giorni prima.

Quanto avrei voluto Bi vicina a me, ma lei stava in una fila diversa, insieme alle Raccoglitrici che non avevano perso nessuno. Ero sola e dovevo stare attenta.

Scrutavo tutto. Ignoravo a cosa potesse servirci, ma ero decisa a non lasciarmi sfuggire nulla. Studiavo chiunque.

Avevo accantonato la fiducia verso le mie compagne di lutto. Le nostre storie erano troppo diverse. Tante, come me e Bianca, erano state portate là dentro con la forza, ma rappresentavano solo una parte del Campo. C'era chi credeva alla favola del contributo da fornire alla patria, e aveva scelto di entrare qui con entusiasmo. C'era chi aveva raggiunto le Saline in preda alla disperazione, e pensava di essere felice con un pasto misero e un sorso d'acqua. C'era chi aveva chiesto aiuto alle Stecche e ora grondava gratitudine nei loro confronti.

Come potevo mettere il mio destino nelle mani di chi si accontentava di sopravvivere? Era il sistema perfetto per renderci innocue.

«Avanti, Raccoglitrici!» gridò un Integro alle mie spalle, spingendomi. «Non c'è un cazzo da guardare, piccoletta» concluse, abbassando il tono solo per me.

Una ragazza, una biondina minuta, scoppiò a piangere, perdendo l'equilibrio praticamente sotto la porta che conduceva all'Area di Comando.

«Muoviti, anche tu, non fare la furba. La Zona di Comunicazione è alla vostra sinistra» la strattonò una Stecca con la voce stridula, fino a quando lei non riuscì a tornare in piedi. «Cammina o ti perderai il discorso del Presidente e, credimi, non ti conviene farlo.»

Sembrava impossibile che il capo del Governo si mostrasse dal vivo a noi misere operaie, e facesse un discorso per spiegarci l'accaduto. Non si era mai scomodato tanto.

Quell'uomo esisteva solamente attraverso infiniti comunicati che eravamo obbligate ad ascoltare o nei filmati di propaganda, ma niente di più.

Il mio sangue ribolliva quando mi accorgevo che molte ragazze aspettavano con trepidazione i messaggi registrati, i dispacci che poi riecheggiavano nelle nostre orecchie. Erano le uniche pause dal lavoro concesse, lo ammetto, ma mi rifiutavo di giustificarle. Loro ci credevano, a quelle *saçmalık*. Stupidaggini.

In un istante mi trovai ammassata contro le altre donne che avevo davanti, schiacciata senza poter vedere nulla, senza riuscire a respirare. Poi mani, sulle spalle, sul seno, sui miei fianchi magri, mani che cercavano armi impossibili da nascondere e che approfittavano del loro ruolo per cercarle. Mi salirono le lacrime insieme a un conato di vomito, per lo schifo di quei contatti imposti, ma fu tutto troppo veloce per reagire. Rimpiansi ancora la lontananza di Bianca. Maledetti.

Il mio corpo venne trascinato dalla corrente umana. La recinzione era ormai distante, ma ignoravo quanto lontane ci stessero portando. La pressione si allentò rapida come era arrivata, la luce calò, e riuscii a vedere oltre le nuche delle Raccoglitrici.

Sempre accerchiate da Integri armati, ci ritrovammo in uno spazio enorme coperto da un tendone consunto. Sul lato opposto al nostro ingresso troneggiava un palco che, per quanto riuscissi a scorgere, sembrava vuoto.

La Zona di Comunicazione.

«Ora state buone» ordinò la guardia che mi aveva spinta poco prima, «e ringraziate di poter vedere il Presidente.»

«Non credo lo vedrò da qui» gli feci notare cupa, circondata com'ero da teste decisamente più alte della mia.

«Non penserai che ti prenda in braccio, vero?» replicò. E rise, il bastardo. Ma era inutile arrabbiarmi, dovevo restare concentrata. A ogni secondo rischiavo di perdermi qualcosa.

«Non ci faranno avvicinare più di così» disse una donna di mezza età, dalle spalle larghe e il mento pronunciato, che stava dietro di me. Sembrava delusa. Come se le dispiacesse di più trovarsi lontana dal suo idolo che seppellire il sangue del suo sangue.

Una luce improvvisa mi lampeggiò negli occhi, lasciandomi mezza accecata per qualche istante, poi la sentii. Quella voce.

«Siete qui, Gente delle Saline, per rendere onore a chi è morto nell'attacco disumano avvenuto recentemente. L'assalto ha colpito in diversi punti, dal Campo all'Area di Comando, cercando di ottenere il maggior danno possibile e provocando la morte di quarantanove brave persone. Tutte grandi fedeli del Governo.»

Mi sforzai di mettere a fuoco l'oggetto enorme che mi aveva abbagliata e capii che si trattava di stoffa bianca. Un gigantesco telone alle spalle del palco dove, finalmente, sotto forma di piccola sagoma nera stagliata nel candore, lo vidi.

Sul fondale iniziò un video di propaganda, con paesaggi troppo verdi per essere veri e primi piani del nostro grande eroe. Il Presidente. Un uomo vicino alla mezza età, dal fisico curato e i tratti decisi, naso aquilino e colori scuri. Portava i capelli pettinati indietro, nelle riprese sembrava quasi che sorridesse, ma la voce, quella voce no. Era educata ma gelida, accorta, con la ferocia pronta a fare capolino quando serviva.

«Solo un manipolo di traditrici ha tentato di fuggire. Si trattava quasi certamente delle infiltrate inviate qui dai nostri nemici, ma non preoccupatevi, abbiamo agito per il meglio.» Proseguì in tono fermo. «Quelle che si trovavano ancora dentro le Saline infatti sono state neutralizzate immediatamente, e le ultime due fuggiasche, grazie agli sforzi solleciti dei prefetti di Cesena e Ravenna, sono state individuate nei pressi delle campagne forlivesi, stanate e catturate.»

Soffocai una smorfia ironica mentre le mie compagne applaudivano. Definire infiltrate delle Raccoglitrici sfinite da anni di lavoro, che avevano cercato di cogliere un'occasione simile, era quantomeno ridicolo.

Mi dispiaceva solo che per quelle donne fosse finita così.

«Molte altre città ci porgono il loro cordoglio e ci tengono a far sapere che non faranno mai mancare il sostegno a noi, terra colpita dalla violenza e già pronta a rimettersi in piedi. Non possiamo permettere che un evento simile cambi le nostre vite. Rinsalderemo le difese, lavoreremo perché la produzione non si fermi, e riusciremo a sostenere il fabbisogno quotidiano di sale della popolazione. Questo è quel che faremo. Perché noi siamo qui, e non lasceremo indietro nessuno.»

Il pubblico esplose. Sul grande schermo passavano le immagini del Presidente che ringraziava la folla, compiaciuto del risultato.

Non lasceremo indietro nessuno, aveva detto prima di fermarsi per godere delle acclamazioni che quelle false promesse suscitavano. Che schifo. Bastavano un po' di teatralità e una certosina distorsione della verità per ottenere l'effetto sperato.

«Quanto è appena accaduto, Gente delle Saline, è stato un tentativo mal congegnato che non ha raggiunto lo scopo auspicato dagli attentatori. Volevano indebolirci, depredarci, volevano spaventarci facendosi sempre più aggressivi, ma la realtà è che sono loro ad avere paura. Anche se sappiamo che si tratta di un'organizzazione strutturata, impegnata ad attaccare i nostri valori, non arretreremo di un passo. Gli stiamo addosso. Siamo vicini come mai è capitato prima.»

Altra pausa.

«Assassini!»

«Prendeteli!»

Grida concitate si levarono spontaneamente tra le mie compagne. Alcune donne erano furibonde, altre commosse mentre si stringevano tra loro.

Il Presidente, soddisfatto, le fomentò con un gesto delle mani. Soffiava sul fuoco del nostro dolore.

Io mi costringevo a tenere gli occhi fissi sul palco per non vedere le espressioni eccitate delle persone accanto a me.

Non sapevo a chi si stesse riferendo il Presidente, ma rendermi conto che fuori dal Campo c'era chi aveva deciso di reagire mi accese una piccola speranza, anche nel mezzo di quella tragedia.

Le grida si esaurirono e il nostro capo riprese.

«Rafforzeremo i pattugliamenti in ogni strada per scovare i ribelli, aiutati dalle nuove leve che arriveranno tramite la campagna straordinaria di arruolamenti. Li stiamo rintracciando ovunque, grazie alle squadre di Integri che controllano il territorio a palmo a palmo insieme ai cittadini. Appartengono proprio a loro gli sguardi più attenti nel segnalarci ogni anomalia, e svolgono con orgoglio questo ruolo fondamentale. L'impegno della popolazione intera, e ancora prima del nostro Governo, è proprio questo: fermare i sovversivi che antepongono la voglia di farci la guerra al bene della nazione.»

E io fui costretta a tapparmi le orecchie per non impazzire. Gli urli nuovamente alimentati da quelle frasi diventarono assordanti.

Avevo sentito alcune Raccoglitrici parlare delle loro vite prima di essere arrestate e condotte al Campo. Raccontavano di quell'inquietudine. Dell'impressione di essere sempre spiate. Dei delatori più insospettabili che continuavano a fornire braccia nuove per le Saline.

Anche Bianca era stata una loro vittima.

Un silenzio improvviso interruppe i miei pensieri. Mi sollevai sulle punte dei piedi appena in tempo per vedere il Presidente assumere un'espressione solenne. Ancora più di prima, se possibile. Si stava preparando al gran finale.

«Avete potuto vedere con i vostri occhi cosa succede quando non si lavora per la serenità di tutti. Tanti sono stati i morti. Troppo è bruciato tra le nostre mani, quindi è importante rimanere uniti, ora più che mai. È grazie all'impegno di tutti che possiamo mantenere l'ordine. Ora invito voi, Gente delle Saline, a piangere i vostri cari in libertà, recuperando le cose che sono rimaste intatte. Ricordate questo momento, conservate il nostro dolore composto per reagire e indirizzatelo nella nostra battaglia.»

Ovazione.

Lo acclamavamo noi, che eravamo i suoi mattoni. Blocchi di argilla cotti, tutti uguali, che una volta rotti venivano sostituiti senza battere ciglio. Eravamo materiale per costruire la sua utopia. E non potevo più sopportarlo.

Non quando avevo perso anche mia madre.

Quell'uomo giocava con le parole per ottenere la nostra approvazione e io sentivo solo le bugie che cercava di venderci.

Il nostro dolore composto. Così lo aveva definito. *Nostro.* Strinsi così tanto la mandibola da provare una fitta. Non c'era niente di nostro, quel dolore non poteva essere condiviso. Perché noi eravamo nessuno.

Il filmato tremò un secondo. La figura nera così piccina sul palco sembrò ondeggiare, poi tornò salda.

Il Presidente, dalla proiezione, con i tempi ben calcolati, continuò a guardarci orgoglioso. La regia lo inquadrò a figura intera, con la divisa scura scolpita addosso e l'espressione fiera. Sollevò i gomiti all'altezza delle spalle e racchiuse il pugno nella mano destra, davanti al viso, per salutare il suo pubblico. Le Stecche lo imitarono in blocco. Anche diverse Raccoglitrici. Troppe. Poi il Presidente si voltò, attese un momento e infine, camminando con lentezza, sparì dall'inquadratura.

Anche il suo profilo scuro sul telo bianco era svanito. Tutto studiato con precisione.

«La nostra battaglia» mormorò una donna pallida, con gli occhi cupi e le guance scavate. «Come se avesse un'idea di cosa combattiamo noi, di quali lotte abbiamo vissuto.»

«Clara, taci» sibilò quella dietro di me, col mento sporgente.

«Perché dovrei? Ho perso il terzo figlio in servizio con gli Integri, era l'ultimo che mi rimaneva, e non so nemmeno che faccia avesse ormai» rispose alzando la voce, carica di un rancore che non si poteva ignorare. «Qui dovevamo essere protette, il Governo doveva darci possibilità che per gli altri non erano neppure pensabili. "La Gente delle Saline sarà privilegiata e invidiata da chiunque" ripetevano. Ci si riempivano la bocca con quelle parole!»

Evitare di ascoltarla era impossibile. Si stava creando un brusio di sottofondo che rendeva tutto più confuso, e troppo pericoloso con gli

Integri che ci circondavano. Guardavo le iridi nere, furiose, della donna, e vedevo la mia rabbia. Lei era arrivata a perdere tre figli per decidere di averne abbastanza. Io ero già pronta a bruciare.

«Siamo qui, in una trappola, col permesso di soffrire, ma solo per poco perché bisogna tornare presto al lavoro, perché la "nostra battaglia" è più importante» quasi urlava. La donna dal mento sporgente cercò di metterle una mano sulla bocca, ma era tardi. Una Stecca si stava avvicinando.

«Lasciami!» gridò la Raccoglitrice, con le guance così magre e tirate che sembrava potessero strapparsi. «Cosa pensi che possano farmi, ancora? Non ho più niente e nessuno, qui la sola cosa che conta è il sale. È il sale che ci sta uccidendo!»

Non riuscì ad aggiungere altro. Il calcio di un mitra la colpì in testa, facendole perdere i sensi. Rovinò a terra nel silenzio generale. L'unico suono era quello delle armi che venivano caricate, e spianate davanti a noi per evitare reazioni.

Non era il sale a ucciderci, ma il potere. E il primo cadavere era la nostra libertà.

«Secondo te quanto manca?» mi chiese una signora anziana dall'aria svagata. Sembrava quasi inconsapevole di dove si trovasse, al contrario della sottoscritta. Perché io lo sapevo.

Eravamo nell'Area di Comando. Ci avevano scortate là, dopo l'insignificante spiegazione fornita dal Presidente.

Stavamo passando davanti a zone delimitate da reti, piene di Stecche e operai che ammucchiavano cumuli di macerie in giro. Avevo visto che anche una parte del grande palazzo grigio adiacente alla Zona di Comunicazione era distrutta. Nel crollo le pareti avevano rigurgitato in strada pentolame, relitti di vecchi tavoloni, macchinari scomposti e bobine di stoffa parzialmente bruciate.

Quell'area completamente demolita spiccava come un errore.

Mamma doveva essere stata là.

Abbassai gli occhi colmi di lacrime e continuai a camminare.

Eravamo in fila di fronte a un edificio anonimo dai muri anneriti ma interi.

«La prossima!» urlò un Integro. Ignoravo da quanto fossimo dentro l'Area di Comando o quanto dovessimo ancora aspettare, ma non avevo fretta di tornare al Campo di Raccolta. C'erano ancora una decina di persone davanti a me.

Una ragazza cadde a terra, sfiancata dal pianto e dal caldo che ricominciava a salire. Capelli lisci appiccicati alla testa, occhi grandi, atterriti.

«Rossella» bisbigliai. Mi spostai dalla fila, sentendo subito altri passi dietro di me.

«State al vostro posto» ci ordinò una Stecca, arrivando con l'arma spianata.

«La conosco» gli dissi indicandola. Lui mi squadrò, poi fissò Rossella che faticava a rialzarsi.

«Se riesci a farla smettere di frignare puoi andare dove vuoi» decise, infastidito da quella sofferenza resa pubblica. Probabilmente doveva trovarla inopportuna. Mi misi a risalire la fila, con la guardia accanto a me che latrava minacce contro le proteste. Mi accucciai vicino a lei, sperando che sollevasse lo sguardo quel tanto che bastava per riconoscermi.

«Ani» biascicò, con la faccia sporca di lacrime, bava e muco. Si buttò addosso a me, facendomi cadere. Le sue dita mi provocavano uno spasmo, una nausea che risaliva in gola.

«Ani» ripeté, «mia madre. Hanno ucciso mia madre.» Poi scoppiò in singhiozzi, di nuovo. E io sentii il mio cuore sgretolarsi ancora un po'.

«Anche la mia, Rossella. Anche la mia.» Eravamo solo dolore, che dovevamo condividere.

«La prossima!» sbraitò ancora l'Integro sulla soglia dell'edificio. Non c'era nessuno prima di noi.

«Te la senti?» chiesi. Lei annuì, ma continuava a stringermi il braccio con le mani appiccicose. Ci alzammo da terra insieme e, un passo dopo l'altro, arrivammo alla porta. Io iniziavo a sentirmi strana.

«Una per volta» disse la guardia.

«Non si regge in piedi» gli feci notare, nonostante mi sembrasse ovvio. La sensazione cresceva. Respirai cercando di rimanere lucida.

«Tu, vieni qui!» strillò lui a qualcuno. «Prendi la ragazza più giovane e portala dentro. Deve ritirare degli effetti personali, poi fuori. In fretta.»

Una Stecca dall'interno brontolò qualcosa sul numero di militari disponibili, ma non riuscii a capire. Avevo caldo. Un caldo tremendo. Era un calore che mi soffocava dentro.

Arrivò di corsa un ragazzo in uniforme. Mio Dio, era veramente giovane. Lo scrutai, ricordandomi appena in tempo come dovevo comportarmi per non avere problemi. Abbassai la testa e sussurrai all'orecchio di Rossella: «Ascolta, ora devi andare con questa persona, ti accompagnerà lui, capito?».

Sentii le sue dita chiudersi più forte sul mio polso. Le Stecche aspettavano impazienti.

«No, no» ritentai, sentendola tremare tra le mie braccia. «Io non posso entrare con te, però sarò qui quando finirai, okay? Così potremo tornare indietro insieme.»

Rossella si staccò da me con gli occhi persi nell'angoscia e si lasciò trascinare dentro dal ragazzino, mentre io rimasi sulla soglia. Quanti militari avevano perso davvero? Fino a che età erano arrivati ad arruolare, per sopperire alle perdite? Miseria, che caldo.

«Devo andare in bagno» dissi di getto. L'Integro rimase tanto sbigottito davanti alla mia richiesta da non riuscire a trovare una replica. Cosa mi era preso?

«Devo andare in bagno» ripetei, ferma.

Lui si guardò in giro. Controllò dentro, studiò la fila alle mie spalle e poi, ancora stranito dalla mia richiesta, sbuffò.

«Ti lascio andare solo perché sei davvero ridotta male» spiegò. «Entra, vai a destra, terza porta alla tua sinistra, appena girato l'angolo.»

«Grazie» sibilai. Poteva essere ovunque, il punto era entrare. Varcai la soglia dell'edificio e seguii le indicazioni. Di fronte all'ingresso c'era un muro, quindi voltai subito verso destra e con pochi passi raggiunsi la prima porta. Chiusa. Sembrava tutto eccessivamente buio, ma era per l'abitudine al sole. Con calma gli occhi si adattarono e iniziai a vedere meglio.

L'ambiente era spoglio. Grigio. Il corridoio procedeva dritto, senza sbocchi o stanze per quasi una decina di metri, poi, sulla parete che dava sull'esterno, partiva un'altissima fila di finestre che lasciava filtrare poca luce. Una volta raggiunto il congiungimento dei corridoi, girai e trovai la seconda porta a un'altra decina di metri. Appena girato, aveva detto la guardia. Dovevano rivalutare le percezioni dello spazio, là dentro. Continuavo a sentire caldissimo.

Sfioravo la parete alla mia sinistra, quando la porta improvvisamente si spalancò. Fu l'istinto a gridare di appiattirmi contro il muro, per sparire dietro l'uscio aperto.

«Cosa cazzo vuol dire che è ancora senza corrente?» sbraitò una voce maschile, furiosa. «Siamo sotto organico, porca puttana, e quel varco è aperto a intermittenza da quasi una settimana!»

Iniziai a tremare. Esisteva un varco? Una seconda voce, molto bassa, rispose che dovevano arrivare gli operai, che era questione di poche ore. Sentii il rumore di un pugno contro il legno. Io ero a un soffio dal morire di paura.

«Forse non sono stato chiaro. Lo capiscono o no, quegli stronzi di sopra» riprese, «che non ho gente? Eh? L'esplosione ha fatto una strage, e quelli sopravvissuti stanno lavorando come muratori, come infermieri, e pure come cuochi e sarti, per mandare avanti la baracca. Lo sanno?»

Il cuore iniziò a scalpitarmi impazzito nel petto.

«Non so chi mandare a quel cazzo di buco vicino al Campo!» continuò, sempre più furibondo. «Ho tirato dentro chiunque! Dalle città ci stanno mandando solo bambini e vecchi. Non è che posso armare dei tredicenni, o inizieranno a spararsi tra loro!»

La voce bassa borbottò che aveva ragione, che gli dispiaceva, ma non sapeva cosa farci. L'altra Stecca trasse un lungo respiro, poi rispose con più calma.

«Sì, lo so» biascicò stanco. «Ora salgo e vedo cosa mi dicono. Io non ho alternative, quella breccia sarà un problema del sorvegliante, è la sola opzione possibile.»

Poi se ne andò via, lasciando la porta aperta. Merda. Misi le mani davanti alla bocca per non scoppiare a piangere, ma tremavo troppo. Non potevo nascondermi a lungo. Quando mi resi conto dei passi che provenivano dall'interno, mi si mozzò il respiro e pensai di essere spacciata. Ma la Stecca dalla voce bassa semplicemente brontolò contro il collega troppo nervoso, arrivò alla porta e la chiuse. Schizzai via senza aspettare nemmeno un secondo e mi infilai nella stanza successiva, pregando che fosse il bagno. Quando vidi i lavandini inframezzati dagli orinatoi, chiusi a chiave la serratura e crollai. Piansi disperatamente per qualche minuto, eppure sapevo che quel posto non mi avrebbe concesso altro tempo. Asciugai le lacrime, poi tornai padrona di me. Mi lavai la faccia, pulii alla bell'e meglio la tuta e respirai con la pancia, per rilassarmi. La sensazione di calore si era affievolita. Avevano detto che il varco si trovava vicino al Campo. Dovevo avvertire Bi.

Ritirai un piccolo sacchetto marrone dalle mani di un Integro con troppe mostrine, insieme a un'urna che conteneva le ceneri di mia madre, o almeno così mi avevano garantito. Poi tornai fuori, per cercare Rossella. La trovai appoggiata al muro, accanto alla Stecca di guardia all'ingresso che aspettava ci unissimo anche noi alla fila per riportarci al Campo tutte insieme.

Quella poveretta in pochi giorni aveva già vissuto quanto di peggio quel posto aveva da offrire.

La presi per il polso e me la portai dietro, spezzata dal dolore, ma più presente. Tentò di raccontare qualcosa, di parlarmi della sua storia, cercando un conforto che io non potevo darle, perché continuavo a pensare solo una cosa: *devo avvisare Bi.*

Quando ci staccammo mi lasciai abbracciare e aspettai che entrasse nella sua baracca. Ci scambiammo un saluto con la mano. *Scusa, Rossella, non sono capace di aiutarti di più.*

Sapevo che per lei le prossime ore sarebbero state piene di dolore. Però avrei fatto di tutto affinché chi ci aveva messo in quella situazione pagasse il prezzo di quella sofferenza.

L'Integro sbatté la porta del mio container dopo avermici chiusa dentro, ma ormai neppure quello contava. C'era un varco. Una possibilità.

Aprii il sacchetto che sembrava vuoto e mi rovesciai il contenuto sul palmo: la catenina col nazar della mamma. Asciugai le lacrime che mi corsero sulle guance, ma lo presi come un segno. Quell'occhio sempre aperto in vetro l'aveva accompagnata per tutto il tempo in cui potevo ricordarla, e lei mi aveva insegnato che era necessario per scacciare il malocchio. Lo misi al collo senza nemmeno pensarci. Una volta sulla pelle fu come sentire il profumo di mia madre, la sua morbidezza, il suo sguardo dolce su di me; e rimasi così, a sfiorare il nazar con i polpastrelli, persa nei ricordi, fino a quando non sentii bussare violentemente. Doveva essere già l'ora del turno.

Chiusi bene il collo della tuta per nascondere il ciondolo. Non mi avrebbero portato via anche quello.

Aprii la porta per uscire, senza dire una parola, invece mi scontrai contro un petto conosciuto.

«Bi!»

«Ciao, Bambina» disse facendomi l'occhiolino. «Vai di fretta?»

Mi rilassai e presi un respiro per raccontarle ogni cosa. Lei però iniziò a sventolarmi un foglio di carta davanti alla faccia.

«Cos'è quello?» chiesi.

E Bianca sorrise, con uno di quei sorrisi favolosi che nessun'altra sapeva fare.

«Il biglietto di un amico.»

13

Ringraziai, mettendo nella sacca il minimo indispensabile per il viaggio che mi aspettava. Serviva qualche ora, poco di più, ma volevo avere qualcosa anche per loro, nel caso in cui fossi veramente riuscita a trovarle. Il clan mi garantì che sarei potuta tornare quando desideravo, bastava mandare un corvo e mi avrebbero accolta a braccia aperte.

Io, in quel momento, speravo di rientrare presto, e non da sola.

14
Bianca

«Aspetta, quindi hai parlato con lui in *quel* modo?»

«Esatto» gongolai, spalettando svogliata il maledetto oro bianco.

«Tu sei pazza» concluse Ani, tirando su sale come se fosse nata per farlo. Aveva deciso che non voleva rogne, quella sera. Forse perché poteva essere l'ultima.

«Tesoro, comprendo che per te non sia chiaro, ma so essere una grande affabulatrice. Ho fascino, va detto» ridacchiai, gesticolando con la paletta.

«Non farti vedere dalle guardie» rispose secca.

«Avanti, Bambina, dammi un po' di soddisfazione!»

Ani sollevò lo sguardo. Aveva un'espressione cupa, maledettamente consapevole.

«Bianca, spero di poterti dare tutte le soddisfazioni che potrò tra pochi minuti, ma ti prego, adesso lavora.»

Ansimava. Non stava facendo così tanta fatica da avere il respiro mozzato, di sicuro era la tensione a rubarle l'ossigeno.

«Va bene, Ricciolona, va bene, però tu calmati. Ce la faremo» profetizzai su nessuna base.

«È il caldo» mugugnò.

«Il caldo ora che è sceso il buio? Allora prima stavi rosolando sulle braci?»

«Ora è peggio» si limitò a dire, sfogandosi sui cristalli bianchi da ripulire. Era strana, ma del resto lo ero anche io. Non riuscivo a smettere di sorridere, di parlare, di ascoltare il battito accelerato nel mio petto. Stavamo per scappare. Cazzo, stavamo per andarcene davvero. Quando Ani prima dell'inizio del turno mi aveva parlato di un varco privo di elettricità, aveva dissipato ogni dubbio. Il suo racconto era stato la conferma che mi serviva per interpretare il biglietto che avevo ricevuto quella mattina, dopo il discorso del Presidente.

Dove ci siamo incontrati, tra le fiamme,
sta per tornare la luce.
Non passerà la notte,
il metallo sarà di nuovo vivo,
io sarò di nuovo solo.

Lo avevo letto non so quante volte. Sapevo che poteva anche trattarsi di una trappola, eppure come potevo credere che la persona con cui mi ero confidata facesse una cosa simile? Come potevo anche solo ipotizzare che ci volesse mandare verso una morte certa? No. Non chi mi aveva raccontato la sua storia in quel modo. Non chi avevo incontrato là, tra le fiamme. Non Brunó.

Con quelle poche righe mi voleva avvertire che il varco era ancora malfunzionante, privo di protezione elettrica; e, cazzo, mi diceva di attraversarlo e anche, soprattutto, che la condizione era limitata nel tempo. Bisognava muovere il culo entro la notte stessa.

Dio, stavamo davvero per scappare. Forse la Bambina poteva dubitare dell'affidabilità di quella che era, in fondo, una maledetta Stecca, ma le avevo portato una ragione inoppugnabile per credergli, qualcosa che andava oltre la mia opinione personale riguardo il ragazzo col nome accentato: c'erano tutti i motivi per farlo. Nessuno aveva mai dovuto rendere conto della morte di una Raccoglitrice, quindi le trappole erano semplicemente inutili. Tempo sprecato per tirare su teatrini senza scopo. Brunó, o chiunque altro tra le luride fila degli Integri, poteva ucciderci come e quando voleva. Per carità, avrei apprezzato l'effetto spettacolare della cosa, ma le Stecche non si impegnavano mai in roba simile, tantomeno la notte. Avevano altri passatempi, col buio, e noi lo sapevamo bene. Noi, che eravamo nessuno.

Avevo fornito ad Ani quella spiegazione semplicissima, eppure efficace. Vederla presa dai suoi pensieri, senza fare nessuna contestazione, era stata la conferma che potevamo fidarci.

Stavamo per uscire. Sì, certo, dovevamo ancora discutere di alcuni dettagli – come l'eventuale incontro con esseri non esattamente disponibili a lasciarci andare, ma in quella situazione potevo rendermi utile io, anche se davanti alla Testa Riccia avrei preferito evitarlo. Non mi era mai capitato di dover usare il mio dono di fronte a tante persone. Speravo solo di riuscirci.

Osservai un piccolo mucchietto di sale che scivolava sulla mia paletta, maledicendo la mia inutile tuta senza tasche. Quanto avrei voluto fregarne un po' a quegli stronzi. Poteva tornarci utile in qualche modo, ma non era possibile.

La sirena gridò. Fine turno.

La Bambina scattò in piedi come se ci avessero sparato. Io mi sollevai lentamente, guardando la Salina, l'acqua, il fango, i cristalli, la torre rappezzata, tenuta in piedi da riparazioni provvisorie. Guardai le altre Raccoglitrici, in un lungo saluto silenzioso. *In qualche modo addio, mie care. E vaffanculo.*

«Rilassata?» chiesi poi voltandomi verso Ani.

«Fa caldo» rispose, passandosi la manica sulla fronte madida di sudore.

«Vedrai dopo» mormorai con un sorriso.

Era sempre la stessa procedura. Non venivi costretta a fare la doccia dopo il turno, ma quando la facevi le regole erano chiare: prima una bella controllata in ogni anfratto della tuta per accertarsi che non ti fossi fregata del sale, poi lavaggio in branco per la durata di una clessidra d'acqua. Sapere esattamente a quanto tempo corrispondesse era stato un interrogativo interessante solo per i primi mesi di permanenza al Campo, dopodiché bastò arrendersi e accettare: il tempo era poco. O lavavi il corpo o i capelli, per questo moltissime Raccoglitrici negli anni finivano per rasarsi, perdendo un altro pezzo della propria identità. Non era una scelta, come niente lo era là dentro, eppure c'erano persone convinte di dover ringraziare il Presidente perché ci dava protezione, acqua, cibo, e ci permetteva di vivere. Io guardavo i miei capelli lunghi, il loro colore caldo che mi piaceva tanto, e continuavo a pensare che, quando vieni costretta a obbedire per sopravvivere, quella non si può chiamare vita.

«Vedete di lasciare almeno un po' di sapone, buzzurre» strillai in coda.

«Quale sapone intendi, Bianca?» obiettò Elena, una donna alta dai capelli scuri a spazzola, e grandi occhi perennemente stanchi. Era dietro di me, appoggiata con la schiena alla parete di pietra e piastrelle rovinate.

«Quella roba melmosa che ricorda tanto la zuppa di legumi che ci propinano il venerdì e che, non escludo, possa avere anche lo stesso sapore» replicai.

«Chissà, forse un giorno ce la faranno anche mangiare, quella roba» ragionò, chiudendo le palpebre e la conversazione.

Non a me, ragazza, pensai. E mi concessi di sperare in un futuro dove non sarei più stata costretta a lavarmi per ultima o al massimo insieme alla Bambina. Anche se molte neppure facevano caso al mio corpo, si disinteressavano persino quando mi radevo quei due peli che a caso mi spuntavano sul mento, io non volevo sentirmi vulnerabile. Lo eravamo già abbastanza.

Ani taceva. Con lo scorrere dei minuti era diventata sempre più irrequieta e prendeva dei respiri profondi, facendosi aria con le mani, ma non parlava. Stava davanti a me in una perpetua agitazione che non le dava pace.

«Cosa ne dici di attirare meno l'attenzione, Bambina?»

«Ho caldo» disse, deglutendo a fatica.

«E questo l'abbiamo capito tutti, ma abbiamo deciso di fare la doccia per non modificare le nostre abitudini ed evitare che qualcuno noti differenze» le sibilai all'orecchio. «Quindi avere una piccola tarantola riccia in preda all'ansia non credo aiuti la nostra "operazione anonimato".»

«Non sono in preda all'ansia. Ho solo caldo. Caldissimo.»

«Certo, tesoro, e io ho mal di schiena per colpa delle tette troppo grosse.»

Il passaggio sotto l'acqua fu rapido, meno efficace di quanto sperassi. Anche io iniziavo a sentire l'agitazione crescere.

Uscii dal bagno umida e pulita, per quanto potessi esserlo dopo una doccia così breve, e mi guardai attorno. Donne che tornavano alle proprie casette alla spicciolata, mantenendo la fila in modo approssimativo, perché di loro ci si poteva fidare e le Stecche lo sapevano. Donne sedute a terra, che non avevano neppure fatto la doccia, sporche, stanche, vuote. Donne con l'anima spezzata da quel posto di merda, ma troppo spaventate per pensare a un cambiamento.

Con alcune avevamo tentato, io e Ani, di creare un contatto, di progettare qualcosa che andasse oltre le chiacchiere serali a fine turno, ma era stato inutile. A volte la soluzione fa più paura del problema, e non si possono costringere le persone ad affrontarla.

La Bambina camminava avanti e indietro a pochi metri da me, sollevando i capelli per dar aria alla nuca. A quanto pareva l'acqua non aveva dato sollievo nemmeno a lei.

«Fammi indovinare: caldo?» domandai. Lei mi folgorò con lo sguardo senza emettere un suono.

«Bene, mi piaci quando sei così conciliante. Mi rilassi» commentai arricciando le labbra. Ani alzò gli occhi al cielo e mi voltò le spalle.

La Stecca davanti a noi cominciò a picchiare il calcio della sua arma a terra.

«Preparatevi, è l'ora del rientro» ordinò seccato.

E io iniziai a prepararmi.

Il rientro dal turno, soprattutto di notte, e soprattutto da quando c'era stata l'esplosione, aveva un qualcosa di molle e cedevole rispetto all'andata, in particolar modo nel tratto mal illuminato che portava fino ai cancelli della zona con le nostre casupole. Il Campo era tutto separato in settori diversi, chiusi, recintati: quello delle Torri di raccolta con le Saline; quello dei container con docce e bagni, poi uffici e stanze che noi non avevamo mai frequentato; il nostro dormitorio costruito con le strade ad angolo retto; e infine la gigantesca Area di Comando.

Stavamo passando vicino alla recinzione elettrificata, più o meno nel punto in cui avevo incontrato Brunó la notte dell'esplosione. Eravamo nei pressi del varco. Quello da cui saremmo dovute scappare.

Io credevo di poter sentire le scintille sottopelle. La Bambina si muoveva come se fosse fatta di legno.

«C'è soltanto quell'Integro a controllarci?» mi sussurrò.

«Lui e l'altro in coda alla fila. Quelli fissi che presidiano le zone mentre passiamo mancano da giorni e le telecamere sono spente» le spiegai.

«Non ci sono» mugugnò, rallentando il passo per affiancarmi.

In un attimo collegai le cose: non avevano abbastanza Stecche, quindi i tempi di reazione sarebbero stati lunghi e la portata di fuoco degli uomini, una volta riusciti ad arrivare dai posti in cui erano impiegati, sarebbe stata ridotta. Lenta. E i due Integri di guardia non potevano permettersi di abbandonare completamente la fila di Raccoglitrici in un passaggio così buio.

«Ciao, stronzi» dissi a mezza voce, e feci un cenno col capo ad Ani.

Poi cominciammo a correre. Puntavamo verso il varco come se il fuoco stesse ancora divorando tutto. Le mie gambe lunghe mi permettevano una falcata notevole, ma la Bambina era veramente veloce. Sembrava una saetta riccia nella notte.

Miravo alla falla nella recinzione come una bussola. L'avevo vista bene solo la notte dell'esplosione, ma ci sono cose che non si dimenticano, soprattutto se ne va della tua vita.

I due Integri avevano già cominciato a strillare, incazzati neri, e le donne in fila gridavano tra i colpi di arma da fuoco che speravo stessero sparando in aria. Forse alcune ci maledicevano, forse altre facevano il tifo, ma non ero esattamente nella condizione di preoccuparmene.

«Corri, Ani!» urlai. E lei aumentò il ritmo con me, come se non ci fossero limiti alla velocità della nostra fuga. Iniziai a vedere la rete, il punto danneggiato, e due operai, illuminati dalle lanterne a sale piazzate a terra, intenti a sistemare il danno provocato dall'esplosione. Erano a mani nude. Non c'era elettricità.

Fummo addosso a quei due in un attimo, lasciandogli solo il tempo di stupirsi davanti a quella scena inaspettata, due Raccoglitrici ansimanti in una zona a loro proibita. Si sentivano gli spari sempre più vicini. Uno dei due manovali, il più reattivo, si lanciò verso la Bambina, cercando di afferrarla. L'altro mise una mano in tasca per cercare qualcosa, e io decisi che non volevo sapere di cosa si trattasse. Deglutii, cercai di prendere fiato, di calmare il cuore. E cantai.

Fu così che accadde.

Incespicai sulle prime note, con la voce rotta dal fiatone, poi cominciò tutto a fluire come al solito. Gli operai smisero di agitarsi, perdendo l'aggressività e la forza necessarie per contrastarci. Ani si immobilizzò, con gli occhi scuri spalancati fissi su di me che continuavo a cantare, sempre più forte, sempre più intensamente.

Anche gli spari si erano zittiti, ma non potevo essere certa che fosse merito mio. Spingevo la voce, gli addominali contratti per far uscire la melodia più potente possibile dalla mia gola, perché non avevo mai fatto una cosa simile. Cazzo, erano un sacco di persone, quanto potevo resistere?

Presi delicatamente la mia amica per il polso e me la tirai dietro, verso la rete martoriata. Cantavo, mettendo un passo dopo l'altro verso la libertà. Finalmente potevo toccare il metallo rotto, ma iniziavo a sentire la pancia rigida, il respiro troppo corto, inefficace.

Un altro passo. Ani mi seguiva docile, eseguendo i movimenti che la invitavo a compiere con una semplice pressione sul braccio. La mia gola cominciava a grattare. Un altro passo.

Spinsi la Bambina oltre la recinzione, mentre io cercavo di muovermi rapidamente, ma senza interrompere il canto. Però dovevo prendere fiato, merda. Un operaio tremò, il suo sguardo per un attimo tornò più lucido.

Vaffanculo. Un altro passo.

Oltrepassai la rete, varcai il confine, poi tirai un respiro profondo e intonai una musica più leggera, con note in falsetto che mi permettevano di essere meno potente.

Quindi ricominciammo a correre. A correre veloci come la morte che ci tallonava, cazzo. La Bambina mi seguiva ancora come un fantoccio, senza rallentare di un minimo il passo. Il buio diventava sempre più intenso, il mondo attorno meno distinguibile, le forme solo contorni pieni di dubbi.

Cantare ancora stava diventando impossibile, oltre che inutile. Dal Campo nessuno era più in grado di sentirmi. Frenai per svoltare bruscamente e nascondermi dietro quella che doveva essere stata la parete di una casa, poi mi interruppi.

Ansimavo come un mantice, ma eravamo fuori, maledetti stronzi. Fuori. Ce l'avevamo fatta.

Ani si riscosse qualche secondo dopo. Strattonò via il polso dalla mia presa e iniziò a guardarsi attorno incerta.

«Cos'è successo?» chiese confusa. Era turbata. Non capiva, e sapevo quanto questo la facesse impazzire. Io scivolai lungo le pietre polverose fino a toccare terra col culo, poi le sorrisi.

«Niente, tesoro. Siamo libere.»

15
Ani

«Perché siamo qui?»

Giravo attorno lo sguardo senza capire nulla. Era tutto scuro, cambiato. Sentivo del frastuono ovattato in lontananza che rendeva la situazione ancora più aliena.

«Perché siamo qui?» ripetei a Bianca che respirava affannosamente seduta a terra, appoggiata alle rovine di un muro.

«Bambina, dammi un secondo.»

«No, rispondimi» protestai. «Cosa sta succedendo? Perché siamo qui?»

Cominciavo a credere di essere impazzita. Fino a un attimo prima ero convinta che fossimo uscite dal Campo e ci fossimo rifugiate dentro i rottami di un automezzo enorme, pieno di polvere e ragnatele, ma con una perfetta visuale dall'alto. Gli Integri sfilavano ignari sotto di noi e io stavo confessando a Bianca quanto mi piacessero le scie colorate che... Chiusi gli occhi, mettendo a fuoco i miei pensieri.

«Era un'allucinazione? Ci hanno drogate, Bi?»

I rumori si fecero più vicini.

«È un discorso lungo, tesoro» disse sollevandosi da terra, «e le Stecche mi sembrano troppo incazzate, al momento, per consentirci di affrontarlo.»

«Sono le Stecche? Quindi siamo scappate davvero?»

Mi morsicai l'interno del labbro dopo averlo chiesto. Mi sentivo stupida, fragile e speranzosa.

«Sì, Bambina.» Il sorriso di Bianca brillò anche nell'oscurità.

Non capivo, e avevo un bisogno disperato di risposte, ma eravamo scappate, fuggite. Eravamo libere. Mi girava la testa.

«Eppure io prima ho visto, insomma, prima...»

«Prima non conta» chiuse il discorso Bi, piazzandomi il palmo aperto sulla schiena, «e conterà sempre meno se non riusciremo a nasconderci dalle merde che vogliono riportarci dentro.»

Annuii. Non sopportavo la mia mente annebbiata, ma capivo le priorità.

«Pronta?» domandò.

«Andiamo.»

«Ma come fai?» ansimò. «Ho visto delle cavallette meno veloci di te! Certo, mi facevano più schifo, però il punto resta: come cazzo fai?»

«Non lo so, corro» risposi. Sbirciavo fuori dalla finestra della casa mezza distrutta che stavamo utilizzando come riparo. Lo facevo a intervalli regolari, col cuore in gola, eppure sembrava tutto immobile. Ci trovavamo in un luogo deserto, senza rumori, senza vita: gli Integri come potevano nascondersi tanto bene, in quel posto? Non sarebbero riusciti a evitare la luce della luna. La osservavo splendere con una forza che non credevo possibile o che, forse, dopo anni di reclusione al Campo, avevo dimenticato. Ma loro non c'erano. Non c'era nessuno, là. Sembrava quasi che non stessero pattugliando a tappeto per cercarci. Assurdo. Era come se non fossero certi della nostra fuga. Era come se nemmeno io lo fossi.

Avevamo corso spostandoci verso sud. O almeno era quello che ci sembrava di fare, anche se ignoravamo completamente cosa potessimo trovare sul nostro cammino. Mettere più strada possibile tra noi e il Campo di Raccolta era la sola cosa logica da fare, ma dopo quella corsa dovevamo fermarci un istante. E così eravamo finite in quella casa abbandonata.

«Credo che potrei vomitare» si lamentò Bianca per l'ennesima volta, appoggiata a una parete polverosa poco lontana da me.

«Cerca di evitarlo, non sappiamo quando mangeremo o berremo ancora.»

«Grazie, Bambina, era esattamente il pensiero che mi serviva per evitare il peggio.» Poi si girò e rovesciò lo stomaco a terra.

«Ottimo» commentai.

«Oh, perdonami, non volevo recarti disturbo» attaccò lei, ancora piegata in due. «Non importa che mi sentissi la milza in gola perché una testona ha deciso che doveva correre come il cuore di un colibrì e io, dato che non si vede praticamente un cazzo, ero costretta a tenere il suo passo per non rimanere da sola in queste campagne desolate attorno alle Saline. Perdonami, davvero!»

La guardai. Aveva concluso la sua filippica mettendosi in piedi, con le braccia incrociate sul petto e il sopracciglio destro inarcato. Stava decisamente meglio.

«Sei perdonata» replicai allontanandomi dalla finestra, appena meno inquieta. «Ora andiamo?»

«Sì, maledetta lepre» brontolò.

«Così mi spieghi cos'è successo» le dissi. E Bianca cambiò espressione.

«Bi, per favore: c'era il camion o no?»

Lei sbuffò.

«Ti rendi conto di come sia tutto differente qui fuori, Ani? Ci sono resti di case e palazzi che somigliano a fantasmi, non abbiamo incontrato anima viva, sembra che la civiltà abbia abbandonato le strade vicine all'Area di Comando da un secolo...»

«Non cambiare argomento. Dimmi cos'è successo quando siamo scappate.»

«No, senti, Bambina, tu ricordi che siamo salite su quel camion, era un camion, eh? Ecco. Ricordi che ci siamo arrampicate lì sopra e che le Stecche sono passate sotto senza controllare. Del resto sono un branco di coglioni, quindi tutto torna.»

«Bi.»

«Abbiamo aspettato che si levassero da lì, siamo scese e abbiamo ricominciato a fuggire, fino a quando non siamo arrivate alla casa dove ho vomitato perché ho un'amica stronza che non mi ha mai detto di avere il DNA incrociato con quello di un ghepardo. Potevi avvisarmi, eh, non ti avrei mai giudicata.»

«Bianca.» La interruppi per l'ennesima volta, sperando che esaurisse quel flusso di parole. Lei abbassò le mani con le quali aveva gesticolato forsennatamente fino a quel momento e sospirò.

«Non puoi diventare stupida e credulona per una volta e accettare che la tensione ti abbia fatto scordare un pezzo della nostra fuga?» chiese.

Negai con la testa.

«Lo confermo» ribadì a mezza voce, «le amiche intelligenti sono delle noiose rompicoglioni. E a questo punto è il caso di fermarci un attimo.»

Ero confusa e disorientata. La pelle mi friggeva per l'impazienza. C'erano mille domande che mi vorticavano in testa. Non riuscivo a capire perché Bianca mi taceva qualcosa. *Taceva.* Lei. Era assurdo.

Cercammo una porzione di marciapiede che non fosse troppo scalcinata per sederci. Girammo l'angolo trovandoci sotto un cartello arrugginito crivellato da colpi d'arma da fuoco, sul quale erano appena riconoscibili le ultime tre lettere "NNI". Un enorme edificio sventrato, invaso dalle sterpaglie, era visibile in lontananza. Probabilmente si trattava del vecchio scheletro di un centro commerciale che ormai cadeva a pezzi. Abbandonato come il paese cancellato dal cartello.

Là trovammo una panchina malmessa. Il legno dello schienale era friabile quanto la terra secca, ma non sembrava importante. Mi misi seduta. Bianca restò in piedi a sistemare le pieghe della tuta per qualche minuto, poi mi guardò.

«Da dove comincio?»

Rimasi in silenzio, incrociai le caviglie e chiusi i pugni contro le cosce, in attesa.

«Come stemperi la tensione tu» commentò strofinando i palmi l'uno contro l'altro, per poi passarseli sul viso. «Va bene, piccola arpia, va bene. Leviamoci il dente, così non ci pensiamo più.»

Però non riusciva a dire nulla. Si sfregava le mani sui polsi, sullo stomaco, si voltava, tornava a posare lo sguardo su di me e poi scattava con gli occhi altrove. Io continuavo a fissarla.

«Allora» iniziò, dondolando le braccia, «come lo dici all'ultima persona che ti è rimasta al mondo che non sei normale?»

Ruotai gli occhi.

«Bianca, per favore. Ti imploro per avere una spiegazione da almeno un'ora e sto continuando a ricevere solo battute.»

«Bambina, non scherzo.»

«Certo, figuriamoci, sei sempre così seria» osservai sarcastica. «Cosa stai continuando a nascondermi?»

Non ero riuscita ad ammorbidire la nota tagliente che avevo impresso a quella domanda. Ero stanca di giocare. Ero stanca di non sapere.

Bi mosse le labbra un paio di volte senza emettere un suono. Aggrottai le sopracciglia. La sua reazione mi confondeva.

«Non scherzo» ripeté in un sussurro.

«Cosa stai dicendo, Bianca?»

«Io canto, Ani.»

E di nuovo non compresi.

«È complicato... Non sono nemmeno certa di come funzioni e faccio fatica a controllarlo, ma quando canto, le persone vedono quello che vorrebbero accadesse nell'immediato futuro. Canto, e in qualche modo trasporto chi mi ascolta dentro la propria mente, nei propri desideri.»

Rimasi in silenzio per respirare a fondo. L'aria sembrava vuota.

«Di solito canto fino a farle scivolare nel sonno, o almeno quella è l'idea» proseguì Bianca, arrotolandosi i capelli su un lato, «così che non capiscano dove si chiude la visione e dove comincia il sogno. È quello che ho sempre fatto per evitare che le Stecche mi toccassero, la notte, quando mi prelevavano. Però stasera non potevo, non c'era tempo da perdere.»

Deglutii. Ero impreparata a una notizia simile. Fino a quel momento l'adrenalina e l'ansia mi avevano trascinata avanti, ma non sapevo gestire quelle informazioni. Non ero pronta. Canto, visioni, illusioni che vengono confuse con i sogni... cosa mi avrebbe raccontato Bianca dopo?

Lei continuava ad armeggiare con le sue ciocche lunghe, senza darsi tregua.

«Ani, di' qualcosa» pregò.

«Mi stai prendendo per il culo?» sentii uscire dalla mia bocca. L'anarchia nella mia mente aveva preso il sopravvento.

Lei spalancò gli occhi, lasciando cadere le mani lungo i fianchi.

«Che stronza!» esclamò avvicinandosi. «Ti confesso una cosa del genere e tu mi chiedi se ti sto prendendo per il culo! Sai perché non siamo già circondate da una marea di maledette guardie? Perché non si sono rese conto di cosa sia successo davvero! Hanno capito di essere state fregate, ma non hanno la più pallida idea del come! Però tu riesci solo a non fidarti di me. Di me, porco schifo! Bella soddisfazione! Grazie!» berciò gesticolando.

«Cosa dovrei fare? Darti una pacca sulla spalla, dirti "ah, sicuro, capisco", poi chiudere il discorso? Scusa» dichiarai, sollevando i palmi, «non sono la persona adatta.»

«Ovviamente no» disse lei, stizzita, voltandosi di spalle.

Volevi una spiegazione, Ani? Eccoti servita. Mi sarei mangiata i gomiti. Il controllo del pensiero attraverso il canto. Una sorta di incoscienza generata, uno stato onirico imposto e piacevole. Dio. Mi misi le mani nei capelli.

«Ammetti che sia difficile da credere? Che io possa vederlo come uno strano meccanismo della tua mente per sfuggire a ogni tortura che ti hanno inflitto?» le chiesi a mezza voce senza guardarla.

«No, cazzo» fu la sua risposta. Sembrava stesse piangendo. «Siamo amiche» continuò, «siamo appena scappate da un mondo di merda che abbiamo affrontato sempre insieme, con tutti i rischi possibili, e tu devi metterti a farmi le pulci con la razionalità dal tuo piedistallo di certezze, quando il mio segreto che tanto ti sta facendo sbroccare ci ha appena salvato le care terga e le ha salvate a me per tutte quelle notti nelle camere di quei residui subumani. Perdonami, Ani, ma no, non ammetto che sia difficile da credere.»

Mi alzai in piedi e tesi le braccia verso di lei.

«Bianca, è difficile!» sbottai. Lei si girò di scatto, con gli occhi lucidi e il volto contratto.

«Certo che è difficile» disse puntandomi l'indice contro. «Credi che abbia capito subito cosa potevo farci con una roba del genere? Pensi sia stato semplice accettarla?»

Non risposi.

«Ci sono stati momenti in cui pensavo fosse orribile» proseguì. «Ne avevo già abbastanza di chi mi faceva sentire un'anomalia per ciò che sono sempre stata, poi arriva questa roba che non capisco bene e che nemmeno mi sembra umana. È un casino.» Socchiuse gli occhi, prendendo un lungo respiro. «È così che ti senti un mostro.»

Che stupida, che razza di insensibile ero stata. Un segreto simile sarebbe stato complicato da gestire e da rivelare per chiunque, ma per chi deve combattere una realtà incapace di accettarlo ancora di più. E aveva senso. Era folle, incredibile, fuori dalla portata della mia comprensione, ma aveva senso. Molto di più del racconto di una maledetta testona che parla del sogno di sua nonna. Sospirai.

«Bianca, scusa, non volevo offenderti. Credo di essere solo molto, molto confusa» riconobbi, «è strano, nuovo, e probabilmente dovrò farti molte altre domande, però va bene. Ti sei fidata di me ogni volta in cui ti ho raccontato cose assurde, e io posso andare oltre la mia razionalità. Te lo devo. Insomma, sei tu.»

Lei per un istante aggrottò le sopracciglia. Poi, semplicemente, mi abbracciò.

«Bi...»

«Muta» ordinò. Mi mordicchiai l'interno del labbro e lentamente ricambiai la sua stretta.

«Sono felice che le Stecche non ti abbiano mai toccata» mormorai.

«Ora taci e soffoca, per favore» disse con la faccia tra i miei capelli, e in quel momento iniziai a dissipare la nebbia che avevo conservato dal momento della fuga. Non importava cosa avesse fatto Bianca, non importava nemmeno che avesse scelto di nascondermelo. Il punto fondamentale restava uno solo: eravamo scappate. Evase. Eravamo libere.

La consapevolezza mi travolse. Eravamo in mezzo a una strada sconquassata di quello che doveva essere stato un quartiere commerciale, lontane chilometri dall'Area di Comando, prese da singhiozzi di risa e pianto, incuranti di tutto.

Per quel motivo non capimmo. Fu in quell'attimo che abbassammo la guardia. E quando vedemmo l'ombra avvicinarsi, era già troppo tardi.

Scattai indietro, cercando di tirare con me Bi, però lei mise il piede in una crepa dell'asfalto, inciampò e cadde rovinosamente.

«No!» esclamai facendo un passo avanti, poi mi bloccai. Ero come congelata, incapace di aiutare la mia amica. Saltavo con lo sguardo da lei alla figura sconosciuta come se pensassi che in quel modo potesse svanire, ma era solo un sogno stupido. La speranza di una *korkakça*. L'ombra era diventata un corpo alto, massiccio, avvolto in abiti scuri come la notte, una presenza concreta che mi fissava con gli occhi sgranati, l'unica cosa visibile del volto coperto da una sciarpa.

Digrignai i denti. *Ragiona, Ani. Ragiona!* Dovevo fare qualcosa. Feci per avvicinarmi a Bi quando anche l'ombra si mosse, senza scollare lo sguardo dal mio.

«Chi sei?» ringhiai, con la paura e la frustrazione che mi spezzavano la voce. Sentii la mia amica imprecare.

Mi abbassai sulle ginocchia cercando la posizione giusta per lottare, sapendo di essere spaventosa come una pulce ma pronta a combattere comunque. Stavo per scattare in avanti, quando l'ombra fece qualcosa di imprevedibile: scoprì il viso.

Mi si fermò il cuore. E lei parlò.

«Ani?»

16

«Sei davvero tu?»

Guardavo quella ragazza secca, con una gran massa di ricci scuri, e i suoi occhi. Quegli occhi. Vederli dopo tanto tempo fu incredibile. Avevo perso il respiro nel momento in cui si era girata di scatto. Ero riuscita a trovare quelle due stupide imprudenti per colpa del baccano che facevano, però non contava più.

La ragazza mi fissava, ferma nella posizione buffa che aveva assunto, e io, troppo emozionata, non capivo cosa stesse pensando. Ma tanto mica c'ero mai riuscita.

«Ani, sei tu?»

Continuavo a parlarle, pregando che facesse qualcosa, che rispondesse, eppure sembrava bloccata. Stringeva i pugni e non spostava di un millimetro lo sguardo dalla mia faccia.

L'altra, quella che era caduta per terra, si mise a sedere. Aveva una guancia graffiata e si toccava la testa dove di sicuro le sarebbe venuto un bel bernoccolo, ma alla fine pareva stesse bene. Valutò la distanza tra di noi, poi mi squadrò dalla testa ai piedi. Mi studiò ben bene prima di dire qualcosa.

«Allora, mi pare di aver compreso un dettaglio singolare: tu conosci la mia amica?» chiese, facendo una smorfia con la bocca.

«La tua amica si chiama Ani?» cercai di scoprire per l'ennesima volta, dato che non mi rispondeva nessuno.

La donna si tirò in piedi e iniziò a levarsi lo sporco dai vestiti come poteva. «Primo» cominciò, «non si risponde a una domanda con una domanda.»

Piegai la testa di lato per guardarla. Mi stava già antipatica.

«Secondo» continuò, scuotendosi i capelli impolverati, «dipende molto da chi glielo domanda.»

Voleva fare la spaccona con me? Perfetto. Incrociai le braccia e tornai a osservare Ani. Quel viso spigoloso, quegli occhi neri, quel groviglio di ricci. Aveva rilassato i pugni, si era rimessa in piedi e mi sembrava che anche la sua espressione si fosse ammorbidita un po', ma non aveva fatto nemmeno un passo per avvicinarsi. Forse lei non era sicura, però io sì. E dovevo stare calma.

«Ehi, straniera vestita di nero, devo ripeterlo ancora?» blaterò la tipa alta. «Chi sei tu, per pretendere di sapere il nome della mia amica?»

Alzai il mento e sollevai un sopracciglio, spostando tutto il peso su una gamba sola, quindi risposi.

«Sua sorella.»

Non sapevo chi fosse la persona che avevo trovato con Ani quella notte, ma ero riuscita a zittirla. E avevo l'impressione che non fosse una cosa facile.

Volevo correre incontro a mia sorella, abbracciarla, chiederle dove fosse la mamma, dirle che mi era mancata tanto, però non potevo. Erano passati troppi anni.

Sapevo che probabilmente loro erano vive, insomma, ci speravo; prese dalle guardie del Presidente, chiuse dentro il Campo come mi avevano raccontato le altre, ma vive. Invece chi poteva immaginare qualcosa di me? Come potevano pensare che ce l'avessi fatta da sola, in un posto che non conoscevo? Dovevo trattenermi. Ma in quel momento Ani era là, davanti a me, e io credevo di impazzire.

Provai a fare un passo e lei si irrigidì ancora.

«Va bene» le dissi, alzando le mani. «Aspetto te.»

«Bambina, è vero? È tua sorella?» mormorò quella alta, senza staccarmi gli occhi di dosso.

«Non sono certo qui per consegnarvi al Governo, perché dovrei raccontare una bugia simile?» chiesi scuotendo la testa, con la lunga treccia nascosta sotto i vestiti che mi sbatteva sulla schiena.

«Non ne ho idea» rispose la tizia, acida come un limone. «Sai, viviamo in un mondo talmente tranquillo che viene proprio spontaneo fidarsi della prima persona che incontri nel cuore della notte. Tanto c'è traffico qui, no? Non ci troviamo affatto nei dintorni di una zona militarizzata da far schifo, con le Stecche a due dita di distanza, giusto?»

Sbattei le palpebre un paio di volte. «Scusa?» le chiesi, sinceramente colpita dal suo monologo. Aveva respirato?

«Oh, perfetto!» esclamò, gesticolando con le braccia. «Nemmeno riusciamo a capirci, quindi? È questa la situazione?»

«Ma è sempre così?» azzardai, parlando direttamente a mia sorella, e me ne accorsi. Ani si era chiusa nel suo mondo. Ani era sempre chiusa nel suo mondo. Mi fissava con uno sguardo incomprensibile e si spostava lentamente intorno a me. Aveva la stessa faccia di quando, da piccole, inseguivamo i gatti in mezzo al grano alto: prudente e attratta. La tentazione di prenderle la mano era fortissima.

«Bambina, sei sicura?» chiese l'altra, sfiorandole il polso, ma lei la allontanò con un piccolo scatto. Aveva deciso. Provai a muovermi anche io allora, per vedere la sua reazione, e lei non si fermò. Il cuore sembrava che volesse sfondarmi le ossa.

«*Nergis*» sussurrai. Non ero io a chiamarla così, lo faceva nonna, però speravo che in quegli anni mamma avesse continuato. E che stesse continuando ancora. «Piccola *Nergis*» ripetei più forte, perché potesse sentirmi.

Ani chiuse gli occhi per un attimo e quando li riaprì erano lucidi, emozionati. Poi non riuscii più a trattenermi. Feci di corsa gli ultimi passi che ci separavano e la strinsi forte. Mia sorella. Mia sorella tra le mie braccia.

«Finalmente» biascicai col pianto che mi impastava la bocca. «Finalmente.»

Lei stava farfugliando qualcosa che non sentivo. Mi servì un secondo per capire che la stavo abbracciando tanto stretta da schiacciarla.

«Oddio, scusa!» La liberai dalla mia stretta e la presi per le spalle. Non riuscivo a smettere di toccarla. «Sei tu. Sei tu davvero! Come stai? E mamma? Dov'è mamma?» La stavo investendo di domande e carezze che sapevo non sopportava, ma era più forte di me.

«Gizem» mormorò.

«Sì, sì, sono io» confermai con la voce rotta dai singhiozzi. «Ti ho trovata!»

«Sei viva, sei qui» sussurrò, con gli occhi spalancati puntati su di me e le lacrime che le scendevano sulle guance. «Sei qui» ribadì più convinta, e io annuivo, sfiorandole le guance, guardando come il tempo le avesse affilato gli zigomi, il naso, rendendola più adulta, ma sempre la mia piccola Ani. «Sei qui» ripeté ancora. Ma stavolta sentii qualcosa di diverso. «Perché sei qui?» chiese dandomi una spinta contro il petto. Il sangue mi scappò via dalle vene. «Perché sei qui, Gizem?» Mi tirò un pugno sulla spalla. «Perché arrivi ora?»

«Ani, io...»

«Sapevi che eravamo al Campo?»

Aveva gli occhi lucidi e taglienti. Sembrava furibonda.

«Lo sospettavo, però...»

«Tu sospettavi che fossimo rinchiuse al Campo e non hai fatto niente?»

Lo gridò divincolandosi. Io mi sentivo morire.

«Devi capire che...»

«Non devo capire niente!» urlò sconvolta. «Tu sapevi che ci avevano prese, lo sapevi, e non hai fatto niente! Perché sei qui? Perché sei arrivata soltanto ora?»

«Non avevo scelta, Ani, è una situazione complicata» cercai di spiegare.

Lei scosse la testa. «No, Gizem, non c'è niente di complicato. Lo sapevi, ma semplicemente hai aspettato. E non mi interessa quali possano essere i tuoi motivi, tu hai deciso di non venire, e questo resta.»

Si era messa di fianco alla ragazza alta che mi fissava severa, anche se pareva stesse tentando di capire la situazione. Ani invece stava diventando un pezzo di ghiaccio.

Era così diversa. In tutti quegli anni avevo conservato i ricordi dolorosi dei nostri ultimi momenti insieme. Di quando ero scappata dalle grinfie delle Stecche. Di quando, voltandomi in piena corsa, avevo visto quegli occhi pieni di lacrime puntati su di me. Di quando le grida di papà erano tutto quello che riuscivo a sentire. Mandai giù il groppo in gola.

«Possiamo discuterne meglio? Devo raccontarti un sacco di cose» dissi, tentando di avvicinarla di nuovo.

«Non c'è niente da discutere» rispose asciutta. «Sei arrivata tardi, la mamma è morta, ed è anche colpa tua.»

Chiusi gli occhi. La coltellata era arrivata dritta al cuore.

La mamma era morta. Me lo avevano detto, le altre, di aspettarmelo. Ero consapevole del rischio, della possibilità, ma avere Ani davanti a me era sembrato così naturale. C'era lei, perché non poteva esserci anche nostra madre?

«Com'è successo?» farfugliai.

«Ti interessa?» rispose mia sorella, avvelenata.

«Bambina...»

«Lasciami stare, Bianca.»

Grazie per averci provato, Bianca. Se anche una sconosciuta tentava di proteggermi, forse non stavo sanguinando solo dentro. Mamma era morta. Non era un sollievo nemmeno piangere. Faceva male, un male da impazzire, ma almeno ci vedevo chiaro. C'era una ragione per tanta rabbia.

Presi un respiro profondo, cercando di allontanarmi da quel dolore. Ani era viva. Mamma no. Dovevamo partire da quel punto e andare avanti, ma lei non sapeva, e io non potevo spiegarle tutto. Non in quel momento.

«Ora non c'è tempo per chiarirsi. Dovremo parlare più tardi» dissi con un nodo in gola, tornando a guardarla.

«Perché?» chiese, gelida.

«Perché siete in pericolo.»

«Ci ho pensato io alle guardie del Campo di Raccolta» mi avvisò Bianca, come volesse tranquillizzarmi. Peccato che non fosse così semplice.

«Non ci sono solo loro» le avvisai.

17
Bianca

«Ma tu non ci stavi litigando, con lei?»
«Bianca.»
«Cosa, Bambina?»
«Davvero, Bianca, è importante.»
«Ci siamo incontrate da tre minuti più gli spicci e cominci anche tu? Sei seria? E piantatela di usare il mio nome per intero solo quando volete rimproverarmi!» sbraitai.

Erano pazze. Due teste calde fuori come dei camini, ecco cos'erano. Una, quella che stava facendo la donna tutta d'un pezzo, ma dentro aveva il cuore sbriciolato per il dolore e la confusione, non aveva lasciato a sua sorella neanche l'occasione di parlarle senza attaccarla alla giugulare. Non che provassi una simpatia istintiva verso l'altra tizia, però magari un pizzico di comprensione in più l'avrebbe meritata.

Andava detto che pure la signorina tutta curve non stava concorrendo al titolo di Miss Compagnia dell'anno. Si era presentata così, senza una mezza spiegazione, per poi pretendere subito dopo di insegnarci a vivere, come se fossimo due pivelle senza spina dorsale. Noi. Noi che eravamo appena riuscite in un'impresa che da anni non aveva compiuto quasi nessuno.

Certo, il fatto che Ani le avesse praticamente sparato in faccia la morte della madre era stata l'idea peggiore per rendere l'atmosfera conciliante, ma cosa doveva fare?

Sorelle. Le osservavo mentre cercavano di convincermi a fare ciò che volevano, complici solo in quello che per loro era il piano perfetto per salvarci la pelle, e continuavo a non capacitarmene.

Ani era bassa, minuta, dai movimenti nervosi e con quel viso tutto spigoli che sapeva parlarti anche in silenzio. Gizem era alta almeno quanto me, se non di più, aveva un corpo morbido, estremamente femminile anche infilato in una tuta nera sformata. Intravedevo una spessa treccia corvina incastrata sotto gli abiti. Erano davvero diverse. Eppure una cosa tradiva il loro legame di sangue: gli occhi. Enormi, espressivi, dei pezzi di onice che spiccavano nei loro visi e che, in quel preciso momento, le due arpie stavano puntando su di me.

«Hai ragione, noi non ci conosciamo, ma...»

«No, stellina» interruppi Gizem con una smorfia inequivocabile. «Non solo non ci conosciamo, ci stai pure complicando le cose, per cui perdonami se non sprizzo gioia a ogni tuo intervento.»

«Bi, è la cosa più logica da fare» intervenne Ani, a supporto della tesi precedentemente esposta dalla sorella.

«A costo di apparire ripetitiva: non ci stavi litigando, tu, con lei?»

Alternavo lo sguardo dall'una all'altra, iniziando a cogliere anche un altro tratto in comune tra le due: l'insofferenza.

«Senti, Bianca...» abbozzò Gizem in uno slancio di coraggio.

«Nessuna ti ha chiesto niente, ragazza vestita di nero.»

«Nemmeno a te, Bi» mi freddò Ani.

«Ti rivolgi così a me, Bambina?» Sgranai gli occhi. «A me, che con te sono più tenera di un panetto di burro in estate?»

Lei sbuffò, portandosi le mani al viso.

«Io che ho appena condiviso con te uno dei segreti più importanti della mia vita?»

«Cosa?» chiese Gizem, quasi più per stupore che per curiosità.

«Taci, tu, roba che non ti riguarda» la zittii, perentoria. «Io» continuai, impegnata in un copione d'effetto, «che ho dimostrato quanto sono disposta a mettere in gioco...»

«Bianca, porca miseria, sali lì sopra!» sbottò la Bambina, indicando il motivo di tutta quella discussione.

Un risciò. Un vecchio coso formato da tubi in metallo che una volta dovevano essere rossi, mentre in quel momento erano un ammasso color ruggine scrostata. Il meraviglioso mezzo di trasporto che ci aveva fornito Gizem. Maledetta lei.

Le protezioni laterali in plastica di quell'orrore pedalimunito erano sparite, le gomme sembravano incredibilmente sane, ma le ruote erano piccole, e me lo ricordo bene cosa diceva mio padre delle bici con le ruote piccole: che per macinare strada dovevi fare più fatica. E noi dovevamo macinarne un bel pezzo.

«Lo vedete quel coso?» sbottai. «Vi rendete conto che è una carcassa di tetano e luridume? Con quelle panchette, una vita fa belle ricoperte e imbottite di gommapiuma, adesso squartate da solo gli dèi sanno quale bestia? Le panche a due coi pedali davanti, sulle quali dovrei appoggiare le mie beate terga, che mi danno la stessa fiducia di una tigre a dieta? Eh? Poi, scusate, ma chi lo tiene il volante? Perché lo so che finireste a litigare per chi guida.»

Studiai le reazioni. Una appena stupita, l'altra placida, ormai assuefatta alle mie dissertazioni. Tanta fatica per niente.

«Hai finito?» chiese Ani, imperturbabile.

«Sì» borbottai.

«Adesso ci sali?»

«Ma ho sempre odiato i cazzo di risciò!» esclamai, pestando con un piede.

«O così o di corsa» concluse pratica Gizem. Mormorai un sentito vaffanculo a tutte e due, poi ci montai sopra.

Non avevo mai amato il mare. La storia del caldo, del costume, del corpo messo in mostra davanti a una folla di estranei o, ancora peggio, di persone che ti conoscevano, era spaventosa. E quando avevo capito che potevo convivere con tutte le mie parti, era diventato troppo tardi.

In quegli anni alle Saline l'odore della salsedine non mi era mancato, ma il mare era una cosa diversa. Merda, era gigantesco. Continuavamo a pedalare su quel trabiccolo e il riflesso della luna sull'acqua non spariva mai. Quanto era avanzato in poco meno di un decennio? Quanto gli avevamo già rubato per estrarre il sale? C'erano ancora una manciata di chilometri tra le onde e la vecchia statale distrutta che stavamo percorrendo, certo, ma restava impressionante. Scuotevo la testa senza riuscire a smettere di fissare la superficie lucida, insieme a tutto il paesaggio attorno.

La costa romagnola era cambiata così tanto da disorientarmi, potevo capirlo anche solo grazie alla luce della luna. Nonostante la siccità e il caldo, la natura stava sfasciando secoli di colonizzazione umana. I rampicanti stavano inghiottendo qualsiasi cosa. Le radici dei pini, la vera arma letale delle zone marittime, avevano spaccato tutto quello che potesse ostacolarle, fossero tubi, asfalto o sbarre dei guardrail. Niente poteva resistere alla loro forza. Quello che rimaneva delle case attorno erano degli spettri di mattoni ricoperti da sterpaglie. Dove erano finiti tutti coloro che le avevano abitate? I ristoranti a bordo della statale conservavano brandelli di insegne, attaccate a ricordi di muri, che non sarebbero più state utili a nessuno. Poi c'erano cataste di sporcizia abbandonata, rifiuti vecchi di lustri. In mezzo c'erano anche oggetti spariti da tempo come bottigliette di plastica, posate o piatti usa e getta, orologi di gomma. Robaccia che, senza il petrolio, non si produceva più da un'eternità.

Tutto quel che restava era distruzione. Era decadenza. E nonostante questo le due cornacchie sedute davanti si rimbeccavano per qualunque cosa.

«Non bastava stare seduta su della roba masticata e probabilmente pure digerita da esseri di natura ignota, no» attaccai a voce alta. «Dovevamo anche sfidare la ruggine per tenere in piedi questo carretto, vero?»

«Bi, ma hai capito cosa pretende?» mi chiese Ani, cercando appoggio.

«Non bastava» tirai dritto ignorandola «dover pedalare di notte, con la consapevolezza di essere in pericolo su più fronti.»

«Ci aveva detto che erano amici suoi...»

«Non sono amici miei, ve l'ho spiegato!» proruppe Gizem, ripetendolo per la millesima volta. «Mi stanno aiutando, sono quelli che ci coprono le spalle fino a quando non saremo arrivate a destinazione, però non mi conoscono tutti e quando attacchi, di notte, non è che sei proprio attenta alle facce!»

«Ecco, capito? Ci ha messo in pericolo!» esclamò la Bambina.

«Non bastava» gridai per sovrastare il loro bisticcio infantile «avere fretta perché il programma stilato dalla nuova arrivata va completato col favore del buio, quindi dover affrontare chilometri di sobbalzi per via della strada dissestata, volendo essere gentili, giusto?»

«Sto solo cercando di portarvi al sicuro!»

«Certo, col timore che chi ti sta aiutando ci possa sparare addosso da un momento all'altro! Ottimo piano!» sbottò Ani.

Che rompicoglioni. Feci un respiro profondo a occhi socchiusi per tentare di calmarmi. Le avrei picchiate entrambe con una certa veemenza, ma se con la piccoletta me la sarei potuta cavare, su Gizem non avevo dubbi: quella tipa poteva accartocciarmi come un foglio di carta. Eppure la cosa non mi placò del tutto. Sollevai le mani e depositai un sonoro scappellotto sulla nuca di quelle due. Il risciò si bloccò in un secondo, sollevando un polverone di ghiaia e piante secche sbriciolate.

«Che cosa...» proruppe Gizem voltandosi di scatto.

La zittii in un secondo. «Non bastava tutto quello che ho elencato» sibilai davanti al suo viso sbalordito. «No, ci volevano anche due nutrie attaccate ai calcagni che mi stanno mandando in vacca quel briciolo di panorama piacevole in questo viaggio, il primo dopo una vita rinchiusa a lavorare per il Governo. Avete schiantato l'anima!»

Gizem si leccò il labbro mentre abbassava lo sguardo. Ani neppure si voltò.

«Scusa, Bi» mormorò la Bambina.

«Non voglio le scuse di nessuno» dissi. «Chiedo solo un po' di pace.»

Poi diedi una pedalata e le sorelle mi imitarono. Quelle stupide stavano sprecando un'occasione irripetibile. Si erano ritrovate, avevano l'occasione di parlare e invece non facevano altro che urlarsi addosso.

Sospirai, godendomi il silenzio. Solo un istante. Poi la vidi.

«Non ci credo!» strepitai.

«Cosa?» chiese Gizem, frenando con violenza. La Bambina era già scattata con i piedi sopra la panca del risciò.

«Guardate!» Indicai alla mia sinistra. «Lo riconoscete?»

Nessuna sembrava comprendere.

«È un parco con le città in miniatura!» dichiarai, sprizzando entusiasmo da tutti i pori. «Mi ci avevano portata i miei da piccola, ci sono tutti i monumenti importanti del Vecchio Continente, o forse anche del mondo, non mi ricordo bene... Comunque non importa, è un posto fighissimo!»

Quattro occhi scuri e interdetti mi stavano fissando.

«Un parco?» azzardò Gizem.

«Monumenti in miniatura?» la seguì sua sorella. Annuii battendo le mani, gesticolando verso la vecchia scritta che si intravedeva nella notte.

«Cosa dite, diamo un'occhiata per scoprire cos'è rimasto?» proposi. Una pioggia di imprecazioni mi cadde addosso.

«Certo che siete delle pignole di merda, eh?» borbottai. Però sorrisi. Almeno le avevo messe d'accordo.

Gizem ci aveva fatte deviare dalla strada principale dopo una manciata di chilometri. Sapeva che in quella zona stazionava un posto di blocco che dovevamo aggirare a tutti i costi. Bastò uno sguardo tra di noi per capire che non era più il momento di parlare.

La campagna arida ci aveva offerto un percorso più sicuro per un po', ma i sentieri erano davvero troppo polverosi e dissestati per quel cazzo di coso a pedali. Tornare sulla statale era diventata la sola scelta possibile.

La sorella di Ani ci stava guidando verso il monte Titano, che finalmente riuscivamo a scorgere in lontananza. L'ombra della montagna davanti a noi diventava sempre più concreta, quando ci sembrò di sentire qualcuno muoversi nel buio.

Dai rumori sconclusionati ci convincemmo che si trattava solo di Stecche mezze ubriache e fuori zona, però, nel dubbio, accelerammo il ritmo. Del resto eravamo solo due evase e una che non avevo idea da dove saltasse fuori, chi mai poteva cercarci?

Abbandonammo il tanto odiato risciò ai piedi di una salita, dove a tratti si scorgevano vecchie fortificazioni. Infine lo avevamo raggiunto, quel maledetto monte.

La strada che si snodava lungo la parete rocciosa doveva essere stata percorribile tempo prima. Ormai non più. A mandare in fumo ogni possibilità di sfruttare il passaggio, c'erano le tracce di una frana: pietre, alberi caduti, sterpaglie. Un mucchio di roba che temevo di non poter evitare. Ricordavo vagamente la presenza di una fortezza in cima.

«Fammi indovinare» azzardai. «Dobbiamo salire lassù?»

«Esatto» rispose Gizem. Annuiva con le braccia incrociate sul petto mentre studiava le nostre reazioni. Io volevo buttarmi per terra e urlare. Ani era già sparita. La scovai un attimo dopo, alle prese con i primi tronchi caduti. La piccola era agile quanto una tarantola, ma in quelle condizioni le sarebbe servita una magia. Qualcosa di ben più forte rispetto a quello che sapevo fare con la voce. La guardai barcollare sopra un masso che aveva conquistato e aggrapparsi a un ramo l'istante prima di cadere.

«Oh, ma andiamo!» sbottai, vedendo quanta fatica stesse facendo la Bambina. «Come puoi pretendere che raggiungiamo la vetta prima del mattino? Ci hai prese per degli stambecchi?»

Gizem ridacchiò.

«Lo trovi così divertente, simpaticona? Ti rendi conto che, se non ci riesce tua sorella, per far salire me dovrai caricarmi come uno zaino? E ricordati che, oltre a non avere le cinghie per tenermi, tendo a frantumare timpani.»

«Ehi!» sentii strillare da dietro un cumulo di detriti vicino alla parete rocciosa. «Qui dietro c'è un grosso carrello di legno su dei binari! Ha una corda enorme attaccata, e...» fece una pausa «ho trovato una gabbia con dei corvi!»

Sbattei le palpebre. «Corvi?»

«Quelli neri, intelligenti, con le piume» mi rispose Ani, nascosta dai resti. «Hai presente?»

«Grazie, tesoro, sempre bello parlare con te.»

Guardai Gizem con le sopracciglia alzate. Mi studiava divertita.

«Vuoi spiegarmi che succede, di grazia?» le chiesi esasperata.

Scoppiò a ridere. «Credevi davvero che vi avrei chiesto di fare una scalata simile? Mica sono così stronza!»

«Non ti conosco» la rimbrottai, «e comunque non sai cosa ti sei persa. Sarei stata un cazzo di zaino memorabile.»

18
Gizem

Per fortuna le ruote sui binari cigolavano forte. Almeno avevo un po' di compagnia.

L'amica chiacchierona di mia sorella sembrava incantata a guardare il panorama notturno e Ani se ne stava rannicchiata all'estremità del carrello, con le gambe raccolte contro il petto e gli occhi che sbucavano da dietro le ginocchia. Non era cambiata di una virgola. Avrei voluto abbracciarla, chiederle ancora della mamma, però era troppo arrabbiata. E cosa potevo dire per farle cambiare idea? Lei non sapeva cosa mi fosse successo, era talmente infuriata da non volerlo nemmeno sentire, e io sarei dovuta andare in bestia per come mi aveva trattata, per come mi aveva sbattuto sul muso di nostra madre. Aveva fatto la *pislik*. Scema. Eppure una parte di me le dava ragione. Avevamo una storia troppo complicata perché potesse risolversi in fretta.

«La strada è crollata prima della costruzione dei binari, vero?»

Ani parlò a voce così bassa che faticai a sentire la domanda. Era come se non volesse farla, ma avesse troppo bisogno di chiedere. Socchiusi le palpebre, grata per la sua curiosità.

«Esatto. Hanno lasciato tronchi e pietre per nasconderli. È più scomodo, ma più sicuro» spiegai, anche se ero sicura che ci fosse già arrivata. «Così chi deve usare il carrello sa come fare e per chi non deve trovare gli Schiaduri diventa più difficile.»

«Mmh. E chi sono gli Schiaduri?»

«Li conoscerete appena arriviamo.» Feci spallucce. «Sono i ribelli che ci stanno dando una mano.»

Ani tirò le labbra, poco convinta. La mia risposta non le bastava, ma scelse di non insistere.

Si guardò attorno, notando alcuni uccelli che passavano davanti alla luna, sopra di noi. Per fortuna il cielo era sgombro, quella notte.

«Quando hai preso il corvo e lo hai fatto volare via» mormorò, «lui sapeva dove andare, giusto?»

«Sì» le risposi. «Sono intelligenti, i corvi.»

«Quindi» continuò lei, tracciando piccoli cerchi in aria con le dita, «sanno del nostro arrivo e ci stanno tirando su.»

Sorrisi. Era bello vedere che in queste cose mia sorella non era cambiata. Almeno potevo sfruttare la sua curiosità per parlarle.

«In pratica» tentai, mostrando a grandi linee con le mani quello che cercavo di descrivere in modo chiaro, «di sopra troverete un grosso timone messo in orizzontale...»

«Una ruota?» suggerì lei.

Non avrei mai creduto che la presenza di Ani un giorno mi avrebbe agitata così tanto. Calmati, Gizem.

«Non proprio una ruota, perché, sai, questa ha tre assi che si legano alle schiene degli asini, così possono girare per arrotolare la corda e farci salire in pochi minuti» conclusi, quasi soddisfatta.

Lei sollevò il mento.

«Il timone serve per governare una nave, mentre la ruota è un oggetto circolare in grado di ruotare, appunto, attorno a un asse centrale. Quindi direi che è una ruota» riassunse.

«Sì, certo, è una ruota» mugugnai arresa. Poi le voltai le spalle.

Mia sorella era sempre stata sveglia, e *pislik*.

«Gizem, siete già di ritorno! Fantastica!» ci accolse Alma, una delle fondatrici degli Schiaduri, mentre altre due persone alle sue spalle armeggiavano con le corde.

Dovevo a lei l'abitudine di portare una treccia ben tirata nascosta sotto i vestiti larghi quando c'era da fare qualcosa di importante. Era poco più bassa di me, atletica, con lunghi capelli chiari e occhi nocciola sempre attenti a tutto. L'avevo conosciuta anni fa, quando ci stavano insegnando a comunicare usando i corvi, poi scelte diverse ci avevano allontanate. Forse lei aveva visto qualcosa che io dovevo imparare a guardare meglio.

«Salve, sono Alma» disse rivolta ad Ani e a Bianca. «Benvenute alla Repubblica dei Ribelli. È un piacere avervi qui. Le amiche di Gizem sono amiche mie.»

Fece un inchino scherzoso per accoglierle. Era bello vederla. Mi distraeva da quello che, ormai, avevo capito di dover affrontare.

«Grazie, Alma, io sono Bianca.» Si presentò con una stretta energica e l'espressione gentile. «Invece la signorina cuorcontento qui accanto è Ani.»

Mia sorella la fulminò con lo sguardo, poi diede la mano ad Alma e le fece un cenno con la testa, forzandosi in un mezzo sorriso antipatico. Mi morsicai la lingua per non dire niente.

La mia amica ci studiò. Sapevo che aveva notato l'assenza di una donna più anziana, qualcuno che potesse essere nostra madre, ma non ne fece parola. Era un discorso che avevamo affrontato un sacco di volte. Io le parlavo di quanto avrei voluto cercarle, portarle via; lei mi spiegava quanto fosse difficile che dopo tanti anni al Campo di Raccolta fossero ancora vive entrambe. Continuò a fissarci per un attimo, poi arricciò il naso, intenerita.

«Avete gli stessi occhi» dichiarò entusiasta, e si avvicinò per accarezzarmi una spalla. Guardando la reazione di Ani davanti all'evidenza della nostra somiglianza avrei preferito uno schiaffo.

«Già, identici» risposi. Poi cambiai discorso in fretta. «Senti, è troppo tardi? Riusciamo a partire immediatamente senza mettere nei casini nessuno?»

Alma diventò più seria, mi prese per un braccio e ci allontanammo di qualche passo.

«Dovete sbrigarvi. Ci sono tre addetti che vi aspettano alla Torre Cesta. C'è ancora della salita da fare, partendo dalla vecchia Guaita, però potete riuscirci in tempo. Troverai tutto sgombro, là, e la torcia all'uscita della piazza. Tienila bassa, come al solito, per non farti notare. Ma va tutto bene, Gizem? Hai appena trovato tua sorella» sorrise, «eppure non ti ho mai vista così cupa.»

Cercai la cosa giusta da dire. Pensai a come spiegarle che era tutto confuso, che mamma era morta, che non sapevo cosa fare. Stavo rischiando il mio mondo per una ragazzina incazzata che mi odiava.

Aprii la bocca per rispondere qualcosa, ma non riuscii. Alma mi strinse le spalle con dolcezza e davanti a lei mollai la presa. Lasciai che la tristezza venisse fuori tutta insieme. L'abbracciai di slancio, in lacrime, sentendo ancora un nodo allo stomaco nel pensare a cosa sarebbe stato quel viaggio.

«Quanto manca?»

«Poco» risposi.

«Lo hai già detto almeno una decina di vaffanculo fa» mi fece presente Bianca, sbuffando come un treno.

«Mi sa che erano almeno venti» ridacchiai senza rallentare, continuando a illuminare il sentiero con una piccola lampada al sale.

«Ma cosa vi davano da mangiare quando eravate piccole?» chiese, lasciandosi scappare un colpo di tosse. «Pane e molle?»

Abbassai la testa e mi voltai per guardarla. Ani era a pochi passi da noi, per niente affaticata, impegnata solo a controllare dove stesse mettendo i piedi. Da quando avevamo salutato Alma non aveva più spiccicato una parola, e non sembrava nemmeno intenzionata a farlo.

«Senti, allegra compare degli stambecchi, dato che mi tocca patire come un salmone che risale la corrente, almeno levami una curiosità» ansimò Bianca. «Che razza di nome è Schiaduri?»

Ah, giusto. Avevo dato per scontato che fosse chiaro, ma loro mica potevano saperlo.

«Una volta, mentre stavano aiutando delle famiglie a lasciare il loro paese, Alma e le altre si trovarono circondate dalle guardie, armate solo delle proprie forze e di mattarelli.»

«Mattarelli?»

«Quelli per stendere la pasta» spiegai.

«Lo so, ragazza» brontolò. «Semplicemente mi sembrava strano.»

«Lo è» risposi, facendo spallucce, «e la loro vittoria fu ancora più strana. Per quello hanno usato il nome.»

Bianca restò un secondo in silenzio.

«Non ho capito una beata fava» disse.

«I mattarelli» aggiunsi alla storia, «in dialetto *s-ciadùr*.»

«Aspetta» ragionò. «Quindi questi si chiamano Schiaduri perché hanno preso a legnate gli Integri con i mattarelli?»

«Esatto» confermai.

«E io che pensavo di aver lasciato la gente più suonata a dirigere il Campo» commentò.

«Gizem, ti prego» supplicò Bianca dopo un po', prendendomi il polso libero per fermarmi. «Dammi solo un secondo per tirare il fiato.»

Sbuffai. «Guarda che se ti riposi adesso, riprendere sarà peggio.»

«Tesoro, se non mi riposo adesso tra una manciata di metri mi riposerò per sempre.»

Sollevai le sopracciglia e lei si mise seduta per terra.

«Capito» mi arresi. Anche Ani si fermò, poco lontana, guardandosi attorno. Tanto valeva occupare il tempo.

«Quello che stiamo attraversando è il Passo delle Streghe» iniziai a spiegare, un po' per riempire il silenzio pesante, un po' per mia sorella. «Di notte si vede poco, ma sotto c'è un dirupo mica piccolo.»

Mi abbassai per un secondo, in modo da illuminare meglio il percorso pieno di cespugli.

«Vuoi impressionarci?» chiese Bianca.

«No, perché?»

Lei spalancò le braccia, con gli occhi sbarrati e le labbra incurvate.

«Figuriamoci, mi meraviglio di me che ancora domando certe cose a voi» disse. «Una che si lancia nel fuoco e scala alberi caduti più grossi di lei, l'altra che viene a cercarci di notte, da sola, in mezzo al nulla, poi ci porta su un ponte praticamente in rovina, raccontandoci che è a strapiombo sul vuoto.» Fece un cenno verso di me con la mano. «Ti prego, tesoro di zia, procedi pure.»

«La...» tentennai, confusa da quel fiume di parole. «La piazza dove siamo arrivate col carrello è quella di San Marino. Alma ci scherza sempre quando dice che è la Repubblica dei Ribelli, perché ormai non è più una repubblica, ma gli Schiaduri ci hanno costruito un appoggio e il primo vero deposito strategico.»

«Perché proprio qui?» mormorò Ani, con lo sguardo assorto verso il mare.

«Aspetta, questa me la ricordo» rispose Bianca al posto mio. «Partiamo dalle basi. Quando i razionamenti diventarono sempre più pesanti, gli Integri li usarono come scusa per far pressione sul vecchio Governo. Il malcontento montava, la gente era disperata e pretendeva risposte. Così, ecco la soluzione perfetta: una manica di militari pronti a risolvere ogni problema col sale. Non importava che fosse insostenibile e che i loro metodi risultassero un tantino poco democratici. Come quando si infiltrarono negli organi regionali, abolendoli uno a uno.» Fece una breve pausa per prendere fiato. «Alla fine rimase solo San Marino. Venne completamente isolato, perché non potevano tollerare che qualcuno sfuggisse al loro controllo, e li portarono alla fame. Quando arrivarono allo stremo, furono costretti a sottomettersi. Et voilà, Repubblica cancellata.»

«Quindi gli Schiaduri l'hanno fatta diventare un simbolo» conclusi.

Ani piegò la testa. Io ricordai solo che per noi non era cambiato niente. Sospirai, prima di indicare il paesaggio. «Da qui sopra potete vedere le luci dell'Area di Comando, a Cervia, e l'ampiezza delle Saline.»

Bianca si alzò, aggrappandosi al muro merlato del sentiero. Le servì un attimo per rendersi conto di cosa stava osservando.

«Cazzo! Ma sono enormi!» esclamò. La fissai con le sopracciglia sollevate.
«Non ve ne eravate accorte?» domandai.
«Assolutamente no!» ribadì, negando con forza. Girava la faccia da un lato all'altro come un gufo. «Noi eravamo di turno al massimo in tre o quattro torri diverse» continuò, «non di più. Mai avrei creduto che fossero così tante! Bambina, guarda!»
E Ani guardò, gli occhi accesi dallo stupore.
«Sul serio non ve ne eravate rese conto?» chiesi ancora. «Stanno divorando le campagne attorno. Cesenatico non esiste più da anni, e ora anche Bellaria è a rischio. Pensavo lo sapeste, vi ho trovate lì vicino.»
«Allora andavamo davvero a sud» considerò mia sorella a bassa voce. Aveva lo sguardo fisso su quelle luci, la bocca socchiusa, e continuava a scuotere la testa lentamente, senza fermarsi.
Bianca le mise una mano sulla schiena.
«È passata, Bambina. È passata» sussurrò. Poi si voltò verso di me. «Dove dobbiamo arrivare, Gizem?»
«Alla torre Cesta» indicai l'ombra scura che scorgevamo in vicinanza. «Stiamo facendo questa salita perché è tra i punti più alti del monte Titano, e...»
«Sì, tesoro, ho capito, dopo ti metto un bel voto sul registro. Però quello che desidero sapere è: quale dovrebbe essere la nostra meta finale?»
«Dozza» risposi a bruciapelo.
«Dozza?» ribatté Bianca, sbattendo più volte le palpebre e aggrottando la fronte. «Quella Dozza? Quella che è sulle colline vicino a Imola? Proprio quella Dozza?»
Annuii.
«E allora dimmi perché, stellina della zia Bi, ci stiamo inerpicando praticamente al buio come tre allegre caprette verso una torre antica in rovina, mentre la destinazione che bramiamo è in alto, sì, ma a nord, e un buon centinaio di chilometri da qui?»
«Per fare prima» dissi. Bianca si girò verso la torre, passò ad Ani, poi tornò a me. Sbatté le ciglia un paio di volte e arricciò le labbra.
«Giusto, logico» osservò sarcastica. Nemmeno ci provai a rispondere. Ero esausta.
«Dài, rimettiamoci in marcia.»
Riprendemmo a camminare sul sentiero, l'una di fianco all'altra, ma incespicai per la stanchezza e finii addosso a Bianca. In un attimo si ritrovò in mezzo ai cespugli.

«Oh, mannaggia, scusa!» esclamai, cercando di liberarla. Mi sentivo bollire la faccia.

«Avevo proprio bisogno di cascare ancora dentro questi rovi» brontolò. «Sono più fastidiosi di un'orda di zanzare.»

In effetti ci si era impigliata non so quante volte da quando eravamo partite, ma non era colpa delle piante. Era perché gesticolava troppo.

«Lascia stare, ho già fatto» disse, ricominciando a camminare. «Piuttosto, che roba è? Cosa sono queste foglie a forma di cuore?» osservò, levandosene una dai capelli. «Mi sbaglio o ho avuto l'impressione di vederla praticamente in ogni dove?»

«No, hai ragione» confermai. «Cresce ovunque qui. Sembra che questa pianta riesca a sopravvivere dappertutto, pensa che le hanno dedicato il cammino.»

«Che cammino?»

«Questo, tutto il percorso che parte da dove abbiamo lasciato il risciò e arriva alla terza torre, però mica ci arriviamo noi là. Ci fermiamo prima.»

Aspettai che Bianca mi chiedesse qualcos'altro, e invece niente. Mi servirono diversi passi per rendermi conto che le ragazze si erano fermate.

«Ehi» gridai, girandomi. «Che succede?»

«Come si chiama?»

Era la voce di Ani.

«Cosa?»

«L'arbusto» disse. «Come si chiama?»

«Salsapariglia, perché?»

19
Ani

«Ve lo potete scordare!» protestò Bianca.

«Ma non erano i risciò che odiavi?»

«Sei sempre quella nuova, tu.» Indicò Gizem. «Vedi di non esagerare.»

Lei fece spallucce e si arrampicò rapida dentro il cesto.

A pochi scalini di distanza da noi c'era una mongolfiera strana, con un bruciatore enorme alla base del pallone, come in tutte le altre che mi era capitato di vedere, e due, più piccoli, sotto, che si distaccavano di almeno un metro dal fondo di vimini della navicella. Mi sembrava di aver notato anche una leva vicino al bordo, ma non ne ero certa.

«Siete libere di fare quello che volete» disse Gizem armeggiando con le funi, illuminata dalla fiamma che ardeva poco sopra la sua testa. «Io non posso perdere altro tempo.»

Non mi era sfuggita la sua espressione triste. Averla davanti a me sembrava incredibile. Era viva. Ignoravo come fosse sopravvissuta durante tutti quegli anni, cosa avesse dovuto affrontare, ma una certezza ce l'avevo: non si era impegnata abbastanza, o io e mamma saremmo scappate molto prima. E lei non sarebbe morta. Perché Gizem ci aveva abbandonate anche se sapeva dove ci tenevano rinchiuse. Era fuggita lasciandoci sole, e non riuscivo a passarci sopra.

«Bambina, che ne dici?»

Bi mi fissava, aspettando una decisione. Lasciava a me l'ultima parola. Guardai i tre Schiaduri alle nostre spalle che stavano raccogliendo parte delle corde, poi il mare, l'area gigantesca del Campo di Raccolta, Bianca, mia sorella.

«Non abbiamo scelta» mormorai, «o andiamo o rimarremo sole.»

La guardai. Lei alzò gli occhi al cielo.

«Ma porca...» sibilò Bi, avviandosi verso la cesta. Io rimasi indietro, incapace di staccarmi dalla luce delle Torri. Stavo per separarmi da un'altra parte della mia vita. Ero felice di aver abbandonato il Campo, ma in quel luogo sarebbe rimasta per sempre mia madre. La donna che Gizem non aveva più incontrato da quando eravamo sbarcate. E dopo tutti quegli anni mi stavo affidando a lei, la sorella che fino a poche ore prima credevo fosse morta. Lei, che faticavo persino a guardare in faccia.

«Senta, le occorre un invito ufficiale per montare su questo fetentissimo trabiccolo o crede di poter muovere il deretano senza che la sottoscritta scenda a prenderla a calci?»

Bianca sapeva sempre essere adorabile. Era aggrappata a una fune come se fosse l'ultimo appiglio sicuro al mondo. Dovevo essermi persa delle scene interessanti mentre cercava di salire. Gizem, alle sue spalle, mi studiava per vedere cos'avrei scelto di fare.

Andai verso lo spigolo della cesta, mi aggrappai al bordo con entrambe le braccia, poi saltai dentro con un'unica spinta.

«Esibizionista del cazzo» mugugnò Bianca. Ridacchiai.

«Mica è colpa nostra» disse Gizem guardandola di sottecchi «se non sei capace di salire su una mongolfiera.»

«Odio tutti» sussurrò Bi, rannicchiata in un angolo del cesto. Volare non era chiaramente tra i suoi passatempi preferiti, sembrava a pezzi. Io invece stavo in piedi, e continuavo a fissare il bruciatore alimentato a sale e l'involucro di tessuto rigonfio.

«È così tanto bianco perché sono quasi tutti abiti da sposa» disse Gizem, armeggiando con la fiamma. La guardai aggrottando le sopracciglia.

«Il pallone, è quasi tutto bianco perché serve roba tipo seta, altrimenti non vola, e stoffe così ormai non si trovano quasi più, quindi» precisò indicando sopra la sua testa «quassù ci sono un mucchio di vestiti da sposa fatti a pezzi. Perché quelli li hanno conservati fino all'ultimo quasi tutte.»

Mi morsicai l'interno del labbro.

«Anche la mamma si era portata il vestito da casa» le ricordai.

Lei prese una piccola manciata di cristalli bianchi e li buttò nella caldaia del bruciatore. Poi mi squadrò, seria. «Dovevi proprio dirlo?»

Inclinai la testa e spostai i capelli dalla fronte. Volevo che mi vedesse bene.

«Non voglio dimenticarla, io» sentenziai.

Gizem sgranò gli occhi. «Perché, io sì?» sbottò.

«Non mi hai chiesto quando è morta» cominciai a elencare, sentendo la rabbia che montava. «Non mi hai chiesto come è morta, non hai nemmeno voluto sapere cosa potremmo aver fatto in tutti questi anni, però ti piace molto spiegare la storia dei luoghi che attraversiamo o degli oggetti che utilizziamo, per cui l'impressione che dai è esattamente quella di voler dimenticare nostra madre.»

«Ma come puoi...»

«Te ne sei fregata» le urlai in faccia, mentre contraeva la mandibola. «Sapevi che eravamo in quel posto schifoso, eppure non hai fatto niente per portarci via, niente! Sei rimasta dov'eri e adesso mamma è morta!» Rigirai tra le dita il nazar che indossavo al collo.

Una spinta mi fece sbattere contro il bordo della cesta. La sua superiorità fisica era innegabile.

«La vuoi mettere così?» ringhiò. «Vuoi parlare di cosa non ho chiesto o fatto io? Perché neanche tu sei stata la sorella dei sogni, Ani!»

Strinsi i pugni, ma non risposi. Gizem si strofinò la manica della maglia sugli occhi.

«Quando passi anni con della gente che ti dice tutti i giorni di non sperare, finisce che smetti di farlo» continuò, con la voce malferma. «Quando le persone che ti hanno trovata mezza morta e ti hanno salvata ripetono che devi dimenticare perché il passato fa male, tu inizi a crederci.»

«Non io» replicai.

«Perché sei migliore di me, giusto?» sbraitò sconvolta, ma non ero pronta a concederle una tregua.

«No» ribattei con l'espressione più sprezzante che potessi mostrare. «Perché io avrei voluto trovare il modo di salvarvi!»

Gizem si prese un secondo per respirare. Quando mi arrabbiavo, sapevo come ferire con le parole. Mi pentivo l'istante successivo del mio veleno, ma a quel punto il danno era fatto. Mia sorella no. Lei esplodeva furibonda, sganciava con violenza tutto quello che aveva da rinfacciare, poi si calmava completamente, come se le grida fossero bastate a spegnere la rabbia. In quegli attimi diventava spaventosa, però poi per lei la faccenda era chiusa. Non come me, che invece dovevo scavare a fondo. Le avevo sempre invidiato quell'immediatezza; eppure, rinchiuse in quella trappola di vimini a non so quanti metri da terra, Gizem non scoppiò.

«Se ti avessero ripetuto per anni che non potevi salvare nessuno?»

«Non ci avrei creduto» la liquidai, senza nemmeno considerare l'opzione.

«Ma ci sono troppe cose che non sai!»

«È inutile saperle. Io non l'avrei mai fatto.»

Gizem socchiuse gli occhi per poi riaprirli lentamente.

«Fai presto a parlare, tu mica eri là. Non hai visto.»

«Io non ero là?» gridai. «Hai idea di cosa siano stati sette anni alle Saline? Non ti chiedi perché tutti dicessero che eravamo spacciate?»

Non avevo visto. *Io*. Avrei voluto metterci lei, al posto nostro.

Gizem rimase in silenzio. Sbirciai Bianca, che sembrava essersi finalmente addormentata. Almeno si stava evitando quel teatrino pietoso.

«Non pensare male delle persone con cui vivo solo per queste cose» mormorò.

Tornai a guardarla spalancando gli occhi. «Solo?»

«Vuoi lasciarmi spiegare, Ani?»

Le mostrai la schiena e fissai il buio. Lei interpretò il mio silenzio per un sì.

«Quando papà mi ha difeso e hanno cominciato a pic...» le si spezzò per un attimo la voce, «a picchiarlo, io non ho capito più niente. Mentre gli stavano addosso, mi guardavano, e si capiva cosa volevano da me. Dovevi vederli! Non sapevo che fare, sono solo riuscita a scappare.» La sentii tirare su col naso. «Non so per quanto ho corso. Non sapevo neanche dov'ero. Mi ricordo che sono caduta e basta. Poi qualcuno mi ha trovata, raccolta, e per fortuna erano persone buone. Mi hanno aiutata, cresciuta, si sono prese delle responsabilità. Mi sono sentita in debito e, soprattutto, mi sono fidata.»

Rimasi in silenzio.

«Se la comunità che ti ha accolta ripetesse sempre la stessa cosa, cioè che dal Campo non si esce se non con i piedi in avanti e che dimenticare è la sola maniera per ricominciare, tu cosa faresti?»

Tenni le labbra serrate e i pugni stretti. Muta. Senza voltarmi.

«Se la sola famiglia che ti è rimasta insiste nel dire che, forse, tua sorella e tua madre nemmeno ci sono arrivate, al Campo» ritentò affannata, «tu cosa fai?»

Gizem continuava a offrirmi motivazioni che in fondo potevo capire, ma non condividevo. Ero troppo arrabbiata e, soprattutto, quella non era la sola famiglia che le era rimasta. Se ci avesse cercate, lo avrebbe saputo.

Guardai i posti che ci lasciavamo alle spalle. Salutai il mare, che ormai era un riflesso lontano. Maledissi l'Area di Comando, il Campo di Raccolta, e le loro luci. Piansi in silenzio nostra madre. Poi mia sorella parlò ancora.

«Comunque, per la storia della mongolfiera, non è che sono diventata una secchiona così, di colpo» precisò a bassa voce. «Io spiegavo tutte quelle cose perché so che tu vuoi capire sempre.»

E tacqui ancora. *Korkakça.*

Quando il cielo cominciava a schiarire, arrivammo in uno spiazzo costellato di crepe, nell'asfalto più fiorito della storia. La mongolfiera si posò bruscamente, inclinandosi per colpa dei due bruciatori sotto la cesta, in un atterraggio non proprio da manuale. Una piccola folla si avvicinò attorno all'involucro bianco appena cominciò a sgonfiarsi. Poco più di una decina tra uomini e donne vestiti in abiti semplici, senza divise o tute da lavoro.

Mia sorella imprecò. Li osservò nervosamente come se stesse cercando qualcuno, poi calò le funi, che due persone afferrarono per legarle a dei picchetti conficcati nel terreno. Tutti si muovevano in silenzio.

«Cosa succede?» chiese Bi, sveglia, ma intontita.

«Devono averci aspettate» mugugnò Gizem tra i denti.

«Da quando?» dissi, osservando il fermento attorno alle corde e al tessuto.

«Dalla notte scorsa» rispose, mollando la presa sul bruciatore spento e saltando fuori dal cesto con una fluidità impressionante.

Bianca si stropicciò la faccia.

«Siete tutte e due delle esibizioniste maledette» dichiarò. «Eppure apprezzo molto che la tua consanguinea mi abbia fatta arrivare sana e salva con le chiappe a terra. Un punto per lei.»

La guardai in tralice.

«Ora sei dalla sua parte?»

«No, Bambina, non ci casco» esclamò scuotendo i palmi aperti. «Non ti darò nessun giudizio e nessuna opinione. È una situazione che dovete sbrogliarvi da sole, perché sapete voi come state. Questi sono affari vostri.»

Spalancai gli occhi e le puntai il dito contro il petto.

«Hai fatto finta di dormire!»

«Sono sfacciata, non stupida, cara la mia Testa Riccia» cinguettò facendomi l'occhiolino. Uscii prima di lei dal cesto per aiutarla a scavalcare il bordo. La tentazione di mollarle la mano di colpo a metà strada mi sfiorò, ma non lo feci. Anche perché Bianca mi si era aggrappata al collo come un polpo.

Ci allontanammo dalla mongolfiera guardandoci attorno. Le persone che stavano recuperando l'involucro ci avevano ignorate. Lavoravano rapidamente e si scambiavano occhiate furtive, come in attesa di qualcosa. Ma da là non percepivo minacce.

Tutto attorno a noi c'erano campagna aperta e colline fino all'orizzonte. Davanti, sulla sinistra, uno sconnesso viale alberato nascondeva la salita che portava a una fortezza. La salita che mia sorella stava fissando, mormorando una parola a ripetizione: «Cacchio». Non mi ero accorta che avesse sciolto la treccia e che si stesse grattando il cuoio capelluto, quasi volesse tenersi occupata.

Non capivo. Seguii la direzione del suo sguardo e vidi che sul viale era apparsa una figura snella che si avvicinava rapidamente. Sembrava zoppicasse appena.

Bi strinse le palpebre per metterla a fuoco meglio.

«Ragazze» chiese a mezza voce, «sta arrivando la tempesta?»

Gizem non rispose. Continuava col suo mantra senza staccare gli occhi di dosso dalla ragazza che ci stava raggiungendo. Una ragazza coi capelli corti, il collo lungo e l'aria molto arrabbiata.

TERRA

20
Ebe

«Come ha potuto» mi ripetevo ad alta voce, «come cazzo ha potuto?»

E intanto macinavo metri verso quel trio che ancora non riuscivo a identificare.

«Me lo aveva promesso» continuai, «mi aveva dato la sua parola... Mi avevi dato la tua parola!» conclusi urlando.

Gizem era davanti a me, accompagnata da due figure molto diverse. Le conveniva che almeno una fosse sua sorella, o l'avrei strangolata con le mie mani.

Mi concentrai su di loro un istante. La ragazza più alta aveva la carnagione olivastra, i capelli e gli occhi chiari. Sembrava un po' troppo algida per avere un legame di sangue con Gizem, però l'altra no. Era esile, affilata, con un'esplosione di lunghi ricci neri, e quegli occhi inconfondibili. Aveva gli stessi, grandi occhi scuri di sua sorella. Solo l'espressione era diversa. Nel suo sguardo c'era del fuoco.

«Quindi tu sei Ani, giusto?» le dissi.

«Sì, sono...»

«Ne parleremo dopo» la bloccai. Ero troppo incazzata. «Ero stata chiara, Gizem.»

«Sì, hai ragione, però devi capire...»

«Oh, no» ribattei agitandole l'indice davanti alla faccia. «Io non devo capire proprio niente. E ancora meno dovrà farlo la Suprema.»

Lei sbiancò.

«Lo sa?» chiese, fissandomi con gli occhi spalancati.

Sospirai. «Stavolta hai esagerato. Nemmeno io sarò capace di salvarti.» E mi girai, pronta a ripartire verso la salita. Ma lei mi prese la mano.

«Ebe, io...»

La guardai. Stava là, con l'aria colpevole, dispiaciuta. Eppure non diceva niente.

«Spero che davanti a Clarissa parlerai di più» risposi, strattonando il braccio e allontanandomi. Avevamo perso fin troppo tempo.

«Cercate di muovervi» intimai al trio dietro di me. «Non fate casino e, soprattutto, quando arriveremo parlate solo quando interpellate. Ah, sì» aggiunsi senza girarmi, «benvenute alla Congrega.»

In un'occasione diversa le avrei accolte mostrando loro il paesaggio, indicando gli alberi più vecchi che delimitavano la salita, spiegando dove fossero nascoste, nel fianco della collina che stavamo costeggiando, le gabbie dei corvi che ci servivano per comunicare. Ma non era il momento. Non era il giorno. Non erano neanche lontanamente le persone alle quali potessi dirlo, in quella situazione.

Cazzo. Gizem.

A metà strada verso la piazza mi girai, trovando uno spettacolo più vario del previsto. La responsabile di quel casino si grattava la testa nervosamente. Ani era ferma, a braccia conserte, con lo sguardo cupo che osservava tutto come se il suo obiettivo fosse assorbirlo per sempre. L'altra ragazza era piegata in avanti, con le mani sulle ginocchia.

«Non sei molto atletica, vero?»

«E tu» ansimò «non sei molto diplomatica.»

«No» risposi secca.

«Non era una domanda» precisò lei.

Avrebbe anche potuto farmi ridere, in un momento diverso. «A ogni modo» alzai la voce, «state per entrare in un luogo che racchiude la nostra cultura e la nostra storia. Cercate di darvi un contegno.»

La ragazza alta si sollevò con l'espressione sofferente e il fiatone.

«Ascolta, tu...»

«Bianca» m'interruppe, confermando le mie impressioni su di lei. «È ora che tu e Gizem cominciate a chiamarmi Bianca. Ho un nome bellissimo che non teme di essere usurato.»

«Ecco, Bianca» replicai, con un cenno del capo. «Questo è esattamente quello che non si fa di fronte al Concilio.»

«Allora abbiamo un problema» decretò Ani.

La ragazza più alta mi guardava sorpresa. «Cosa avrei mai fatto, di grazia?» chiese.

«Questo è il motivo per cui abbiamo un problema» riassunse la sorella di Gizem.

Ottimo. «Quindi mi state dicendo che lei» indicai Bianca, «non si rende nemmeno conto di interrompere e di straparlare?»

«Straparlare mi sembra una visione quantomeno eccessiva di quello che faccio io» mi contestò lei, piccata. «Mi piace arricchire le conversazioni con qualche vezzo creativo, qualche voluta dorica, un soffio di foglie d'acanto.»

La fissai.

«Sarà un grosso problema» conclusi. Ani assentì. «Voglio essere chiara» le avvertii di nuovo, «la mancanza di rispetto e di ordine nelle situazioni ufficiali non è tollerata. Ve lo ripeto perché è fondamentale che lo abbiate chiaro in mente: niente casino e si parla esclusivamente quando si viene interpellate.»

Bianca sbuffò.

«Mi sembra di essere tornata al campo tra le St...»

Si prese una gomitata dalla sua amica. Quindi tacque.

Mi rivolsi a Gizem: «Per te è diverso. Dovrai esporti sotto ogni aspetto e spiegarti, lo sai».

Mi si avvicinò, iniziando a torcersi le mani.

«Ebe, non avrei mai voluto raccontarti bugie» mormorò.

«Quando non vuoi fare qualcosa non la fai» sibilai, sentendo tutta la rabbia riprendere forza, «ma ora non si parla di me. Il punto è la disobbedienza verso la Suprema e l'aver messo in pericolo la Congrega.»

«Sono stata attenta, te lo giuro.»

«Attenta? Credi di essere stata attenta?» trasecolai. «Gizem, hai usato una mongolfiera. Un fuoco nella notte!»

«Però di giorno sarebbe stato peggio» mi rispose.

«Un cazzo di fuoco nella notte!» ripetei, poi mi imposi di calmarmi. Misi le dita sulle tempie e feci una pressione leggera, ruotando i polpastrelli, sperando di evitarmi l'emicrania.

«Non c'è tempo per discutere» ricordai a tutte, me compresa. «Ora dobbiamo andare.»

«Dove?» chiese Ani.

«Al castello» rispose Gizem, prima che io potessi aprire bocca. «È lì il Concilio.»

Il castello di Dozza non poteva considerarsi una costruzione elegante, ma ogni volta che attraversavo le sue mura sentivo le ossa tremare. Imponente, a ridosso della piazza che avevamo appena raggiunto, con il ponte sul fossato che correva alla sinistra del più grosso tra i suoi due torrioni d'angolo: era incredibile quanto avesse resistito, e quanta storia avesse preso vita al suo interno. I mattoni rossi abbelliti dai rampicanti spiccavano nel cielo mattutino sempre più chiaro.

«Le scale, a destra» ordinai immediatamente, prima che potessero girovagare altrove.

«Quelle?» chiese Bianca, indicando i gradini stretti con una smorfia.

Misi il piede sul primo scalino, poi mi girai per guardarla. Lei alzò le mani in segno di resa e con le dita simulò il gesto di tapparsi la bocca. Sperai che facesse sul serio e proseguii. Una volta arrivata in cima le fermai, spinsi le nocche sulle tempie e decisi l'ordine d'ingresso.

«Entrerò per prima. Ani, Bianca, voi due dietro di me, e quando arriverete davanti alla Suprema fate un cenno di saluto con la testa, poi mettetevi sul lato destro della stanza. In silenzio» specificai ancora, rivolta soprattutto alla più indisciplinata.

«Come riconosceremo la Suprema?» domandò Ani, che mi studiava seria.

«Non preoccuparti, lo saprai» tagliai corto. Poi mi girai. «Tu entrerai per ultima, Gizem. Cerca di non comportarti da buffona, la situazione è seria» dissi sistemandole le spalle della maglia informe. «Ho fatto il possibile per calmare le acque, nonostante io sia tuttora incazzata nera, ma non credo che le mie parole abbiano sortito un grande effetto.»

«Grazie, Ebe» mormorò, tentando di afferrarmi il polso. «Volevo solo che...»

«È stato chiaro per tutti cosa volevi» decretai, allontanandomi da lei definitivamente.

Con lo stomaco annodato mi piazzai davanti al piccolo ingresso con la porta in legno scheggiata, uno stratagemma per dissimulare l'importanza dell'ambiente che nascondeva. Presi un lungo respiro e misi le mani sul chiavistello.

«Bene» sussurrai, «andiamo.»

La situazione era solenne.

L'ingresso si apriva sul corridoio centrale di pietra liscia, troppo stretto per una sala così grande, mentre ai lati le panche piene di gente rendevano la scena soffocante. Percepii il mare di teste che si giravano verso di noi appena varcata la soglia e faticavo a cogliere altro. Non importava che conoscessi quelle persone da anni. Sfilare in mezzo alla Congrega, con il Concilio pronto a giudicare chi tentavo di difendere, era minaccioso. Nemmeno l'ambiente familiare, con i lunghi stendardi antichi che conoscevo a memoria, appesi alle pareti, o la luce calda che entrava dalle tre finestre ad arco di fronte a noi, serviva a calmarmi. Camminavo lentamente per caricare meno la gamba malferma e deglutivo ansia mista a rabbia.

Gizem.

Cercai lo sguardo di Velia, sperando di riconoscere i suoi abiti sgargianti, ma non lo trovai. Ottavia mi fissava spaesata, continuando a sistemarsi dietro le orecchie il suo caschetto moro. Guido e Dina sembravano cupi come non li avevo mai visti. Loro avevano una ragione in più per essere arrabbiati.

Avevamo l'attenzione di tutti puntata addosso, ma parlò solo una persona.

«Lieta di constatare che è tornata, come dicevi tu, Ebe.»

«Sì, Suprema» risposi d'istinto, fermandomi appena oltre la prima fila di panche. Clarissa era davanti a me, seduta al centro del lungo tavolo addossato alle finestre. Era in mezzo agli altri componenti del Concilio, i pilastri della nostra comunità. Portava i capelli castani, striati di bianco, lunghi fino alle spalle, discreti come i suoi modi, ma sapevo con quanta durezza fosse capace di colpire. Per l'occasione indossava una camicia panna dalle forme morbide, una linea semplice che dava risalto alla spigolosità dei suoi lineamenti e agli occhi scuri. Voleva incutere soggezione, e ci riusciva.

«Mi fa piacere che tu ormai la conosca così bene» continuò, mentre mi faceva cenno di prendere posto accanto a lei. Tentai di sembrare naturale davanti a quegli sguardi, e con un rapido gesto della mano indicai a Bianca e Ani dove dovessero spostarsi. Quando raggiunsi la sedia accanto a Clarissa, Gizem si stava fermando di fronte a noi.

«Eppure, Ebe» iniziò a incalzarmi la Suprema, «mi dispiace constatare che la tua capacità di valutazione ti abbia tradita in questo modo.»

Aveva usato il termine *tradire* con estrema attenzione. Clarissa sapeva giocare molto bene le sue carte.

«La cosa fondamentale» riuscii a dire, nascondendo la tensione, «è che non abbia tradito la Congrega.»

«Anche se, volendo ben guardare, è esattamente quello che ha fatto, mettendo a rischio la gente che l'ha accolta quando non le restava che un alito di vita. Giusto, Gizem?»

E la trapassò con un'occhiata.

Io assorbii il colpo appoggiando i palmi sul tavolo per sostenermi. Ani era rimasta ghiacciata dall'aggressività di Clarissa, e Bianca ancora non riusciva a capacitarsi di cosa precisamente avesse davanti. Gizem, invece, mi stupì.

«Hai ragione a sentirti tradita, Suprema, chiunque ha ragione, qui» replicò con qualche incertezza, ma sostenendo lo sguardo del Concilio. «Sapevate che parte della mia famiglia era al Campo di Raccolta, o che almeno speravo si trovasse lì» continuò, «e quando ci è arrivata la notizia dell'esplosione ho temuto per la loro vita, per questo non ho potuto fare a meno di cercarle.»

Per un secondo m'intenerii. Si stava sforzando di essere formale.

«Ce ne rendiamo conto, Gizem» ribatté Clarissa, intrecciando le dita davanti al viso. «Ma eri consapevole fin dall'inizio di quali fossero le regole: nessun contatto esterno che non sia stato precedentemente approvato. E neppure un membro della Congrega ti ha mai dato il suo benestare, se non erro, in nessuna delle occasioni per cui lo hai richiesto.»

«Sì, mi avete sempre negato il permesso» confermò, deglutendo e guardando per un secondo sua sorella. «Ma credo che non abbiate considerato tutte le conseguenze dei vostri rifiuti.»

Mi irrigidii. A che gioco stava giocando?

Clarissa si sporse in avanti, nel silenzio del Concilio.

«Voi non conoscete Ani» proseguì indicandola, «è intelligente, e testarda, ed ero sicura che avrebbe approfittato della confusione nell'Area di Comando.»

«È un po' debole come teoria, non credi?»

«No, Suprema, visto che le ho trovate fuori dal Campo, già in cammino verso San Marino» disse con una certa soddisfazione.

Guardai le ragazze. Erano davvero riuscite a scappare da quella prigione?

«Se non le avessi trovate io» continuò, «ci avrebbero impiegato giorni per raggiungere un qualsiasi punto sicuro.»

«La loro vita non era affar tuo, se c'era la possibilità di mettere in pericolo la Congrega» sentenziò Clarissa.

«Ma rischiava di farlo!» contestò Gizem, accalorandosi. «Credi che mia sorella non mi avrebbe cercata? E in quel caso non sarebbe stata meglio una fuga veloce, organizzata, invece che lasciarle allo sbaraglio?»

Cominciai a sentire i brividi sulla nuca. Era brava.

«Organizzata, giustappunto» colse la palla al balzo la Suprema. «Organizzata con gli Schiaduri.»

«Sì, insomma, in parte. Ho chiesto a loro la sola cosa che non potevo trovare da sola» ammise Gizem, senza alcuna esitazione, «perché non avrei saputo a chi rivolgermi per ottenere un mezzo di trasporto rapido. Era un'emergenza, ho dovuto sbrigarmi.»

«E ti sembra sufficiente per una decisione tanto azzardata?»

Clarissa non mollava. Feci scrocchiare il collo, senza staccare gli occhi dall'imputata di quel processo impari. Ma Gizem ci poteva riuscire.

«Sì, perché era il solo modo per spicciarsi» disse. «So che gli Schiaduri non vi piacciono, ma conoscono il territorio e la nostra posizione. E voi non sapete com'è Ani. Se lei avesse iniziato a cercarci senza aiuti, potevamo essere a rischio tutte.»

Aveva trovato la spiegazione.

Aveva usato il carattere di sua sorella come motivazione aggiuntiva.

Aveva parlato in modo accurato, per blandire Clarissa, e il Concilio l'aveva ascoltata. Ottavia annuiva. Ines, addirittura, si era stampata un'espressione soddisfatta in faccia.

«Suprema?» chiese Alfredo. Ma lei gli piazzò il palmo davanti alla faccia per zittirlo.

Guardai Gizem lasciandomi sfuggire un sorriso. Lei ricambiò. Ce l'aveva fatta.

21
Bianca

«Non erano questi i patti!»
«Non avevamo patti, Bianca.»
«Tu avevi detto che avremmo parlato solo da interpellate.»
«E lo confermo» ribadì per l'ennesima volta.
«Ma nessuno ci ha mai interpellate!» esclamai. «Cazzo, sembra quasi che siamo fuggite solo per un lampo di genio della Bambina!» Mi voltai a guardarla. «Senza rancore, Ani.»
Lei sollevò le spalle e fece un broncio indifferente. Mai fregato niente dei meriti, alla mia Testa Riccia.
Stavo esasperando Ebe da quando eravamo uscite dalla sala del Concilio. Non era colpa sua, però erano state delle emerite stronze. Io e Ani avevamo affrontato la situazione brave e zitte, perché la signorina "non fate casino gne gne", coi suoi capelli corti tagliati con l'accetta, ci aveva messo un'ansia feroce, e per ottenere cosa? Niente! Ignorate. Trasparenti. Più invisibili di una ragnatela quando manca la luna. Ero furibonda. Saremmo pure state ospiti inattese, ma non chiedere nemmeno il nostro nome mi sembrava davvero troppo.
Ebe guardò Gizem, poi mi rispose.
«Bianca, la cosa ti stupirà, eppure puoi non essere tu la protagonista di una situazione.»
Sbuffai. «Non sono protagonista solo quando me ne levano l'occasione» volli precisare. «Ma non è questo il punto.»
«E quale sarebbe, allora?»
Mi voltai verso Ani che stava silenziosa al mio fianco, pensando se coinvolgerla o meno. Ignorava la conversazione tra me ed Ebe, ma

soprattutto ignorava sua sorella. Scrollai la testa, tornando alla mia interlocutrice.

«Comprendo che non sia semplice per voi immedesimarvi, perché si raccontano molte storie sul Campo di Raccolta che nessuno vi ha mai riferito di persona, quindi non sapete esattamente cosa significhi viverci.»

«Be', è inesatto, abbiamo documentato spesso...»

«Fidati, cara la mia dispensatrice di regole. Non lo sapete.»

«Bianca, credi che non ci sia interesse verso il Campo da parte nostra? Pensi che nessuna di noi abbia mai cercato di capire come potervi portare via da lì?»

«Oh no, tesoro, sono certa che ci sia questo interesse, però credo che camparci, là dentro, sia una fonte di notizie un filo più concreta.»

Molto bello che loro cercassero di scoprire come funzionasse quello schifoso impianto macina-vite, tanto care, ma non immaginavano cosa comportasse realmente viverci, e non era giusto che lo credessero. Ebe si accigliò, infastidita. Di certo non era abituata a essere contraddetta.

«Prendiamo per assodato che ci manchino alcune informazioni dirette» rispose con una punta di acidità, «resta un mistero dove tu voglia arrivare.»

«Noi siamo scappate da un luogo ostile, violento, che ti prosciuga il fisico e l'anima.» Cercai lo sguardo della Bambina, che improvvisamente trovava interessante un angolo tra gli alberi. «E siamo stanche. Siamo stanche della tensione a ogni passo, stanche di sentirci gli scarti lasciati campare per magnanimità. Stanche di provare dolore in ogni singolo muscolo del corpo e di avere le crepe nelle mani che sanguinano e bruciano, stanche di non sapere cosa sarà delle nostre esistenze da un giorno all'altro. Quindi essere considerata come una minaccia letale da un gruppo di persone con la puzza sotto il naso non è tra le mie necessità più immediate.» Comizio finito.

Ebe si irrigidì, Gizem sgranò gli occhi e Ani fece un innegabile cenno di approvazione.

«Ascoltatela» mormorò, «perché di solito parla tanto senza dire nulla di sé. Non come ora.»

Piccola Testa Riccia fetentissima. La mia Bambina. Presi fiato. «Capisco» riattaccai «che la nostra presenza qui sia legata a doppio filo a una corbelleria di notevoli dimensioni fatta da altre.»

Feci una pausa. Gizem sembrò voler contestare, ma evitò.

«Il punto è che non voglio sentirmi ancora in pericolo perché chi ci ha salvate è andata contro il "distintissimo ordine preposto"» scimmiottai.

«Non siete in pericolo» si affrettò a garantirmi Ebe. «È che le regole della Congrega esistono da sempre per motivi ben precisi.»

«E io le ho infrante» intervenne Gizem. «Vi chiedo scusa per avervi messe in questa situazione.»

Fu in quel momento che la Bambina se ne andò. Girò le spalle e si incamminò in silenzio verso il gruppo di alberi che stava osservando poco prima. Fu sempre in quel momento che il cuore di Gizem si spezzò di nuovo. Ebe le mise una mano dietro la schiena, mi guardò, e indicò a entrambe di non seguirla. Tentennai. Non ero pronta a lasciare Ani da sola.

«Da quella parte può raggiungere solo il sentiero che porta a casa di Guido e Dina, che sono ottime persone. Qualsiasi altra via sarebbe troppo ripida, e Ani non mi sembra una persona incauta.»

Grazie, dispensatrice di regole.

Noi tre ci incamminammo per una strada acciottolata quanto la piazza. Era tutto sconnesso, con erba e piante lasciate crescere tra gli spazi delle pietre. Era bello. Ma diamine, stare in piedi era più difficile di un dialogo con la Bambina. Incespicai roteando le braccia, e maledissi i sassetti scivolosi.

«Porco schifo» imprecai. E Gizem rise.

«Non è ancora il caso di essere tanto allegre» la rimproverò Ebe. «Sai che non la passerai liscia, né con loro né con me. Vedremo cosa decideranno stasera al trebbo.»

Non avevo la minima idea di cosa fosse il trebbo o del motivo per cui Gizem si fosse rabbuiata subito, però una cosa era limpida: la signorina era ancora decisamente incazzata.

«Ma è sempre così rigida, la cara direttrice dalla mandibola importante?» chiesi, passando sotto un alto arco che doveva essere stato coloratissimo, un tempo. Mi sembrava di riconoscere il dipinto di un orologio.

«Ti consiglio di chiamarla Suprema, Bianca» mi avvertì Ebe, virando verso sinistra. Era veloce, nonostante la zoppia. «Clarissa non ama che la gente parli di lei al di fuori del suo ruolo.»

«E chi l'avrebbe mai pensato? Sembrava una personcina tanto socievole e permissiva» dissi, arricciando il naso.

Gizem rise di nuovo. Ebe ci fulminò. Rigidina, la ragazza.

«Se immaginaste quali responsabilità quotidiane deve affrontare la Suprema di una Congrega non sareste così ironiche» ribadì.

Sapevo ancora pochissimo di quella gente, però era chiaro quanto, anche in quella società, la formalità avesse un peso. Speravo solo non fossero altre merdose teste di legno.

Improvvisamente alla mia sinistra si aprì un varco su tutta la vallata, che splendeva verde sotto la luce del mattino.

«Cazzo» mormorai, «che spettacolo.»

Andai verso il parapetto con un goccio di reverenza. Capivo solo in quel momento da quanti anni non avessi visto niente di diverso rispetto a quel Campo di merda. La notte scorsa avevamo attraversato molti posti, ma col buio l'impatto era stato minore. Assaporai il profumo dell'aria, percepii i suoni così diversi, vivi. Riempii i polmoni ancora e ancora, percependo un benessere che mi ero dimenticata potesse esistere. Quanto era bello. E davanti al panorama della terrazza mi feci travolgere dalle emozioni. Una lacrima sfuggì al mio contegno. Maledetta emotiva.

«Capisci perché vogliamo proteggere queste terre?» domandò Ebe.

Annuii. Diamine, se lo capivo.

«Ogni elemento della Congrega è importante, ogni persona ha il proprio ruolo che dà un equilibrio al tessuto sociale» continuò. «Quindi mandare in crisi l'equilibrio è fin troppo semplice.»

«Intendi dire» tirai su col naso «che basta la fuga di una di voi a far crollare il vostro castello di carte? Miserina come organizzazione.»

«No, Bianca» rimarcò, scuotendo la testa. «Vuol dire che ci devono essere dei meccanismi di protezione rispettati da tutti.»

«Senti» iniziai, asciugandomi le guance, «lungi da me difendere la spilungona qui dietro.»

«Ehi!» contestò Gizem.

«Sì, poi ti passo un dolcetto» la liquidai agitando una mano. «Però devo ammetterlo: la donna in nero qui dietro ci ha salvato il culo.»

«Sì» ammise Ebe.

«E Ani è sua sorella» dissi.

«Sì» ripeté. E non aggiunse altro.

«Oh, quindi? Due conferme stitiche e basta? Tutto qui?»

Ebe sospirò, guardando il panorama. «Vuoi sentirmi dire che il fine giustifica i mezzi, Bianca, ma non lo farò. Tu ora hai una visione limitata, che comprende te e la tua amica, ma cosa succederebbe se il vostro recupero, dettato dall'emotività di un solo componente di questo gruppo, portasse qui le guardie del Governo?»

«Pfff» sbuffai. «Non eravamo elementi così importanti da scatenare una ricerca. Ci sono una valanga di Raccoglitrici costrette tutti i giorni a mettere le mani in quello schifo di terra umida, e se ne servissero altre basterebbe solo un nuovo rastrellamento, a quel guano semovente.»

La dispensatrice di regole abbassò lo sguardo e sorrise. *Sorrise.* E io m'incazzai.

«Come ti permetti di ridere delle Raccoglitrici? Chi ti credi di essere per giudicare divertente una vita di merda come quella, brutta...»

«No, Bianca, no. Non mi sarei mai presa gioco delle Raccoglitrici. Ridevo di te.»

«Ah, be'» sbraitai, spalancando le braccia, «allora nessun problema! Sentiti libera di sfottermi quanto vuoi!»

«Bianca, ridevo perché sei lontanissima dai motivi per cui abbiamo paura di essere trovate» disse Ebe.

Aggrottai la fronte. «Spiegami.»

«Noi rifuggiamo dal Governo da sempre.»

«Perché?»

«Perché siamo quello che odiano. Siamo diverse, libere, legate al mondo che ci ospita, impegnate a proteggere e condividere. Loro accentrano il potere tra pochi eletti e prosciugano tutto. E il risultato? Chi non finisce arruolato o al Campo, si spacca la schiena per due spicci e vive di stenti. Il grande progetto degli Integri non si sta rivelando così miracoloso quanto la gente sperava. E le persone si stanno risvegliando.» Si voltò a fissarmi. «Non sai in quanti fuggono, soprattutto dalle città, si rifugiano dove possono e chiedono il nostro aiuto. Ma gli Integri non ne parlano. E noi dobbiamo essere discrete per continuare a nascondere chi arriva.»

Per la prima volta notai quanto fossero grandi i suoi occhi, quanto brillasse il verde delle sue iridi quando parlava di cose alle quali teneva davvero. Doveva averne spalata anche lei, di merda.

«Quindi, Bianca» ogni volta che ripeteva il mio nome lo faceva con un enorme contegno, «non siete tu e Ani a preoccuparci, ma il fatto che durante la fuga qualcuno possa avervi seguite fino a qui.»

Iniziavo a capire.

«Per questo prima gridavi in faccia alla spilungona che la mongolfiera era un fuoco nella notte.»

«Esatto» confermò.

Misi i pugni sui fianchi, cercando di ragionare. «La Suprema era così incazzata perché anche gli Schiaduri non devono trovarvi?»

«No» scosse la testa, «con loro è diverso. Gli Schiaduri nascono dalla nostra stessa cultura. Eravamo una sola comunità una volta, eppure non condividiamo più gli stessi principi.»

«Sono insorti contro mamma Clarissa?» azzardai.

«Anche, ma ti prego di non chiamarla così. Gli Schiaduri prima agiscono, poi pensano. Vogliono creare il caos contro il Governo senza valutare le conseguenze.»

«E mica sbagliano del tutto.»

La voce di Gizem era suonata ferma, come il suo aspetto. Teneva le braccia incrociate sotto il seno, le gambe appena divaricate, ben radicate a terra, e aveva lo sguardo tagliente. Cazzo, avevo visto la stessa espressione sulla faccia di Ani migliaia di volte. Ebe la squadrò, seria, ma non le diede corda.

«Noi crediamo nell'esempio corretto per dimostrare cosa significa vivere in equilibrio con la natura e con le persone» proclamò rigida. «Crediamo nell'importanza di fare fronte comune, e di contrastare gli Integri senza fare inutili stragi, per non ingaggiare una lotta senza speranza. Noi proteggiamo le nostre fila.»

«E allora continuiamo a guardare» borbottò Gizem, allontanandosi.

«Visioni diverse, con la tettona?» commentai.

«Mancanza di prospettiva» rispose Ebe cupa.

«E ora» cambiai argomento con nonchalance «cosa dovreste fare? Organizzarvi per un attacco? Scappare?»

«Vigilanza costante, profilo basso e speranza, come sempre» enunciò tornando a guardare il panorama. «Non abbiamo molto altro da fare.»

Contemplai anche io tutto quel verde che non ricordavo potesse esistere, osservai i muri del borgo rimasti in piedi, i residui di intonaco colorati, il cielo lontano da quella maledetta sfumatura grigia e malata che mi aveva intossicata per anni.

«Ebe.»

«Sì?»

«È troppo presto per comprendere a fondo come funzionano le cose qui. Ho conosciuto gli Schiaduri, che ci hanno aiutate a fuggire, e ho capito che non vi stanno propriamente simpatici. Ma a parte questo?» La studiai. «Voi, chi siete?»

Lei si raddrizzò, alzò il mento e si strinse le mani. Poi rispose.

«Siamo Strighe.»

22

Ani

Il rudere sembrava crollato per metà. Stava in mezzo allo spiazzo assolato, con la vegetazione che pareva divorarlo da tutti i lati. I rampicanti avevano risparmiato solo una piccola fetta del secondo piano.

Incrociai le caviglie e mi abbassai per sedermi tra l'erba alta, la testa piena di pensieri. Mi chiedeva scusa per la situazione in cui ci aveva cacciate. Toccai il nazar di mia madre. *La situazione!* Sette anni a respirare polvere e umidità, a lavorare solo per poter vedere il giorno successivo, senza mai poter riabbracciare la mamma, piangendo la morte di papà e pensando che anche mia sorella fosse morta. Eppure avevo l'impressione di avere tutti contro, come se credessero che fosse compito mio capire Gizem e che mi piacesse sentirmi spaccata a metà, tra la gioia di saperla viva e il rancore che mi ribolliva dentro per la sua lunga assenza.

Strappai una manciata di erba e cominciai a intrecciare i fili. Mia sorella non si era neppure avvicinata al Campo per tutto quel tempo, perché si fidava di quelle persone. Quelle che le avevano appena fatto un processo perché mi era venuta a cercare.

Strappai un fiore di tarassaco, ricordando cosa diceva *babaanne*: quando hai dei brutti pensieri, soffiali via. Poi raccoglieva il tarassaco, me lo metteva davanti alle labbra e aspettava che mi decidessi a soffiare. In primavera, a casa, i prati ne erano pieni.

Stavo fissando i piumini senza nessuna voglia di farli volare via, quando sentii un rumore alle mie spalle. Mi girai di scatto.

«E tu chi sei?» domandai. Avevo davanti una bambina di sei anni al massimo, con gli occhi grandi, i capelli mossi lunghi fino alle spalle e un quantitativo incredibile di foglioline a forma di cuore incastrate tra le ciocche. Sembravano foglie di salsapariglia.

«Babbo dice di chiamarti» rispose. E scappò via in direzione del rudere, quasi sparendo in mezzo al prato. Rimasi ferma un istante, calcolando le trappole che quelle persone avrebbero potuto tendermi. Poi cominciai a correrle dietro. Mi sentivo inquieta, arrabbiata con Gizem, ma non in pericolo. La piccola quasi saltava, con la sua rapida falcata irregolare. Sorrisi. Mamma diceva che anche io correvo così.

A ogni metro guadagnato notavo nuovi dettagli della vecchia costruzione. La metà rimasta in piedi appariva sempre meno trascurata. Come se quella parte fosse stata preservata. Gli scuri della sola finestra aperta erano ridipinti, e i vetri puliti, con delle tende chiare dietro. Il tetto era vecchio, però intatto. L'erba, lasciata crescere selvaggiamente nel resto della radura, diventava più ordinata attorno alla casa. Rallentai il passo fino a fermarmi, e restai a fissare i muri in pietra, le grondaie di rame, i vasi coi fiori.

«Qui ci vivono» considerai a mezza voce.

«Sì, vieni!» disse la bimba, riapparsa a pochi metri da me e immediatamente scomparsa di nuovo, come uno spiritello silvano.

La seguii, aggirando la porzione di muro mezzo crollato.

«Hai dei pezzi?»

Mi bloccai. A chiedermelo era stato un uomo che sembrava spuntato dal nulla. Inclinai la testa. Mi sembrava di averlo già visto. Aveva barba, baffi e i capelli spettinati pieni di polvere. Era a carponi, incurante del mondo, concentrato su un grande foglio sporco appoggiato a terra.

«Come?» domandai.

«Dei pezzi» ribadì. «Ti sei portata dietro qualcosa?»

Ma non riuscii a rispondergli. Il muro, che dall'esterno sembrava stare in piedi per miracolo, in realtà era puntellato da travi di legno e sbarre di metallo che si conficcavano nel suolo erboso per rinforzarne la struttura. Appesi alle sbarre c'erano attrezzi consunti, e tutt'intorno carrelli pieni di roba che non riuscivo a riconoscere e scatole impilate. Un laboratorio a cielo aperto sopra cui giocavano le ombre degli alberi.

Mi sentii tirare una manica.

«Il babbo mette insieme le cose» disse la piccoletta.

«Ho già capito che non ne hai, di pezzi» borbottò l'uomo.

«Vi siete almeno presentati, voi due?»

Spostai lo sguardo alla mia destra, trovando un orto, un'altalena, due aratri appoggiati a terra, e la proprietaria della voce che mi veniva incontro.

«Piacere, sono Dina» annunciò, tendendomi la mano. «La piccola peste è Leda, e quello che grugnisce si chiama Guido.»

«Piacere, Ani» replicai meccanicamente, senza ricambiare la stretta. Era una donna molto bella, imponente, con allegri occhi chiari e lunghi capelli rossicci.

«Non preoccuparti, qui nessuno ce l'ha con te» chiarì, fraintendendo il mio gesto.

«Insomma» disse l'uomo, in quel momento impegnatissimo a studiare degli ingranaggi sparsi su un telo steso sull'erba. «Non ha portato neanche un pezzo.»

«Credo che avesse altri pensieri per la testa, Guido» rispose Dina, roteando gli occhi.

«Mi spingi sull'altalena?» chiese Leda, ancora aggrappata alla mia manica. Io ero stordita. Stavano succedendo troppe cose e troppo in fretta.

«Amore» mormorò la donna, chinandosi all'altezza della bambina. «Tu sai andare da sola in altalena, giusto?»

Leda annuì.

«Che ne dici di andare, allora, e lasciare Ani un po' tranquilla?»

Leda annuì, di nuovo, e scappò verso il gioco.

«Bene, hai già visto il lato più opportunista di mia figlia e quello decisamente maniacale del mio compagno» riassunse Dina sorridendo. «Cosa ne pensi se entro un attimo a prenderti della frutta fresca? Se le storie che sentiamo sul Campo di Raccolta sono vere, non devi averne mangiata molta.»

«Sono vere» dissi. E mi sentii grata. Dina si voltò per raggiungere una porta, dipinta di un bel verde scuro, che doveva essere l'ingresso della casa. La loro casa.

«Avvicinati pure al tipo barbuto» aggiunse allegra. «Abbaia, ma non morde.»

Rigirai il nazar tra le dita, poi raggiunsi Guido. Stava osservando il disegno di qualcosa che, mi pareva di capire, trasportava acqua.

«Lo sai perché questo posto si chiama Dozza?» brontolò, accorgendosi che fissavo il progetto.

Negai col capo.

«Perché arriva dalla parola *doccia*» si grattò la testa, «che stava a indicare la presenza di condutture per portare su l'acqua e la pioggia, altrimenti qui sarebbe tutto secco.»

Avvicinò gli occhi al foglio, studiandolo, per poi confrontare le immagini con gli ingranaggi sparsi sul telo.

«Solo che 'ste robe si rompono, vacca pera.»

«Vacca pera?» chiesi, spalancando gli occhi.

«Quando hai dei figli cambia tutto, anche le parolacce» spiegò.

Prendeva gli aggeggi, li rigirava tra le mani, ma erano diversi da quelli disegnati nel progetto. A un certo punto ne lanciò uno alle sue spalle e sbuffò. Capivo perché mi avesse immediatamente chiesto dei pezzi. Gli servivano. Poi mi si rivolse senza guardarmi.

«Senti, tu e la tua amica alla fine sarete le benvenute, vedrai. Serve solo un po' di tempo. Appena ne sarà passato abbastanza per stare tranquilli smetteranno di essere incazzati anche con Gizem.»

«Ha commesso un reato così grave?» domandai.

«Be'» disse, sollevando le sopracciglia, «se pensi che il Governo cerca segretamente di individuare le Congreghe sul territorio per spazzarle via, e voi siete arrivate con una roba che bruciava nella notte, una bagattella l'ha fatta.»

Mia sorella aveva messo a rischio l'intera comunità per cercare me. Ormai lo avevo capito.

«In ogni caso non credere che tutti vogliano la sua testa» continuò, misurando un pezzo di lamiera col calibro. «È Clarissa quella tosta.» Soffiò via della polvere dal metallo. «Lei ci tiene alle regole, lo fa per la Congrega, ma siamo in tanti, qui, a essere ripartiti da zero, e boiate ne avremmo fatte anche noi per recuperare la nostra famiglia.»

Rimasi ancora in silenzio. Era faticoso esserle grata.

«Certo che siete diverse tu e Gizem, eh?» notò, guardandomi di sbieco. «Non credo di averla mai sentita tacere per così tanto tempo.»

«Lei è quella bella e simpatica» borbottai. «Io voglio solo capire le cose.» Feci spallucce, consapevole dell'imbarazzo che potevo aver creato.

«Visto che ti piace capire, cerca di aiutarmi un po' qui» propose, sbattendo un palmo per terra.

Mi sedetti a gambe incrociate dove aveva indicato. «Che progetto è?» chiesi.

«Questo è uno snodo che porta alla cisterna centrale, dove raccogliamo l'acqua» espose Guido, passando il polpastrello sul disegno. «Solo che per arrivare alla cisterna l'acqua deve affrontare una piccola salita, quindi per un breve tratto serve l'azione di una pompa, che ora è rotta.»

«E l'acqua da sola non va in salita» chiosai.

Mi squadrò. «Eh sì, tra le due sorelle sei senza dubbio tu quella sveglia» disse sarcastico. Anni prima mi sarei offesa, poi avevo incontrato Bianca.

«Quindi? Cosa si fa?» domandai.

Sollevò a malapena la testa, poi scelse con cura uno degli ingranaggi sul telo e me lo mostrò in silenzio. Era un aggeggio cilindrico a denti dritti, con una piccola scanalatura nell'apertura centrale. Lo strinse tra i palmi e chiuse gli occhi con un sospiro.

Mi morsicai l'interno del labbro. Eravamo in mezzo al caos della sua officina, col culo per terra e l'odore della polvere che pizzicava il naso, eppure la solennità di quel gesto appariva innegabile.

Un brivido mi percorse la pelle, come se qualcosa ci stesse scivolando sopra. Una corrente improvvisa. Una sensazione strana mi serpeggiò lungo la schiena.

Se avessi seguito il mio istinto sarei fuggita in quello stesso istante, ma non potevo. Dovevo capire.

Restai immobile a fissare Guido fino a quando non schiuse le palpebre. Poi sollevò la mano che copriva l'ingranaggio e a quel punto caddi indietro. Era cambiato. Il cilindro era diventato un cono, la dentellatura convergeva verso una sottile punta appena formata, il buco era scomparso.

Lo guardai. Lui mi sorrise. *Merda.* Mosse un passo verso di me. E io cominciai a gridare.

«Almeno potevi spiegarle qualcosa, prima!»

«Ma aveva detto che voleva capire!»

«Senza terrorizzarla, Guido!»

Dina mi aveva trovata appiccicata al muro, urlante, con il suo compagno che mi guardava perplesso. Si avvicinò tentando di passarmi un braccio intorno alle spalle prima di offrirmi da bere, peggiorando la situazione. Scattai come una molla, in preda al panico.

Lei sgranò gli occhi, poi si ricompose in un istante. «Scusa, non volevamo spaventarti.»

Fece un passo per allontanarsi da me, mostrandomi il palmo, cercando di riportare la calma e chiarire la situazione.

«Guido è un "manovratore di materiali". Può cambiarne forma e consistenza, ma ha uno spazio di modifica limitato e non riesce a ottenere sempre i risultati che ha in mente» proseguì Dina, porgendomi il bicchiere.

Sbattei le palpebre, inspirando lentamente dal naso e accettando la sua offerta.

Rivalutai la scena. Ogni boccata d'aria mi aiutava a guadagnare lucidità. In realtà trovavo la capacità di Guido incredibile, interessante, e molto meno spaventosa di quando me l'aveva mostrata saltando i preamboli. Mi inquietava? Un po'. Faticavo a crederlo? Sospirai. La mia migliore amica incantava da anni le Stecche cantando. Non era così diverso da accettare. Buttai giù l'ultimo sorso dell'acqua che mi aveva portato Dina e le restituii il bicchiere.

«Sei più tranquilla, ora?» chiese lei.

Annuii.

«Scusa» bofonchiò Guido rivolto a me, perdendo le parole nella barba. Dina gli diede un bacio sulla tempia, mi strinse la spalla e rientrò, lasciandoci soli a guardare il disegno e i pezzi di metallo per terra.

Inclinai la testa.

«Quindi?» chiesi, fingendo che non fosse successo nulla. Lui sbuffò.

«Quindi niente» replicò spalancando le braccia. «Non abbiamo i pezzi adatti, e con gli attrezzi che ho qui, con le mie capacità, riesco a modificarli troppo poco, paletta gobba.»

«Paletta gobba?»

«Sì, dài» borbottò, «hai capito.»

Studiai il progetto, ragionando su quello che si poteva fare.

«La mongolfiera?» proposi.

«Mmh?» mugugnò lui, continuando a fissare il foglio.

«La mongolfiera è vostra?» chiesi più chiaramente.

«È degli Schiaduri. E non fa bene alla salute rompere le cose degli Schiaduri.»

«Però se tu non la rompessi?»

Guido raddrizzò la schiena.

«Spiegati» ordinò. Avevo la sua attenzione.

«Si potrebbe guardare se nella mongolfiera c'è un pezzo più simile a quello che ti serve. Così riusciresti a modificarlo nella maniera giusta e a sostituirlo con qualcosa di manipolato da te.»

Non rispose.

«Mi sono spiegata?»

Spalancò gli occhi. Poi aprì leggermente la bocca e, alla fine, si mise a correre.

«Guido» lo chiamai, «il progetto!»

Lui tornò indietro per prenderlo. «Sei un cazzo di genio!»

«Guido» lo chiamai ancora.

«Che c'è?» domandò voltandosi, rosso in viso.

«Non avevi detto quella cosa sulle parolacce?» Sorrisi.

Rimase un istante a fissarmi.

«Tu andrai d'accordo con Ebe» borbottò. E schizzò via.

Mi ritrovai di nuovo sola e mi guardai attorno, ancora indecisa se prendere quella frase come un complimento o un'offesa. Respirai a pieni polmoni. Avvertivo una pace che non provavo da anni. L'orto, il prato fiorito, l'abitazione che da un lato pareva in rovina quando dall'altro era perfettamente curata, l'altalena... La bambina. Merda. Leda era sparita. I miei occhi scattarono verso la porta di casa. Non sembrava che qualcuno l'avesse aperta. Dovevo avvisare Dina. Mi mossi in fretta diretta all'ingresso, quando la vidi. Leda era ai margini del bosco, impegnata ad accarezzare un albero. Presi un respiro profondo. Forse ero ancora troppo nervosa.

«Ehi, piccolina» la chiamai, e lei si voltò sorridente. Mi salutò.

Subito dopo mi accorsi che non era da sola. Dei grandi occhi chiari mi fissavano vacui sopra la testa di Leda, ma non capivo se quella strana figura mi stesse vedendo o meno. Il suo viso era pallidissimo, con le guance sporche e il mento scorticato, incorniciato da lunghissimi capelli ramati. Si muoveva poco, a scatti. Quella creatura aveva l'aria di chi non era realmente là. Sembrava lo spirito di una ragazza. Uno spirito completamente nudo.

Rabbrividii. Dove cazzo ero finita?

«Leda» dissi incerta, «cosa ne pensi se andiamo a mangiare qualcosa?»

Prima che potessi avvicinarmi la bimba afferrò una mano della creatura. Il gesto sembrò molto naturale, come se si conoscessero bene. La figura diafana piegò il capo, salutò Leda con un bacio, poi svanì.

La piccola corse verso la porta di casa, si aggrappò alla maniglia e mi guardò.

«Jole ha detto che non viene» annunciò. «Tu entri?»

Con il cuore che mi batteva nel petto pronto a esplodere, presi un respiro profondo.

Dovevo comprendere ancora molte cose.

23
Gizem

«Strighe?»

Bianca ci guardava con gli occhi spalancati.

«Esatto» rispose Ebe, con quel suo tono tutto da maestrina che tirava fuori nei momenti ufficiali.

«Esatto, siamo Strighe, bla bla bla» la imitai a voce bassissima. Diventava insopportabile quando faceva così.

Sbuffai, allontanandomi ancora di più da lei e Bianca, lasciandole appoggiate alla terrazza. Feci un bel respiro per riempirmi i polmoni con l'aria fresca del mattino, sicura che la pace, per me, sarebbe durata poco. Di certo Ebe aveva preparato la lavata di testa per me da ore.

«Sentite, ragazze» disse Bianca, «non è la prima volta che sento questa parola e, con affetto, l'altra persona che me ne ha parlato era completamente pazza, quindi: devo pensare che fosse un caso isolato o, date le coincidenze, prendo per fuori di testa anche voi, indietreggio lentamente e tento la fuga? Voglio dire, ormai ho una certa competenza nel campo.»

Finì la frase incrociando le dita sotto il mento. Non la conoscevo, non mi piaceva nemmeno tanto, ma anche se faceva sempre la simpaticona lo sapevo come stava. Era nella situazione che avevo passato io anni fa, quando non capivo dove fossi, come funzionassero le cose, chi avessi davanti. Miseriaccia, stavo per morire e loro mi avevano accolta. Salvata. Senza la famiglia delle Strighe non sarei sopravvissuta. Ebe stava per spiegarlo a Bianca con le parole giuste, con la sua precisione, e lei avrebbe capito. Quanto avrei voluto che anche Ani fosse là ad ascoltarla.

«Hai combinato un guaio, *nani*?»

«Velia!» gridai. Chi aveva parlato era la voce un po' ruvida della salvezza. La faccia amica segnata dal tempo, con occhi verdi e capelli brizzolati lunghissimi. Finalmente incontravo qualcuno che non voleva solo prendermi a calci nel sedere.

«Dimmi che non mi odi» le chiesi, e lei allargò le braccia.

«Non odierò mai nessuna delle mie bambine» rispose.

La strizzai come un panno bagnato. Velia era la persona che mi aveva sollevata da terra quando ero riuscita a fuggire dagli Integri. Era quella che mi aveva portata qui. Quella che mi aveva rimessa al mondo. Soffrivo per la rabbia di mia sorella, sentivo il piombo sullo stomaco per la morte della mamma, ma sapere di avere lei mi avrebbe salvata. Ancora.

«Tesoro, non così» mormorò.

La stavo soffocando. Mollai la presa immediatamente. «Scusa scusa scusa!» strillai. «Stai bene? Ti ho fatto male?»

«Non preoccuparti» disse accarezzandomi la spalla, con un gesto tenero e fermo come lei. «È solo che ho ancora l'abitudine di respirare.»

Poi sorrise. E io pure.

«Ciao, Velia» la salutò Ebe, tutta ingessata e piantata al suo posto. «Non essere troppo morbida con lei.»

«E tu non essere troppo dura» rispose. «Se neppure Clarissa prenderà provvedimenti seri, non c'è motivo per cui debba farlo tu.»

«Sai già che provvedimenti vuole prendere la Suprema?» domandò Ebe in tono freddo. Era rigida, con le labbra tirate e le nocche delle dita pallide, da quanto stringeva le mani.

«No» ammise Velia, «ma ne abbiamo parlato. Il trebbo di stasera servirà soprattutto per decidere la punizione di Gizem.»

Fantastico.

«Ecco, a proposito di questo» saltò su Bianca, alzando un dito, «oltre a non sapere chi siano le Strighe vorrei capire anche cosa significhi la parola *trebbo*. Senza disturbo, insomma.»

Che buffona. Velia la guardò inclinando la testa, poi le si avvicinò. Si muoveva lentamente, con i suoi vestitoni pieni di stampe colorate dalla ruggine. I capelli lunghissimi e mossi sembravano sempre trovare il vento, il bianco misto al grigio che si confondevano. Era come se cambiassero sempre, come se crescessero e fossero vivi. Del resto tutto cresceva, con lei.

Arrivò davanti a Bianca e le accarezzò le spalle con le sue mani inanellate. Era una cosa che faceva sempre.

«Quindi tu saresti il nuovo acquisto del quale parlano tutte» mormorò.

«Esatto, piacere» rispose lei in fretta, gesticolando con quelle braccia infinite.

«Allora ciao» disse Velia prendendola con gentilezza per il gomito. «Vieni, ti offro una tazza di tè caldo, e potrai farmi tutte le domande che vorrai.»

«Veramente stavo per spiegarle io dove si trova e come funzionano le cose qui» sbottò Ebe, facendo scattare la testa all'indietro. Era un brutto segno.

«*Nani*, credo che tu debba parlare con qualcun'altra, in questo momento» e si voltò a fissare me. «Inoltre sarebbe meglio che ti levassi dal sole e bevessi più acqua, altrimenti sai cosa potrebbe succederti.»

Ebe arrossì, polverizzò Velia con gli occhi, poi abbassò lo sguardo.

«E tu» mi raggiunse nella mia posizione defilata in fondo alla piazza, continuando a tener stretta Bianca, «non accampare troppe giustificazioni senza che nessuno te le chieda. Ascolta prima di parlare...»

«Sto imparando, giuro, con Ani...»

«Sì, lo so, tesoro» mi fermò. «Ma devi farlo con chiunque, soprattutto con lei.» Fece un movimento del capo per indicare Ebe.

Sbuffai. «È che delle volte proprio non capisce.»

«E tu cerchi di capire lei?»

Volevo troppo bene a Velia per mandarla a quel paese, anche se quando faceva così ci andavo molto vicina. Spostai gli occhi, borbottando risposte che non volevo dare. E intanto Bianca stava osservando tutto con molto interesse.

«Serve qualcosa?» chiesi, sollevando le sopracciglia.

«Oh, non fate caso a me» rispose, impegnata a fare facce. «Sono solo una misera spettatrice della vita che mi scorre davanti.»

Poi con le dita tracciò un cuore in aria. Spalancai le palpebre, pronta a dirle qualcosa di poco fine, ma Velia mi strinse il polso.

«Parlate» ordinò. «E possibilmente fatelo senza scannarvi, perché ormai le vostre liti sono già annoverate nei registri di Ottavia, non credo ne servano altre.»

La guardai. Ebe era ancora a capo chino, probabilmente infastidita dalle parole di Velia, ma anche lei era troppo legata alla persona più anziana della Congrega per poterla offendere. Offendere come sarebbe stata capace di fare quando si arrabbiava.

Sbuffai di nuovo. Poi sospirai. E, alla fine, calciando un sassolino, annuii.

«Ecco, brave ragazze» disse. «E a questa ci penso io» annunciò, studiando Bianca. «Devi essere una complicata da gestire, tesoro.»

«Io?» chiese lei, puntandosi gli indici sul petto. «Oh, no, io assolutamente no, anzi rendo l'esistenza molto facile a tutti, perché dico sempre quello che penso.» Bianca concluse la frase molto soddisfatta.

Velia scosse la testa. «Appunto» mugugnò.

«Dài, levati dal sole» dissi a Ebe, aspettando che si spostasse dal parapetto.

«Credi di essere nella posizione adatta per darmi consigli responsabili?» replicò lei con acidità, senza muoversi di un millimetro. Io mi cacciai le mani in tasca.

«Be', sono all'ombra» risposi.

«Gizem...» sbuffò. Speravo in un mezzo sorriso. Speravo male.

«Cosa dovevo fare, secondo te?» le chiesi avvicinandomi. «Dopo la notizia dell'esplosione, volevi che stessi ferma? Cosa dovevo fare?»

«Non dovevi fare niente» replicò a denti stretti. «Tu non dovevi fare assolutamente niente! Guarda cos'hai ottenuto! Sei tornata indietro con la mongolfiera degli Schiaduri, in piena notte, con un fuoco ben visibile sospeso nel cielo» precisò. «Insieme alla notizia della perdita di tua madre, a una tizia impegnata a fare la giullare di corte e a tua sorella che nemmeno ti parla.»

«Quando sono fortunata» ammisi. «Perché se parla è peggio.»

«Bene.» Strinse le mani a pugno, mettendole vicine al mento. «Quindi, tirando le somme, considerando tutti i pericoli a cui ti sei esposta e a cui hai deliberatamente deciso di esporre la Congrega, ti sembra di aver fatto la cosa giusta?»

«Sì» ribadii convinta.

Le servì un secondo per assorbire la mia risposta. Poi reagì. «Perché?» Lo urlò quasi. Porca miseria, finivamo sempre così. Puntava verso di me, col suo corpo magro, nervoso, la faccia tirata, e i capelli spettinati.

«È mia sorella» mormorai.

«Ma non sapevi nemmeno se fosse ancora viva!» sbraitò di nuovo.

«Proprio perché non ero sicura che fosse morta dovevo andare a cercarla.» Temevo che le mani mi sanguinassero da quanto avevo le unghie piantate nei palmi. «Come faccio a spiegartelo? Io non volevo abbandonarle davvero» aggiunsi a mezza voce.

Lei abbassò il mento per guardarmi di traverso.

«Intendo...»

«Non ci provare» mi avvisò. Ecco, un altro pasticcio. Avevo buttato là la frase senza stare attenta, e vedevo che la sua testa stava già fumando. Però erano situazioni diverse, mica si parlava sempre dei fatti suoi.

«Dài, Ebe, lo sai!»

Lei mi puntò il dito in faccia.

«Io amo la mia famiglia» mise in chiaro. «La amerò sempre, ma non approverò mai la loro cecità.»

«Era per...»

«No. Qualsiasi cosa tu stia per dire, fermati. Non ho deciso di andarmene da Rocchetta Mattei per abbandonare i miei genitori. Loro ragionano come hanno sempre fatto, senza guardare oltre, e io non posso sopportarlo. Ho preteso un nuovo cammino per me, e ho fatto le mie scelte.»

«Ebe...»

«Mi sono fatta il culo!» esclamò senza farmi parlare. «Ho tentato qualunque cosa, eppure niente, tutto inutile! Non vogliono cambiare vita! E sai perché? Perché sono ciechi, e quella gabbia dorata continua a non fargli vedere altro. Se fossi rimasta, quel mondo avrebbe accecato anche me. E non voglio girarmi dall'altra parte solo perché un problema non mi riguarda. Pretendo una vita diversa da quella dei miei genitori e tu, ancora più delle altre, non puoi giudicarmi!»

Poi abbassò il dito. Chiusi gli occhi un secondo, sperando che stavolta mi lasciasse parlare. Ebe era stata coraggiosa a piantare tutti dove stavano, ma aveva potuto prendere delle decisioni spontanee. Io no.

«Finito?»

Annuì.

«Tocca a me, adesso?»

Annuì di nuovo, incrociando le braccia.

«Lo so. Hai fatto quello che hai fatto per mille ragioni» precisai, «però per me questa era la sola cosa da fare. Li avevo abbandonati appena sbarcati in quel lurido posto. Ero scappata, lasciandoli nei guai per colpa mia, perché le guardie volevano mettermi le mani addosso, ma non sono mai tornata a cercare Ani e la mamma.»

«Non era colpa tua» disse seria, come aveva fatto sempre quando ne avevamo parlato.

«Sì, eppure il risultato è stato lo stesso. Loro sono rimaste lì, ho visto pestare papà fino a quando non è crollato a terra, e sono scappata comunque.»

Iniziavo a sentire di nuovo il nodo in gola. Dopo anni non era cambiato niente. Faceva un male cane.

«Loro erano dei criminali, e lo sono anche adesso» replicò Ebe avvicinandosi. «Ma lo capisci che proprio per questo prendersi rischi simili, per qualcosa che non riguarda tutti, è troppo?»

Mandai giù un groppo di saliva.

«Gli Schiaduri viaggiano spesso in mongolfiera, la notte, e non li hanno mai trovati, anche se sono così vicini al Campo» mi difesi. Cavolo, davvero pensava che non ne avessi discusso con Alma?

«Gli Schiaduri, Gizem. Gli Schiaduri!» ripeté alzando la voce. «Continui ad avere contatti con loro! Clarissa sarà inferocita anche solo per questo!»

«Erano gli unici disposti ad aiutarmi» ribadii. «Gli unici che mi hanno ascoltata senza chiudere il discorso con frasi del tipo "non sai nemmeno se sono vive", "al Campo si muore in fretta", "è troppo pericoloso per la Congrega".»

La vidi accusare il colpo. Quelle erano tutte cose che mi aveva detto anche lei.

«Pensi fosse divertente parlarti così?»

«No, ma penso fosse più facile» le sparai senza addolcire il boccone. «Solo loro hanno cercato davvero una soluzione.»

«Più facile per chi?» domandò, appoggiandosi al parapetto. Forse la gamba buona iniziava a stancarsi. «Più facile per chi, secondo te?» ripeté. «Devi sempre ricordare che loro agiscono e basta. Non valutano i rischi, attaccano perché devono muoversi per primi. È per questo che si sono staccati da noi.»

La sapevo la storia. Gli Schiaduri erano membri di diverse Congreghe che avevano deciso di uscire dalle proprie comunità per risolvere i problemi a modo loro: in fretta. O almeno questo era quello che raccontavano qui. Mi avevano sempre detto che erano persone instabili, senza controllo, però poi le avevo conosciute. Non erano dei disgraziati fuori di testa, volevano solo cambiare le cose. Ed erano miei amici.

«E credi sia davvero del tutto sbagliato?» domandai. «Puoi affermare senza nessun dubbio che le loro azioni siano solo da condannare?»

«Gizem» iniziò, abbassando la voce. Stava tornando ad arrabbiarsi. «Lo sai come la penso. Trovo giusto agire, infatti anche qui si impara a combattere e si studia per farlo bene, ma mi sembra folle buttarsi nella battaglia senza ragionare, senza tutelare la comunità. In quelle guerre improvvisate le persone muoiono.»

«Alma dice che si muore anche quando si sta troppo fermi.»

Lo buttai fuori col desiderio di colpirla. E ci riuscii. Ebe si morse il labbro, strofinò la mano sulla gamba destra come per scaldarla, poi mi diede le spalle e iniziò a incamminarsi in direzione della piazza.

«Aspetta, Ebe» dissi. Mi sentivo uno schifo. «Non volevo...»

«No, invece» rispose lei, continuando a procedere lentamente, ma senza fermarsi. «Tu volevi esattamente questo, Gizem, e fino a quando ragionerai in questo modo non potrò più aiutarti.»

24
Ebe

«Non voleva, certo!» borbottavo furibonda.

Gizem sapeva quanto mi preoccupassi per la Congrega, quanto contasse per me la tutela di ogni membro che ne faceva parte, eppure niente. Alma. Sempre Alma. Lei e il suo istinto suicida che inculcava a chiunque diventasse un fiero rappresentante degli Schiaduri. Mi sentii arrossire, e decisi che doveva essere semplice rabbia. Se solo Gizem avesse compreso cosa significasse prendersi cura di tutti, pensando al futuro e conservando un margine di sicurezza quotidiano, forse si sarebbe resa conto della differenza tra i due approcci. Io non volevo stare ferma, cazzo, volevo solo che nessuno morisse.

Entrai in piazza ancora sbuffando.

«Ebe!» gridò una voce poco lontano.

Mi voltai. «Ciao, Ottavia.»

Arrivava dalla mia sinistra, trafelata. Avrei scommesso che era appena uscita dagli archivi, come sempre. Rallentò, affiancandomi, e si sistemò i capelli a caschetto dietro le orecchie.

«Stai tornando da Clarissa?» chiese, con l'ansia che le serpeggiava nella voce.

«Sì» confermai senza entusiasmo. «Vado a parlarle, per capire quali intenzioni abbia e per cercare di rabbonirla. Giusto per mantenermi coerente con le ultime parole che ho detto a Gizem.»

«Cosa?»

«Niente» replicai, agitando la mano.

Ottavia mi osservò con i suoi occhioni neri, curiosa, ma decise che il mio sproloquio non doveva essere importante. «Io ci ho già parlato» mi informò col tono sommesso di una sovversiva. «Le ho fatto presente il mio punto di vista.»

«Tu?» domandai, troppo stupita perché potesse ignorarlo.

«Lo so, di solito non riesco a farmi valere più di tanto con lei, però stavolta era importante.» Fece una pausa, stringendo tra le braccia un faldone pieno di appunti. «Gizem ha sbagliato, me ne rendo conto, però va esaminata la situazione nel suo aspetto totale» considerò, studiando la mia reazione. «Non si possono giudicare le azioni senza sapere i pregressi. La storia delle persone va sempre ascoltata, giusto?»

Chiusi gli occhi per un secondo, poi annuii.

Velia raccontava ancora della prima volta in cui aveva tenuto in braccio Ottavia. Una Congrega vicino a Dozza era appena scampata all'ennesima battaglia, quando aveva recuperato quel fagotto urlante da una carovana piena di cadaveri. Del resto rendere orfana la prole dei propri oppositori era la specialità degli Integri. Minava le forze di chi li contrastava e, dall'avvento del sale, creava manodopera priva di alternative per il Campo di Raccolta. Ogni calcolo tattico in quegli spargimenti di sangue volgeva a favore del Governo, ma all'equazione mancavamo noi. Mancava Velia. Lei aveva accolto molte piccole vite scampate ai combattimenti, le aveva fatte sbocciare, così come aveva fatto con Ottavia. Aveva scelto il suo nome, l'aveva cresciuta lasciandole la possibilità di imparare tutto. Purtroppo il solo indizio che aveva saputo darle, riguardo alla sua famiglia, era uno scialle ricamato a fiori rossi nel quale Velia l'aveva trovata avvolta.

Per quel motivo Ottavia era cresciuta affamata di storie, perché nessuno sarebbe mai stato in grado di raccontarle la sua. Assorbiva i libri. Aveva un legame talmente forte con loro da percepirli a distanza. Le entravano sottopelle. Però le erano necessarie anche conferme che le pagine scritte non potevano darle. Aveva bisogno di un sostegno personale, umano. Per esempio il mio. Ma ero stanca, nervosa e ancora troppo incazzata per esserle davvero di aiuto.

Cercai qualcosa di sensato da dirle, eppure nella mia mente riuscivo a inanellare solo banalità.

Aprii la bocca quando ormai avevo esaurito il tempo. Alfredo era già apparso sulla soglia del castello nel suo completo di lino blu, e mi fissava accigliato.

«Scusami, Ottavia» mormorai. «Credo di dover andare.»

Lei seguì il mio sguardo e fece un passo indietro.

«Certo, figurati» rispose a bassa voce. «Non ti trattengo.»

Poi si allontanò, diretta all'edificio di fronte al castello. Aveva la facciata arancione sbiadito, il grosso portone scuro a doghe e una sola finestra circondata dall'edera. Gli archivi, appunto. Un luogo che aveva creato lei. Il posto dove ormai viveva.

Mossi qualche passo verso il braccio destro di Clarissa e lo guardai negli occhi seminascosti dalle palpebre calanti. Alfredo era sempre troppo composto, con i suoi baffi curati, la mandibola spigolosa e il fisico asciutto. Non alzava mai la voce, non prendeva iniziative, ma la sua testa brizzolata in qualche modo sbucava dappertutto nei momenti meno opportuni. Aveva anche una passione discutibile per gli aracnidi, che lui reputava animali infinitamente nobili. Bello schifo. Detestavo la sua alterigia, forse perché temevo che fosse un po' la mia.

«Ti sta aspettando» annunciò serio.

«Non mi aveva chiesto di venire» risposi, ormai arrivata al suo fianco.

«No» ammise mentre ci incrociavamo sul ponte d'accesso. «Ma sapeva lo avresti fatto comunque.»

La Sala del Concilio da vuota aveva un aspetto completamente diverso. Sembrava più vecchia, trascurata, e vedere la Suprema di schiena, in controluce davanti a una finestra, diede un sapore di solitudine a tutto il quadro.

«Anche tu vuoi perorare la causa della salvatrice di sorelle, Ebe?»

Abbassai il capo.

«Non voglio proteggerla» mentii. «Mi piacerebbe solo capirla di più, perché credo che molti, all'interno della Congrega, non siano così rigidi nella loro posizione, quindi potrebbero esserci motivi che vanno oltre la nostra comprensione.» La seconda parte della frase era decisamente più vera.

«Questo accade perché i suddetti "molti" non hanno la benché minima consapevolezza della situazione generale, Ebe.»

Alzai lo sguardo. Si era voltata puntando gli occhi su di me e, con una calma felina, fece il giro della scrivania per poi sedercisi sopra, mantenendo il busto leggermente sporto in avanti. Sapevo cosa stava facendo. Ci teneva a mostrare con tutto il suo corpo l'interesse nei miei confronti. E Clarissa ripeteva così spesso il nome di qualcuno solo quando sapeva di dirigere il discorso verso qualcosa di scomodo. Era cominciata la partita.

«Se riuscissero a cogliere qualcosa di appena più lontano della porta di casa loro, capirebbero. Noi, qui, siamo gente libera» scandì con un profondo controllo della voce, «e lo siamo perché rispettiamo le regole necessarie a proteggerci. Gizem lo sa cosa deve fare per poter rimanere all'interno della Congrega, Ebe. E si sta comportando in maniera completamente opposta.»

Non mi sfuggì il richiamo all'esilio che aveva appena fatto.

«Suprema, sai che...»

«Siamo solo noi due, non serve che usi il mio titolo.»

Annuii, rispettando il suo permesso.

«Clarissa, ti stimo profondamente proprio perché conosco la mole di lavoro che sta dietro alla gestione di una comunità simile...»

Lei fece un risolino sarcastico.

«Sto aspettando il "ma"» anticipò.

«Ma, per quanto sia difficile anche per me comprendere appieno questo concetto, forse dovremmo dare spazio alle motivazioni che spingono un qualunque membro della Congrega a compiere un passo del genere.»

«Guarda caso, però, questo membro è Gizem» disse, sbattendo le palpebre.

«Direi la stessa cosa per chiunque.»

«Può essere» ammise, spostando lentamente la gamba da sopra la scrivania. «Eppure resta il fatto che si sta parlando di Gizem.»

La Suprema appoggiò entrambi i piedi a terra e mosse qualche passo nella mia direzione. Manteneva il mento alto, le mani in tasca, e un'espressione ermetica. Presi un respiro prima di risponderle.

«So che si parla di lei, ma so altrettanto che ci sono diversi membri del Consiglio che non la condannano completamente» replicai, trattando un argomento che ero certa l'avrebbe resa più malleabile. «Ottavia, con la quale hai già parlato, Guido, Dina, e ho visto poco fa anche Velia. Non mi sembrava particolarmente arrabbiata.»

«Ho già discusso con lei» replicò incupendosi. Aveva capito che la situazione non era così tanto a suo favore.

«E se la tua punizione fosse eccessiva? Se parte della Congrega non concordasse?»

Azzardai quella domanda, sperando che lei capisse cosa intendevo. Il Consiglio era fondamentale per la nostra comunità, ma le decisioni finali spettavano solo a Clarissa. Erano sue le dita che tendevano le fila del nostro destino.

«Credi che rischierei delle reazioni forti?» chiese, squadrandomi.

«No, assolutamente no» ribattei, muovendo le mani come se stessi cancellando qualcosa nell'aria. I suoi dubbi, per esempio. «È la risposta emotiva che mi fa riflettere. Si creerebbero malcontenti, la tua autorità verrebbe messa in ombra e il clima cambierebbe» conclusi.

Lei continuò a fissarmi, dubbiosa. «Perché me lo stai dicendo, Ebe?» indagò, stringendo le palpebre come se cercasse di leggermi nel pensiero. «Per quale motivo mi stai mettendo in guardia su una situazione simile?»

«Perché so che il tuo lavoro è mirato esclusivamente al benessere della Congrega, e non voglio che ci siano malumori» dissi in tutta sincerità. «È difficile essere al di sopra degli altri, perché diventi costantemente criticabile; quindi a volte possono diventare importanti delle piccole infrazioni alle regole, per rimanere più vicini a ciò che sentono le persone.»

Quelle riunioni private mi stremavano. Ogni volta in cui la nostra Suprema cercava un confronto chiamava soltanto me, e io dovevo districarmi per trovare un equilibrio tra i veri consigli e i sotterfugi, le tattiche, le mere valutazioni che dispensavo con inflessibilità.

Lo odiavo. Eravamo una Congrega piccola, unita... perché non poteva essere tutto più semplice?

Clarissa si avvicinò ancora. Movimenti solenni, quei pochi necessari per guardarmi bene in faccia.

«Non si eludono le regole, Ebe, altrimenti non sarebbero regole» iniziò, mantenendo un tono pacatissimo. «Serve fermezza, anche quando diventa impopolare, perché non tutti sono in grado di vedere cos'è necessario per mantenere l'equilibrio. Serve rigore, perché la libertà si ottiene solo in una società ordinata.»

Sentii il mal di testa crescere, come se una piccola onda dolorosa stesse salendo dai lati del collo e cercasse di concentrarsi tra la fronte e il centro del cranio. Chiusi gli occhi un istante, tentando di contenere una smorfia di sofferenza.

«Bene, Ebe, mi sembra il caso che tu vada a riposare» disse improvvisamente la Suprema, battendo le mani. «Hai passato la notte in bianco per aspettare il ritorno di Gizem e delle due nuove arrivate, suppongo sia meglio per te cercare di dormire almeno qualche ora, prima del trebbo di stasera.»

Tentai di riscuotermi.

«Sì, Clarissa, in effetti sì» confessai. «Però promettimi che ragionerai sulle questioni di cui abbiamo parlato.»

Lei mi sorrise e mi posò una mano sulla spalla.

«Ma certo» rispose, voltandosi poi sui tacchi e tornando rapidamente alla scrivania, dove iniziò a estrarre carte dai cassetti. «Tengo sempre in grande considerazione i tuoi consigli, Ebe. Sei una ragazza intelligente, sai da dove vieni e dove hai vissuto.»

Odiavo quando ricordava le mie radici come se fossero un merito. Il privilegio non lo è mai. Evitai di risponderle, per non contrariarla, e feci un piccolo inchino.

«A questo punto andrei.» Volevo chiudere la conversazione. Il mal di testa peggiorava.

«No, aspetta» mi bloccò.

La fissai interdetta.

«Cosa ne pensi delle due persone che Gizem ha portato qui? Vorrei una tua opinione.»

Restai in silenzio qualche secondo, per formulare una frase sensata.

«Ani, la sorella, è silenziosa, ma credo sia decisamente sveglia. Ha fatto poche osservazioni, miratissime. Bianca...» presi tempo, «Bianca è incontenibile. Però sono certa che si tratti di una ragazza di cuore.»

«Bianca è quella più alta, giusto? Quella... particolare» ragionò, appoggiando i polpastrelli sul mento e stringendo le palpebre, di nuovo.

«Particolare solo perché non sta zitta un attimo» replicai, passandomi una mano sulla fronte. Non mi piaceva la piega di quella conversazione. Volevo tagliare corto.

«Ritieni che ci darà problemi?»

Feci pressione con le dita sulle tempie, sentendo il dolore dietro gli occhi.

«Non credo. Secondo me le serve solo un po' di tempo per capire come vanno le cose qui. Perché?»

Clarissa attese qualche secondo.

«No, niente. Vai pure, riposa» mi congedò.

Le voltai le spalle, dubitando del mio equilibrio, con l'ondata di nausea che saliva. Detestavo la sensazione del reflusso che si arrampicava bruciando in gola. Deglutii prima di muovermi. Non mi sembrava il caso di vomitare nella Sala del Consiglio. Camminai lungo il corridoio reggendomi allo schienale delle panche, arrivando all'uscita col fiato corto.

Forse salutai la Suprema, forse no.

Chiusi la porta, mi appoggiai al muro con la schiena e mi lasciai scivolare sul pavimento.

Poi la sofferenza mi annebbiò i pensieri.

25
Bianca

«Ma non si può avere qualcosa di più forte?» chiesi, osservando le bottiglie piene di liquido trasparente sistemate in fila sulla mensola e indicandone una. «C'è quella con un bel rametto dentro che sembra molto interessante. È rosmarino, sì?» Poi le feci l'occhiolino. Ma Velia continuò imperterrita a preparare le tazze per il tè, sotto lo sguardo attento della sua gatta nera.

Eravamo nella sua cucinetta, un locale piccolo e caldo, saturo di oggetti. La finestra più luminosa dava direttamente sulla strada acciottolata del centro di Dozza, e mostrava i due portoni verdi sbarrati della casa di fronte. La facciata esterna dell'abitazione di Velia raccontava una storia diversa. La sagoma di un lungo drago colorato era ancora visibile, e ci stava benissimo. Una seconda finestra rivelava la presenza di un cortile interno. Nella casa si nascondeva un enorme giardino privato corredato di orto. Anche se chiamarlo *giardino* sembrava riduttivo. Quella era una cazzo di giungla. Una roba del genere credevo che nemmeno potesse più esistere. Tutto quel posto era incredibilmente verde, ma da Velia la situazione era folle. Piante, alberi ovunque, anche i vetri delle finestre ormai servivano a poco, dato il marasma di foglie che ci si affollavano davanti. Avevo l'impressione che la casa fosse piccola proprio per poter lasciare più spazio alla flora che cresceva da ogni parte.

«Non mi sembra il caso di farti bere grappa, *nani*» rispose con un mezzo sorriso. «Devo spiegarti troppe cose, e tu sei già abbastanza complicata da gestire.»

Mi misi a sedere, sbuffai, poi incamerai il messaggio.

«Ancora con questa storia? Io sarei complicata?» Sollevai le sopracciglia come se me le avessero staccate, sfoggiando un'invidiabile mimica facciale. «Guarda, cara signora variopinta» dissi roteando l'indice nella sua direzione, «che appena conoscerai quell'altra, la Testa Riccia sorella della Venere turca ben pettoruta, capirai che qui sono soltanto il placido agnellino di turno. La carogna sta nei dettagli. Anche perché vogliamo parlare delle persone che ho incontrato una volta arrivata? La prima» iniziai a enumerare «che ci è piombata contro appena siamo scese dalla mongolfiera, infuocata da quanto era furibonda...»

Velia ridacchiò roca. «Ebe era furibonda perché avete combinato un mezzo disastro. Non si sarebbe comportata così, altrimenti.»

«Certo» ribattei arricciando le labbra. «In condizioni normali diventerebbe l'anima della festa, eh?»

«Non esagerare con lei, *gagia*» disse, prendendo una bustina di pelle e la brocca con le foglie a mollo nell'acqua, per posarle sul tavolo. «Perché se non vi faranno lo scalpo sarà per merito suo.»

«Di sicuro non dell'altra simpaticona tutta ingessata» borbottai. «Ho visto Integri meno rigidi, sai?»

«E di chi staremmo parlando, adesso?» chiese Velia sedendosi davanti a me. Aveva slacciato il cordino della busta, rivelando un sacchetto di foglioline secche sbriciolate e della carta oleata molto sottile.

«Per favore» ribattei sarcastica. «Ti si legge in faccia che hai già capito, lo sai benissimo.»

Sollevò un sopracciglio, in silenzio. Io sbuffai, alzando gli occhi al cielo.

«Orbene, vogliamo fare le preziose? Come preferisci.» Feci spallucce. «Mi riferisco alla signora perbenino, quella coi capelli alle spalle, che sta tutta impettita.»

Tirai dentro le guance in modo da infilarle tra i denti, e feci la bocca a culo di gallina. Per rendere l'idea.

«Poi quel tono?» continuai sputacchiando. «Non vi dà fastidio quando pronuncia i suoi discorsoni?»

Velia corrugò la fronte, fermandosi con la cartina mezza riempita.

«Quale tono?» chiese seria.

«Quello che sfoggia mentre fa la giudice di mezzo mondo» cercai di spiegare. «Quando parla di roba antipatica facendo capire che "ehi, forma di vita inferiore, non so cosa tu voglia dire, ma tanto me ne sbatto, perché ho ragione io".» Avevo tenuto le labbra tirate e mi ero scostata i capelli dalla faccia, raddrizzando la schiena e accavallando le gambe. Ah, una grande imitazione. Grandissima. E Velia scoppiò a ridere.

«Devi assolutamente mostrarlo a Clarissa» dichiarò, interrotta da un paio di colpi di tosse. «Magari dopo una generosa razione di centerbe.» Riprese a rollarsi la sigaretta. La gatta saltò sul davanzale della finestra che dava sulla strada e ci si acciambellò. Quelle furono le sole reazioni che riuscii a ottenere.

Velia leccò il bordo della carta per chiudere bene il piccolo cilindro. Poi aprì lo sportello della stufa economica alimentata con del sale scuro, dove stava cuocendo qualcosa, e accese la sigaretta, portandola immediatamente alla bocca per aspirare.

«Senti, *nani*, facciamo così» mi propose, lasciando andare una nuvola di fumo. «Tu la pianti di deridere le mie amiche...»

«Siete amiche?» intervenni alzandomi di scatto. «Tu e lei siete amiche? Una che sembra fuori da ogni canone e l'altra Madame Bon Ton? Pazzesco!» esclamai. «Folle! Trasecolo!»

«Trasecola senza interrompermi» ordinò, prendendomi per la tuta e tirandomi di nuovo a sedere. «Stavo dicendo» riprese «che tu la pianti di deridere le mie amiche, tra le quali in qualche modo è annoverata anche Clarissa, e io ti racconterò quello che vuoi.»

«E mi fornirai un elenco scritto in ordine d'importanza dei tuoi rapporti amicali?»

Mi tirò una presina. «La prossima volta sarà una pentola» mi avvisò.

Il mio umorismo non era abbastanza apprezzato. Mi versai un po' di infuso balsamico dalla brocca, senza dubbi su cosa chiederle.

«Chi siete?» domandai, con la tazza tra le mani.

Velia fece un accenno di sorriso. «Siamo Strighe. O Strie. Vedi tu come preferisci dirlo, qui li sentirai tutti e due» cominciò. «Siamo Janare. Masche. Basure, in Liguria. Diventiamo Zobiane, in Veneto. Ovunque andrai, incontrerai un nome per definirci, ma il punto non cambia. Siamo donne che si sono dovute difendere da sole. Noi siamo la Resistenza che gli Integri non sono mai riusciti a cancellare.»

Sentii un brivido sulla nuca. Cazzo, prometteva bene.

«Noi, qui, ci siamo dovute organizzare per sopravvivere, *nani*, per ritrovare il contatto con la terra che la classe politica di quei maledetti prosciugatori sta distruggendo, e per poter essere qualcosa di più di semplici mogli, madri, Raccoglitrici, nutrici di figlie nate a loro volta con un destino già segnato.»

Aggrottai la fronte.

«Perdonami, madama cromaticamente complessa» la interruppi. «Tutto molto condivisibile e bellissimo, però il Governo, col suo merdoso Regime degli Integri, è nato da un decennio, anche se il Presidente e la sua cricca sono vent'anni che ci appestano, e tu sei, insomma, una personcina d'esperienza.»

«Sono vecchia, Bianca» ridacchiò, «e ho avuto una gran fortuna a diventarlo, perché hai ragione, questo Regime violento è arrivato relativamente da poco, ma ha solo dato il nome a un cancro che è sempre esistito.»

«E allora perché non fate qualcosa quando fanno sparire le persone, quando le rinchiudono?» iniziai calma. Poi cominciai a trascendere. «Dove cazzo siete quando sfogano la loro rabbia su di noi, che al Campo ci siamo state e sembra pure che non importi a nessuno? Voi state qui, protette, al sicuro, e poi?»

Dopo quell'ultima domanda mi ero ritrovata con i pugni chiusi sopra il tavolo. Velia ci posò sopra la mano.

«Che tu ci creda o no, *nani*, salviamo persone di continuo.»

«Come?»

«Come pensi si possa fare?» rispose. «Le rendiamo indipendenti, le aiutiamo a fuggire dai centri abitati più grossi e immiseriti, facciamo in modo che possano disperdere le loro tracce. Ti sei chiesta cosa siano, in realtà, le Congreghe?»

Aggrottai la fronte senza fiatare.

«Sono i nostri posti sicuri per sopravvivere. Qui resistiamo ai ricatti del Regime, rinasciamo. Ma proteggere tutti è impossibile.»

Non potevo considerarla una risposta sufficiente.

«Perché?» ripetei. «Perché, se sapete che ci sono persone imprigionate alle Saline, non andate a tirarle fuori?»

«Perché abbiamo delle conoscenze e delle capacità che ci permettono di sostenere la Congrega, ma noi Strie non siamo abbastanza per crearne altre, e qui è impensabile crescere troppo.» Fece una piccola pausa per schiarire la voce. «Ci troverebbero, Bianca.»

La guardai, inclinando leggermente il capo.

«Ci stai girando attorno?» replicai infastidita. «Hai per caso risposto che il treno va forte alla domanda: la cioccolata è buona?»

Velia lasciò la mia mano per spostarsi indietro, appoggiando la schiena contro la sedia.

«Sei faticosa, *gagina*.»

«Se tu fossi meno vaga» insinuai.

«Se tu fossi più silenziosa» rispose caustica.

Sorseggiai l'infuso bollente, mormorai un "va bene", quindi aspettai. Velia prese un lungo tiro dalla sigaretta.

«Far arrabbiare gente simile, Bianca» ricominciò indicandomi col mozzicone, «porta solo guai. Sentono di perdere potere, e quello è il vero motore che li alimenta. Per questo ci cercano. La Chiesa stessa ci cerca, e non credo sia per scegliere le erbe da mettere a bagno la notte di San Giovanni. Sarebbero capaci di accusarci di qualsiasi cosa, da quanto sono in collera.»

Sollevai un sopracciglio, pronta a infierire, però tacqui.

«Tentano di distruggerci a ogni occasione, quindi per dare più supporto possibile a tutte le zone ci siamo divise», boccata, brace incandescente, nuvola grigia tondeggiante, «così da rendere il lavoro duro a quei militari ammaestrati.»

«Però in questa maniera siete gruppi più piccoli, e potete aiutare meno gente» le feci notare. Velia mi squadrò con durezza, soffiando il fumo verso il basso. Tracannai l'infuso di colpo, sperando che un'ustione alla lingua mi zittisse. Ero in grado di trattenere le parole come fa una forchetta con l'acqua.

«Non è che fuori la gente abbondi. E chi c'è, quasi sempre, si limita alla sopravvivenza. Noi, anche se siamo meno, ci spacchiamo la schiena per aiutare chi troviamo e dobbiamo essere sempre vigili, così diventiamo più difficili da rintracciare» disse, buttando la cenere nel lavello. «Meglio continuare a lavorare per sfilare poco per volta al Regime schiave e forza lavoro da sotto il naso, che cercare di toglierle dalle loro grinfie tutte insieme e finire dentro il Campo di Raccolta.»

Touché. Così era molto più chiaro. Iniziavo a capire dove Gizem e le altre entravano in contrasto. E percepivo quanto delicata fosse la questione, o non avrei dovuto faticare così tanto per ottenere una delucidazione dignitosa.

«Questa frammentazione è un metodo efficace, anche se nel tempo ha richiesto il suo prezzo» aggiunse. «Uguaglianza, sorellanza, cura» elencò. «Questa era la motivazione iniziale che ci aveva unite. Eppure qualcuna, forse troppo lontana o troppo isolata, negli anni ha dimenticato le ragioni di questa scelta.»

Arricciai le labbra, ragionando. Quindi le Strighe erano delle vere e proprie rivoluzionarie, ed erano tante. Stavano sparse in tutta Italia per aiutare più persone possibili, ma in gruppi piccoli e raccolti, perché altrimenti il Presidente o chi per lui avrebbe fatto loro la pelle. Limpido. Però qualche punto non mi tornava.

«Dunque, caleidoscopio dai lunghi capelli grigi» attaccai. «Posso fare qualche domanda?»

Velia prese un respiro lento e paziente, poi annuì. La mia ironia continuava a non essere compresa.

«Siete così incazzati con Gizem, quindi con me e Ani per proprietà transitiva, semplicemente a causa di questo? Della segretezza che abbiamo messo a rischio?»

Confermò. Io incassai, anche se continuavo a chiederlo perché sospettavo ci fosse qualcosa di più.

In effetti era comunque voluminosa, l'entità del danno. Dovevo parlarne con la Bambina, appena si fosse degnata di ricomparire. Però prima c'era altro da mettere in chiaro.

«Eppure non vi hanno ancora trovato» le feci notare. «Cioè, siete un'oasi verde in questo mondo rinsecchito! Dobbiamo ringraziare il loro quoziente intellettivo limitato o cosa?»

«Non sottovalutarli così tanto, *nani*. Semplicemente, essendoci tante piccole Congreghe, ci sono tanti piccoli punti rigogliosi in luoghi sperduti, disabitati all'apparenza» rispose. «Meno umanità depreda la natura e più lei avrà modo di riprendere forza, anche con la poca acqua disponibile. Ha senso. Addirittura per loro. Poi, nel caso in cui ci trovassero, dichiararci contadine che vivono nei paesi vicini è la soluzione più immediata. Ci porterebbero in ogni caso a un campo di lavoro, ma il resto della Congrega sarebbe salva.»

La studiai un secondo. Esaustiva.

«Di cosa vivete?» continuai a raffica.

«Di lavoro, inventiva e natura» disse con un certo orgoglio. «Raccogliamo l'acqua, e la sfruttiamo per creare energia appena possibile. Mangiamo solo ciò che riusciamo a coltivare e siamo in grado di recuperare quanto ci manca, oppure lo creiamo, e questo comprende medicamenti, case, abiti, libri. Studiamo, sempre. Impariamo a ricominciare ogni volta da quello che ci regala la terra. E poi c'è il sale.»

Spalancai gli occhi. Dovevo aver frainteso.

«Tu non hai detto *sale*, giusto?»

«Sì, Bianca, è quello che ho detto.»

«Ho il sospetto di non aver capito una beata fava» ipotizzai con un buon livello di certezza.

Velia sorrise. «Anche a noi serve il sale, *nani*. Quello che recuperiamo lo usiamo per scaldarci al posto della legna, per mantenere il cibo, e lo trattiamo anche per farlo diventare sale delle Strighe.»

Arricciai le labbra. La cosa stava diventando articolata.

«Ora vuoi farmi credere che avete una produzione vostra?»

«Non è questo. Le Strie lavorano il sale da sempre. Lo facciamo senza formule precise, scaldandolo insieme alle erbe bruciate perché gli elementi si mescolino, e alla fine il risultato è un sale nero che usiamo nei rituali di protezione.»

«Interessante» abbozzai sarcastica, gesticolando con una mano. «Quindi non si mangia?»
Lei fece spallucce. «No, però esplode.»
Mi bloccai con le dita a mezz'aria. Velia ridacchiò e tossì.
«Perdonami?»
«Esplode» ribadì. «E illumina di più, scalda per più tempo. È un sale potenziato.»
Aprii la bocca per dire qualcosa di stupido, poi mi fermai. Cure, studio e natura. Il loro sale che aveva più capacità di me. Incredibile. Certo, restava da appurare come ne venissero in possesso, ma in quel momento un'altra curiosità mi si stava aggrovigliando in testa.
«Ultima domanda» annunciai. «Riuscite davvero a fare tutto?»
«In che senso?» mi chiese, confusa.
«Nel senso che siete pochi, ma mantenete operativa una città, nascondete in giro per Congreghe le persone, magari dormite pure e siete, di fatto, una cinquantina di persone? Circa? O non eravate tutti nella Sala del Concilio?»
Velia sorrise. Spense la sigaretta contro la base d'acciaio del lavello senza smettere di guardarmi, spostò di lato i capelli imbiancati e intrecciò le dita davanti al viso.
«Se ti dicessi che, per noi, il contatto con la natura è una fonte di crescita incredibile?»
«Mi fiderei, ma non afferrerei un bel nulla» risposi.
Approvò, ondeggiando la testa. «Se ti dicessi che non intendo la semplice crescita emotiva?»
Aprii la bocca due volte, senza farne uscire nulla. «Non ho capito» ammisi.
«Riproviamo così: cosa penseresti sapendo che, nel tempo, grazie allo studio e alla pratica, noi Strighe possiamo fare questo?»
Si girò e cominciò a fissare una delle piante che erano sul davanzale della finestra, poi strinse le palpebre. Seguii il suo sguardo. La pianta che stava osservando era una specie di piccolo cespuglio di equiseto. Tremolava dietro il vetro, con le sue foglie sottilissime e verde acceso.
All'improvviso mi sentii strana. Doveva essersi sollevato molto vento, per come le felci si muovevano nel cortile. Continuai a osservare. Ancora. E capii.
Scattai indietro, addossandomi al muro, incapace di distogliere lo sguardo. Cazzo. Cazzo cazzo cazzo. Quel cespuglio stava crescendo. Stava crescendo sotto i miei occhi. E pure in fretta. Mi voltai verso Velia, con l'espressione spaventata, sbalordita.

«Non è niente, *nani*» mormorò con la sua voce ruvida. «Non è niente.»

Eppure, davanti a quel niente, stava cambiando tutto. La gatta miagolò.

«Nemmeno Gizem vi aveva preparate, lo immaginavo. Ora sì che è il momento della grappa, *gagina*» buttò là, con ironia. Ma lei non sapeva. Lei non capiva.

«Velia» sussurrai, afferrandole la mano.

«Dimmi, Bianca.»

Sbattei le ciglia, presi un profondo respiro, e parlai.

«Mi sa che potrei essere una Striga.»

26
Ani

«Mi sembra evidente che la cosa non sia dipesa da noi» puntualizzai, ferma.

«Intendi dire che avresti preferito continuare a vagare nei pressi del Campo di Raccolta, persa tra paesi fantasma, circondata da Stecche di merda, fino a seccarti come un'uvetta?»

«Cos'hai contro l'uvetta?» risposi atona.

«Ani Nergis, sei amabile quanto un callo al piede.»

Dondolai leggermente senza replicare, incrociando le gambe più strette. Passavo i palmi sull'erba fresca e sentivo il tessuto dei pantaloni inumidirsi per la rugiada. Eravamo sedute a terra, disposte a cerchio attorno al fuoco. Per non sprecare legna secca o sale, le fiamme erano contenute, ma illuminavano la notte grazie a un gioco di specchietti appesi agli alberi. I riflessi arcobaleno misti alla luce dorata si stagliavano sulle cortecce scure e sui nostri volti. Volti preoccupati.

In quella radura circondata da alberi antichi, l'intera Congrega viveva la sacralità del trebbo. E Gizem doveva affrontarlo da sola.

«Bi, non parlerò in favore di mia sorella» sibilai. «È arrivata ad aiutarci quando ne avevamo meno bisogno.»

«E va bene, Bambina, ma ammetti che, per quanto tardi ci abbia aiutate» tentò di mediare, «la tua mera puntata d'orgoglio ora possa prendersi una pausa per evitare di farci cacciare tutte e tre dalla Congrega?»

Mi mordicchiai l'interno del labbro, poi replicai: «Non abbiamo bisogno della Congrega».

Mentivo, eppure sentivo la necessità di non legarmi troppo a quel luogo, perché avrebbe significato accettare pienamente Gizem nella mia vita. Come prima. Quando cercai una reazione di Bianca alla mia risposta la trovai a un soffio dallo sbotto, ma non ebbe il tempo di parlare. Due mani forti come l'acciaio ci strinsero le spalle. Io non riuscii a divincolarmi.

«Il trebbo richiede silenzio e capacità d'ascolto. Ogni partecipante ha la possibilità di intervenire, basta che lo faccia con buonsenso, rispetto e pertinenza. È un'attività di confronto, serve per migliorare i rapporti di tutti all'interno della Congrega, per cui è un elemento fondamentale nella nostra comunità. Chiaro?»

La donna che aveva parlato aveva un viso rotondo, naso aquilino, occhi scuri allungati, capelli ricci morbidi che le scendevano oltre il seno e un tono di voce mite, ma dotato di una fermezza che non mi sarei mai sognata di contraddire.

Io e Bi annuimmo in coro.

«Ines, puoi venire un attimo?»

La donna lasciò la presa sulle nostre spalle per andare dalla ragazza col caschetto castano e la camicetta bianca che l'aveva chiamata.

«Che mani delicate, la cara Ines» mugugnò Bianca, massaggiandosi dal collo fino al gomito.

«Mi preoccuperei di altre cose, fossi nei tuoi panni» le feci notare.

«Ah sì? Tipo?»

«Sono richiesti buonsenso, rispetto e pertinenza» elencai. «Sei spacciata.»

Smise di strofinarsi il braccio per intrecciare, lentamente, le dita all'altezza del petto.

«Ani» sussurrò con un sorriso, «vedi di andartene...»

«Buonasera, Congrega tutta.»

L'uomo alto ed elegante che avevo già visto nella Sala del Concilio comparve poco lontano da noi, fuori dal cerchio. Aveva lo sguardo freddo come il ghiaccio.

«In questa occasione» continuò, «il trebbo sarà sede di una decisione importante che, come sempre, coinvolge ognuno di noi.»

Tirai un lungo respiro.

Aveva parlato senza enfasi, come se l'annuncio che aveva appena dato riguardasse chiunque tranne lui. Lo guardai aggiustarsi i baffi con una mano, fare un cenno col capo verso la Suprema e sedersi nel cerchio mentre lei vi entrava. Gizem era già al centro della scena, vicina alla luce intensa del falò. Aveva una camicia con morbide maniche a sbuffo, uno scollo ampio che le evidenziava le spalle e una fusciacca legata in vita. I pantaloni aderenti finivano dentro gli stivali e i capelli mossi, lunghissimi, le incorniciavano il viso. C'era poco da dire.

Era ancora *güzel olan* Gizem. Gizem la bella. Eppure, così, sembrava soprattutto abbandonata, e preoccupata.

Studiai i volti delle persone che mi circondavano, cercando di interpretare i loro pensieri. Dina era seduta di fronte a me, seria, con Leda tra le gambe; Guido, accanto a lei, fissava mia sorella senza dire una parola. Ebe aveva la mandibola contratta. Altre facce che non conoscevo osservavano i presenti, qualcuno era chiaramente distratto, come se quella situazione fosse del tutto normale. Io cominciavo a sentire la tensione.

La Suprema fece un passo verso l'accusata.

«La scorsa notte è stata commessa una pesante infrazione alle regole» iniziò Clarissa. «La scorsa notte qualcuno ha operato un affronto alla nostra sicurezza.»

Fece una pausa, si guardò attorno lentamente per valutare il risultato delle sue parole, e trovò la smorfia nervosa di Bianca a breve distanza da quella cupa di Ebe. Si soffermò un istante anche su di me, ma probabilmente non ero abbastanza interessante.

«Abbiamo accolto Gizem nella Congrega da molti anni» ricordò, «abbastanza da considerarla un membro della famiglia.»

E da metterle in testa le vostre idee. Feci schioccare la lingua a quel pensiero. Attorno si alzò un lieve brusio.

«Nonostante questo, siete al corrente del fatto» proseguì senza far caso ai sussurri «che Gizem mancava dalla mattina presto di ieri ed è rientrata oggi all'alba, portando con sé sua sorella e un... un'altra persona.»

«Senti 'sta stronza» mugugnò Bi. Con un gesto rapido la invitai a ignorare la cosa. Volevo ascoltare.

«Oggi noi abbiamo il dovere di valutare la giusta pena da attribuire a chi si è permesso di metterci in pericolo, e sappiamo che per azioni simili la punizione contemplata è l'esilio» articolò la Suprema. «Quindi dobbiamo decidere se attuarla, modificarla, e se coinvolgere o meno chi ha seguito l'insubordinata.»

Noi. No, peggio: io. Ad averla seguita ero stata io. Strinsi i pugni e Bianca esalò un lungo sospiro. *Esilio.* Mi aveva avvertita, Guido, che Clarissa avrebbe applicato strettamente le regole, ma ero certa che ci fossero diverse persone a favore dell'accusata. E una di loro si fece avanti.

«Come nostro solito, quando ci sono situazioni di questo genere, ascolteremo l'assemblea in maniera rispettosa, poi la responsabile del Concilio tirerà le somme.»

Ebe parlò con tono asciutto, l'espressione impenetrabile. Merda. Non sembrava minimamente intenzionata a difendere mia sorella.

«Scusate, vorrei essere la prima a esporsi» esordì la ragazza con i capelli a caschetto. La Suprema annuì.

«Ciao, sono Ottavia, l'archivista» ci salutò con un movimento svelto della mano, per poi rivolgersi all'assemblea, «e ci tengo molto a dirvi questo. Prima di tutto: le due ragazze che Gizem ha portato qui, anche se fossero state realmente scoperte mentre arrivavano, non hanno colpe.»

«Che amore» sussurrò Bi.

«Inoltre» continuò «in diversi sappiamo quanto sarebbe bello poter avere nella Congrega un pezzo della nostra famiglia. Credo che non potrei mai condannare un gesto che, probabilmente, commetterei anche io senza pentirmi.»

Clarissa abbassò lo sguardo senza dire nulla. Ines, seduta su un tronco a poca distanza da Dina, sollevò una mano.

«Sulla prima parte concordo, una situazione simile non dipende in alcun modo da chi Gizem abbia scelto di andare a prendere o meno, ma lei ha offerto la possibilità concreta agli Integri di rintracciarci, è innegabile.»

«Se ci avessero trovati saremmo già sotto attacco» mugugnò Guido, strappando un lungo filo d'erba da terra.

«Potrebbero anche aspettare la notte, per coglierci di sorpresa nelle nostre case» disse una donna dalla pelle scurissima, con enormi occhi neri e trecce sottili che spuntavano da un elaborato turbante drappeggiato in testa.

«No, Aatifa, non credo» le rispose Dina. «Se ci avessero localizzate, ci attaccherebbero nel momento in cui siamo più indifesi e raccolti. Come adesso.»

Un silenzio terrorizzato seguì l'intervento della guerriera della Congrega. Dina, con la sua aria accogliente, era una maestra di tattica e combattimento. Guido mi aveva raccontato degli addestramenti che lei infliggeva a quasi tutte le persone della comunità, per questo sapevano che la sua affermazione aveva grosse probabilità di essere vera. Anche Bi sembrava scossa. Io lo ero meno solo perché ne avevamo già discusso quel pomeriggio.

«Credi sia così? Stanno solo aspettando?» domandò un ragazzo dalla barba disordinata e i capelli chiari spettinati. Tirava piccole sterpaglie dentro il fuoco senza guardarlo.

«Se lo fosse, sarebbero lenti» gli disse lei, accarezzando la testa della figlia. «Ho mandato un paio di vedette a controllare il perimetro da sopra le mura, altre si sono spinte più a valle, ma non hanno trovato nulla. Anche richiamare i famigli non ha ancora portato nessuna notizia. I corvi sorvolano tutta l'area, e non hanno lanciato allarmi. No, Loris, sono convinta che per ora nessuno ci abbia trovati.»

Un'analisi impeccabile.

«Facile averla come moglie, eh?» borbottò Guido. «Vacca pera.»

«Scusa?» intervenne Bianca.

«Te lo spiego dopo» sussurrai.

«Ma lui ha detto...»

«Lo so» ripetei. «Dopo.»

Mi mancava l'aria. Era un rimpallo di colpe, di ipotesi che faticavo a sostenere e che non capivo dove ci potessero portare.

«Se non fossero qui ora?» prese parola Ines. «Se arrivassero nei prossimi giorni?»

«Perché aspettare?» ragionò Ottavia. «Loro sono armati fino ai denti, hanno una potenza militare infinitamente superiore alla nostra, potevano mandare un plotone entro pochissimo tempo.»

«Noi non abbiamo nessuna potenza militare» precisò Aatifa.

«Ehi!» esclamò Dina, punta sul vivo.

«State discutendo del nulla» tuonò una voce. «Vi preoccupate delle conseguenze ignorando l'atto in sé!»

Ci voltammo tutte, colpite da tanta fermezza. La Suprema era in piedi, impegnata a osservarci una per una, con la bocca così contratta da essere ridotta a una linea.

«State basando la vostra decisione sull'ipotesi che ci abbiano trovate o meno, quando neppure la sorella dell'accusata difende la sua disobbedienza.»

Spalancai gli occhi.

No. Non così. Non ero pronta. Mi avevano detto che si poteva scegliere se intervenire o meno, ma nessuno mi aveva spiegato che c'era l'eventualità di venire tirate in mezzo.

Bianca mi diede una spallata. Ebe mi fissava quasi supplicante. E Gizem... cazzo. Gizem mi guardava spaventata. Spaventata davvero. Quanto potevo odiare mia sorella?

Presi aria, indecisa, orgogliosa, certa che avrei solo peggiorato le cose, poi...

«Suprema, cosa ne dici di chiedere anche a Gizem di esporsi?» disse una donna anziana, con gli abiti colorati e la voce roca.

Ebe, seduta al suo fianco, chiuse le palpebre. «Grazie, Velia» sussurrò.

«Ha già parlato stamattina» le rispose Clarissa. «Lo hai dimenticato?»

«Oh no» replicò la donna, estraendo dalla giacca variopinta una bustina di cuoio chiusa da un legaccio. «Volevo solo essere certa che la ragazza avesse detto tutto. Hai detto tutto, *nani*?»

Gizem la fissò, iniziando a respirare affannosamente.

«Forse no, Velia» mormorò.

«Bene» perseverò la donna con il suo timbro ruvido. «Allora suppongo che nessuno ti vorrà interrompere. È il trebbo, no?»

Cercai il ciondolo di mia madre, portandomi la mano al collo. Aggrottai la fronte. Attesi. Il silenzio rimase intatto.

«Mettetemi di guardia insieme alle altre vedette» disse Gizem, senza aspettare che qualcuno le accordasse il permesso di parlare. «Dina mi ha addestrata, sapete che sono forte, e perlustrerò la zona da cima a fondo di continuo, per tutto il tempo che vorrete.»

Stava davanti al fuoco con la schiena dritta e i piedi ben piantati. Forse tremava, ma sapeva nasconderlo bene.

«Gizem...» mormorò Ebe.

«No, aspetta» la fermò mostrandole il palmo. «Sono pronta davvero a controllare la zona, notte e giorno, mica scherzo.»

«Farlo costantemente è da pazzi» sibilò Ebe. «Ci sono altre persone che sorvegliano la Congrega, perché devi esporti solo tu? Se dopo una settimana di ronda gli Integri arrivassero in massa, saresti a pezzi. Come potresti difenderti?»

«Ce la farei» garantì. «Le vedette resterebbero nei paraggi lo stesso, poi...»

«Non sarà da sola comunque, Ebe» sentenziò una voce molto giovane. Alcuni cercarono l'origine del suono tra i componenti del cerchio, ma non proveniva da noi. «Io posso chiedere agli Scomparsi» continuò la voce. Sembrava arrivare dall'alto. Tutti puntammo il naso per aria. Non capivo chi stesse parlando, e ignoravo anche chi fossero gli Scomparsi.

«Oh, insomma, questa chi è?»

Seguii lo sguardo confuso di Bianca e la vidi di nuovo. La creatura che avevo incontrato quella mattina con Leda era seminascosta dalla chioma dell'albero su cui era arrampicata. Sembrava uno spirito dei boschi che vagava per la Congrega, e che non aveva nulla a che vedere con noi.

«Jole!» strillò la bambina.

«Tu non sei molto presente nella vita della comunità, Jole» precisò Clarissa. Sembrava un rimprovero, ma c'era anche una punta di stupore. «Non abbiamo mai idea di quando ti farai viva.»

«Mi faccio viva quando serve» spiegò lei cantilenando, spostandosi da un ramo all'altro. «E se gli Scomparsi dovessero avvertirmi, lo saprete.»

Saltò per cambiare albero, in un lampo di pelle bianca e capelli rossi. Si mosse rapidamente, tradita solo dal rumore delle foglie, fino a non produrre più nemmeno un suono. Era svanita.

«Buon senso, rispetto e pertinenza, eh?» borbottò Bi, sconcertata da quell'apparizione. «Poi mi dite che sono io quella strana.»

Gizem prese parola di nuovo. «Suprema, sarò felice di ricevere l'aiuto di Jole, ma dicevo seriamente quando mi proponevo come ronda fino a quando sarà utile.» Attese un istante, poi alzò il tono. «Chiedo solo una condizione.»

Clarissa arricciò appena le labbra e guardò mia sorella con aria interrogativa.

«Non le cacciate» rispose prima che la Suprema potesse intervenire. «Non mandatele via. Io sono cresciuta con voi, conosco questi posti, saprei come cavarmela. Loro no.»

Avvertii una stretta al cuore. Maledizione. Non volevo quella sensazione di gratitudine che mi stava riempiendo il petto. Desideravo rimanere in quella Congrega? Oppure? Che alternative mi restavano?

«Quindi tu saresti disposta a sacrificarti per loro fino a questo punto?» le chiese Clarissa. «Rischieresti di essere uccisa dagli Integri, o di essere allontanata dalla tua casa, per una sorella che non vedi da oltre sette anni e che stasera non ha nemmeno espresso un'opinione positiva nei tuoi confronti?»

Cercai di mantenere la maschera distaccata che mi ero costruita, ma i risultati furono pessimi. Il mio viso non obbediva, e Gizem lo notò.

«Sì, sarei disposta» confermò guardandomi, col vento che cominciava a sollevarsi.

La Suprema ci osservò un'ultima volta, poi giunse le mani e alzò il mento.

«Congrega, mi sembra chiaro che il dibattito non abbia messo in dubbio la volontà di dare rifugio alle nuove arrivate.»

Bianca emise un lungo sospiro di sollievo. Io ascoltavo le parole aspre della Suprema, capendo quanto le costava tenere conto delle richieste della comunità.

«Ma occorre non sorvolare sulle colpe della nostra amica e sorella» aggiunse, provocando un piccolo terremoto interiore a diversi presenti, me compresa. «Per cui decido che, per la durata di tre mesi, tutti i giorni Gizem dovrà seguire delle lezioni di disciplina, allenamento fisico e preparazione personale da Dina, che ne usufruirà a suo piacimento per qualsivoglia mansione accessoria, e potrà avvalersi dell'aiuto di chi preferisce. Questa è la mia decisione.»

Nessuno contestò. Ebe raggiunse la Suprema per discutere in privato di qualcosa. Le voci soddisfatte e quelle perplesse si sovrapponevano, accompagnando i primi saluti, rivelando la chiusura del trebbo. Io guardavo mia sorella. Era rimasta là, vicino al fuoco, a deglutire tensione. Tre mesi di allenamento e studio costanti erano molti, ma nemmeno paragonabili all'esilio con cui l'avevano minacciata. Le era andata bene. Sospirai anch'io.

Bianca si era già messa in piedi e mi tendeva la mano. La Congrega si stava disperdendo in maniera caotica allontanandosi dalle fiamme, quando di colpo Clarissa sollevò le mani sopra la testa.

«Scusate» gridò. «Scusate!» ripeté. «Credo sia necessaria una piccola specifica.»

Tutti si bloccarono. L'assemblea non era finita.

«Dimenticavo di aggiungere una cosa, un particolare formativo necessario» decretò la Suprema con la soddisfazione che le traspariva dalla voce. «Mentre Gizem svolgerà i suoi compiti per Dina, sarà anche responsabile dell'allenamento delle persone che ha condotto qui.»

Mia sorella sbiancò. Bi mi mollò la mano e io picchiai col sedere per terra.

Tre mesi.

Merda.

27
Bianca

«Ancora?»

«Fino a quando non lo ripeterai senza tentennare.»

Crollai sulla sedia, appoggiando le braccia sul tavolo.

«Ma stiamo facendo lo stesso esercizio da settimane!» brontolai.

Lei mi guardò sollevando un sopracciglio. «E allora?» chiese, liquidando la mia contestazione.

Piccola pignola supponente. Sbuffai. Mi sentivo le labbra secche e la gola arida come le terre attorno al Campo di Raccolta, però ormai avevo capito. Protestare con lei non serviva a un cazzo.

Ebe sapeva essere logorante, un tarlo insistente e determinato che non conosce la parola *no*, ma si comportava così per il bene di tutti. Mi era diventato evidente ogni giorno di più, grazie alle mattine che trascorrevo con lei per quelle strane lezioni, o la sera, durante il trebbo quotidiano.

Erano quasi due mesi che io e Ani eravamo arrivate alla Congrega, e ormai ci eravamo inserite nella vita della comunità. Rispettavo i turni per la pulizia dei pollai – uno schifo mai visto –, mi occupavo dell'orto, mi cimentavo anche con il cucito, pure se con risultati che si potevano apprezzare solo al buio.

La sola tregua appariva il pomeriggio. Tregua, certo. Volendo definire così una vigorosa Gizem che ci portava allo sfinimento col benestare di Dina. E io che pensavo di aver lavorato tanto alle Saline! Però la notte arrivava e attorno al fuoco eravamo libere di confrontarci. Potevo per caso esimermi da qualche piccola provocazione? Ah, eresia! Cosa si aspettavano? Strighe o no, mi avevano dato un palco già corredato di pubblico, non sfruttarlo mi sembrava un reato. E, in fondo, da quando prendevo parte al trebbo se la spassavano alla grande anche loro. Forse la Suprema un po' meno, ma erano dettagli.

«Quando hai finito di fare i capricci, con comodo, ripeti l'esercizio» ribadì Ebe.

Megera.

Poi mi fece un cenno imperioso e si tappò le orecchie. Era capitato che non fossi riuscita a controllare bene i suoni e la cosa aveva preso pieghe spiacevoli, o buffe. Come quella volta in cui mi era entrato uno sciame di moscerini nel naso e ne avevo sputacchiato i cadaveri per giorni. Oppure quando la mia insegnante non si era turata i timpani a dovere, e mi aveva chiesto per ore se davvero la credenza non si fosse trasformata in un enorme anfibio gracidante dai toni arcobaleno. Ma era meglio non ricordarlo.

Iniziai a fischiare, prima piano, quindi sempre più intensamente, cercando di mantenere le note che avevamo scelto. E loro cominciarono ad arrivare.

Li vedevo dalla finestra ben chiusa che dava sul prato dietro la casa di Ebe. Insetti. Una nuvola scura di insetti. Miss Perfettini pretendeva che ne gestissi una sola specie per volta, ma le frequenze erano troppo simili, e quello che stavamo facendo era una pura sperimentazione. Infine, quei cosi mi facevano maledettamente schifo.

Ebe sosteneva che in caso di attacco quella sarebbe stata un'arma segreta spettacolare. Io avevo proposto la mia solita vecchia mossa: far credere agli imbecilli quello che volevano e fuggire. Pratico e comprovato. Ma in effetti io non avevo mai ragionato sui grandi numeri. Lei sì.

Continuai a fischiare per qualche secondo, ma quando cominciai a riconoscere troppo da vicino cavallette, api e mosche parassite mi salì la nausea. Interruppi il suono e loro si dileguarono.

«Sono sempre gli stessi insetti?» chiese Ebe, andando verso la sua scrivania.

«Perdonami, tesoro» risposi sarcastica, «ancora non ho offerto un grappino a tutti.»

«Errore tuo» ribatté. «Puoi fargli credere quello che vuoi, intavolaci un dialogo. Magari sono anche simpatici.»

«Non capisco proprio come ho fatto a non pensarci!» esclamai battendo le mani. «Come potrei perdermi delle piacevolissime conversazioni con degli esseri che hanno le orecchie nelle ginocchia o che sentono tramite i peli del culo?»

Anche se mi volgeva la schiena, ero certa che avesse alzato gli occhi al cielo. Stava scrivendo su un blocco di appunti. Ne aveva sparsi ovunque, là dentro. La sua casa era minuscola e insospettabilmente disordinata: al piano inferiore, che comprendeva studio e cucina, c'erano un tavolo quadrato con le gambe diverse, tre sedie impagliate che mi pungevano la pelle anche attraverso i pantaloni, e una scrivania piena di scartoffie, quaderni e bottiglie.

Giusto il cucinotto microscopico aveva un minimo di decoro, grazie alla credenzina dai vetri colorati, ma perdeva punti appena si guardava il lavello ricolmo sempre e solo di tazze o bicchieri sporchi. Campava di liquidi, quella ragazza.

«Bianca», Ebe non mi chiamava mai Bi, «mi rendo conto che come esercito possa essere un filo carente sull'estetica.»

«Appena appena, stellina.»

«Però» riprese «abbiamo cercato le frequenze per gli insetti con delle motivazioni valide. Loro sono ovunque.»

«Continuo a ribadire che non ho mai visto carenza di topi da nessuna parte» volli ricordarle.

«Hai già fatto questa contestazione» replicò senza sollevare la penna dal foglio. «Ai topi riesci a sparare. A una cavalletta no.»

Sbuffai. «Odio quando hai ragione.»

Mise platealmente un punto nell'aria e si voltò a guardarmi. «Quindi odi spesso» decretò.

Vipera arrogante. Ma ormai avevo capito come funzionava quella ragazza. Era così rigida con gli altri perché lo era ancora di più con se stessa. Non ne sapevo granché, però avevo capito che da giovanissima era scappata dal pomposo castello di famiglia per difendere i diritti degli altri, rifiutando i propri privilegi. Mica poteva interessarle se della roba volante e saltellante mi dava il vomito.

«Ti odierei meno se ci fosse qualcosa da bere in questa casa, oltre a cumuli di fogli scritti e medicine contro il mal di testa.»

«Me le ha portate stamattina Velia. Sta facendo dei tentativi insieme ad Aatifa con delle miscele nuove» spiegò. «E già che è passata ci ha aggiunto una bottiglia di frullato di pere. Se mi prometti di non protestare perché è granuloso sono pronta a condividerlo.»

Spalancai gli occhi, allibita.

«Che stronza! Te lo ha detto!»

Ebe rise.

«La mattina ogni tanto passi anche da lei» ridacchiò, prendendo dei bicchieri dalla dispensa. «Credevi che non mi dicesse della faccia che hai fatto quando le hai confessato che non sopporti i pallini delle pere? Cosa ti aspettavi?»

«Un minimo di discrezione? Eccedo in originalità?» brontolai.

Si mise a sedere accanto a me con la bottiglia in mano, pronta a versare. «A volte sai essere un'adorabile ingenua.»

«Voi col cazzo, invece. Io le confesso una debolezza umana e lei deve sbrodolartelo immediatamente, come quando le ho raccontato di cosa riuscivo a fare con la voce. Mezzo secondo e lo sapevi. Vipere. Esseri venefici con poteri immeritati. Ragnacci ottozamputi ostili.»

«Non tutte hanno poteri in una Congrega, Bianca» rispose.

«Vipere lo stesso» ribattei in volata.

«Apprezza il fatto che Velia si sia confidata solo con me e che io abbia scelto di tacere con le altre fino a quando non sarai in grado di gestire questo potere» disse. «A proposito di ragni, come sta la tua amica silenziosa?»

«Suppongo bene» abbozzai. «Di qui non passa, vero?»

«Poco» ammise. «Credo che tema di trovarci sua sorella.»

«È che va spessissimo agli archivi» attaccai. «Ormai non la vedo nemmeno più a casa. Va bene che è poco più di una stanzetta con due letti a castello, un cucinino minuscolo e un bagno, però ogni tanto mi piacerebbe incontrarla. La povera Ottavia si sarà abituata a quella piccola presenza cupa che le gira tra gli scaffali con almeno tre libri in mano. Razza di secchiona che non è altro. Sai che ha chiesto a Ines di darle delle lezioni private? Come se non avesse già abbastanza da fare con i bambini a scuola. Chissà di cosa, poi. Ah, sta molto spesso anche da Guido! È rimasta così colpita quando ha scoperto il suo potere. Certo, ha dei limiti, gli è impossibile stravolgere la natura di un oggetto, però è interessante, non trovi?»

Ebe prese un sorso di frullato, fissandomi.

«Lavora con Guido a casa di Loris, non da lui» puntualizzò. «Perché in quella casa c'è Dina che striglia Gizem tutte le mattine.»

Ovviamente era riuscita a stanare il dettaglio che avevo cercato di nascondere in mezzo a quella sequela di parole. Sbuffai.

«Non posso neanche provarci, eh? Pignola maledetta.»

«La carogna sta nei dettagli, diceva qualcuno che conosco» mormorò ironica.

Non gliele raccontavi le stronzate, a Ebe. Ogni giorno la Bambina leggeva, studiava, indagava sulle capacità decisamente non convenzionali che erano presenti nella Congrega e aiutava Guido nei suoi progetti. Il problema si presentava nel pomeriggio.

«Tesoro, ormai hai capito com'è Ani. Parliamo di una munita di testardaggine e orgoglio così grandi che non si capisce come possa bastarle la pelle che ha sulle ossa per contenerli» sproloquiai, gesticolando con le braccia. «Serve più tempo, a quella crapa dura.»

Attesi un istante, sperando che le mie argomentazioni avessero un senso. Ma Ebe non fiatò. Diamine.

«E comunque» riattaccai a macchinetta «non manca mai per gli allenamenti. Vedi questi lividi? Eh?» Le mostrai la spalla, tirando su la manica. «Mi maltratta costantemente. È piccola e letale, quella tarantola. Quando Gizem ci spiega gli esercizi temo sempre che possa attaccarla alle caviglie, tanto è veloce.»

Mi resi conto dell'ultimo commento troppo tardi.

«Ani è sempre presente alle lezioni perché sa bene che le sue assenze verrebbero riferite a Clarissa» disse Ebe. «Ti pesta perché tu perdi più tempo a parlare che a muoverti, e sì, anche io ho paura che quelle due prima o poi si facciano male. Più di così, intendo.»

Entrambe sentivamo il peso di quel conflitto irrisolto, perché coinvolgeva anche noi. E confrontarsi sul rapporto tra le due sorelle era come infilarsi in un tunnel appestato da scolopendre incazzate.

Finché Ani non avesse concesso a Gizem un po' di indulgenza, saremmo andate avanti così.

Ebe mi guardò rammaricata, poi tentò di sviare la conversazione.

«Va detto che nessuno può far male quanto una tua filippica al trebbo.»

Studiai la sua espressione sollevando il sopracciglio e decisi di stare al gioco. Gliene fui grata.

«Solo perché non siete abituati a confrontarvi con una grande oratrice. Io vi erudisco. Dovreste ringraziarmi!»

Ebe alzò gli occhi al cielo.

«Sì, ma tu hai veramente contestato di tutto: dall'atteggiamento delle galline nei tuoi confronti, all'aggressività dell'ago da cucito contro le tue dita. E anche con le tute...»

«Davvero pretendevi che non facessi le mie rimostranze pubbliche quando volevano impormi gli abiti da lavoro per le lezioni con Gizem?»

«Era per la tua comodità!» esclamò.

«Io sono comoda con addosso le camicette con le ruches!»

Le tute erano una divisa. Non avevano pensato cosa significasse per me e Ani indossarla ancora, una divisa. Non potevano immaginare nemmeno cosa volesse dire temere la notte, l'insonnia, i rumori nel buio, o sentire ancora la pelle spaccarsi e bruciare quando mi perdevo nei ricordi. Loro cercavano di insegnarci, credevano di capire e non ascoltavano davvero. Ma tanto non sarebbe servito comunque. Era impossibile spiegarlo a chi non era mai stata reclusa al

Campo, e noi ci saremmo sentite sempre delle sopravvissute, anche in quel luogo sicuro.

Ebe alzò le mani.

«È che va tutto bene, insomma, per quanto sia possibile definirlo *bene* in un mondo come questo» disse, appoggiando lentamente i palmi sul tavolo. «Vi siete integrate nella Congrega, quando vi hanno dato dei turni di lavoro li avete svolti senza troppe lamentele.»

«Senti, le pesche hanno il pelo, dopo una mattina intera di raccolta ti scorticheresti viva dal prurito anche tu» specificai. Ma almeno non bruciava quanto il sale.

«Senza *troppe* lamentele, appunto» ribadì. «Tu stai assimilando il tuo potere e mi permetti di conoscerlo insieme a te, Ani si interessa a noi. Non c'è nulla da contestare: avete creato legami, siete benvolute.»

«È impossibile non amarmi.»

«Bianca» sbuffò.

«Quasi» mormorai.

Ebe giocherellò col bicchiere vuoto. «Vorrei solo che quelle due si chiarissero» concluse, amara, abbassando lo sguardo.

Le sollevai il mento con le dita per costringerla a guardarmi.

«Vieni qui, occhi tristi» le ordinai, allargando le braccia. «Vieni da zia.»

«Per cortesia» lamentò, scostandosi. Ma i miei arti superiori erano lunghi. Abbracciai la mia insegnante, scompigliandole i capelli tagliati male e accarezzandole la schiena magra.

«Va bene, tesoro, ho capito» le sussurrai all'orecchio. «Questa è una richiesta d'aiuto ufficiale. Non preoccuparti: ci pensa Bi.»

Ebe mi spinse via.

«No, Bianca, per cortesia, no» ribadì con fermezza. Troppa. Strinsi le palpebre e la squadrai.

«C'è qualcosa che mi sfugge?» Per la prima volta la vidi in imbarazzo. Si passava i polpastrelli sulla fronte, sulle sopracciglia, rifuggiva il contatto visivo.

Incrociai le braccia e misi il broncio.

«Ora mi dici cosa sta succedendo, bella mia» le ordinai.

Lei deglutì e, finalmente, mi guardò. «Senti, non prenderla sul personale» cominciò.

«Perché voi fate sempre queste premesse, eh?» polemizzai alzandomi. «Perché? Se non ci fosse il rischio di prenderla sul personale, nemmeno lo direste. Invece, regolarmente, arriva questo bel prologo di merda, perché lo sapete che state per comunicare una roba che può solo far girare le ovaie.»

«Parlare con te è sempre semplicissimo» disse, stropicciandosi la faccia.

«Su» la esortai, «ti ascolto.»

«Hai un modo tutto tuo di affrontare i problemi e temo tu possa finire per coinvolgere le persone sbagliate» sentenziò.

«Sei ancora rossa» le feci notare. Se sperava di cavarsela così, era davvero tenera. Una cucciolotta.

Ebe si sporse verso di me.

«Cosa vorresti fare per risolvere la questione?» chiese.

«Non lo so» abbozzai. «Potrei chiedere una mano a Ottavia. No, aspetta, potremmo fingere una comunicazione ufficiale e chiuderle da qualche parte nel castello finché non si chiariscono, eh? Eh?»

«No» annunciò lapidaria. «E puoi capire anche tu perché la Suprema non è una fan delle tue iniziative personali.»

«Ma per piacere!» replicai. «Al limite sarà per quando ho detto ad Alfredo che sembrava una Stecca. O forse quando ho proposto di far dirigere il trebbo a turno a ognuno della Congrega? Oppure è soltanto perché io, che arrivo da fuori, ho un potere, e lei no?»

Ebe fece un mezzo sorriso sarcastico e alzò le sopracciglia.

«D'accordo» borbottai. «Diciamo che, a parte la questione del potere, queste cose potrebbero concorrere a formare una sua opinione sfavorevole.» Poi decisi di essere più chiara. «Vogliamo dire tutta la verità, però? Non le sono mai piaciuta. Mi ha sempre tenuta a distanza, e spesso ho beccato il suo scagnozzo a seguirmi come un bracco. Solo perché una volta l'ho contraddetta al trebbo? Dài, era evidente che costringere Ottavia a tenere i libri contabili era un dispetto, perché ci aveva difese al trebbo precedente, quando si doveva decidere la punizione di Gizem.»

«Si parlava di chiedere la sua disponibilità da mesi» replicò Ebe, «perché Clarissa è felice degli archivi che Ottavia ha creato praticamente da sola, ma sono studi che segue da anni, e lo ha fatto quasi solo per ricerca personale. Tenere la contabilità è un impegno verso la Congrega che è lecito aspettarsi da parte sua.»

«Sarà» borbottai. «Però Clarissa non me la racconta giusta. È arrogante, supponente, e mentre lei si chiude nel castello con Mister Baffo pretende che tu le pari le sacre terga con tutte noi. Nel suo ruolo di Suprema dovrebbe conoscere davvero la Congrega, essere presente nella vita quotidiana, invece non l'ho mai vista raccogliere piante officinali con Aatifa, dipingere o preparare le lezioni con Ines, pescare insieme a Loris. Sei tu a conoscere le necessità di queste persone, Ebe. Sempre tu.»

«Bianca, io...» Si interruppe. Portò le dita alle tempie e cominciò a massaggiarle, respirando con la pancia.

«Tesoro» allungai una mano.

Lei mi bloccò. «Per oggi abbiamo finito» decretò, chiudendo gli occhi.

«Ti serve aiuto?»

L'avevo già vista trasformarsi durante le crisi, era capitato anche un paio di giorni prima. Era impressionante. Quei maledetti mal di testa le sconvolgevano la vita da un momento all'altro. Ebe impallidiva e si spegneva dopo aver preso le medicine che Aatifa e Velia preparavano per lei.

«Mi basta restare sola» mugugnò, già sopraffatta dal dolore.

«È per qualcosa che ho detto?» non riuscii a evitare di chiederle. Lei fece segno di no, cercando di alzarsi per raggiungere le fiale di preparato dentro la credenzina.

«Aspetta, ci penso io.»

L'avevo vista assumere il composto altre volte. Versava la polvere nel bicchiere, aggiungeva acqua, mescolava bene e trangugiava tutto in fretta. Seguii la procedura e le piazzai il bicchiere davanti alla faccia.

«Bevi» ordinai.

Lei eseguì. «Ora vai» ribadì, posando la testa sul tavolo.

«Ci vediamo più tardi, tesoro?»

Non rispose, ma la lasciai stare. Speravo si stesse già addormentando. Mi chiusi la porta di casa alle spalle e pensai che un giorno avrei dovuto chiederle di più, su quelle emicranie.

Dopo pochi passi, decisi che non potevo lasciarla da sola in quelle condizioni, e mi voltai di scatto. Un'ombra alle mie spalle entrò rapida in un vicolo. Corsi fino allo stradello in penombra che si dirigeva verso la terrazza. Non vidi nessuno, ma non serviva.

«Baffo di merda» sibilai.

28
Gizem

Fermai il colpo a pochi centimetri dalla mia faccia.

«Mica si era detto di fare un po' più con calma?» ansimai.

«Lo avevi detto tu» rispose Dina, scattando di nuovo in piedi. «Io non ti avevo promesso niente.»

E aveva già caricato un calcio diretto al mio ginocchio. Saltai indietro per poi avvicinarmi subito dopo, ma lei si era preparata di nuovo a un attacco laterale. Il pugno sulle costole lo sentii molto bene. Tossii, mi buttai a terra, e ancora fui costretta a rotolare di lato per evitare l'ennesima combinazione ginocchio-gomito. Riuscii a piazzarle un doppio calcio sulla spalla per pura fortuna. Io ero brava. Lei era mostruosamente meglio.

«Più veloce, Gizem» mi spronò. «Hai la forza, però devi lavorare sulla rapidità.»

Infatti mentre parlava mi aveva costretta a rialzarmi e a schivare due attacchi, uno al fianco, l'altro al collo. La velocità era sempre stata la caratteristica di Ani. Aveva imparato in fretta a camminare, a leggere, a scrivere. E a giudicare.

Il ritmo dei ragionamenti di mia sorella era impressionante, ma negli ultimi tempi avevo capito che anche in combattimento era un lampo. Come quello che mi accecò per un attimo dopo lo sberlone in faccia che Dina mi aveva assestato.

Miseriaccia, mi ero distratta. Andai giù come una pera matura. Per fortuna Guido lasciava sempre l'erba fitta nel campo dietro casa, così ammorbidì la caduta.

«Gizem, ci sei?» sentii in lontananza. «A cosa cavolo stavi pensando?»

Dina era un'insegnante dura, però sapeva ogni volta quand'era il momento di fermarsi. Mi ero sempre chiesta se le sue capacità fossero semplici doti fisiche o un vero potere, ma non era importante. Mica cambiavano i fatti. Lei incanalava tutta la sua potenza in una parte precisa del corpo e la scaricava addosso all'avversario, diventando micidiale.

Sentii dei passi avvicinarsi.

«Stavolta l'hai presa in pieno, eh?» disse Aatifa, la sola persona che Dina aveva richiesto per controllare gli allenamenti. Del resto una guaritrice era la cosa più sensata da avere vicino, considerata la sua forza.

«È rimasta immobile, nemmeno si è accorta del colpo che stava arrivando» brontolò Dina.

«Ahia» mi lamentai, sentendo qualcosa di freddo e pesante su guancia e tempia. Mi servì un attimo per recuperare la consapevolezza del mio corpo, poi mi sollevai a sedere. La testa mi girava ancora.

«Se non fossi così distratta, non ti servirebbero impiastri di salvia, melissa e ortica sul viso. Ormai abbiamo finito quasi tutte le scorte a causa tua» mi sgridò Aatifa, mentre continuava a spalmare quella roba.

«Se volete una mano all'orto basta dirlo» borbottai con la bocca impastata.

«Certo» ridacchiò Dina, «me la ricordo la tua abilità con le piante. Roba da far invidia ai diserbanti.»

«Ah-ah» risposi. E arrivò una vertigine. Dondolai per una frazione di secondo.

«Senti nausea?» indagò Aatifa, abbassandosi per guardarmi negli occhi. Me li teneva aperti con le dita e sentii la faccia che si scaldava. L'avevo sempre trovata bella. Aveva uno sguardo profondo e un profumo fresco, lo stesso del sapone che preparava per tutti, però a lei stava meglio. Limone, rosmarino e albero del tè, aveva detto una volta. Respirai a pieni polmoni e pensai a Ebe. Mi scansai bruscamente.

«Niente nausea» risposi.

Lei sorrise e si alzò. «Non farla sudare per un po'» suggerì a Dina. «Questo era l'impiastro adatto alle emergenze, vado a prendere qualcosa che le sarà utile nei prossimi giorni.»

E si allontanò calma verso casa sua, nel borgo, con un passo che le faceva dondolare la gonna ampia.

«Glielo dico io che stai bene, dato che le stai esaminando il culo?»

«Mica si vede, sotto tutta quella stoffa» replicai, cercando di fare la disinvolta, ma arrossendo come una ragazzina. Dina rise di gusto e si mise a sedere nel prato di fianco a me. Mi diede una spallata.

«Fa male?» chiese.

«No, mi vergogno un po'» ammisi, fissando l'erba. La mia allenatrice mi passò un braccio attorno al collo.

«Non è fissare i bei fondoschiena a creare problemi, Gizem» commentò, «ma nascondere a una persona che stai collaborando con gli Schiaduri. Quella sì che è una bella rogna.»

Mi voltai spalancando gli occhi.

«Tu come lo sai?»

«Tesoro, non sono stupida, e mia figlia ama giocare con i corvi» spiegò in fretta. «C'è troppo viavai anche per dei volatili svegli come loro. Poi, se volessimo parlare delle tue doti da bugiarda...»

Passai la mano sul lato della faccia libero dalle erbe impastate e mugugnai.

«Secondo te lo sa anche Ebe?» domandai.

«Gizem, andiamo! Se ne sono al corrente io, lei lo saprà dal giorno stesso in cui hai cominciato!»

Ero una stupida. Lasciai ciondolare giù la testa e dei mucchietti di impiastro mi caddero sui piedi.

«Cosa dovrei fare, Dina? Lo vedi quello che sta succedendo?» la interrogai, stringendo i pugni.

«Io vedo un'intera Congrega che ti vuole bene, una Suprema che ti ha punita in modo molto meno pesante di quello che poteva fare, delle persone che ti amano. Vedo un corpo che stai iniziando ad abitare non solo perché sei una bellissima donna, ma perché ti permette di esprimere la tua forza.» Mi spostò una ciocca di capelli dal naso. «Il mondo fuori da qui fa schifo, lo so, però serve capire cosa fare e quando farlo, senza buttarsi da soli in mezzo alla battaglia.»

«Quindi dovremmo aspettare, buone buone» brontolai.

«Non stiamo affatto buone. Evitiamo di fare gesti eclatanti che attirino l'attenzione.»

Annuii lentamente, poi non riuscii a trattenermi.

«Alma ci vede come delle fifone che si riparano dietro queste scuse.»

«Alma è libera di credere quello che vuole» rispose Dina, più dura. «Eppure anche lei sa che appiccare un incendio quando non hai le forze per contenerlo è sbagliato.»

«Però qui non danneggiamo mai il Governo! Mai sul serio!»

«I nostri danni si vedranno in un arco di tempo più lungo, Gizem.»

«Le persone muoiono adesso!» urlai, alzandomi in piedi. Ansimavo. Dovevano capire quanto fosse urgente. Tutte dovevano vedere la catastrofe che gli Integri stavano causando. Dina si girò verso casa, mordendosi il labbro.

«E sei sicura di salvarle, le persone, così?»

Rimasi in silenzio.

«Pensaci, Gizem» insisté. «Mettiamo che io ti confessi di averci ragionato più di una volta, guardando mia figlia e il mio compagno dormire, la notte. Mettiamo che la mia indole e la mia esperienza nel combattimento mi abbiano spinta a pensare di contattare gli Schiaduri, e unirmi a loro. Secondo te, in quelle notti, quante volte mi sono chiesta se farlo o meno? E quante volte mi sono risposta di no?»

Chiusi gli occhi. Non sapevo più da dove partisse il dolore. Forse dal petto.

«Quindi cosa dovremmo fare? Come ci possiamo muovere?» chiesi, con la frustrazione che aumentava.

«Facciamo questo» rispose, tornando a guardarmi. «Ci muoviamo così, come sempre, senza attirare l'attenzione facendo sparire delle evase» puntualizzò. «Togliamo a quegli stronzi le risorse umane per mandare avanti il loro impero, e solo quando saremo abbastanza forti attaccheremo.»

«E fino ad allora rimarremo ferme? In bilico?»

«Tu ti senti in bilico perché non vieni mandata a recuperare direttamente chi scappa dalle città» disse, posando i palmi sull'erba. «Se tu vedessi quelle facce spaventate e al tempo stesso piene di gratitudine capiresti cosa intendo. Ma fino a quando sospetteranno che la tua amicizia con gli Schiaduri possa essere pericolosa, non ti permetteranno di farlo.»

«In pratica più cerco di muovermi e più Clarissa mi pianterà chiodi nei piedi per tenermi ferma.»

Dina mi baciò la guancia pulita e le diede un pizzicotto.

«Aatifa si è sbagliata» affermò.

«Scusa?»

«Non sei solo distratta. È che hai la testa troppo calda da ben prima che ti suonassi come un tamburo» rispose. Mi fissava con le palpebre spalancate e la bocca tutta storta.

«Sei una buffona» brontolai. E scoppiammo a ridere tutte e due. La abbracciai e iniziai a strofinarle la pappetta collosa sulla faccia.

«Gizem, brutta schifosa!» esclamò allontanandomi. Ma ormai il danno era fatto. Continuammo a sghignazzare fino a quando non la vidi.

«Ani!» gridai. E cominciai a correre verso di lei. Mia sorella era sul limitare del bosco, bianca come uno straccio, con una mano sullo stomaco. Era madida di sudore, i capelli appiccicati alla fronte e la maglietta chiazzata.

«Ani!» ripetei, ma lei non rispose. Dina mi sorpassò in volata.

«Vado a chiamare Aatifa!» strillò. Poi sparì tra gli alberi.

Raggiunsi mia sorella appena in tempo per evitarle l'impatto col terreno. Le avevano ceduto le gambe.

«Brucia...» sussurrava tra i lamenti. «Brucia.»

La caricai tra le braccia. Scottava. Forse aveva la febbre. Corsi verso casa di Dina. Forse avrei potuto bagnarla con l'acqua dell'orto.

Chiamai a vuoto per tutto il tempo, sperando che Guido fosse nei paraggi, senza ottenere nulla.

«Non svenire, ti prego» implorai a denti stretti, e la depositai a terra.

«Brucia» continuava a gemere, scossa dagli spasmi. Presi il secchio di metallo e lo riempii d'acqua fino all'orlo.

«Brucia» mormorò ancora, e le si rigirarono gli occhi all'indietro.

«Ani!» urlai. Poi le rovesciai l'acqua addosso.

29
Ani

Avevo ringraziato Aatifa un'infinità di volte. Si era precipitata in mio soccorso ed era rimasta a controllare le mie condizioni. Non avevo mai avvertito la sensazione così forte. E nemmeno così a lungo. Doveva essere evidente quanto fossi turbata, viste le espressioni dei volti che mi scrutavano.

«Adesso come stai, Ani?»

La guaritrice continuava a tenermi il polso e mi tamponava la fronte con dell'acqua fresca profumata al limone.

«Meglio» sussurrai. Ma anche se mi avevano portata all'ombra di un grosso albero, con la brezza di collina che mi rinfrescava, il calore che sentivo dentro non voleva sparire del tutto.

«Meglio non è bene» sentenziò Aatifa alzandosi. «Sta arrivando Ines per accompagnarti a casa. Dirò io alla Suprema che oggi non sei in grado di sostenere gli allenamenti.»

«Credo di farcela da sola.»

«Io credo di no» mi liquidò senza concedere repliche. In effetti andare in giro senza aiuto sembrava stupido anche a me, però l'orgoglio era più veloce del buonsenso.

«Senti, Ani» mormorò Aatifa, «non stai cercando cose strane, all'archivio, vero?»

Aggrottai le sopracciglia, fissandola senza parlare.

«Intendo ricerche su vecchie usanze, riti pericolosi che nessuno dovrebbe praticare. Rituali sacrificali o magia del sangue.»

Era serissima. Teneva gli occhi talmente stretti da non distinguerne quasi più la sclera bianca.

«No» sussurrai.

«Ne sei certa?»
Annuii lentamente.
«Voglio che tu sia del tutto sincera, Ani» insisté, curvando il collo, «perché questo strano malessere sembra la conseguenza di un sortilegio potentissimo e terribile. Una magia che può concludersi solo con la morte.»
Sgranai gli occhi.
«No, Aatifa, non ho fatto nulla del genere!»
Lei si chinò, puntandomi il dito in faccia. «Niente magia del sangue? Sicura?»
Annuii di nuovo, spaventata. Non avevo la più pallida idea di cosa stesse parlando, ma doveva essere importante.
«Bene» concluse, sollevandosi con un'espressione soddisfatta. «Io ora devo andare, sta per iniziare il mio turno all'orto. Te la senti di stare qui un attimo da sola? Ines arriverà tra pochissimo.»
Annuii per la terza volta e le mostrai il pollice in su.
Aatifa si allontanò in un fruscio di stoffe, lasciandomi stordita. Ma se voleva tenermi lontana dalla magia del sangue, aveva ottenuto l'effetto sbagliato. In quel momento desideravo solo arrivare all'archivio per cercare qualsiasi informazione la riguardasse. Però non potevo. Non c'era nessuno ad aiutarmi. Gizem mi aveva piantata in asso. Come sua abitudine, del resto. Dina sembrava sparita dopo avermi messa al riparo dal sole. Forse erano andate a parlare con Clarissa, o magari si trovavano nell'abitazione, non ne avevo idea.
Osservai la guaritrice finché non scomparve dal mio campo visivo, e mi resi conto che la sensazione non svaniva, ma sembrava sotto controllo.
«Sei in grado di camminare?»
Sobbalzai. Ines era accanto all'albero contro il quale stavo appoggiata, e mi studiava.
«La cera non è delle migliori, in effetti» valutò dopo un istante.
Tesi le labbra senza arrivare a un sorriso.
«Forza, tirati su» mi incitò, circondandomi la vita con il suo braccio e mettendosi il mio attorno al collo. «Ci aspetta un po' di salita.»
Un pensiero mi passò per la testa. Forse l'archivio non era il solo modo per sapere a cosa servisse la magia del sangue. Forse anche l'insegnante della Congrega poteva rivelarsi molto utile.
Cominciai a mettere un piede davanti all'altro verso la salita che portava alla piazza del castello, e realizzai di essere abbastanza stabile.
«Ines.»
«Sì? Tutto bene?»

«Certo, figurati» ansimai leggermente. «Volevo solo chiederti: dato che non devo fare allenamento, potremmo sostituirlo con quella lezione sullo sviluppo dei poteri all'interno delle Congreghe di cui avevamo parlato?»

Alzò gli occhi al cielo. «Non hai allenamento perché sei appena stata male, Ani. La lezione non è un'alternativa. Devi riposare. In più ti servono abiti asciutti.»

«Ma rimarrei seduta» perseverai.

Ines sorrise a metà. Perché Ines non sorrideva quasi mai.

«Continuerai a insistere fino a quando non avrai una risposta affermativa?»

Inclinai la testa. «Sì» ammisi. Essere sincera non avrebbe cambiato niente.

«Ti propongo una cosa» disse, stringendomi il fianco per non farmi scivolare sul sentiero sassoso. «Puoi domandarmi quello che vuoi sapere e io ti risponderò fino a quando non saremo all'archivio.»

«Stiamo andando lì?» chiesi, perplessa.

«Sì. Preferisco lasciarti da Ottavia, dato che con Bianca fuori casa saresti sola, in più lei avrà sicuramente dei vestiti della tua taglia.»

Sbuffai per la fatica. *Un passo davanti all'altro.* Dovevo affrontare quella salita maledetta senza perdere la lucidità.

Era necessario prenderla alla lontana, però la strada verso l'archivio era breve e io avevo bisogno di informazioni sulla magia del sangue, senza rischiare di mettere Ines in allerta.

Misi un piede in fallo, distratta, mi aggrappai al suo braccio e, improvvisamente, collegai i punti. Casa.

«Sai dove abitiamo, io e Bianca?» esordii. «La nostra casa è davanti a un piccolo portico che nasconde un muro pieno di ritratti» spiegai, nonostante fossi certa che lo sapesse. «Tu lo conosci bene, no?»

Annuì. L'avevo vista: a volte arrivava con le sue sottane larghe e i capelli ricci, si metteva in silenzio sotto gli archi e dipingeva assorta per ore.

«Cosa sono quelle immagini? Le hai fatte tutte tu? Perché si trovano lì?» la assalii di domande.

Restò zitta per qualche istante, quindi scrollò la testa aggrottando le sopracciglia.

«Perché non me lo hai chiesto subito, se era quello l'argomento che ti interessava, anziché insistere per fare lezione?»

«Perché sembrava qualcosa di segreto» mi giustificai, «e temevo tu non ne potessi parlare. Comunque mi interessa anche la lezione.»

Mi mordicchiai il labbro, imbarazzata per quel sotterfugio, e mi chiusi nel mio silenzio. Anche Ines tacque. Poi accelerò il passo.

«Riesci a starmi dietro?»

«Sì» mormorai. Macinai strada attaccata alla sua spalla fino in cima alla salita, oltre l'archivio, per tutto l'acciottolato sconnesso fino al piccolo portico a colonne in fondo alla via. Il muro era là, di fronte alla finestra della nostra stanza. La parete era piena di volti dipinti, tutti tratteggiati in modo simile, con diverse date scritte sotto ognuno di loro. I colori richiamavano i toni della terra, dal bianco al bruno. Ines mi depositò sul muretto delle colonne, poi si mise seduta davanti a me, raccogliendosi in grembo la lunga gonna marrone.

«Con l'ascesa di questo Governo siamo state costrette a creare una rete organizzata per resistere, ma le nostre radici sono molto più antiche. Le Congreghe esistono da che il mondo ha memoria. Le Strighe combattono fin dalla loro nascita, insegnando alle persone che tutti sono in grado di lottare per la propria libertà, ma non sempre le vittorie sono facili. Non sempre chi combatte torna a casa.»

Allungò un braccio verso il muro tenendo il palmo in alto.

«Questo è il mio modo per ricordare. Queste sono le tracce che voglio rimangano il più possibile a chi verrà, perché nessuno deve essere dimenticato. Ottavia ricostruisce la storia delle Congreghe, la trascrive, appunta quello che succede di importante nella nostra comunità. Io dipingo i volti. Le persone che vedi qui sono quelle che, in qualche modo, hanno perso la battaglia, gli Scomparsi mai ignorati.»

Gli Scomparsi. Avevo sentito quella parola pronunciata da Jole durante il primo trebbo a cui avevo preso parte, e non mi ero data pace fino a quando non avevo trovato delle spiegazioni sui libri. Gli Scomparsi erano le anime perdute: i morti. Ed era bastato chiedere a Ottavia per ottenere la conferma di quanto avevo immaginato. Jole era una necromante.

«Così» strinsi le palpebre, mettendo a fuoco un ritratto alla volta, «qui rappresenti i vostri antenati?»

«Non è soltanto una rappresentazione» disse. «È la scelta di dare un valore in più al ricordo. Dozza ha alle spalle una storia importante di affreschi. Gli artisti dipingevano davanti al pubblico per giorni, coinvolgendo gli spettatori e lasciando una traccia per tutti.» Sospirò. «Non ho la competenza di chi ha realizzato le opere che ancora si intravedono nel borgo, ma quegli occhi vanno mostrati, e hanno chiesto a me di farlo.»

Rimasi in contemplazione di quei volti. Ines su quella parete aveva messo gratitudine, cura. Era riuscita a trasmettere il loro sacrificio. E io stavo per approfittare di lei.

«Sai se qualcuno di loro sia morto per colpa di un rito strano?» chiesi con finta indifferenza.

Lei aggrottò la fronte.

«Cosa intendi?»

«Se abbiano corso rischi estremi per lottare» divagai. Che cosa stupida avevo detto.

«Hanno combattuto, Ani. Tutti si sono esposti a rischi estremi.»

Era ovvio. Ines cambiò espressione, studiandomi, e la paura che sospettasse qualcosa s'impadronì di me. Dovevo accelerare i tempi.

«In realtà volevo chiederti...» ma mi mancò il fiato. Sentii le parole troncarsi in gola e non riuscii a dire altro. Portai le mani al collo, mi sbilanciai in avanti. Barcollai. Non respiravo. Scivolai di lato e caddi dal muretto.

«Ani!» sentii esclamare Ines, ma il calore era più intenso di tutto. Bruciava. E non vidi più nulla.

«Si sta riprendendo.»

Aprii lentamente gli occhi, avvertendo la frescura sulla schiena. C'era una gradevole luce soffusa. L'odore familiare, un po' polveroso, buono, e il soffitto con le travi scure. Gli scaffali erano disposti tutti su un lato, lasciando mezza stanza libera per un tavolaccio solido in legno con qualche sedia sparsa attorno. Io stavo per terra, tra le librerie spartane e il resto del mobilio. Mi girai su un lato, accarezzando la superficie liscia. Conoscevo le cementine decorate sulle quali mi avevano stesa. Erano quelle dell'archivio. E riconobbi subito quella voce.

«Ottavia?» biascicai.

«Sono qui, tieni» rispose comparendo nel mio campo visivo e appoggiando qualcosa sulle mie labbra. Il vetro di un bicchiere. Acqua. Grazie al cielo. Buttai giù avidamente qualche sorsata fresca e cominciai a sollevarmi, posando un palmo a terra. Volevo mettermi a sedere.

«L'ho rifatto?» le chiesi. Come se non sapessi già la risposta.

Ottavia annuì e si mise una ciocca di capelli dietro le orecchie. «Ines ti ha portata qui caricandoti sulla schiena ed è corsa via per cercare Aatifa. Credo che tu l'abbia spaventata.»

«Io invece l'ho presa benissimo» brontolai sarcastica, porgendole il bicchiere vuoto.

«Hai capito cosa intendo» mi rimproverò, versandomi altra acqua. «Dimmi piuttosto come ti senti.»

Aggrottai le sopracciglia e ci ragionai un istante. A parte l'impressione di aver dimenticato qualcosa, non mi pareva di stare male.

«Molto meglio, in effetti.»

Me ne resi conto solo in quel momento: stavo bene. Ero intontita, stanca, però il bruciore pareva sparito.

«Ti è già successo altre volte?»

«Capitava quasi sempre la notte mentre dormivo» confessai. «Nel dormiveglia o nel sonno avvertivo il calore, ma era come se si sfogasse in modo diverso, con strani sogni o senza troppi problemi. Adesso, invece, sta capitando anche di giorno.»

«Tanto spesso?»

Sporsi il labbro inferiore, negando con la testa.

«Poco. O comunque non da svenire come adesso.»

Ottavia fece un cenno d'approvazione.

«Okay» sorrise. «Vado a prenderti qualcosa di pulito per cambiarti, e magari un panno per asciugarti i capelli.»

«Io sarò quella sul pavimento» tentai di fare ironia.

Lei ridacchiò, poi rimase a guardarmi con l'espressione concentrata. «Hai detto che senti questo calore durante il sonno, giusto?»

«Sì.»

«Ma calore in che senso?»

«Calore. È come se mi ribollisse lo stomaco, la pancia, la gola... La mia faccia scotta e tutto brucia.»

Ottavia fece scrocchiare le nocche della mano sinistra una per una.

«E te ne rendi conto anche se sei addormentata, del calore?» rimarcò.

«Tendo a svegliarmi subito dopo l'ondata più intensa, quindi me ne accorgo.»

Si morsicò il labbro, tesa.

«Quindi quasi solo la notte.»

«Esatto.»

«O comunque quando sei incosciente.»

«Sì, ma...»

«Non ti muovere!»

Sparì. Non avevo idea di dove pensava che potessi andare, aggiungendo anche l'ansia che mi aveva fatto montare con tutte quelle domande.

Quando mi succedeva al Campo, non trovavo spiegazioni. Ricominciavo a dormire dando la colpa agli incubi. Nessuno mi faceva domande, là. Inspirai lentamente. «Maledetta la tua curiosità, Ottavia» brontolai.

«Aspetta, eh!» la sentii gridare da qualche parte.

Mi grattai la testa, spostando i capelli di lato per cercare di aprire i bottoncini della camicia sulla nuca. Sbottonai i polsini, slacciai le scarpe di tela e feci quello che mi aveva chiesto. Aspettai.

La vidi ricomparire con le braccia cariche di taccuini e di spessi quaderni rilegati a mano, mentre fogli volanti le gravitavano attorno come satelliti. Ovviamente non c'era l'ombra di un vestito.

«Allora» esordì sedendosi a terra accanto a me, «so che potrebbero essere semplici casualità, ma» s'interruppe di nuovo, posando a terra la colonna di carta, «hai mai pensato di essere una veggente?»

Sollevai così tanto le sopracciglia da sentire la pelle tirare.

«Scusami?» domandai.

«Sì, insomma» abbozzò, «questo calore potrebbe essere il segnale di una specie di veggenza, qualcosa che ti fa presagire un evento importante che sta per accadere, anche se tu non riesci a comprendere esattamente cosa possa essere.»

Mi stropicciai la faccia.

«Dici sul serio?»

Lei per tutta risposta cominciò a sfogliare furiosamente tutto quello che le capitava sottomano, passandomi le pagine giuste da leggere non appena le individuava. Erano un cumulo di appunti complicati, pieni di concetti cerchiati e frecce dirette alla parola scritta in mezzo al foglio: *preveggenza*.

«Cosa dovrei guardare di preciso?» dissi, spalancando le braccia.

«Qui, vedi?» rispose avvicinando la testa alla mia, e iniziando a scorrere le dita sotto le frasi evidenziate. Poi si schiarì la voce.

«*La preveggenza si può dividere in forma diretta o indiretta. La prima eventualità è più semplice da riconoscere, in quanto il soggetto interessato comprende in tempi brevi di riuscire a cogliere spicchi di futuro, che sia solamente suo o di un vasto gruppo di persone. La seconda categoria, invece, viene definita indiretta perché difficilmente intelligibile, dato che spesso i segnali arrivano all'ipotetica veggente in maniera disordinata o accidentale.*»

Ottavia concluse la lettura. «Capisci?»

Rimasi a fissarla, interdetta. Qualcosa mi risuonava dentro, ma sembrava troppo. Lei sbatté le palpebre e tornò agli appunti.

«*Chi è dotata di preveggenza indiretta, spesso fatica a rendersene conto a causa della mancanza di evidenza. Infatti, se la preveggenza diretta si manifesta con visioni e percezioni chiare, quella indiretta lascia il soggetto in un limbo interpretativo provocato dalle forme imprecise in cui le informazioni arrivano*», Ottavia prese fiato, «*come il malessere fisico, il fraintendimento di immagini mentali, dei sogni che in realtà sono connessioni. Spesso le tre cose sono legate tra loro, e resta fondamentale la capacità di lettura da parte di chi possiede questo potere.*»

Respiravo con foga, assorbendo le sue parole. Era come se mi avesse catapultata in una parte di mondo che mi riguardava da lontano, ma del quale non avevo mai saputo l'esistenza. Io, una veggente. Senza che avessi mai previsto nulla. Senza che fossi mai riuscita a evitare un dolore. Senza salvare mio padre, mia madre, senza sapere che mia sorella fosse ancora viva.

«Ma come è possibile?» sussurrai, guardando le lettere ballare sul foglio.

«Perché no?» rispose lei.

Immaginai il peso della responsabilità di un dono tanto importante. Provai paura per quanto mi appariva enorme la mole delle cose che forse avrei potuto cambiare, se solo fosse stato vero.

Passando le ore nell'archivio avevo letto di poteri latenti, di persone che per anni non si erano interrogate credendo semplicemente nelle coincidenze, e mi ero persa nello studio delle capacità della Congrega, come quella di Guido. O di Velia, circondata dalle sue piante. C'era Bi, che guidava le menti con il suono della sua voce. Jole parlava coi morti. Nonostante avessi pensato che fosse solo il frutto dell'allenamento, anche la forza straordinaria di Dina in realtà era un potere.

E io?

Chiusi gli occhi, sospirai profondamente, e quando li riaprii allungai le mani per agguantare tutti gli appunti che avevo davanti. Che stupida. Era una possibilità da considerare.

«Fammi vedere» le ordinai.

Ottavia sembrava non chiedere altro. «Guarda qui» disse allungandomi un libretto aperto a metà. «Ho trovato la storia di una Masca che iniziava a sentire le mani che tremavano prima che qualche evento straordinario si abbattesse sulla sua Congrega.»

«E come lo ha capito?»

«Con attenzione, col tempo, ma soprattutto con la consapevolezza che avere un potere era una possibilità da considerare e che la sua natura poteva assumere infinite forme.»

Le tolsi da sotto il naso un altro foglio. Parlava di tre Cogas, nel profondo della Sardegna, che riuscivano a ricostruire le visioni solo unendo i dettagli che erano apparsi a ognuna di loro, ultime nate di sette figlie femmine. Una Basura ligure leggeva il futuro nelle onde del mare solamente toccandole.

«Sono tutte diversissime» dissi.

«Ne ho annotate a centinaia, Ani, e ti assicuro che in pochi casi si assomigliano» confermò Ottavia, continuando a sfogliare.

C'era una Striga che prima dei disastri sentiva una nebbia bruciarle la pelle. Una Janara che percepiva i sapori completamente sbagliati e sognava denti.

«Credevo che ci fossero delle regole.»

Ottavia fece spallucce.

«Certe regole sono fatte per essere aggirate» replicò, «e le veggenti sono abituate a farlo. Proprio per questo, Ani» abbassò la voce, «ti consiglio di non parlare con nessuno del nostro sospetto. È troppo presto, e alcune Strie ancora diffidano di certi poteri.»

Mi squadrò come per comprendere se mi fosse tutto chiaro. Annuii.

Continuò a passarmi libri e appunti per almeno un'ora, restando là sedute a terra. Compresi che il mondo riservava infinite possibilità.

Ma restava una cosa da capire.

Ero una Striga anche io?

30
Gizem

«Ti giuro che mi sono sentita morire.»

«Ci credo» rispose Ebe, versandosi un goccio di nocino.

«Sono corsa al laboratorio di Aatifa, poi siamo tornate insieme da Dina e io non smettevo di chiederle come potevo aiutarla.» Gesticolai senza controllo e sentii il cuore accelerare. «Perché non sapevo che cavolo fare? Ce le hanno insegnate le cose! Ma niente, lei era lì, con quella faccia, e...» Miseria, che spavento.

Ebe mi raggiunse sul letto matrimoniale. Posò il bicchiere sul comodino, un pezzo di tronco messo per terra, e si sistemò a sedere vicina a me. Era una serata calda. L'aria che entrava dalla finestra mi solleticava la faccia e la piccola lampada a sale non illuminava tanto da dare fastidio alla luce delle stelle. Le lenzuola di tela grezza mi pizzicavano un po' la pelle, ma erano fresche.

Finalmente un po' di sollievo dopo quella giornata tremenda.

«Aatifa cos'ha detto?»

«Di levarmi di torno perché facevo solo casino» bofonchiai.

Ebe addolcì lo sguardo.

«No, Gizem, mi riferivo ad Ani.»

«Ah, scusa.» Arrossii. «Che ha perso i sensi probabilmente per un calo di pressione, e che cercherà di controllarla il più possibile, perché chissà quali schifezze le hanno dato da mangiare al Campo in tutti questi anni. Avrà la sabbia al posto del sangue.»

Ebe bevve un altro sorso di nocino. Non mi piaceva quando si versava un bicchierino prima di dormire, però quel giorno le notizie erano state tante.

«Ha diagnosticato anche a te un grave caso di sabbia nelle vene?» disse, leccandosi le labbra.

«No, simpaticona» feci una smorfia. «Si è spaventata. Non mi aveva mai vista in quello stato. Ha detto di non preoccuparmi e di respirare lentamente, perché non era successo niente di terribile. In pratica sperava di tranquillizzarmi con due boiate mentre io me la stavo facendo sotto.»

Ebe fece un mezzo sorriso.

«Ti ha dato qualcosa per calmarti?» domandò atona.

Annuii. «Mi ha messo dei cristalli di non so cosa sotto la lingua, ha detto di farli sciogliere e di non mangiare niente per almeno mezz'ora.»

«Ti sei sentita meglio, dopo?»

Mi strofinai i palmi sulla faccia.

«Insomma. Non ho avuto neanche il coraggio di andare a trovarla, vai tu a sapere come avrebbe reagito. Poi, fino a quando non me la sono trovata davanti al trebbo, mica ero convinta che si fosse ripresa bene.» Lisciai le lenzuola. «E comunque aveva una faccia strana, no? Aatifa ha ripetuto che ora si sente molto meglio, ma a te cosa sembrava? Cioè, non la conosco più tanto bene, mia sorella, però...» Però se quella persona conservava anche solo un pezzetto della Ani che era cresciuta con me, aveva qualcosa che non andava. Certo, riservata e mugugnona com'era doveva starci malissimo al trebbo, dove si parlava praticamente per forza. Poi, con un'assemblea come quella che avevamo appena finito... Tormentai il cuscino sotto la mia testa.

Ebe s'incupì. «Cos'hai?»

«A volte non lo capisco, il trebbo» brontolai.

«E questo cosa vorrebbe dire?»

«Che Velia mi ha sempre raccontato della tradizione di incontrarsi attorno al fuoco come di un'occasione per crescere, per ascoltare i problemi della Congrega e confrontarsi per risolverli...»

«Infatti...»

«Infatti cosa? Ormai il trebbo si sta riducendo a una specie di controllo quotidiano! Oggi addirittura sembrava che la Suprema dovesse solo assegnare i compiti per domani. Ines va all'orto, Guido ha la carrucola di un pozzo da riparare, Velia deve preparare il sale nero. Poi è toccato a noi, le criminali!»

«Gizem» mormorò Ebe, passandosi le dita sulla fronte.

«Cosa? Vuoi dire di no?» le chiesi scattando a sedere. «Nessuna ha parlato di com'è andata la giornata. Nessuna. Ma ad Ani, e soprattutto a me, Clarissa chiede di dire qualcosa tutte le sere. Ti sembra normale?»

«Ani è nuova, deve abituarsi.»

«Dài, come se non lo sapessero tutti che per lei è una tortura. Poi anche Bianca è nuova.»

Ebe inclinò la testa con una mezza smorfia, poi si girò per scendere dal letto.

«Va bene» ammisi tornando a stendermi. «Per loro è diverso. Però come la metti con me? Sono nuova anche io?»

Lei ignorò la mia domanda e si alzò per versarsi ancora del nocino.

«Sai perché Clarissa si comporta così.» Bevve piano. «Sai che ti ha risparmiato la punizione che avresti meritato, e sai che la paura causata da quello che hai fatto non è ancora passata a tutti.» Tornò verso il letto. «Se la Suprema di una Congrega non dimostrasse di poter gestire i problemi, sarebbe il caos. Puoi davvero biasimarla se ha cambiato modo di fare nei tuoi confronti, durante il trebbo?»

Incrociai le dita sulla pancia, mentre sentivo il materasso sbilanciarsi un pochino sotto il peso di Ebe che si sedeva. No che non potevo biasimarla, miseriaccia. Ma ricordavo i miei primi trebbi, quando avevo imparato a conoscere la vita nella Congrega. Organizzavamo il lavoro e ci dividevamo le mansioni. Proponevamo cose da fare, com'era meglio farle, e ogni persona poteva dire cosa pensava, poteva lamentarsi, proporre cambiamenti. Quando c'era da prendere una decisione, lo si faceva insieme. Come andavano organizzate le lezioni dei bambini? Quante uova dovevano finire sotto cenere? E il consumo dell'acqua era eccessivo? Tutto. Si decideva tutto insieme. Però la cosa incredibile per me era che si dicevano in pubblico cose personali o imbarazzanti. Mamma e papà mi avevano sempre insegnato a non farlo. Invece Velia mica si era vergognata di parlare dei problemi con la sua menopausa, per chiedere a Clarissa più riposo e ad Aatifa una cura nuova. Ottavia non si era imbarazzata quando aveva ammesso che non riusciva a costruire l'archivio da sola e le serviva l'aiuto di tutti. Anche Jole, una volta, da sopra i suoi alberi, aveva chiesto che facessimo attenzione a quando restavamo attorno al fuoco fino a tardi, perché spaventavamo gli animali. Una sera, addirittura, Dina aveva raccontato di un litigio pesantissimo avuto con Guido riguardo Leda. Le serviva un confronto. E Guido era là! Erano occasioni incredibili, in cui non serviva preoccuparsi delle opinioni di chi ti stava intorno perché ci si sentiva accolti. Invece da un po' di tempo non funzionava più così, e da quando avevo portato Ani nella Congrega era cambiato tutto. Avevo visto la faccia di Loris, come mi aveva guardata anche quella sera. Ero ancora la *pislik* che aveva messo in pericolo tutti.

Ebe mi accarezzò una spalla, pensierosa.

«Dài, tirati su, così ti intreccio i capelli» disse. Sapevo fare la treccia da sola da quando ero piccola, era una delle prime cose che ci aveva insegnato *babaanne*, però sentire le mani di Ebe tra i capelli era sempre bello. Mi sistemai seduta a gambe incrociate, guardando verso la finestra con la schiena dritta.

«Credo che tu sia ancora tesa e spaventata per Ani» mormorò iniziando a passarmi le dita tra le ciocche. «Credo che sia stata una brutta esperienza per fortuna già risolta e credo, soprattutto, che dovresti preoccuparti di altre cose.»

Sospirai. «Intendi quello di cui hanno parlato stasera al trebbo?»

Ebe restò in silenzio un istante. «Sei una delle migliori, sul campo. Sai che ti manderebbero avanti nel caso ci fosse qualche attacco.»

Ecco cosa stava rimuginando.

«Mica sono così brava. Dina mi ha detto che ho un mucchio di tattiche ancora da imparare e che mi tocca lavorare sulle risposte agli attacchi. Dobbiamo aumentare gli allenamenti» risposi scrollando le spalle. «Più esercizi, schemi, roba così.»

«Non fare la finta tonta, Gizem. Con me non funziona.»

Mi girai lentamente, sfilando la treccia dalle sue mani.

«Sono solo precauzioni» rimarcai.

Appoggiò la testa sulla mia schiena. «Non è mai solo una precauzione. Sono tutti indizi di qualcosa che mi spaventa.»

Mi voltai completamente verso di lei.

«Mica devi preoccuparti» mormorai prendendole un polso, «non ho paura di combattere.»

Ebe mi colpì un ginocchio.

«Io ho paura!» esclamò avvicinandosi con la faccia alla mia. «Io! Se ti prende il panico vedendo tua sorella stare male, ma farti ammazzare non è un problema, perfetto, però non esisti solo tu!»

«Oh, senti...» iniziai a scaldarmi.

«Non sento un cazzo!» ribadì alzandosi di scatto. «C'ero io quando oggi Guido ha sistemato la radio nella Sala del Concilio. Ho ascoltato io le comunicazioni interne delle Stecche che abbiamo intercettato. Lo sai che hanno individuato una piccola comunità di Strighe a Longiano? Sai che le hanno già attaccate?»

Restai immobile a fissarla. Il libro che stava sul letto era caduto a terra con un tonfo, ma lo avevamo ignorato.

Un attacco.

«Quando è successo?»

«Attorno alle quattro di pomeriggio» disse, abbassando i toni. «Non sappiamo cosa sia successo realmente, se ci siano dei superstiti. Stiamo cercando di capire.»

«Dina lo sapeva.»

Ebe rimase zitta, e il suo silenzio parlò al posto suo.

«Perché non lo avete detto? Al trebbo si dice tutto!»

«Si dice tutto quando si sa esattamente cosa dire» mormorò. «E fino a quando non avremo certezze eviteremo di spargere il panico.»

Continuavo a fissarla, sconvolta.

«Cosa dicevano?»

Sospirò.

«Parlavano di una "tana" di streghe a Longiano» deglutì. «Le deridevano. Dicevano che suppergiù alle quattro di pomeriggio avevano risolto il problema con una zampata.» Arricciò il labbro superiore con disgusto. «Come se fossimo dei topi da schiacciare.»

Sentii la rabbia montare. Si parlava delle nostre vite, per la miseria!

«Dobbiamo contattare Alma» dissi senza nemmeno pensarci.

«No» rispose categorica. «Non dobbiamo contattare proprio nessuno.»

«Loro sono più vicini! Possono raggiungerli, possono...»

«Lo sanno già.»

La guardai.

«Come?»

«Hanno mandato un corvo ore fa. Erano al corrente dell'imboscata. I tuoi amici Schiaduri si sono sbrigati a comunicare che cercheranno i sopravvissuti per aiutarli e difenderli. Per questo abbiamo chiesto a Guido di aggiustare la radio.» Tornò a letto e cercò la mia mano. «Non è una precauzione. Non lo è proprio per un cazzo» concluse.

E io feci la sola cosa che aveva senso fare. Sfilai le dita dalle sue, la abbracciai e la trascinai giù, distesa sopra di me. Lei si raggomitolò, mettendosi su un fianco.

«Cosa ne pensa Clarissa?» chiesi, accarezzandole la testa e fissando il soffitto.

«Che dobbiamo essere pronte» mugugnò. «Che si sta muovendo tutto in fretta e che forse hanno capito come ci nascondiamo. Iniziano a guardarsi attorno, a setacciare i borghi piccoli, con poca gente. Anche se siamo attente quando comunichiamo con le altre Congreghe, ho paura che il nostro sistema non sia più così impenetrabile.»

«Quanto» tentennai, «quanto tempo credi che avremo?»

Lei mi si strinse di più addosso.

«Quello che ci lasceranno» ipotizzò. «Sia il Governo sia la tua amica Alma.»

«Ebe...»

«Non sto facendo la gelosa» mi anticipò, «è un dato di fatto. Vogliono attaccare l'esercito degli Integri per salvare la Congrega in fuga, ma è ovvio che la loro forza non è paragonabile a quella di un'infinità di militari armati fino ai denti. Verranno decimati. Noi dovremo soccorrerli. Tutte le Congreghe dovranno farlo, ci sono regole, patti da rispettare, e diventerà una guerra. Una guerra vera.»

Sospirai. Riempii il petto d'aria quasi fino a sentire il dolore dei polmoni che tiravano, poi l'abbracciai forte.

«Non voglio trovarti tra i cadaveri appesi in piazza dagli Integri. Non lo sopporterei.»

Chiusi gli occhi senza parlare e appoggiai il mento sui suoi capelli. Lei mi passò le mani sotto le braccia per riuscire ad afferrare le mie spalle, come se ci si dovesse aggrappare.

Stava succedendo. Finalmente era tutto pronto.

Il mio cervello ragionava già su come muoverci, sceglieva le compagne di battaglia, i mezzi per spostarci. Il cuore no. Le parole di Ebe mi avevano ferita. Quanto potevo perdere in quella guerra? Dozza, la Congrega, le persone che amavo, la mia vita. Era giusto?

La baciai. Un bacio lungo, per sentirla davvero vicina in quel momento.

Io volevo combattere. Lo volevo a tutti i costi. Volevo cambiare le cose, perché non si poteva morire per arricchire quattro vecchi meschini in croce. Eppure, al contrario di quello che avevo detto, avevo paura. Miseria se l'avevo.

31
Ani

Bianca era sul lato della radura vicino a casa di Dina. Stava cercando di completare la terza serie di addominali e si lamentava del sudore misto alla terra che le seccava la pelle. Io mi ero isolata in mezzo al prato per ripetere gli scatti. Erano almeno quindici minuti che continuavo a muovermi più velocemente possibile per smaltire il fastidio del ritardo di Gizem. Come se gli allenamenti quotidiani fossero una seccatura soltanto per lei. Come se io non avessi avuto altri pensieri, altre cose importanti da fare.

All'ennesima ripresa, mi alzai per prendere fiato e la vidi. Spuntò sul sentiero, camminando senza alcuna fretta, con le mani in tasca, la treccia mezza sfatta e lo sguardo basso. Portava una gonna ocra a metà polpaccio e una camicetta blu scuro sbottonata fino al seno. Niente. Non indossava neppure gli abiti giusti.

«Alla buonora! Ce la siamo presa comoda, oggi?» la apostrofò Dina.

Gizem alzò la testa come se si fosse resa conto solo in quel momento di dove si trovasse.

«Sì, scusa» borbottò distrattamente. Poi accelerò il passo.

Dina aggrottò la fronte e la studiò mettendosi una mano sugli occhi per proteggersi dal sole.

«Stai bene, Gizem?» le chiese perplessa.

Lei, per tutta risposta, si arrotolò le maniche della camicia e fece un nodo grossolano in mezzo alle gambe con i due lembi della gonna.

«Sono pronta» decretò senza aggiungere spiegazioni.

«Devi riscaldarti, o rischi di beccarti uno strappo.»

«In battaglia mica te lo danno, il tempo di scaldarti» ribatté. Dina si irrigidì. Aveva un'espressione preoccupata, e Gizem evitava il suo sguardo esattamente come io evitavo di chiedere informazioni. Sapevo quando non era il caso di indagare.

«Fai come ti pare» sentenziò Dina. «Ani ha già fatto gli esercizi, quindi valuta quanto ti convenga fare la testona orgogliosa, dato che già normalmente è più sciolta di te.»

Gizem fece spallucce. Si preparò ad attaccare piegandosi sulle ginocchia e allargando le braccia.

«Io sono più forte» dichiarò a muso duro.

«Cosa inutile se non riesci a prendermi» replicai, imitando la sua posizione. Se si stava impegnando per provocarmi, non volevo deluderla.

«Oggi volete gestirla così? Non c'è nessun problema» sbottò Dina. «Pestatevi quanto volete, perdetevi nelle vostre litigate. Io vado ad aiutare Bianca, che è una rompipalle, ma almeno quando serve ascolta. E ricordatevi che chi sporca di sangue pulisce.»

Poi si allontanò, lasciandoci da sole.

«Soddisfatta?» domandai, iniziando a spostarmi di lato.

«Credi che sia solo colpa mia?» replicò mia sorella, avvicinandosi.

«Prima che tu arrivassi non era arrabbiata.»

«Ma aveva già i suoi buoni motivi, fidati» affermò tagliente. Molto più del suo solito.

«Siamo scese dal lato sbagliato del letto?» chiesi.

E Gizem per tutta risposta mi si scagliò contro. Partì di corsa, col busto basso e le braccia piegate contro i fianchi, pronta a piazzare il gancio. Se mi avesse colpita probabilmente sarei rimbalzata a terra per colpa della sua potenza, ma io ero veloce. Mostruosamente veloce, come diceva Bi. La schivai scattando verso destra, usando la sua schiena come supporto contro cui spingermi, per atterrare lontana dai suoi pugni. Lei però frenò, puntando il piede sinistro a terra, servendosene come perno per ruotare verso di me, tentando di attaccare ancora. Scansai il colpo saltando indietro e iniziai a correre verso destra per distanziarla e poterle girare attorno. Gizem si raddrizzò, tentennando per un secondo, partendo poi in quarta per raggiungermi. Era concentratissima. Sembrava volesse portare la nostra competizione a un livello superiore. E io di sicuro non gliel'avrei impedito.

Arrivai vicina alla casa con un discreto vantaggio. Non sapevo bene come fare, ma volevo sfruttare l'officina di Guido per nascondermi e sviare la mia avversaria. Adocchiai un carrello stracolmo di attrezzi vicino ad alcune lastre di metallo appoggiate alla parete. Un nascondiglio perfetto. Ci sgusciai dietro cercando di calmare il respiro e sperando che quello di Gizem fosse altrettanto rumoroso. Comparì come un tornado di polvere un istante dopo. Era perplessa. Aveva realizzato che ero svanita dal suo campo visivo. Ottimo. Da dietro il carrello riuscivo a sbirciare a malapena, però se non si fosse spostata troppo avrei potuto controllarla. Si grattò la testa, guardandosi intorno.

«Miseria» borbottò, e scomparve. Dai suoni sembrava che si stesse dirigendo a sinistra, verso il bosco, ma non potevo esserne certa. E io dovevo muovermi. Aggirare di nuovo la parete dell'officina era impensabile, mi avrebbe lasciata esposta per troppo tempo. Alzai lo sguardo e vidi la finestra, lasciata senza nessun infisso per fare in modo che il rudere mantenesse un aspetto in rovina. E quell'apertura poco lontana da me era la mia via di fuga. Bastava allungarsi.

Gizem sembrava distante, però non potevo sapere dove fosse esattamente. Tesi l'orecchio. Il battito cardiaco mi rimbombava nei timpani talmente forte da smontarmi i pensieri.

Attesi. Ascoltai ancora. Sentii la camicia appiccicarsi sulla schiena per il sudore. «Finiamola» sibilai. E mi lanciai. Raggiunsi la finestra, ci saltai attraverso e tornai sul prato, senza sapere bene quale sarebbe stata la mia mossa successiva. Corsi. Continuai a correre più velocemente possibile tra l'erba alta, sentendo le frustate degli steli più rigidi contro le caviglie. Vidi Bi. Mi salutò sorridendo da lontano, e mi rilassai. Cominciai a rallentare, provando a capire che cosa fare. Non potevo fuggire per sempre. Mia sorella era più lenta, certo, ma a lei non serviva pensare. Lei sapeva combattere. Io dovevo ragionare, calcolare le mosse. Gizem in battaglia era puro istinto. Sospirai. Ascoltai l'aria sibilarmi nelle orecchie, e non capii.

«Ani, attenta!»

Fu il grido di Bianca a riportarmi con i piedi per terra. Piedi troppo fermi. Quando realizzai la situazione e mi girai, era già tardi. Mia sorella era in scivolata sul prato con la gamba tesa, per falciare entrambe le mie caviglie. Caddi rovinosamente di faccia.

«Le battaglie non si vincono scappando» predicò supponente, sporca, graffiata, molto fiera delle sue tecniche.

Ma Gizem era rimasta un'anima ingenua. Si accovacciò per tendermi una mano, e io afferrai una manciata di erba e terra per lanciargliela negli occhi.

«Cazzo!» sbraitò un secondo prima che la spingessi indietro, facendola finire col culo a terra. Cercai di sganciarle un pugno nello stomaco, però non avevo fatto i conti con la sua forza. Mi lanciò. Letteralmente. Avevo pianificato il mio attacco basandomi sulla sua caduta di schiena, invece lei la tramutò in una rullata all'indietro e, senza nessuno sforzo, mi centrò lo sterno con i piedi appaiati. Merda, che male. Volai via e rimasi a terra, senza riuscire a respirare.

«Furba, come sempre» disse. La sentii sputare. Mi sollevai sui gomiti, e ringraziai la calma con cui si stava ripulendo i vestiti.

«Non dobbiamo fare gli esercizi, adesso?» domandai, sperando in un attimo di pausa. Quel giorno Gizem era più aggressiva del solito.

«Niente esercizi» decretò, rimettendosi in posizione.

Sgranai gli occhi. «Perché?»

«Perché in battaglia non ci si ferma per gli esercizi» ringhiò. «Non si aiutano le nemiche veloci, ma deboli, a rialzarsi. Non trovi chi si limita a calciarti via. In battaglia si muore. Quindi, adesso, lotta.»

Era agitata, arrabbiata, turbata. Sapeva qualcosa che io ignoravo, e questo mi faceva infuriare.

Scrollai i ricci e mi rimisi in piedi. Voleva dimostrare la sua superiorità a ogni costo, in ogni campo? Perfetto. Allora avrei colpito a modo mio.

«Non male come filosofia spicciola. Hai cominciato a leggere?»

La sua espressione si sgretolò, la ferocia le trasformò il volto. Gizem gridò, caricando verso di me. Per un attimo mi tremarono le ossa, poi ricordai.

Sei veloce, usa la forza del tuo avversario contro di lui. Dina me lo ripeteva continuamente. La mia rapidità opposta alla sua potenza. Iniziai a correrle contro, pregando di non aver sbagliato i calcoli. La vidi muovere all'indietro il pugno destro, inclinando leggermente il busto per conferirgli ancora più slancio. Mi abbassai appena. Bianca strillò.

Ora.

Mi sbilanciai a sinistra con un piccolo salto per atterrare sui palmi, raccolsi le gambe e feci ruotare i piedi per aria, verso Gizem. Lei arrivò a un soffio da me, stupita per il mio gesto, troppo vicina per cambiare intenzioni. E io scalciai. Distesi il mio corpo di scatto con tutta la forza che avevo. La colpii al petto. «*Siktir git!*» sbraitò. Dall'imprecazione in turco che aveva lanciato dovevo averle fatto decisamente male, però non potevo festeggiare. Il rinculo del calcio mi fece perdere l'equilibrio, e caddi sulla schiena. Chiusi gli occhi per il dolore e sperai di non vedere un pugno infrangersi sul mio naso una volta riaperti.

«Bambina! Gizem! Che diamine...»

«Lasciale stare, Bianca.» La voce di Dina era perentoria. «Hanno delle cose da chiarire, e forse dopo essersele suonate si sentiranno più motivate a farlo.»

Schiusi le palpebre, e trovai la faccia di Bi sopra di me.

«Stai bene?» mormorò.

Annuii. «Lei?» chiesi.
«È malconcia, si tiene una tetta, ma sta tornando in piedi.»
Respirai lentamente, per paura di provare altro dolore.
«Dovevate proprio fare le stronze e menarvi, eh?» sibilò.
«Bi...»
«Bi il cazzo, tesoro. A parte il fatto che sappiamo benissimo a chi toccherà sbrogliarti quel nido di condor che hai in testa, perché altrimenti tu continuerai a girarci per giorni, ma ti rendi conto della cortesia di tua sorella, sì? Sai che se ti avesse legnata sul serio avresti più pezzi del carrello degli ingranaggi di Guido, vero?»
«Non sono così fragile.»
«No, figurati» obiettò con una mezza risata, «sei una donna di ferro. Adamantina, quasi. Senti, piuttosto, ma quello che ha strillato la tettona cosa vuol dire?»
«Niente di carino» mormorai.
«In effetti probabilmente te lo meritavi.»
Sollevai lentamente il dito medio di entrambe le mani.
«Anche a te, Bambina» rispose ravviandosi gli sbuffi delle maniche. «E adesso spalatela tu, questa carriolata di merda.»
I capelli di Bianca ondeggiarono al vento mentre se ne andava, e il suono dei suoi passi che si allontanavano era accompagnato dal rumore meno ritmico di altri piedi che si avvicinavano.
Gizem si buttò a sedere di fianco a me. Era sporca di terra, spettinatissima, e si teneva schiacciato un seno.
«Fa male» esordì.
«Immagino.»
«Be', almeno stai evitando di dirmi che non l'hai fatto apposta» scherzò, ma era pallida e ogni tanto le si interrompeva il respiro.
Non ci eravamo mai scontrate in quel modo. Durante gli allenamenti ci sfuggiva qualche colpo più intenso, ma nulla di paragonabile. Quella era stata una lotta vera. Gizem aveva qualcosa che non andava. E l'irrequietezza di Dina da quando mia sorella le aveva rivolto la parola, quel pomeriggio, mi aveva dato la conferma che stava succedendo qualcosa che non sapevo. E non lo sopportavo.
«Senti» abbozzai, «volevo...»
«No, stavolta no» m'interruppe senza guardarmi. «Stavolta mi ascolti tu. Sono stanca di portarmi sulle spalle la colpa per tutto quello che vi è successo.»
Una scarica di adrenalina mi fece scattare a sedere. Avevo bisogno di vederla in faccia. Voleva raccontarmi una storia diversa? Pretende-

va di convincermi che qualcun altro era fuggito davanti alle Stecche che ammazzavano di botte il proprio padre, e poi si era dimenticato per sette anni di avere una madre e una sorella?

Aprii la bocca, pronta a colpire.

«Non sbroccare subito, per favore» continuò Gizem, «sono davvero stanca di tutto 'sto baccano. Come se fossimo le uniche persone al mondo a soffrire.»

«Se non vuoi che sbrocchi ti conviene essere chiara» replicai secca. Ribollivo di rabbia.

«Mi sentirò sempre in colpa per quello che è successo a papà, a te, a mamma, però tu non puoi dire che è solo perché sono rimasta qui.»

Sbattei le palpebre. «Davvero?» dissi, acida.

Lei finalmente si voltò. Aveva gli occhi grandi, neri quanto i miei, tristi. «Cosa potevo fare? Cosa? Ero sola, terrorizzata, convinta che le guardie mi stessero cercando! Se le Strighe non mi avessero recuperata in mezzo a quelle stradine di campagna, sarei morta dopo tre giorni dal nostro arrivo qui! Poi improvvisamente sono finita in mezzo a persone che mi aiutavano, e che volevano il meglio per me. Ho pensato di poter ricominciare anche se stavo di merda. Non sapevo dove eravate tu e mamma. Papà era morto! Non avevo la certezza che vi avessero portate alle Saline!»

«Gente che ti aiuta, che vuole il meglio per te...» risposi con il sarcasmo che strabordava dalla voce. «La situazione che hai appena descritto è davvero incomprensibile per me.»

«Tu almeno avevi mamma!» protestò.

«Io l'ho vista a malapena, mamma!» le urlai contro. Gizem rimase immobile davanti a quella notizia. «Ci hanno separate quasi immediatamente» spiegai, col cuore che si faceva più stretto. «Ho comunicato con lei tramite dei disegni su una pietra per anni, poi c'è stato l'attacco.» Mi fermai. Non serviva ripetere altro.

«Sei sempre stata quella intelligente e coraggiosa. Mamma e papà lo sapevano» sussurrò fissando il prato, afferrando i fili d'erba più lunghi. «Io invece ero quella che dopo la scuola doveva correre in negozio, perché dovevo aiutare la mamma a far vedere i vestiti alle signore.» Fece una pausa per respirare a fondo. Ignoravo dove volesse arrivare. «Sembravo felice, eppure stavo morendo dentro. E tutto nella mia vita era già programmato, tutto definito. Gizem la bella, la gentile, a lavorare con mamma, a farsi una famiglia con un bravo ragazzo. Perché eri tu quella con un futuro. Quella per cui erano stati messi via dei soldi per studiare, visto che erano pochi. Eri tu quella che poteva scegliere.

Mica io, che non avevo mai avuto opzioni. Quando sono arrivata qui, invece, ero solo Gizem, e per la prima volta ho cominciato a respirare.»

Rimasi interdetta. Nostro padre mi aveva sempre detto che da grande avrei potuto fare quello che desideravo. Aveva sempre risposto alle mie mille domande e mi comprava libri ogni volta che glieli chiedevo. Durante la nostra infanzia non mi ero mai resa conto che quel trattamento fosse riservato solo a me. Non immaginavo di aver rubato a mia sorella le sue possibilità per poter vivere quello che credevo fosse un mio diritto.

Poi lei cambiò discorso.

«Ti sei mai innamorata, Ani?»

Deglutii, pensando a quanto fosse complicato da spiegare.

«So che eravate chiuse al Campo, ma magari...»

«No» mi affrettai a replicare. «No.»

«Io sì» ammise con una timidezza che non avevo mai associato a lei. «Qui sì. Perché qui ero libera. E non potevo perdere tutto, Ani. Mi dicevano che ero pazza a sperare, che mi sarei solo messa nei guai, e non potevo perdere...»

«Ebe?»

Sollevò lo sguardo di scatto, le guance rosse.

«Lo hai capito?»

«Mi sembrava abbastanza ovvio.» Per chi mi aveva presa?

«No, lo so, mica è un mistero» rispose in tutta fretta. «È che tu sei sempre per i fatti tuoi, pensavo non te ne fossi accorta.»

«Perché sono una stronza insensibile?» ironizzai.

«No, perché non hai detto niente.»

La guardai. All'inizio provai fastidio, perché sembrava che dovessi complimentarmi per il legame che lei aveva instaurato con una mezza sconosciuta, una che forse nemmeno mi piaceva. Poi capii. Gizem temeva il mio giudizio. E improvvisamente la vidi per quello che era: una persona che per la propria libertà aveva dovuto prendere decisioni difficili, e lo faceva da sempre. Mia sorella combatteva con il suo passato doloroso, per il quale non esisteva un rimedio, e tentava in ogni maniera di costruirsi una vita dopo quello che era successo. Come me. Io avevo vissuto la fatica. Lei si era sacrificata alla colpa.

Mi morsicai l'interno del labbro e le presi la mano. «Adesso basta» sussurrai.

Gizem inarcò le sopracciglia per un istante, poi la sua espressione passò dalla sorpresa a un sorriso incerto, e gli occhi le si fecero lucidi. Strinse le dita attorno alle mie.

«Sì» mormorò con le labbra che le tremavano.

E avvertii il mio corpo rilassarsi. Le spalle finalmente si abbassarono, i muscoli del collo si distesero e l'armatura che avevo addosso si sgretolò, pezzo per pezzo. Percepii un peso confortante, quasi come se ci fosse un calore nuovo ad abitarmi. Non mi sentivo così da anni. Forse non mi ci ero mai sentita.

Il dolore dei colpi ricevuti rimaneva presente, ma faceva parte del pacchetto. Poi all'improvviso mi ricordai.

«Senti, sorella, ora però mi dici cosa sta succedendo.»

Spalancò le palpebre e iniziò ad asciugarsi le guance con la camicia sporca.

«Che vuoi dire?» Si massaggiò il collo.

«Cos'era tutta questa voglia di combattere? Perché Dina era così tesa quando le hai risposto?»

Gizem sospirò, gemendo per colpa di una fitta.

«Il dolore non giustifica le risposte insufficienti» la avvisai.

«*Siktir git*, sorella» bofonchiò.

E io sorrisi. «Vaffanculo anche a te.»

32
Ebe

«Posso provare?»

«Non è un solitario, Bianca.»

«Allora insegnami! Sono una che impara in fretta, lo sai! Pensa che quando facevo gli spettacoli di teatro ero sempre la prima a imparare le battute, e mi impegnavo di continuo per ripeterle a tutti.»

«Chissà perché le altre faticavano a imparare le loro, eh?»

Arricciò le labbra. «Questo non toglie che tu possa insegnarmi, aspide velenosa!»

Quindi cercò di afferrare i tarocchi. Di nuovo. Le schiaffeggiai le lunghe dita eleganti scatenando un moto di ribrezzo sui suoi bei lineamenti, poi mi mandò meno elegantemente a quel paese. Si stava preparando a una delle sue solite invettive, quando la mia attenzione venne attratta da un fruscio. Mi guardai attorno, all'erta. Era stata un'assemblea tranquilla, persino troppo, considerato quello che stava succedendo. Avevamo concordato dei turni di lavoro nuovi, perché Ottavia si sarebbe occupata solo di questioni organizzative della Congrega; Aatifa aveva chiesto manodopera per la raccolta di erbe officinali che sarebbero andate perse col caldo, e poco altro. Minuterie. Solo che mantenere quel segreto iniziava a pesarmi.

Controllai in giro, di nuovo. Nel prato eravamo rimaste solo io e Bianca. Stavamo là a parlare di destino e lettura del futuro, ma in realtà era il presente a crearci problemi. Gizem e Ani avevano saltato il trebbo quella sera, e io non sapevo se preoccuparmi o essere alterata. Bianca non aveva dubbi. Sosteneva che, considerando l'incontro-scontro che le due sorelle avevano avuto quel pomeriggio, il problema doveva essersi risolto. Non sapeva dirmi se per riappacificazione o per la morte di entrambe, ma ribadiva che quelli erano dettagli. Era seduta serafica davanti a me, a tenermi compagnia, e quando mi distrassi dalla nostra conversazione pensai che ero una stupida. Aveva ragione lei. Le figure in penombra delle due sorelle si stavano avvicinando, e io mi alzai in piedi per strigliarle a dovere, quando me ne resi conto. Erano insieme, ed erano tranquille. Un passo dopo l'altro intravedevo su di loro uno strato di polvere uniforme e i capelli ridotti a un groviglio. Parevano ammaccate, sporche di terra, coi vestiti strappati. Ma sorridevano. E quando mi videro rimasero stupite.

«È già finito?» chiese Gizem, con gli occhi spalancati che indagavano per tutta la radura.

«Da un pezzo, mia cara» rispose Bianca, che si era tirata su e si spolverava i pantaloni scuri. Col viso alla luce del fuoco, gli occhi dalla forma allungata, sembrava una creatura fatata. Era una bellissima illusione, fino a quando non parlava.

«Quindi? Avete finito di suonarvi come le campane a festa?» domandò, girando loro attorno per studiare le condizioni in cui versavano. «Vi siete espresse al massimo del vostro potenziale e avete recuperato l'uso dei neuroni a forza di pugni in testa, o vi si sono riattivati con due schiaffi dati a modino dalle manine sante di Dina?»

Ani si girò verso la sorella. Gizem si morse il labbro superiore. Poi iniziarono a ridere di gusto, una teneva una mano sul fianco con la spalla appoggiata all'albero più vicino per sostenersi, l'altra sghignazzava come non l'avevo mai vista fare. Io trattenevo le lacrime. Era bellissimo. Era l'inizio di un equilibrio da ritrovare. E finalmente sfoggiavano quelle espressioni serene che solo chi ha superato qualcosa di opprimente sa indossare. Brillavano, sporche come il bastone del pollaio, ma leggere, felici.

«Ehi, tu, occhioni chiari, credi di averla scampata?» sbraitò Bianca indicandomi. «Pensi che la fine di una faida sorellicida mi basti per distrarmi? Ah! Ingenua!» concluse, portando il pugno chiuso sul cuore e volgendo lo sguardo verso il cielo notturno.

«Vieni, Ifigenia» ridacchiai, tornando a sedermi.

«Come?» replicò Bianca, senza cogliere il riferimento. Non avevo mai riso tanto, prima che arrivasse lei.

«Vieni qui, cialtrona!» le ordinai indicando il posto di fronte a me, vicino al fuoco. Lei mi osservò stranita, poi alzò le spalle e cominciò a parlare con Ani, spiegandole che il trebbo era stato breve e che, per la prima volta, aveva avuto l'impressione che Clarissa detestasse tutti, non soltanto lei.

Gizem mi aveva guardata per un istante, prima di accomodarsi al mio fianco. Una carezza sulla schiena, un bacio sulle labbra e un piccolo cenno d'assenso furono sufficienti a farmi capire che era davvero tutto a posto. Il resto me lo avrebbe raccontato poi.

«Quindi?» insisté Bianca. «Ho accettato di sporcarmi di nuovo i pantaloni solo perché devi insegnarmi a leggere i tarocchi, non fare la furba.»

Ani scrollò la testa in silenzio appoggiandosi la fronte sulla mano.

«Lo farò» le promisi. «Ma non stasera.»

«Una truffa!» sbottò spalancando le braccia. «Un inganno! La signorina qui pensa di turlupinarmi come se fossi l'ultima delle sprovvedute!»

«Stasera le stenderò per te» la rabbonii, attirando di nuovo la sua attenzione.

Bianca ridusse l'apertura alare congelandosi a mezz'aria, e sollevò le sopracciglia. «Spiegati meglio.»

Non risposi. Iniziai a mischiare i tarocchi, li posai a terra e la guardai.

«Alza con la mano destra concentrandoti intensamente su cosa vuoi sapere, su un elemento importante che potrebbe cambiare la tua vita.»

Corrugò la fronte per un secondo, poi schiuse le labbra.

«Pensalo senza parlare» la fermai. «Alza le carte e dimmi quale mazzo devo mettere sopra.»

Ani mi studiava. Bianca spaccò il mazzo e mi indicò come ricomporlo, in silenzio.

«Guarda cosa ci voleva» mormorò Gizem. Le diedi una gomitata trattenendo un ghigno, poi sollevai i tarocchi, e con un brivido iniziai.

Era sempre strano. Io nella Congrega ero la studiosa priva di poteri, quella naturalmente meno dotata, eppure sentivo che quei messaggeri antichi mi parlavano. Sapevano raccontarmi cose che ignoravo, e leggerli era parte di me.

«Su, muoviamoci, mia cara, che senza un buon sonno di bellezza domattina avrò più pieghe di un bigattino da pesca» brontolò Bianca, picchiando il palmo sull'erba rada.

«Pacchia finita» constatò Gizem divertita, incrociando le gambe.

Posai la prima carta a sinistra, lontana da me, e ne posizionai altre due, procedendo verso il basso per creare una piccola colonna verticale. Feci la stessa cosa a destra, lasciando un po' di spazio tra le due file, e sotto, al centro, appoggiai l'ultima carta con un sospiro.

«Bene» sussurrai, «ora le scopriremo in ordine.»

Voltai la prima carta. Un anziano munito di bastone, con una lanterna a illuminargli il cammino, girato al contrario.

«L'Eremita è la tua carta del passato» annunciai. «Parla di forze serpeggianti, di qualcosa che agisce ben nascosto, protetto dalle ombre.»

«Direi che gli anni al Campo di Raccolta potremmo considerarli validi come serpeggianti e oscuri, giusto?» azzardò Bianca, sarcastica.

Annuii con un mezzo sorriso, rivelando la carta del presente, senza riuscire a parlare. La figura maschile, animale e alata, affiancata dai due satiri, mi fece seccare la gola.

«Il Diavolo» mormorai.

«Uh, piccantino!» esclamò Bianca. «Cosa significa?»

Significava pericolo. A volte presagiva addirittura un disastro, una tragedia imminente. Non potevo dirglielo.

«La possiamo analizzare dopo» mentii. «Si legge meglio collegata alle altre.»

«Va bene» accettò, incredibilmente senza contestazioni. «Procedi pure.»

Alzai la testa per annuire e la vidi. Ani mi fissava. Non credo sapesse cosa stavo nascondendo, ma di sicuro il suo intuito le diceva che le avevo ingannate. Sperai che non mi smascherasse.

«Terza carta, il futuro prossimo.» Pregai di non trovare altri disastri. Quando girai, mi sentii sollevata.

«Il Carro» spiegai, con un lungo respiro. «È una figura poco chiara, rivela esito incerto, situazione ancora in evoluzione.»

«Come incerto?» protestò Bianca. «Leggere il futuro e dirmi semplicemente che è incerto mi sembra molto comodo! Saranno mica un po' paraculi i tuoi amici Arcani, qui?»

Ridacchiai, un po' sollevata. Il Carro non cancellava di certo la presenza del Diavolo, ma speravo la alleggerisse un pochino. Almeno non era l'Appeso.

«Tutto a posto?» mi chiese Gizem. «Sembri tesa.»

La rassicurai con una smorfia e ringraziai che non avesse mai imparato a leggere i tarocchi.

«Sono solo concentrata per l'interpretazione della stesa» la ingannai. «Per questo procedo subito con la quarta scelta: la risposta.»

Sollevai la carta, e serrai la mandibola.

«L'Imperatrice. È un simbolo che invita all'azione immediata, che richiede prontezza.»

«La mia azione immediata, ora, potrebbe essere uno spuntino mentre queste due scappate di casa fanno un bagno?» propose. «Non per offenderti, Bambina, ma non profumi esattamente come un ranuncolo giallo.»

«Il ranuncolo non profuma» obiettò Ani.

«Allora sei perfetta» rispose unendo i palmi e arricciando il naso. Io le lasciai fare per poter guardare gli altri tarocchi in privato.

Le energie circostanti erano rappresentate dal cinque di coppe. Merda. La tristezza, i traumi e la rabbia erano esattamente le cose che si potevano connettere al Diavolo. Dovevo vedere la carta successiva, le speranze.

Trovare l'Innamorato capovolto non aiutò. L'ennesimo simbolo ambivalente che mi parlava di reazioni rapide. Reazioni che speravo non fossero quelle che intendevo io.

Ani e Bianca stavano ancora battibeccando e Gizem le osservava divertita. Feci un sorriso, come se mi stessi godendo lo spettacolo di arte varia che Bianca sfoggiava a ogni frase, poi controllai l'ultima carta. Il punto della situazione.

Il Mago. Rovesciato.

Afferrai tutte le carte e le rimescolai nel mazzo. Non la volevo una carta che confermasse le difficoltà, un cazzo di Mago che parlava di sfortuna e bisogno d'aiuto. Lo avevo già capito, che ci serviva aiuto.

«Ma che hai fatto?» si stupì Bianca, vedendo tutto sparecchiato.

«Niente, facevate un gran caos, era una sequenza complicata da leggere» mentii. Ani mi studiava, attenta, con un'espressione strana. Sembrava fosse più pallida, ma era difficile distinguerlo alla luce del fuoco.

«Mi hai imbrogliata!» strillò Bianca. «Avevi promesso di predirmi il futuro, e invece hai parlato del passato, che già conosco, ti sei permessa di saltare una carta perché non la sapevi, quella dopo l'hai buttata lì come incerta, e alla fine mi hai detto che bisogna muovere il culo nella vita. Grazie, eh! Il Diavolo ce lo siamo perse per strada? E chi cazzo era Ifigenia? Se non volevi insegnarmi a leggere i tarocchi perché non sai farlo bastava dirlo! Puoi ammettere che ignori qualcosa una volta tanto, mica è inaccettabile avere delle lacune, si chiama normalità, potrebbe stupirti sapere che esistono persone...»

Poi l'urlo. Un grido disumano che mi fece lanciare le carte per aria e ci pietrificò per una frazione di secondo.

«Brucia!» strillò ancora Ani, boccheggiando alla ricerca di aria e contorcendosi come se qualcosa la stesse divorando da dentro, come se le avessero appena infilato dei tizzoni ardenti nello stomaco.

Gizem fu la prima a scattare per prenderla in braccio e portarla via.

«Da Ottavia, è la più vicina!» ordinai, col cuore che picchiava in testa.

«Brucia!» la sentii urlare di nuovo, in lontananza. Era un suono che strappava la pelle.

«Bianca, vai nell'orto di Guido, prendi il secchio e riempilo d'acqua fino all'orlo. Io sveglio Aatifa.»

Lei non fiatò. Era talmente spaventata da non rendersi conto di cosa le avessi chiesto. Portare un secchio ricolmo d'acqua su per la salita di ghiaia, al buio, sarebbe stato difficile e complicato, ma era un modo per tenerla il più lontana possibile dalla sua amica. Con la stesa che le avevo appena girato, mi sembrava la cosa migliore da fare. Implorai che Gizem non perdesse la sorella che aveva appena ritrovato, e maledicendo il mio passo lento mi avviai. Dovevo chiamare Aatifa.

«Non è passato troppo tempo?» mormorai, con la testa infilata tra le braccia, circondata dai libri di Ottavia.

«No, Ebe, le ho somministrato un forte sedativo, altrimenti il dolore l'avrebbe fatta impazzire. Tenerla in acqua fredda con alcol e limone di sicuro le abbasserà la temperatura, ma non possiamo sapere quando si sveglierà. Del resto ignoriamo anche cosa le provochi questi attacchi, quindi...»

Aatifa lasciò la frase in sospeso. Avevo ascoltato la sua voce con attenzione, cercando le sfumature di speranza che volevo sentire. Invece niente. Tono piatto, puramente esplicativo.

«Quindi adesso dipende solo da lei» tirai le somme.

«Sì.» Concisa. Asciutta.

«Va bene, grazie» risposi sollevandomi dal tavolone dell'archivio sul quale ero crollata dopo che Ani aveva perso i sensi. Aatifa si muoveva fluida nella sala nella sua ampia veste da notte color sabbia e marrone, con le lunghissime trecce lasciate libere. Gli occhi neri come la pece indagavano ovunque.

Si avvicinò al tavolo.

«Tieni questa» disse, mettendomi davanti una boccettina trasparente con dentro dei micro granuli. «È *ignatia amara*, da somministrare in piccole dosi nel caso ci siano crisi grosse.»

«È quella che prima hai dato a Gizem e a Bianca?»

Annuì.

«Non sarebbe una cattiva idea se la prendeste anche tu e Ottavia» osservò pratica. In effetti avevo scovato la nostra archivista seduta a terra tra gli scaffali, col pigiama stropicciato, circondata da testi che sfogliava compulsivamente. L'avevo sentita ripetere che doveva concludersi l'evento, ma avevo troppo mal di testa per chiederle a quale evento si riferisse. Un assaggio di *ignatia* forse le avrebbe fatto bene. Io potevo farne a meno. Dovevo farne a meno.

«Ebe, prendere un medicamento non ti renderà più debole» mi anticipò. Ormai mi conosceva bene. «Rilassati come puoi» continuò con tono fermo. «Non devi dimostrare niente a nessuno.»

«Grazie, Aatifa» ripetei. «Cerco subito di far prendere un po' di questa roba a tutte.» E, senza darle possibilità di replica, mi allontanai.

Colmai la distanza tra me e gli scaffali in pochi passi, seguendo la direzione dei sussurri. L'unico rumore che li coprì fu la porta dell'archivio che si chiudeva, forse con troppa violenza. *Scusami, Aatifa.*

Gonfiai le guance e soffiai fuori l'aria con lentezza. C'erano pile di libri semi crollate dappertutto che rendevano complicato individuare il caschetto nero di Ottavia. Dov'era finita?

Poi la trovai. L'archivista teneva i palmi premuti su almeno tre pagine diverse e l'inchiostro che le risaliva dalle dita aveva già annerito la pelle fino ai polsi. Le linee scure procedevano verso i gomiti, imperterrite. Era talmente presa dalla sua ricerca da non accorgersi di niente e nessuno. Capitava spesso quando usava il suo potere.

Mi accucciai di fronte a lei, sussurrai il suo nome, infine ripiegai sul metodo più invadente di tutti, ma efficace: le spostai una mano iniettata di inchiostro dai fogli che stava leggendo.

Lei sollevò lo sguardo immediatamente, quasi stupita di trovarsi davanti un'altra persona. Il nero dell'inchiostro cominciò a defluire dalle sue braccia per ritornare a posarsi sui volumi che toccava.

«Ehi» sussurrai. «Come procede?»

«È l'evento» rispose assorta. «Deve finire. Deve concludersi l'evento. Finché non sarà passato brucerà.»

Scossi la testa.

«Cosa stai...»

«Ani lo sente. Lei lo sa.»

Sbattei le palpebre un paio di volte, incapace di seguire il filo logico del discorso, quando le grida ricominciarono. Ma erano diverse.

«Ebe! Ottavia! Venite!»

Gizem!

Ottavia si sollevò da terra in una frazione di secondo per correre verso il bagno, dove Ani se ne stava immersa nella vasca, priva di sensi, da più di un'ora. Io la seguii, col mio maledetto passo lento.

Nel bagno trovammo Bianca addossata al muro, la faccia preoccupata, e Gizem in lacrime, che stringeva la mano della sua pallidissima sorella. Pallidissima, ma sveglia.

«Per l'amore della Dea, come ti senti?» la investì Ottavia, inginocchiandosi di fianco alla mia compagna.

«Eh, insomma» soffiò Ani in risposta. Per quanto preoccupate, ridacchiammo tutte.

«Vuoi da bere? Da mangiare? Ti porto qualcosa?» chiese ancora Ottavia. Aveva le guance rosse e gli occhi lucidi. Evidentemente le serviva tenersi impegnata.

Ani, cercando di prendere forza per alzarsi, annuì. E mentre Gizem le lasciava la mano per sostenerle la schiena, l'archivista era già volata via.

Mi accucciai accanto alla vasca. «Ti sei resa conto di cos'è successo?» domandai, più brusca di quanto non volessi. Ani sollevò lo sguardo, senza rispondere. Era a pezzi, eppure nei suoi occhi non era svanito quel bagliore di orgoglio e curiosità.

«Hai gridato come se ti stessero strappando le viscere e sei caduta. Gizem ti ha presa in braccio per portarti qui. Ricordi?»

Annuì.

«Quando siamo arrivate non sapevamo come aiutarti. Urlavi, credevo che saresti scoppiata da quanto eri paonazza» mormorò Gizem ancora sconvolta.

«Per fortuna Aatifa era in casa» proseguii. «È la stessa cosa che ti era capitata ieri?»

«Peggio» replicò Ani, con la voce roca.

«Quando sono entrata in bagno» prese parola Bianca, con gli occhi chiusi, «e ti ho vista nella vasca, immobile, con la stangona lì di fianco che ti prendeva il polso, ho creduto fossi morta.» Staccò lentamente la testa dal muro e sollevò le palpebre per fissare Ani. «Non provarci mai più, tarantola spampinata» le ordinò, faticando a trattenere le lacrime. «Mai più, o la prossima volta ti ci mando io, a suon di pedate su una chiappa per volta, a prendere dieci litri d'acqua dallo stramaledetto orto di Guido.»

Sorridemmo tutte, anche se a fatica.

«Ora come stai? Cosa ti senti?» indagai.

«Sono stanca» gracchiò. «Mi fa male tutto e ho fame.»

«Mica è strano che ti faccia male tutto» intervenne Gizem. «Ti muovevi sbattendo contro ogni cosa, anche contro di me.»

«Forse era voluto» ipotizzò Bianca inarcando le sopracciglia.

«Bi...» la rimproverò Ani. Stava tornando un'atmosfera quasi serena, eppure ero certa che anche loro vedessero l'elefante nella stanza. Dovevano vederlo.

«Il sedativo somministrato da Aatifa ti ha fatto dormire per più di un'ora» ripresi. «Ma se questa sensazione di bruciore così forte fosse proseguita durante il tuo stato d'incoscienza? Che danni potrebbe aver fatto?»

«Ebe...»

«Gizem, dobbiamo capire» la interruppi. «Tua sorella non può continuare a subire delle sofferenze simili. Aatifa ha detto che non sa cosa le provochi, non riesce a capirne la gravità, come possiamo lasciarla in balia di questa situazione? Come possiamo aiutarla?»

E prima che me ne rendessi conto avevo lo sguardo di tutte e tre puntato addosso.

Un rumore alle mie spalle mi fece voltare.

«In verità io potrei aver capito cosa causa quei dolori.»

Ottavia era sulla porta con un vassoio carico di biscotti, pane secco, frutta, acqua e latte. Depositò il cibo sulle ginocchia di Bianca, che lo avvicinò ad Ani perché scegliesse cosa mangiare.

Però Ani non mangiava. Fissava Ottavia con un'intensità quasi feroce, come se sapesse cosa stava per dirci.

«Ecco» cominciò l'archivista, «io...»

Ma altre grida riecheggiarono dentro l'edificio. Altra disperazione. Era la voce di Dina, come non l'avevo mai sentita.

«Tutte alla Sala del Concilio! Tutte! Subito!»

Quando apparve dietro a Ottavia, con l'espressione sconvolta e le occhiaie profonde, capii.

Mi guardò dritta in faccia e lo disse.

«Un attacco» scandì. «C'è stato un attacco.»

33
Bianca

«È appena arrivato. Hanno mandato questo corvo da Santarcangelo nonostante l'ora tarda, e abbiamo capito subito quale fosse il motivo. Trasportava un biglietto con scritte tre cose: attacco a San Mauro, Integri, grotte dell'angelo.»

La Suprema era cupissima mentre pronunciava quelle parole davanti alla Sala del Concilio stracolma. Lei, il Baffo quasi in tenuta notturna e una Ebe visibilmente provata, insieme al corvo in gabbia che si godeva il ristoro dopo il volo, avevano preso posto intorno all'enorme scrivania che doveva simboleggiare il comando.

Ani era un cencio gocciolante seduto accanto a me. Io e Gizem la scrutavamo preoccupate, dato che aveva preteso di venire all'assemblea nonostante la sua consistenza fosse all'incirca quella di un caco maturo.

Dietro di noi c'era tutta la Congrega. Una folla stropicciata dal sonno, con i bambini lamentosi in braccio e le espressioni confuse. Eravamo accalcati in quella stanza satura di persone e paura, senza sapere esattamente cosa stesse succedendo. Bella seratina di merda.

A quel punto la Suprema, con l'ineccepibile precisione della piega dei suoi capelli, decise di creare ancora più suspense. Sollevò il bigliettino del corvo sopra la propria testa, per mostrarlo a tutti. Non si leggeva un cazzo di quanto c'era scritto, ma le macchie di sangue si distinguevano benissimo.

«Ora, da questo messaggio non capiamo se l'attacco sia stato diretto alle grotte o al paese» spiegò, «ma siamo propense a credere che l'ultima parola indichi dove stanno tentando di recarsi i superstiti per cercare rifugio, quindi i nostri aiuti saranno diretti lì.»

«Quali aiuti?» chiese qualcuno dal fondo.

Clarissa sollevò un sopracciglio. «Siamo Strighe» rispose con malcelato fastidio, «e sosteniamo chi ha bisogno di essere supportato, ancora di più se si tratta di Congreghe amiche.»

«Ci sono Congreghe nemiche?» borbottai. «Sta' a vedere che la lady di ferro non sta sullo stomaco solo a me.»

E mi arrivò uno scappellotto. Mi voltai indispettita, trovando lo sguardo assassino di Gizem puntato su di me.

«Ho parlato più forte di quanto credessi?» ipotizzai.

Lei continuò a fissarmi. «Con tutto quello che è successo, neanche stasera riesci a essere seria?» sibilò furibonda. Avrei potuto dirle che solo perché si limonava la favorita del capo non doveva per forza difendere tutta la cricca, ma per una volta riuscii a fermarmi. Sfacciata, non stupida.

«Scusa, Gizem» mormorai. «Avevo solo bisogno di ridere un po'.»

Spalancò gli occhi, colpita dalle mie scuse. Ani mi appoggiò la testa contro la spalla. Insomma, già era una vita oltremodo complicata, non potevano pretendere che restassi sempre seria.

«Manderemo avanti una piccola rappresentanza con i primi soccorsi domani sera stessa» annunciò la Suprema studiando i volti del pubblico. «Poi, appena avremo un quadro generale più chiaro, ci organizzeremo per inviare gli aiuti necessari.»

Ebe si sporse per dirle qualcosa all'orecchio, ma Clarissa l'allontanò, spiazzandola.

«Consideratevi tutti allertati» aggiunse, più seria di prima. «Non sappiamo se dovremo organizzarci soltanto per soccorrere o per combattere qui, nella nostra casa, però la situazione purtroppo è chiara: gli Integri hanno attaccato e noi dobbiamo essere pronti a difenderci.»

Fu il gelo. Il terrore serpeggiò silenzioso tra i presenti.

«Vi aggiorneremo appena ci saranno notizie certe» annunciò il Baffo, empatico come un tappeto. «Nel frattempo andate a casa e preparatevi.»

Preparatevi. Come se avesse parlato del pranzo della domenica. Come se gli allenamenti fatti ci avessero temprate al conflitto. *Preparatevi.* Ma cosa fai per prepararti a una guerra?

Io non lo sapevo. E forse nemmeno le altre persone riuscivano a capirlo. Non si muoveva quasi nessuno. Era tutto voci ovattate, abbracci, paura, lacrime.

Preparatevi, aveva detto il Baffo. Ma che andasse a schiacciarsi le noci in fronte.

Appoggiai la mano sulla schiena della Bambina e la allontanai spingendola verso sua sorella. Stiracchiai il collo e le spalle, poi mi alzai, spolverandomi il retro dei pantaloni scuri. Belli i pavimenti in pietra, eh, per carità, però...

«Voi non potete andare.»

Sollevai lo sguardo, colta alla sprovvista. La Suprema, dalla sua posizione di comando, si era appena rivolta a me, povera plebea?

«Chiedo scusa, credo di non aver capito» abbozzai.

«Voi non potete andare» ripeté, dura. «Devo parlare a tutte e quattro.»

Tornai in posizione eretta con un piccolo slancio soddisfatto, appoggiando la punta delle dita all'altezza del cuore.

«Non vorrai mica dirmi che hai bisogno di noi?» cinguettai.

Il Baffo non aspettava altro. «Come ti permetti?» Si avvicinò aggressivo, con l'espressione da faina idrofoba.

«No, Alfredo, non preoccuparti» lo frenò Clarissa con un gesto deciso. «Lasciala gongolare ancora qualche minuto.»

Una sorta di ronzio si diffuse nell'aria. Fu a quel punto che iniziai a sentire odore di fregatura, e non fui la sola. Ani mi aveva appena afferrato il polpaccio.

«Cosa devi dirci, Suprema?» domandò molto educatamente Gizem. In quelle occasioni ufficiali sapeva essere più conciliante della sua consanguinea.

«A te niente» le rispose la Signora Mi Fanno Schifo Tutti. «Tu servi qui.»

Gizem sbiancò, senza che Clarissa la degnasse del minimo interesse. Si girò verso Ebe e le mise una mano sulla spalla.

«Te la senti di andare domani notte?» le chiese.

«Non posso partire subito?» ribatté lei in risposta.

«Sarebbe inutile. Dobbiamo caricare la mongolfiera, preparare lo stretto necessario per il primo soccorso, programmare gli altri aiuti. Ci serve più tempo, Ebe.»

«E se loro non avessero più tempo?» ipotizzò con l'espressione dolente e determinata che avevo osservato spesso in lei.

La Suprema scosse la testa e, per la prima volta, mi permise di vedere oltre la maschera. «Qualcuno sicuramente non lo avrà» ammise amareggiata mentre la sala si stava svuotando, «ma io devo pensare prima di tutto alla Congrega. E a te.»

Ebe abbassò la testa. La conoscevo abbastanza da sapere che in quel momento il desiderio di contestare e l'obbedienza alle regole la stavano spaccando a metà. Eppure, davanti a Clarissa, sembrava più quieta.

«Va bene, è tutto chiaro, però mica potrà andare da sola!» Gizem si era alzata, tenendo Ani sulla schiena come uno zainetto.

«Ebe non andrà da sola, lo avevo già considerato, Gizem» rispose la Suprema. «La accompagneranno Bianca e Ani.»

«Chi?» sbottai senza troppe cerimonie. «Chi dovrebbe accompagnarla?»

«Bianca, in realtà a me non serve...»

«Sì, Ebe, sì, di quello discuterete poi, ma vorrei capire perché noi!» alzai la voce. «Siamo le ultime arrivate, rispetto a voi non sappiamo fare un cerchio con un bicchiere, in più Ani sta insieme per puro incazzo e testardaggine, quindi: perché noi?»

«Perché voi due conoscete gli Integri meglio di chiunque altro ed è l'occasione di mettervi alla prova di fronte alla Congrega» ribadì Clarissa senza cedere di un millimetro. «Dina sostiene che avete fatto enormi progressi ed Ebe avrà bisogno del vostro aiuto.»

Sbuffai dal naso. Belle le storie dove tutti sono dei prodi virtuosi e pronti all'azione, ma sinceramente non mi dispiaceva l'idea di tenermi la pellaccia incollata alle ossa ancora per un po'. Ci stava bene. E invece eccola, la fregatura. Saremmo state vicine ai territori del Campo di Raccolta. Potevamo trovarci davanti le Stecche. Di nuovo. Così presto. Merda merda merda.

Guardai Ebe radunare le idee e il Baffo nascondere senza troppo impegno un sorriso che gli avrei levato volentieri dalla faccia, mentre Clarissa aspettava la mia ennesima sfuriata. Che non arrivò.

«Se va Ani, vado anche io» rispose una voce che, incredibilmente, non era la mia.

«Gizem, ti prego di non intrometterti» la liquidò con freddezza la Suprema.

«Non mi sto intromettendo, è un dato di fatto» rimarcò fin troppo pacata. «Se mia sorella si dovrà muovere da Dozza in queste condizioni, andrò anche io.»

Clarissa fissò le due ragazze, un turbinio di capelli neri e occhi color pece che la studiavano, chi con aria di sfida e chi in attesa, curiose di capire quali fossero le sue vere intenzioni.

«Allora Ani non va» decretò dopo una breve riflessione. «E tu resti.»

Poi, senza aggiungere altro allo sfacelo che aveva generato, uscì dalla porta seminascosta di fianco alla scrivania con Alfredo al seguito, lasciando a quel punto solo noi quattro nella sala. Il Baffo si era fregato anche il corvo.

«È impazzita!» sbraitò Gizem cambiando umore improvvisamente, senza nemmeno accertarsi che l'uscio fosse chiuso. «Come può mandare solo voi due in perlustrazione dopo un attacco? Vi serve qualcuno che vi difenda!»

«Ehi» dissi con una smorfia sorniona. «Ricordati che io posso farli affogare tutti nei moscerini.» Occhiolino esagerato, pollice in su e autopacca sulla spalla. Quando notai l'espressione di tutte e tre, mi fermai.

«Ha deciso così per proteggere tutte, Gizem» disse Ebe. «Se ci pensi sono scelte logiche.»

«Logiche un bel niente!» esclamò sballottando la sorella. «Chi protegge te?»

Ebe a quel punto si avvicinò alla sua compagna con gli occhi stretti e le labbra tirate.

«Sai cos'ho detto a Clarissa, prima?» le chiese a un palmo dalla sua bocca. Gizem, seria, scosse la testa.

«Le ho detto di non avvisare nessuno della mia partenza, proprio per evitare scenate come questa. Tutte le volte in cui mi viene affidato un compito, tu mi fai passare come la povera derelitta che non può allontanarsi senza un aiuto o una protezione. Vuoi sapere chi mi protegge?» la sfidò. «Io! Io mi proteggo da sola!»

Le buttò l'ultima frase in faccia, stringendo i pugni quasi volesse trattenersi dallo schiaffeggiarla, poi si diresse verso la porta nel gelo più totale. Ci sapeva fare con le uscite a effetto, la ragazza.

Gizem ritrovò la parola qualche istante dopo.

«Io non intendevo...»

«Ragazza, da' retta a zia» la fermai, guardando la figura esile di Ebe andarsene da quella sala di merda. «Adesso potrebbe arrivare a Santarcangelo senza mongolfiera, per quanto le girano le ovaie. Ci parlerò io domani, ci stai?»

Rimase in silenzio. Ani, da sopra la spalla della sorella, mi guardava come se stesse aspettando che dicessi ancora qualcosa. E capii. Era arrivato il momento di riprendere in mano le cose.

Le sole persone deputate a stabilire i nostri destini – davanti alle Stecche, alle avversità, agli attacchi improvvisi degli Integri –eravamo noi, e non potevamo cedere. Non lo avremmo fatto. Avevamo passato quasi metà della vita a campare in un mondo che ci inondava di paura. Ormai sapevamo nuotare. Incrociai le braccia sul petto, arricciai le labbra e annuii.

«Bambine» recitai con un breve inchino, «ci pensa Bi.»

Come mi era mancato dirlo.

ARIA

34
Ebe

«Non esiste un maledetto carro trainato da cavalli? Giuro che non pretendo una carrozza, ma questa cosa è una violenza alla mia persona!»

«Alla tua persona, certo» dissi pensando alla tortura che stava infliggendo alle mie orecchie da quando eravamo partite. Era dall'istante in cui avevo posato il piede nella cesta della mongolfiera che tentavo di organizzare le cose da fare, ma Bianca non aveva preso fiato nemmeno un secondo. Eravamo partite in mezzo alle sue proteste, e così stavamo proseguendo.

«Certo che sì, alla mia persona me medesima!» esclamò. «Vuoi farmi credere che non esistono altri mezzi? Porca merda, con Guido che modifica la forma degli oggetti e Ottavia che assimila qualsiasi roba scritta le capiti sottomano, davvero non siete riuscite a inventare altro? Un'auto a motore silenziosa. Una bicicletta autopedalante, un cocchio a bestemmie, vacca schifa!»

«Il cocchio a bestemmie mi sembra troppo rumoroso» considerai, aumentando un minimo la potenza del bruciatore. Avevo appena verificato la direzione sulla bussola e l'altezza era buona. Bianca sbuffò, seduta in un angolo.

«Pignola» brontolò.

«È puro senso pratico» replicai con aria tranquilla. E bugiarda. Da quando Clarissa mi aveva detto della partenza, non riuscivo a smettere di arrovellarmi il cervello. Avevo controllato con cura il raccolto da portare via, avevo riletto i manuali in archivio sulla guida delle mongolfiere, mi ero scritta uno schema per definire le priorità una volta arrivate a Santarcangelo, eppure continuavo a sentirmi poco efficace. Meno utile di quanto non credessero alla Congrega. O di quanto non credesse Gizem. E il mal di testa non aiutava. Però mi rifiutavo di essere un peso. Feci pressione con le dita sulla tempia sinistra.

«Stai ancora male?» chiese Bianca.

Mi voltai a guardarla. «Ti ci metti anche tu?» le risposi duramente.

«Oh, non preoccuparti, Signorina Faccio Tutto Io» replicò sollevando le sopracciglia e alzando le mani. «Stavo solo considerando se mi conveniva buttare giù da questo maledetto pallone una zoppa noiosa afflitta dai dolori, che mi costringe a fare qualcosa che odio e mi fa rizzare i peli che non ho, oppure se è meglio tenermela buona, dato che risulta chiaro a entrambe quanto la mia presenza qui sia dovuta alla sola necessità di bassa manovalanza, visto che chi è in grado di parare il culo agli altri non sono di certo io.»

Sospirai con gratitudine. «Non riesci proprio a condensare un discorso in poche parole.»

«Perché dovrei farlo?» obiettò. «Ci misurano anche quelle? Esiste una regola sul conteggio delle sillabe che ignoro? Credi che Ani ne sia a conoscenza e ci stia fregando tutte pronunciando cinque parole al giorno, sei nei periodi di festa?»

Sorrisi. Per un secondo le nubi di ansia, senso del dovere e bisogno di certezze svanirono. La leggerezza di Bianca era un sollievo, ma durava poco.

«Scusa» mormorai seria, poco abituata a dirlo. «Di solito le persone tendono a trattarmi con una condiscendenza e un'apprensione che non apprezzo.»

«Cioè usi questa motivazione per giustificare il tuo carattere turpe?»

Le risposi sollevando un sopracciglio.

«Credi veramente di impressionarmi con un ridicolo sfoggio di mimica facciale?» continuò guardandosi con interesse le unghie. «Sono cintura nera con le testone silenziose. Sette anni passati insieme alla Bambina insegnano.»

Si controllò i pollici. Quanto potesse vedere con la sola luce del bruciatore lo sapeva solo lei, eppure non le era sfuggito molto di me.

«Intendi dire che Ani, con te, parla?» domandai per sviare.

«Comunica» spiegò aggrappandosi al bordo della cesta. «Che non significa esattamente parlare, ma credo di conoscerla bene.»

Si alzò in piedi con uno slancio quasi fluido, anche se stringeva disperatamente la sponda della navicella.

«Forse la capisco meglio di chiunque» azzardò, «ma non è detto che le persone vogliano farsi conoscere, giusto, Signorina Faccio Tutto Io?»

Volsi lo sguardo al buio quasi totale che ci circondava. Era una notte nuvolosa, senza luna e priva di stelle, che non ci aiutava a passare inosservate. E a volte quello che desideravo era soltanto quello. Non essere notata. Finirla di sentirmi un peso per il mio corpo malato e piantarla, cazzo, di dover essere sempre la migliore per compiacere gli altri. O gratificare me.

Sarebbe stato bello sentirsi semplicemente una tra le tante, ma non me lo ero mai concesso.

Guardai Bianca. Le fiamme del bruciatore disegnavano ombre taglienti sul suo volto.

«Scusa, di chi stavi parlando?» divagai. «Com'era? *Ci pensa Bi?*»

Bianca diede un colpo di tosse. Poi portò il dorso della mano sulla fronte e s'incurvò indietro con un movimento drammatico.

«Santo cielo, vilipendio! Hai scoperto il mio gioco! Sai che stavo parlando di me, ormai il mio segreto è venuto alla luce!» recitò. «Io, anima riservata, votata al silenzio e... porca merda, ferma questo coso!»

La mia compagna di viaggio si era avvinghiata ai tiranti del pallone, dondolando come se stesse camminando sulle uova. La sua esibizione aveva provocato un leggero sommovimento della cesta. La guardai e scossi la testa per mascherare un sorriso.

«Disapprovi? Stavo per morire e non merito nemmeno un goccio di comprensione? Cazzo, potremmo essere sul punto di schiantarci contro una vetta appuntita e non lo sapremmo, con questo schifo di buio!»

«Siamo in alto, Bianca» la rassicurai controllando la bussola, «molto in alto. Non ci sono cime tanto elevate qui.»

«Dove la troverai tutta questa sicurezza» borbottò, «è un mistero.»

«Dallo studio» risposi. «Dalle ricerche che aveva già fatto Ottavia e che mi ha lasciato sfruttare per questo viaggio.»

Iniziò a staccarsi con cautela dalle funi per avvicinarsi a me, senza mai mollare il bordo. Anche nella penombra era buffa da morire.

«Avete sempre il naso nella carta tu, l'archivista e la Bambina» constatò. Aveva ragione.

«Credo che sia perché ci dà sicurezza. Il bisogno di capire nasce dalla necessità di avere certezze. Non so cosa muova Ani, ma Ottavia lo fa per recuperare la sua storia e io per risolvere i problemi.»

Restammo qualche secondo in silenzio, contemplando il muro nero davanti a noi.

«Facciamo così, non ti chiederò se i problemi da risolvere siano i tuoi o quelli di chi ti sta attorno» disse poi Bianca, scivolando di nuovo con la schiena contro la cesta. «Se vorrai parlarne sarò qui in mezzo alle scatole. Non dovresti faticare a trovarmi.»

Sbuffai lentamente.
«Perché lo vuoi sapere?»
«Perché no?» rispose con semplicità.
«Perché sono cose private, che mi fanno sentire diversa» ammisi.
«Davvero?» domandò tornando in piedi. «Pensi di sentirti più diversa di me? Del mio nome associato al mio corpo? Pensi che nascondersi eviti il giudizio? Saresti quasi tenera, se io non sapessi quanto si sta di merda a obbligarsi a credere che basti non dire perché le persone non sappiano.»
Sentii mancarmi l'aria. Nessuno mi aveva mai detto una cosa simile. Nessuno si era mai avvicinato così tanto alla mia verità.
«Ti serve una dimostrazione, mia cara? Mettiti comoda.» E picchiò il palmo sul fondo di vimini della cesta.
La studiai, incerta. Bianca intrecciò le dita mantenendo lo sguardo basso. Poi le mise sul cuore, e mi guardò.
«Credo sia evidente che non sono proprio una personcina che risponde a tutte le aspettative di chi mi incontra, vero?»
Annuii.
«Ottimo, perché ci tengo a far sapere che ho sempre sfoggiato con orgoglio la mia Bianchitudine» mi sventolò il suo indice sotto al naso, «e devo ringraziare i miei genitori per questo.»
Di solito parla tanto senza dire nulla di sé, aveva detto Ani, tempo prima. Finalmente stavo comprendendo davvero quella frase.
Bianca usava la voce con attenzione, soppesava le parole. Aveva le labbra tirate in un mezzo sorriso, ma continuava a deglutire.
«Loro lo hanno capito subito» continuò, «hanno permesso che mi lasciassi crescere i capelli, mi hanno comprato i vestiti che volevo, si sono prodigati perché io potessi essere io sempre, senza mediazioni, e soprattutto non si sono mai vergognati, nemmeno quando mi hanno vista sul palco per la prima volta, in uno spettacolo teatrale.»
«È bello, no?» sussurrai, come se temessi di interromperla.
«È bellissimo, è una felicità alla quale non fai nemmeno caso» ammise lei, appoggiando i palmi sul ventre. «Ma a volte ti fa pensare che sia così per tanti. E non è vero.»
Chiusi gli occhi. Sentivo che stava per arrivare la parte brutta.
«Il teatro era la mia grande passione fin da bambina» dichiarò. «Poter interpretare tante vite, mettere in scena storie importanti... Lo trovavo magico.» Si fermò per ridacchiare. «Ero ingenua, eh, Ebe?»
Riaprii le palpebre per guardarla, ma rimasi zitta.
«Quando sei adolescente credi che ogni cosa sia una sfida da vince-

re, e che chi ha le tue stesse passioni voglia lottare con te» disse. «Per questo elimini i filtri, quando sei nel tuo ambiente, e per me il gruppo di recitazione era così, un coloratissimo porto sicuro, anche se fuori avevamo già iniziato da un pezzo a razionare acqua e cibo.»

Picchiò delicatamente le mani sulla pancia.

«Fischia, ero veramente ingenua» mormorò, scuotendo la testa. Poi fece spallucce.

«Sta di fatto, Signorina Faccio Tutto Io, che scoprii quanto mi piacesse selezionare gli abiti di scena, e quanto fosse appagante rendersi conto di essere brava, di avere la fiducia della compagnia.» Una folata d'aria la spettinò, ma Bianca non si preoccupò di riordinare i capelli. «Fu così che conobbi Matteo.»

Eccola, la parte brutta.

«Matteo era un ragazzino timidissimo, magro come un chiodino da legno, con degli occhi castani enormi. Sembrava dovesse parlare solo usando quelli, o forse ero io che non stavo zitta neanche con una patata in bocca.»

La tenerezza nella sua voce era dolorosissima. Mi strofinai le braccia per scacciare via un brivido.

«E lui perché faceva teatro?» chiesi, temendo la risposta.

«Per una sfida con se stesso?» ipotizzò. «Per reazione a una scuola intera che lo tormentava? Perché lo facevo io?» Sollevò i palmi in un gesto interrogativo. «Non lo so» concluse, «ma non è importante. Non quanto quello che provocò.»

Mandai giù amaro. Avrei tanto voluto un sorso del mio nocino.

«Avevo cominciato a dargli una mano con le battute e lui, per ripagarmi il favore, stava con me quando sceglievo i costumi, così lo sfruttavo come manichino» ridacchiò ancora, con la voce incerta. «Gli entrava qualunque capo.»

«Bianca...»

«No, aspetta, non ho finito» m'interruppe. «Non sai che ho cominciato anche io a provare gli abiti di fronte a lui. Mi facevo stringere i corpetti per sentire le sue dita sulla schiena. A Matteo piaceva indossare le camicie di scena solo per farsele abbottonare da me. Un'asola alla volta, con una lentezza esasperante. Siamo andati avanti per mesi in questo modo senza che succedesse mai altro. Sapevo di piacergli, diamine, la calzamaglia non nasconde niente, ma non avrei mai fatto il primo passo.»

«Perché?» le domandai d'istinto.

«Perché volevo delle conferme» ammise senza farne mistero. «Non è quello che desiderano tutte?»

Pensai a me e Gizem, alla danza imbarazzante che avevamo portato avanti per più di un anno, quando era evidente per chiunque cosa stesse succedendo.

«Sì» riconobbi. «Lo desideriamo tutte.»

«Capisci perché, quando intuii che stava per dichiararsi, non mi accorsi che c'era qualcuno dietro il sipario raccolto a lato della quinta?»

Sgranai gli occhi.

«Sì, tesoro» annuì, arricciando le labbra. «Quello stupido ragazzino in preda agli ormoni si era fatto beccare. Aveva scritto un biglietto per prepararsi il discorso, e sua madre era talmente curiosa di vedere chi fosse la ragazza che aveva fatto innamorare il suo bambino da seguirlo fino in teatro.»

Misi una mano sulla bocca.

«Eh no, la signora non reagì con tanta discrezione al bacio memorabile che ci scambiammo» disse lei, cercando di fare ironia. «Trovare la sottoscritta in uno splendido costume vittoriano cucito a metà, con le gambe di fuori, delle gran belle gambe, se me lo concedi» sproloquiò con le lacrime che le riempivano lo sguardo, «e il caro figliolo con la faccia rossa come un peperone, oltre alla proverbiale carota in tasca che in abiti da paggetto gli era impossibile celare, la fece uscire di melone.»

Merda. Ogni parola legata a quei ricordi era una coltellata, lo vedevo. «Bianca...»

«Mi urlò addosso di tutto, Ebe» proseguì, ignorandomi. «Disse che ero malata, che ero un mostro, che stavo cercando di sfruttare il buon cuore di suo figlio perché nessuno avrebbe mai voluto toccare un'oscenità come me.»

Mi allungai per stringerle una mano. Bianca non protestò.

«Portò via Matteo trascinandolo per un braccio.» Tirò su col naso. «Quando tornai a casa raccontai tutto a mia madre. Lei mi tenne sulle ginocchia per ore, dicendo che il mondo si sarebbe accorto di quanto ero meravigliosa, e che persone come quella megera si sarebbero dovute rimangiare ogni parola. Ma sbagliava.»

Le appoggiai la fronte sulla spalla.

«Il giorno dopo le Stecche vennero a prenderci a casa» disse con la voce sempre più malferma. «Ci trascinarono giù per le scale e ci buttarono sull'asfalto con una violenza disumana. Presero a calci in testa mio padre, e mia mamma, tenuta sotto tiro, rimase a guardare l'uomo che amava mentre veniva pestato a sangue, il tutto con quella stronza della madre di Matteo impegnata a gridare quanto fossero dei criminali ad avermi cresciuta così.»

«Vi aveva denunciati lei» mormorai a denti stretti.

Bianca annuì. «Non capirò mai così tanto odio. Mai. Mai» ripeté, con le parole che le si spegnevano in bocca.

Restai addossata a lei fino a quando non sentii la presa delle sue dita allentarsi.

«Da quando siamo fuggite, ho pensato spesso di provare a cercarli» mormorò a fatica. «Ma mi rifiuto di metterli in pericolo un'altra volta.»

Le accarezzai la schiena.

«Non è stata colpa tua» dichiarai, sollevando il volto per guardarla.

«Lo ripeteva anche mamma» osservò, passandosi le mani sugli occhi. «Però è ancora un filo complicato crederci.»

«Almeno ci si sente meglio?»

Bianca aggrottò la fronte. «Quando?»

«Dopo averne parlato.»

Tirò su di nuovo col naso, e mi sorrise. «Se lo fai con le persone giuste sì.» Poi si allontanò un poco, mettendosi in posa. «Andiamo, non ti sembro giustissima?»

Sospirai. «Sei terribile.» E l'ironia tornò a essere il suo riparo.

«Ho le mie armi e so quando sfruttarle» gongolò, con gli occhi ancora lucidi per il pianto.

La squadrai ancora, mordendomi il labbro e negando lentamente con la testa.

«E va bene» mi arresi. Più che altro a me stessa. «Questa non è sempre stata la mia Congrega» confessai. «Il posto dove sono nata era molto differente. Molto lontano da com'è Dozza e da come sono io ora.»

Spostai il peso da una gamba all'altra, in silenzio. Nemmeno Bianca parlò.

«Avevo sentito che alcune Strighe avevano fondato Congreghe ispirate da principi diversi rispetto a quelli della mia comunità. Visioni molto distanti» sospirai di nuovo. «Clarissa è sicuramente una persona rigida, difficile da trattare, ma su una cosa è irremovibile: l'intera comunità va tutelata. E non tutte le Congreghe sono così.»

«Fammi indovinare. Dove stavi tu le cose non stavano così?»

Chiusi gli occhi. Rividi le stanze piene di luce, ricordai il cibo raffinato e l'acqua fresca che mi mettevano davanti al naso tutti i giorni, sentii la mancanza di quei profumi. E annuii.

«Rocchetta Mattei è un paradiso fasullo» risposi. «Una bomboniera meravigliosa che ti abitua a un mondo scomparso da tempo, ma alla Congrega non interessa. Lei vuole brillare, quindi brilla, a discapito di tutte le altre.»

«Così tu vieni dalla Congrega fighetta e bulla del gruppo.»
Bianca per una volta aveva condensato il concetto in maniera esemplare.
«Sì» confermai. «E la mia famiglia era una di quelle sedute ai tavoli importanti.»
«Fighetta, probabilmente ricca, sicuramente viziata. Adesso capisco da dove arriva la tua spocchia, tesoro.»
Sollevai le sopracciglia, ma non contestai. Un po' era vero.
«Come potevo crescere senza diventare il prodotto di quell'ambiente, quando c'era costantemente gente che mi serviva? Quando non mi riempivo nemmeno la vasca da bagno da sola? Quando dovevo cambiarmi d'abito a ogni pasto, altrimenti mia madre si sarebbe infastidita per la mia sciatteria?» la scimmiottai gesticolando scomposta. Sentii la rabbia salire. Mi si alterò il respiro e la testa prese a girarmi. Ero a un'altitudine troppo elevata per potermi permettere certe sfuriate. Calma. Dovevo stare calma. Tornai a posare una mano sul timone e l'altra sul bordo della cesta. Poi ricominciai.
«Dozza è un altro mondo. Si condivide quello che c'è, e il resto si impara a farlo.»
«Oh, lo so» brontolò lei, «mi avete anche fatto cucire. Cucire. A me.»
«E farai anche altro» le assicurai. «Ogni persona ha i propri talenti, ma bisogna sapersi arrangiare. Anche per questo ci si confronta.»
«Uh, giusto: il confronto. Quanto vi piace il confronto.»
La studiai. «Che fastidio ti dà?»
Bianca gesticolò incerta.
«Vi preoccupate di dirvi tutto, di analizzare ogni cosa.» Strinse i pugni e li riaprì. «Non vi passa la voglia? Tanto è impossibile pensarla sempre allo stesso modo.»
Ragionai un attimo prima di risponderle.
«Confrontarsi non serve a uniformare il pensiero della Congrega, anzi. Il trebbo è nato per creare fiducia tra di noi, perché le persone si aprano e superino le proprie fragilità. È la base per poter crescere, imparare, e per riuscire ad avere tutte le stesse possibilità.»
Bianca scoppiò a ridere.
«Vuoi farmi credere che Clarissa e il Baffo hanno le stesse possibilità che potrebbe avere Ottavia? Che, magari, un domani, potrebbe avere Lena? Le stesse maledette possibilità che potrei avere io?»
Tentai di replicare, ma lei aveva già ripreso il filo del discorso.
«Ho visto come vi guarda e vi soppesa, con quegli sguardi giudicanti che sa fare così bene. Ho visto anche i vostri, di sguardi, persi nel

contemplare le sue affermazioni come se fossero legge. Non hai idea di come mi faccia incazzare questo servilismo verso di lei, e di sicuro le fa accartocciare lo stomaco dal nervoso che io continui a non prostrarmi ai suoi piedi, ma va bene, no? In maniera molto cordiale continueremo ad augurarci la pellagra a vicenda.»

«Non pensare che la Suprema abbia così tanti vantaggi rispetto a noi.»

«Di sicuro ha più camicie.»

«Può essere, Bianca, ma resta comunque una persona che deve prendere le decisioni al posto nostro, che si assume le responsabilità di tutti e che si trova costretta ad analizzare ogni cosa. Il suo ruolo comporta dei benefici che paga a prezzo alto.»

«Allora perché lei sì e la tua famiglia no?» arrivò Bianca a gamba tesa.

«Non è semplicemente "la mia famiglia no"» cercai di spiegarle. «A Rocchetta Mattei è tutto più ricco. Pensalo fuori scala. Quel benessere va a discapito di chi non fa parte della Congrega, e ne sono consapevoli.»

«Capisco. Praticamente una cosa a metà tra un fungo e un saprofago. Però, Signorina Faccio Tutto Io, non capisco come questa cosa ti abbia colpita così, senza preavviso. Cioè, prima gli altri potevano schiattare e dopo no?»

«Non lo sapevo, Bianca.»

Aggrottò la fronte, perplessa.

«Ero giovane e assolutamente lontana dal capire la realtà. Vivevo ogni giornata in quel modo, quindi tutti, nella mia mente, facevano lo stesso. Sono dovuta arrivare a un passo dal coma per capire che il mondo esterno non era esattamente uguale.»

«Il coma?» Spalancò gli occhi.

«Aspetta, ci sto arrivando. È cominciato tutto con dei mal di testa sempre più intensi, tanto pesanti da spaventare mio nonno. Lui era l'unico diverso. Era il grande guaritore a capo della nostra Congrega, e aveva sempre curato tutti, indiscriminatamente.» Deglutii, ricordandolo. «Ma quando si rese conto che le mie condizioni stavano peggiorando, trovare una terapia efficace per lui divenne un'ossessione. Si chiuse in laboratorio per sperimentare nuove procedure. Sparì per tutti. E io non immaginavo quali sarebbero state le conseguenze.»

Feci una smorfia pensando a che razza di bambina viziata ero.

«Senza le cure del nonno, la gente disperata che implorava un incontro si ammassava fuori dalla Rocchetta. Decine di persone che supplicavano aiuto, Bianca... e le voci» rabbrividii, «voci distrutte dal dolore, perché non avevano la possibilità di guarire o far guarire chi amavano. Quelle voci. Non pensavo che nel mondo ci fosse tanta sofferenza.»

Mi sentii circondare le spalle in un abbraccio imprevisto, e non protestai. Non ci pensai nemmeno.

«All'ennesima crisi, quella più pesante, che mi ridusse in uno stato di semincoscienza per settimane, i miei presero il sopravvento. Approfittarono dell'assenza del nonno per estrometterlo da tutte le decisioni riguardo alla gestione della Congrega, e la morsa soffocante del loro controllo si strinse su di me.» Sentivo ancora la loro insistenza viscida strisciarmi sulla pelle. Presi un respiro. «Appena sono tornata in grado di leggere, ho cominciato a studiare per capire come fosse il mondo fuori dalla Congrega, e a ogni dettaglio che scoprivo il quadro idilliaco si decomponeva. Il nonno era sempre più assorbito dalle sue ricerche, sempre più sfinito, ma io mi ero svegliata. Da quel momento ho iniziato a cercare il modo per aiutare chiunque ne avesse bisogno, perché il dolore è dolore per tutti. Il mio non poteva valere di più, capisci?»

Bianca mi strinse più forte.

Le sentivo tutti i giorni nella mia testa, quelle voci. Le ascoltavo, promettendo loro che avrei fatto qualsiasi cosa per cambiare il loro destino. Qualsiasi cosa.

«Il nonno era la sola persona che mi legava a quella casa. Quando morì, non ci fu più nulla a trattenermi. Scappai la notte del suo funerale» confessai, col nodo in gola che si rifiutava di andarsene. «Scappai per questo, e perché davanti ai miei occhi si stava dipanando una realtà tremenda di privazioni e sofferenza, mentre noi sceglievamo con quale intingolo accompagnare l'arrosto. E i miei lo sapevano.» La rabbia per la mia cecità mi pesava ancora. «Era intollerabile. Loro mi avevano resa complice di quel gioco al massacro, ma io non ero più disposta a permetterglielo. Mi ero informata su quali fossero le Congreghe della zona, fingendo interesse verso le "culture minori", come le definivano le persone a modo nella nostra comunità. Presi i contanti che trovai in casa, tutti gli abiti che riuscivo a portare, e mi tagliai i capelli. I miei capelli chiari e lunghissimi, che mia madre amava farmi acconciare come se fossi una bambola, tranciati con delle forbici da pollo che avevo trovato in cucina. Li lasciai lì, sul pavimento del bagno, come simbolo della mia ribellione.»

«Quanti anni avevi?» mormorò Bianca.

«Sedici» risposi, rendendomi conto di quanto tempo fosse passato. «Appena uscita da Rocchetta Mattei, mi fermai nel primo posto abbastanza isolato per distribuire gli abiti e i soldi che a me non sarebbero serviti, mentendo sia sulla loro provenienza sia su di me. La testa cominciò a dolermi durante la cena che mi avevano preparato e finii per dormire, dopo aver preso un medicamento, a casa del giovane mugnaio di paese. Quando la notte mi svegliai di soprassalto non capii cosa stesse succedendo, ma la sorella più piccola del mugnaio mi trascinò via dall'abitazione mentre fuori si era scatenato l'inferno. Qualcuno mi aveva riconosciuta.»

Bianca emise un suono secco, di gola.

«Perché accontentarsi degli spiccioli quando potevano spillare ai tuoi molti più quattrini?» chiese, senza aspettarsi davvero una risposta.

Annuii.

«Stronzi» sibilò tra i denti.

«La sorella del mugnaio mi caricò sul piccolo calesse di famiglia e spinse i cavalli a correre fino all'alba. Fino all'arrivo a Dozza.» Presi un respiro. «La sorella del mugnaio cercava di fuggire da quel luogo da mesi.» Guardai Bianca negli occhi. «La sorella del mugnaio era Ines, e mi ha salvata.»

«Ines ha appena acquisito un sacco di punti.» Mi strizzò l'occhio. Io mi staccai dal suo abbraccio.

«Da allora sono cresciuta dentro la Congrega con addosso il peso di un passato da privilegiata, la paura di non essere abbastanza forte e il senso di gratitudine per la loro protezione. La protezione di Clarissa. È stata lei ad accogliermi sotto la sua ala. Insieme alla comunità mi ha insegnato molte cose che ignoravo, e gliene sono grata. Lo sarò per sempre.»

Bianca incrociò le braccia sul petto, ma non fece polemica. Lo apprezzai.

«Per questo odio quando mi trattano come se non fossi in grado di muovere un passo da sola. Ogni volta in cui viene fuori la mia storia e le persone cambiano atteggiamento, ti giuro che urlerei a squarciagola, quindi ho bisogno di fare qualcosa. Voglio esserci per aiutare la Congrega. Voglio dimostrare che ne sono capace nonostante il mio stupido corpo non risponda come dico io. È insopportabile. Non voglio essere considerata solo la mia malattia.»

A quel punto avevo detto tutto. Davvero tutto. Presi fiato, in un attimo di panico, e Bianca mi rimproverò.

«Oh, andiamo! Evita di sgranare gli occhi, che già sono grandi, così finiranno per farmi impressione!»

Poi si riavvicinò e mi strinse la mano.

«Facciamo così» propose ammiccando maliziosa. «Noi ci siamo conosciute or ora, non sappiamo assolutamente nulla l'una dell'altra, tu sei solo Ebe, io sono solo Bianca. Che sono anche favolosa mi pare evidente.»

La guardai grata. Lei mi sorrise, con le labbra morbide incastrate in quel suo viso spigoloso. Era stata capace di trasmettermi esattamente ciò di cui avevo bisogno. La leggerezza, la comprensione che mi serviva, l'empatia, l'assenza di giudizio.

Ma la bellezza di quel momento sparì troppo in fretta.

L'odore. L'odore fu la prima cosa che avvertii.

Cercai immediatamente altri segni e vidi dei bagliori in lontananza.

Lo sguardo di Bianca si spostò verso l'alto, poi la sua espressione crollò. «Cosa cazzo è?» sussurrò.

Cominciai a distinguere le colonne di fumo illuminate dalle fiamme. Un incendio enorme che stava divorando l'intera zona. Sentii il cuore rattrappirsi, eppure risposi.

«Quella è San Mauro» mormorai.

35
Gizem

«Dove sono le latte per l'acqua?»

«Dina è andata a prenderne altre nelle dispense del castello, Gizem. Non sappiamo se abbiano accesso a una fonte potabile, potrebbe fare la differenza.»

Aatifa aveva ragione. Senza cibo puoi campare qualche giorno. Senza acqua no.

Mi voltai a fissare il grande prato dietro la casa di Dina, dove fino a due pomeriggi fa mi allenavo a pestarmi con mia sorella. Rimpiangevo i nostri bronci stupidi. La distesa d'erba era diventata un magazzino a cielo aperto dove tutti portavamo quello che pensavamo potesse servire. Alcol per disinfettare, stracci bolliti per bendare, la grappa di Ebe per sopportare il dolore. Cibo e acqua, appunto. Jole aveva portato una sacca di tela sottile piena di calendule, dicendo di pestarle per ottenere una pappetta disinfettante. Aveva consegnato a Velia anche diverse parti dell'albero del tè, quello che cresceva solo sulle sponde del fiume. Non sapevo cosa ci avrebbe fatto. La Suprema era passata per portarci delle coperte. Dappertutto c'erano mucchi di cose impilate che ci appartenevano, e che improvvisamente mica importavano più. Ci stavamo impegnando tutti, senza però provare il minimo sollievo. Il peso che sentivo addosso era molto più grande di quello dei maledetti sacchi di mele che stavo spostando. Era quello lo scontro che volevo?

«Ricapitolando» disse Ottavia leggendo un foglietto, «a parte i primissimi aiuti portati da Ebe e Bianca, stiamo caricando il mezzo con coperte e abiti; le latte sono ancora da riempire; Ines ha messo sotto i suoi alunni per fare il pane e Guido ha modificato il forno di Velia così che cuocia più pagnotte possibile. Dove sono le mele?»

«Qui» risposi, col sacco che mi pesava sulle spalle. Ruotai la schiena per appoggiarlo a terra, e un frutto rotolò fuori.

«Piano, non sono pietre!» sbraitò Alfredo.

«Mica l'ho picchiato giù, eh!» sbottai. Poi mi dimenticai del suo rimprovero e lo guardai in faccia. Ero stupita. Non era mai venuto a lavorare con noi. Vederlo in abiti semplici, tutto curvo, a riempire sacchi per i rifugiati, voleva dire solo una cosa: la situazione era un disastro.

Stava già calando la sera del secondo giorno dopo la notizia dell'attacco, e Alma ci aveva mandato un corvo per confermarci che le persone erano fuggite nelle grotte di Santarcangelo. Nessuna notizia di Ebe e Bianca.

Ebe. Sentivo il sangue fermarsi ogni volta che pensavo a lei.

«Ehi, mi dai una mano?»

Una mano. Giusto. Mi girai sforzandomi di sorridere.

«Dimmi tutto» risposi.

Ani mi indicò la stradina di ghiaia che portava alla piazza del castello.

«Dina mi ha dato questi.» Tirò su dei sacchi alti quasi quanto lei. «E ha detto di andare a prendere le prime pagnotte pronte.» Fece una pausa. «Non credo di farcela da sola.»

E a quel punto sorrisi sul serio.

«Tu che chiedi aiuto? E chi se lo perde!» esclamai buttandole un braccio sulle spalle per godermi da vicino i suoi brontolii da caffettiera.

«Non starmi addosso.»

«Come, sorellina? Vuoi che ti stringa di più?»

Non strinsi quando lei si divincolò, ma con soddisfazione notai che stava soffocando una risatina. Le dava fastidio essere toccata, però io un pochino potevo permettermelo.

«Mi fai caldo» si lamentò. E pensai a quando Ebe me lo diceva, la notte, raggomitolandosi contro di me per combattere il freddo. O solo per sentire che eravamo insieme.

«Dài, passami quel sacco» dissi per non pensare, «lo stai strisciando per terra. Mica gli faremo mangiare il pane con la polvere, no?»

Ani allungò il braccio senza rispondere. Mi accorsi in quel momento dell'espressione cupa nei suoi occhi.

«Che succede?»

«Pensavo» rispose con la voce che sembrava arrivare da chissà dove.

«A cosa?»

«A tutto. All'attacco, al pericolo, a Bi.»

Si fermò a osservarmi. Aveva l'espressione seria, concentrata, con il mezzo broncio che le veniva quando ragionava.

«Tu come stai?» mi chiese.

Spaventata per Ebe, in ansia per ciò che poteva succedere, con la voglia di sperare in un lieto fine.

«Boh» risposi.

«Boh» ripeté lei voltandosi, poi ricominciò a camminare. Io no. Rimasi là a fissare il prato pieno di gente e di roba.

In fondo non era una risposta così scema. Cosa dovevo dire? Aspettavo che ci muovessimo contro le Stecche da anni, desideravo che le persone capissero quanto servisse reagire davanti a quelle merde, e credevo di essere pronta. No, anzi, io ero pronta, ma per me. Ero pronta a combattere e a rimetterci, mi ero preparata per far sputare sangue a quei maledetti che avevano ucciso papà e mamma, e che mi avevano tenuta separata da mia sorella per tutto quel tempo, però non ero pronta al dolore degli altri. A provare paura per chi amavo.

Sbuffai, girandomi per ricominciare a salire, e vidi Ani incespicare.

«Ehi, fulmine, i piedi vanno messi uno davanti all'altro!»

Mia sorella mormorò qualcosa che non capii. Dondolò per un secondo quasi per gioco, poi cadde. Scivolò giù al rallentatore, come se il suo corpo sottile non pesasse abbastanza per cadere come tutti gli altri.

«Ani!» strillai, precipitandomi da lei. Non mi rispose. Quando la voltai a pancia in su, vidi che ansimava a occhi chiusi ed era in un bagno di sudore.

«Ani, ehi, niente scherzi!»

«Brucia, ancora» sibilò. Fu sufficiente. La caricai in braccio e iniziai a correre. Avrei bussato a tutte le porte per poterla immergere nell'acqua e farla raffreddare, a costo di sfondarne una.

«Brucia» ripeteva Ani, scossa dagli spasmi.

«Manca poco» mentii, sperando che non fosse una bugia così grossa. Picchiai contro la prima porta con la spalla, cercai di aprirla spingendo la maniglia col gomito, ma niente. Seconda casa, stesso risultato.

«Porca...» mi arrabbiai. E compresi. Le abitazioni erano praticamente sempre aperte, di solito, però era prima. Prima dell'attacco.

Imprecai di nuovo, ma per fortuna eravamo vicine all'archivio. Il portone era spalancato, e io pensai alla vasca di Ottavia. Mi fiondai dentro attraversando il salone e sterzando a destra in un secondo per raggiungere il bagno, poi buttai mia sorella sotto il getto di acqua fredda.

Lei si irrigidì, tremò, e per un attimo pensai di aver fatto una scemenza, ma Aatifa aveva detto che bisognava raffreddarla.

Tenendole la mano iniziai a pregare *babaanne* e tutte le anime che ricordavo ci avessero amate. Merda. Ani sembrava così piccola. Le guardavo il viso minuto rimuginando su quanto la conoscessi poco, sul tempo che avevamo perso durante la sua prigionia e dopo, qui a Dozza, per la nostra testardaggine. Piangevo.

Resisti, Nergis, ti scongiuro.

Poi Ani aprì gli occhi.

«Non chiamarla» ribadì per la millesima volta.

«Ma è la nostra guaritrice, lei sicuramente potrà aiutarti più di me!»

«Aatifa ha già detto che non sa cosa mi succeda.»

«Però conosce le cure! Sa cosa ti fa bene!»

«Io devo parlare con te.»

Smisi di insistere davanti al suo muso arrabbiato. Quello scricciolo di mia sorella, che fino a cinque minuti prima era mezza svenuta, stava puntando i piedi dal momento in cui si era risvegliata perché non avvertissi nessuno, e improvvisamente doveva anche parlarmi. Stava ancora gocciolando dentro la vasca vuota, ma non aveva la minima intenzione di mollare il colpo.

Sospirai e mi misi a sedere per terra, spostandomi i capelli sul petto per attorcigliarli.

«Vai, zuccona. Spara.»

Lei si mordicchiò l'interno del labbro, come le avevo visto fare spesso, poi mi guardò.

«Credo di essere una veggente.»

La osservai. Ani mi fissò.

«Eh?»

«Credo di essere una veggente, Gizem.»

Ributtai i capelli dietro la schiena.

«No, aspetta. Forse non ho capito.»

Mia sorella sbuffò. «Hai capito» disse categorica, «e Ottavia mi ha spiegato che...»

«Cosa c'entra Ottavia?» chiesi, sempre più confusa.

Ani alzò gli occhi al cielo. «È lei ad aver sospettato per la prima volta che fossi una veggente» rispose, neanche fosse la cosa più naturale del mondo.

«Perché?»

«Vuoi che ti cerchi i libri e ti spieghi tutto?»

Ani aveva un sopracciglio sollevato e mi puntava con lo sguardo come faceva la gatta nera di Velia con i grilli. Sospirai di nuovo.

«No. Mi basta capirci qualcosa. Perché dovresti avere questo potere? Da quanto lo sai? E tu ci credi davvero?»

Davanti alla mia raffica di domande lei sbatté le palpebre e prese fiato.
«Ottavia sostiene che il mio malessere sia la maniera in cui il corpo cerca di comunicarmi qualcosa. Un avvenimento importante, un cambiamento che mi riguarda.»
Continuai a fissarla senza dire niente.
«Il problema è che questo malessere non so interpretarlo, non lo capisco, quindi diventa tutto perfettamente inutile.» Fece un lungo respiro. «Ottavia ha ragionato su questa ipotesi pochi giorni fa, quando sono stata male prima dell'allenamento, e da allora tutte e due cerchiamo spiegazioni, conferme, una cosa qualsiasi che possa darci indizi... e in effetti forse qualche elemento c'è.»
Poi rimase in silenzio a studiare la mia reazione. Io cercavo di capire se mi stesse prendendo per il culo, anche se conoscendola lo avrebbe fatto con molte meno parole.
Ani una veggente... Le crisi che avevo visto da quando stava alla Congrega erano spaventose, ma credevo fossero colpa del Campo. Miseriaccia, non ne usciva mai nessuna viva da là, figuriamoci scappare! E lei e Bianca non ne parlavano mai. Mica mi meravigliava, quella vita l'avrebbero voluta cancellare tutte, ma ora... Una veggente, porca vacca! In quel momento mi sembrava stupido anche parlarne, poi finalmente collegai i punti.
«L'attacco» mormorai.
E lei annuì.
«Sei stata malissimo prima dell'attacco» completai la frase. Mi tremavano le mani. «Quindi è vero?»
Ani si mordicchiò ancora l'interno del labbro e socchiuse le palpebre.
«Non lo so, Gizem, potrebbe essere solo un caso, però...»
«Però?»
Lei sollevò lo sguardo. I suoi occhi spalancati mi dicevano solo una cosa: paura.
«Se fosse vero, per quale motivo sarei stata male anche adesso? Per chi?»
In una frazione di secondo capii tutto. Attacco. Santarcangelo. Bianca. Ebe.
Ebe. Scattai in piedi, e le buttai un telo per asciugarsi.
«Devo mandare un corvo per capire cosa sta succedendo. Sicuramente Alma sarà ancora lì, mica si sogna di piantare in asso le persone che...»
«Gizem.»
«Così possiamo sapere se c'è bisogno di altre cose. Metti che portia-

mo tutta quell'acqua e che non serve?» Camminavo avanti e indietro per il bagno, gesticolando.

«Gizem» disse ancora mia sorella.

«E se invece fosse più importante il cibo?» continuai a sproloquiare.

«*Düğünçiçeği*» insisté Ani, afferrandomi i pantaloni. Mi fermai sentendo una fitta al cuore. Nessuno mi chiamava così da molto tempo.

«Va bene mandare il corvo» aggiunse dopo aver ottenuto la mia attenzione, «ma non per aspettare una risposta. Dobbiamo avvertirle.»

«Di cosa?» chiesi. Non riuscivo a ragionare.

«Non lo sappiamo, però devono stare in guardia per tutto.»

Avvertirle. Mi misi le mani nei capelli. Stavo andando nel pallone e non osavo nemmeno pensare a ciò che sarebbe potuto succedere. Ebe. Avvertirle.

«Devo preparare il corvo» decisi. «Poi torno a prenderti. Bisogna passare da Velia.»

Ani si spinse lentamente con le braccia sul bordo della vasca per mettersi in piedi. Si stropicciò la faccia e prese il telo per tamponarsi i ricci umidi, senza mai smettere di fissarmi.

«Perché?»

«Perché lei conosce la Congrega meglio di chiunque altra, anche meglio della Suprema, e ci può aiutare a decidere cosa dire per non far incazzare nessuno.»

Lei piegò la testa di lato, confusa.

«Dobbiamo andare a Santarcangelo» dissi. «Dobbiamo andare via adesso.»

36
Ani

«Bevi.»

Velia mi piazzò davanti un altro bicchiere di infuso alla menta. Il terzo da quando eravamo arrivate là. Poteva essere una bella idea, rinfrescante, se la cucina non fosse stata piena di liquidi che sobbollivano dentro varie pentole e pignatte. Stava preparando innumerevoli decotti da portare a Santarcangelo, a dispetto dello spazio minuscolo dei fornelli.

«Dovevi portarla da Aatifa» ribadì arrabbiata a mia sorella, guardandomi male.

«Ancora non la conosci bene, mica lo sai quanto può essere testarda» le assicurò Gizem.

«Era praticamente svenuta!» esclamò indicandomi, come se stando in piedi davanti alla stufa economica fossero abbastanza lontane da permettersi di ignorarmi. «Non poteva essere testarda! Bastava tornare in mezzo agli altri, e...»

«Non è importante, adesso» le interruppi senza alzare lo sguardo. Continuavo a fissare il mio bicchiere di infuso e sorseggiavo lentamente, mentre la gatta ci ascoltava acciambellata su una sedia.

Velia sospirò.

«*Nani*, lo so che stare male ti fa sentire vulnerabile» abbassò il tono, rimanendo comunque dura. «Ma ora vivi in un posto sicuro. Non sei da sola. Qui ci aiutiamo tutte, siamo una Congrega anche per questo.»

Alzai la testa per fissarla. Lei mi osservò, poi si mise seduta davanti a me, con le dita intrecciate appoggiate sopra le ginocchia. Gizem decise di voltarsi verso il giardino.

«Cosa succede, Ani?»

Girai il bicchiere tra le mani.

«Se ci fosse il rischio effettivo che le persone a cui vuoi bene siano in pericolo, disobbediresti agli ordini?»

Velia corrugò la fronte. «Questo pericolo c'è da sempre» rispose, lapidaria.

«Intendo qualcosa di immediato» precisai, cercando di tastare il terreno.

Cominciò a spostare lo sguardo da me a mia sorella. «*Nani*, c'è stato un attacco, tutto è immediato» ribadì.

E io non seppi più cosa dire. Perché quella maledetta sensazione continuava a serpeggiarmi nelle viscere e il calore restava. Mi piaceva Velia, ma quanto potevo sbilanciarmi, con lei? Quanto era legata alla Suprema? Avevano visioni divergenti su molte cose, però sapevo che erano state molto amiche, che la Congrega era nata qui grazie a loro due. Presi un sorso, e lei si girò di nuovo verso Gizem.

«Hai ricevuto un corvo da Alma? Ci sono notizie?»

Mia sorella negò con una scrollata di spalle, senza nemmeno voltarsi. Velia spostò l'attenzione di nuovo su di me, sbattendo le mani sul tavolo. La gatta mosse la coda.

«Ragazze, siete venute qui voi» affermò, dura. «Se dovete semplicemente fare pressioni per ottenere quello che volete non è il momento giusto. Avete informazioni? Ditele. Altrimenti andate a dare una mano anche voi, e tu» precisò indicandomi «parla con Aatifa.»

Deglutii. Non avevamo scelta.

«Cosa sai sulla preveggenza?»

Velia cambiò immediatamente espressione. Alzò il mento per osservarmi di sbieco e appoggiò la schiena alla sedia.

«Che è complicata, perché?»

Tamburellai le dita sul bicchiere.

«*Nani*, perché?» chiese a voce più bassa, decisa.

Silenzio. Mio, di Gizem, della gatta nera che stazionava sulla sedia. Per rispondere a quella domanda serviva una certezza impossibile da avere. O almeno...

«Possiamo fidarci?»

Mia sorella era sbottata all'improvviso, come se le avessero piantato un cazzotto nello stomaco, continuando a fissare il giardino quasi buio fuori dalla finestra. Perché era quello, il punto. Potevamo fidarci?

I palmi di Velia si staccarono dal tavolo. Con calma posò le mani intrecciate in grembo senza smettere di studiarmi.

«Non mi piace mentire» sentenziò. «Ma mi piace ancora meno tradire le persone che hanno bisogno.»

Chiusi gli occhi. Li riaprii. Tentai di dare una definizione a cosa mi stava urlando dentro, andando oltre la tensione che mi mordeva le viscere. Guardai Gizem, persa nei suoi ragionamenti. Fissai Velia. La gatta miagolò. Merda. Presi un respiro col cuore in gola, e buttai le carte in tavola.

«Ho avuto una visione. Le ragazze potrebbero essere in pericolo.»

Avevo esasperato un po' la realtà per ottenere la sua attenzione? Sì. Ma era necessario. Mi aspettavo una tempesta di domande alle quali non avrei saputo rispondere, domande che mi avrebbero portata davanti alla Suprema, che ci avrebbero bloccate là alla Congrega, quando noi volevamo soltanto andare. Invece nulla. Solo un lungo momento di immobilità. Le pentole ribollivano con un suono ritmico che avrebbe potuto essere rilassante, ma sentivo il formicolio pungermi tutto il corpo contratto. E Velia taceva.

Il buio fuori era sempre più profondo.

Poi Velia sciolse le dita e osservò le sue piante. Si alzò di colpo. In un turbine di vestiti colorati prese prima un piccolo contenitore verde da sopra una mensola, poi una fiaschetta di metallo e una minuscola lampada a sale, studiando gli altri oggetti nella stanza. Si rese conto che eravamo inerti a studiarla solo dopo qualche secondo.

«Allora? Cosa state aspettando?»

Ci scambiammo un'occhiata.

«Cioè?» bofonchiò Gizem.

«Su, bisogna muoversi!» ci sollecitò, gesticolando per farci uscire. «Andare!»

«Andiamo dove?» chiesi, mettendomi in piedi con cautela. Sospettosa.

«Da Guido!» esclamò Velia, come se non ci fossero altre persone dalle quali fosse necessario andare.

«Da Guido?» intervenne Gizem.

«Certo. È l'unico che sa usare il Landini. Come pensate di poter partire, altrimenti?»

Mi girò la testa. Ci avrebbe aiutate. Una delle persone più influenti della Congrega ci avrebbe aiutate davvero. Rimasi a bocca aperta mentre Gizem si lanciava a stritolarla in un abbraccio.

«Grazie» ripeteva scompigliandole i lunghi capelli grigi e baciandole le guance. «Grazie.»

«Non vi sto mandando a fare una scampagnata, *nani*» disse Velia, cercando di non far cadere gli oggetti che aveva tra le braccia.

«Fa lo stesso, ci permetti di fare qualcosa. Possiamo aiutarle. Posso aiutare lei.»

Mia sorella smise di parlare. Tirò su col naso, chiuse gli occhi e cercò di trattenere la commozione.

Io tornai a sedermi. La testa continuava a girarmi per l'agitazione del momento. Ma non avevamo chiarito un punto.

«La Suprema cosa dirà?»

L'espressione di Velia si indurì.

«Io e Clarissa abbiamo visioni molto differenti della Congrega. Di tutte le Congreghe» precisò, «perché è vero che ogni situazione è diversa, ma deve essere vero anche che le decisioni si discutono insieme e che le conclusioni tratte dal singolo sono pericolose. La Congrega di San Mauro è piccola, abbastanza giovane, poco preparata. Mandare solo due persone come soccorso immediato è stato poco, e qui, noi, con i nostri sistemi di conservazione dell'acqua e del cibo, e i sotterranei del castello come rifugio, siamo molto più al sicuro delle altre. Non abbiamo bisogno di tutti. Loro sì.»

Sentii quelle parole nel profondo, e pensai alla mia terra, a come il potere aveva creato voragini, al modo in cui ci aveva costretti a fuggire per cercare di salvarci, senza che fossimo riusciti a farlo davvero. Velia era il simbolo della cura per ogni essere vivente, e avrei voluto dirglielo, ma non ne fui in grado. Faticavo a sostenere la testa, non controllavo le braccia, perdevo la forza in ogni arto.

«Ani! Stai male di nuovo?» strillò Gizem.

«No, *nani*, tranquilla, sta bene, è solo un estratto concentrato di escolzia, valeriana, tiglio, più altre erbe, che le ho fatto bere prima. Doveva riposare, ma se glielo avessimo detto non avrebbe mai accettato. Per questo ho usato così tanta menta, per coprire il sapore.»

Tre bicchieri riempiti con quella roba. Tre. Volevo protestare, però anche scivolare nel sonno mi sembrava una buona idea.

«Quindi? Come la sistemiamo, adesso?»

«La prendi in braccio e la carichiamo nel cassone del Landini. A farlo partire ci penserò io. Ho preparato un sale particolarmente forte, brucerà in un attimo e scalderà la testa del motore senza impiegare una vita. Così sarà tutto più rapido, lei dormirà lungo il viaggio, in modo che quando arriverete...»

Poi non sentii altro.

Mi svegliai per colpa di uno scossone. Qualcosa mi premeva sulla schiena e non avvertivo più il braccio sinistro. Spostai la testa senza pensare alle conseguenze. Il formicolio cominciò a mordermi il collo e mi sfuggì un mugolio.

«Buongiorno» mormorò mia sorella.

«Cosa...» bofonchiai iniziando a prendere consapevolezza del mio corpo. Ero circondata da sacchi e barattoli, e coperta con un telo ruvido. Si soffocava dal caldo. Un rumore basso e ripetitivo faceva vibrare l'aria. L'odore pungente di bruciato che mi riempiva le narici mi aiutò a inquadrare la situazione. Il Landini. Eravamo in viaggio nel cassone del trattore modificato da Guido per andare a sale. E non si vedeva niente.

Sobbalzai ancora, picchiando contro il fondo di metallo. Istintivamente sollevai una mano per scoprirmi e cercare sollievo nell'aria notturna, ma qualcosa afferrò il mio polso. Le dita di Gizem.

«Che fai?» mi rimproverò a bassa voce. «Mica puoi stare fuori!»

«Ma io...»

«Resta giù, non fare baccano» ordinò. «O ci vedranno.»

Appoggiai di nuovo la testa sulla superficie dura.

«Dove siamo?» chiesi.

«Non lo so di preciso, però ormai dovremmo essere vicine. Siamo in viaggio da un po'.»

Annuii nel buio. Che fastidio. Avevo praticamente tutto il corpo intorpidito.

«Perché non posso alzarmi?»

«Che domanda è?» ribatté Gizem. «Proprio tu lo chiedi? Hai fretta di tornare al Campo?»

Rabbrividii. Non ci avevo pensato. Ero ancora talmente stordita dal sedativo che non mi rendevo conto di cosa stesse capitando.

«State facendo più caos di uno stormo di pavoni» brontolò Guido da lontano. «Ce li avete presente, i pavoni?»

Gizem ridacchiò. Io non ci trovavo niente di divertente. Ero angosciata dal pensiero degli Integri che sorvegliavano la zona.

«Come faremo se ci fermeranno?» mormorai. E continuavo a vedere le guardie che ci bloccavano, ci costringevano a scendere, ci riportavano al Campo di Raccolta. Rivedevo le mani. Le loro mani che mi prendevano e mi sbattevano di nuovo dentro le lamiere che avevo chiamato casa. In quella polvere. Vicino al fango.

«Tranquilla, Guido ha sgraffignato il lasciapassare che la Suprema ha preparato per le emergenze.»

Sbattei le palpebre.

«Lasciapassare?»

«Sì, insomma» abbozzò. «Come lo chiami? Un permesso? Un documento falsificato? È un foglio preparato dalla Suprema da sfruttare quando abbiamo bisogno di passare per normali civili.»

«E non è pericoloso?» domandai, molto stupita.

«Per lui meno» spiegò. «È un uomo da solo, quindi non è così strano che trasporti del materiale. Se vedessero anche noi, o addirittura se si trovassero davanti una donna che guida un trattore a sale di notte, da sola...»

«Zitte!»

Il tono di Guido era basso e molto deciso. Poteva significare solo una cosa.

«Ehi, contadino!» disse una voce giovane, allegra, troppo spensierata per appartenere a qualcuno di diverso da una Stecca.

Un bagliore cominciò a filtrare attraverso il telone. Tremai. Gizem mi prese la mano mentre il trattore rallentava fino a fermarsi.

«Buonasera» rispose Guido.

«Cosa ci fai in giro a quest'ora della notte, contadino?» chiese la voce spensierata. In lontananza qualcuno lo corresse dicendo che era quasi mattino. Merda. Erano almeno in due. Entrambi troppo euforici, forse alticci.

«Devo consegnare del materiale...»

«Hai il sale? Perché lo abbiamo quasi finito!»

Sentii il telo muoversi. Svuotai i polmoni e rimasi perfettamente immobile, con gli occhi sgranati e il cuore che mi trivellava i timpani. *Non trovarci. Ti prego, non trovarci.*

«Come da richieste, sì. Però, guardia, devi ancora controllare il lasciapassare.»

Non cercarci. Non trovarci.

«Hai ragione, contadino. Sei un uomo onesto.»

La Stecca lasciò stare il telo e sentimmo i suoi passi allontanarsi. Si mise a parlare con Guido. Fece battute stupide, scoppiò a ridere. Sembrava si stesse quasi divertendo, fino a quando delle grida arrabbiate arrivarono da lontano, facendolo imprecare. Accelerò i controlli, nervoso, scartabellando i documenti in maniera arrogante. Poi lo udimmo correre lontano. E io chiusi lentamente gli occhi, avvertendo le lacrime scivolare lungo le tempie.

Quando il Landini ricominciò a muoversi, sentii i polmoni riempirsi di nuovo d'aria. Gizem strinse le dita attorno alle mie e nessuna delle due disse niente.

Rivedevo le parole sull'entrata dell'Area di Comando come se le avessi avute davanti alla faccia in quello stesso istante.

Nessuno entra
Nessuno esce
Noi siamo nessuno.

E ancora una volta non ci avevano fermate.

37
Gizem

«Tieni.»

«Aspetta, Gizem, che pesa.»

«Te lo reggo io» propose Ani a bassa voce, tendendo le braccia.

«Lascia perdere» brontolò Guido afferrando il sacco di tela con le provviste e appoggiandolo a terra. «Sei ancora slavata come un cencio e non ci aspetta una passeggiata di salute.»

«Sempre generoso con i complimenti» sibilò mia sorella girandosi dall'altra parte a radunare del sale scuro che era venuto fuori da un sacchetto.

Avevamo scaricato la maggior parte della roba, ma mica si poteva lasciare tutto appoggiato là. Eravamo in uno spiazzo appiccicato a Porta Cervese, un parchetto scarno con poche luci attorno. Là vicino c'era la piazzetta delle Monache, uno spazio interno a un semicerchio di case basse che portava a uno degli accessi ancora aperti dei sotterranei, e Velia ci aveva spiegato che quello era l'unico tunnel rimasto in grado di ospitare tante persone. Non fosse stata abbastanza vicina a quei due ingressi secondari l'avremmo scansata come la peste, la vecchia porta. Invece stavamo là, a sistemare le cose da caricarci addosso. Mollare il Landini in un posto simile era fuori discussione, ma quella tappa ci serviva per non ammazzarci di fatica, e dovevamo capire quanti giri fare per portare tutto. Ancora peggio: dovevamo capire che giro fare per arrivare alle grotte. Eravamo riusciti a superare il blocco perché avevamo il lasciapassare falso e, come diceva Dina, "se vuoi nascondere qualcosa mettila in mostra", ma non mi sentivo così tranquilla nel farlo. In più sapevo che là attorno era pieno da far schifo di Stecche. Miseria.

Saltai giù dal cassone, strofinandomi le mani sui pantaloni.

«C'è rimasto poco, intanto che finite vado a controllare le strade» li avvisai.

«Mi lasci da solo con lei a far finta di smontare una ruota?» provò a scherzare Guido, mischiando i sacchi del pane e delle verdure, per bilanciare i pesi. Ani lo guardò male. Io gli diedi una pacca sulla spalla.

«Stai con Dina» risi piano. «Non mi dirai che mia sorella ti fa più paura di lei?»

All'improvviso si sentì uno rumore poco lontano. D'istinto mi piegai sulle ginocchia, pronta a scattare. Guido si addossò al Landini con gli occhi sgranati e Ani sparì sotto il telo del cassone in un secondo, come le avevamo detto di fare. Un cane uscì da un cespuglio secco dopo un attimo, con un osso in bocca.

«Mannaggia a te e alla roba che sgranocchi» sussurrai, infilando una mano dentro la tela per tirar fuori un pezzo di pane. «Tieni» dissi lanciandolo. «Un po' di gioia anche per te.»

Lui mi fissò col suo sguardo scuro e lucido. Era una bestiolina piccola, magra, spaventata quanto noi. Ma aveva più fame. Si avvicinò per afferrare il cibo e rimase un secondo a studiarci, prima di fuggire via.

Tranquillo, mica ci offendiamo. Se potessimo, scapperemmo come te.

«Era solo il cane?» mormorò Ani, sbucando dal telone come una chiocciola.

«Sì, solo lui» confermai. «Adesso vado a dare un'occhiata davvero, voi non fatevi prendere dagli Integri.»

Lo dissi sorridendo, come se li stessi prendendo in giro, però avevo il cuore in gola. Più mi allontanavo da loro e più temevo che sarebbero spariti nel nulla.

Girai il primo angolo a destra incollata al muro che si sgretolava, e mi infilai nell'ombra del vicolo. L'unico suono che sentivo erano i miei passi. Abbassai la testa per non staccarmi dalla parete, perché le grate in ferro delle finestre sporgevano con delle arricciature decorative esagerate, ma sotto, inchiodate ai telai, c'erano delle assi di legno che non lasciavano vedere dentro le case. Chissà se quel posto era abbandonato davvero o gli abitanti si nascondevano come noi. Mica potevo biasimarli: chi aveva voglia di passeggiare serenamente e di farsi guardare, quando c'erano tutte quelle guardie in giro?

Svoltai di nuovo. Stavolta la carreggiata era più ampia, e io ero più scoperta. Ruotai le spalle per scaricare l'ansia, scoprendo che non serviva a niente.

Sbuffai. Solo una cretina poteva mettersi da sola in una situazione del genere. Poi pensai a Ebe.

«Sì» bisbigliai. «Sono proprio una cretina.»

Una luce lampeggiò in fondo alla strada. Accidenti. Mi appiattii contro un portone pieno di ragnatele, con la maglia appiccicata alla schiena per il sudore. Sentivo le gocce che mi scivolavano giù dalle tempie mentre tentavo di rallentare il respiro. *Niente Stecche. Niente Stecche.* Lo ripetevo nella mia testa come una preghiera.

Aspettai un tempo sterminato, o almeno così sembrò, prima di ricominciare a camminare. Controllavo ogni millimetro, tremando per la paura, in quella via che pareva infinita. Intravedevo una siepe oltre l'angolo, accanto al caseggiato, come aveva detto Velia descrivendo l'ingresso dei tunnel sotterranei.

Strinsi gli occhi. Cercai indizi tra i mattoni che vedevo a malapena. E inciampai. Una buca nell'asfalto mi fece sbilanciare, e per non cascare mi aggrappai all'inferriata che avevo di fianco, facendo un gran casino.

«Nonono...» Lo biascicai tra i denti stringendo la sbarra di metallo con tutte le mie forze, sperando non ci fosse nessuno nei paraggi. Ero tesa come uno stramaledetto arco che non può scoccare, perché non sa dove mirare. Avevo fatto un errore da stupida per colpa della troppa tensione, e non potevo continuare così. Dovevo essere prudente. Dovevo fare silenzio. Ma soprattutto dovevo calmarmi.

Respira, Gizem. Il ferro scivolava tra i palmi sudati, però mi ero rimessa in piedi. E per fortuna non erano saltate fuori guardie.

Arrivai alla fine della strada con circospezione, scoprendo che una volta girato a sinistra la siepe diventava un rampicante sulla vecchia parete in parte sgretolata. Il cancello stava là, poco lontano, nascosto dagli arbusti. Lo avevo trovato. Sporsi il braccio per toccarlo, quando dall'altro lato della strada arrivò il rumore di una risata.

Scattai indietro, ansimando disperata. *Non ora, cazzo.* Avevo trovato l'ingresso delle grotte, non potevano arrivare proprio in quel momento.

Ma a loro non interessava. Stavano camminando lentamente, si sentiva dal suono dei passi, e parlavano della loro giornata come se fosse tutto normale.

«Però non ti hanno mai mandato di turno al Campo, giusto?» chiese uno.

«No» rispose l'altro, con tono disinteressato. «Preferisco fare ronde in giro. Almeno ti muovi, non stai sempre lì a vedere le stesse cose.»

«Guarda che lì ci sono un sacco di cose da vedere. E da toccare» disse il primo. Poi iniziò a sghignazzare descrivendo scene orribili che gli avevano raccontato. Raccoglitrici usate come passatempo. Corpi presi come giocattoli solo perché quelle donne non avevano alternative, a parte la morte.

Strinsi i denti. Avrei voluto massacrarli di botte. Se fossi stata sicura di trovarmi davanti solo due guardie, sarei riuscita a pestarle. L'effetto sorpresa era dalla mia parte.

Potevo riuscirci. Potevo... Ma cosa stavo facendo? Iniziai ad aprire e chiudere i pugni per smontare la rabbia e tornare lucida.

Stupida!

Ero sul punto di mandare a rotoli il nostro piano, l'aiuto ai sopravvissuti, il lavoro della Congrega. Potevo mettere a rischio Guido. Ani. Persino Bianca, ed Ebe.

Chiusi gli occhi e restai immobile, aspettando che le voci si allontanassero del tutto, con le ondate di paura che si mescolavano all'odio verso quegli stronzi, ma potevo sopportarlo. Avevo trovato il cancello. Era ora di tornare indietro.

«Dovrò allontanarmi abbastanza.»

«Sì, distraili spostando il Landini dove ti sembra meglio. Fatti sentire, Guido» mormorai. «Tanto hai capito da dove si entra, eh?»

Annuì. Era inginocchiato di fianco al trattore e armeggiava con una scatola di bulloni. Il mucchietto di sale scuro per scaldare la testa del motore era già posizionato nella padellina di ghisa.

«Sei sicura di riuscire a portare tutta quella roba?» disse, indicando i due sacchi e il grosso zaino ricavato dal telone sistemati per terra. Grosso zaino da dove sbucava la testa imbronciata di mia sorella.

«Se non foste paranoici lei ne dovrebbe portare meno, di roba» brontolò Ani a bassa voce. Si guardarono in faccia con aria di sfida.

«Sei piccola, puoi nasconderti, e Gizem ha la forza per caricarti in spalla. Non rompere i coglioni» tagliò corto Guido. Lo guardai meravigliata.

«Dov'è finito il tuo "vacca pera"?»

«Non ci sono bambine, qui» rispose sorridendo, e mi strizzò l'occhio. «Prendi le provviste, tua sorella, e vai alle grotte» continuò. «Arriverò appena avrò sistemato il nostro vecchio amico.» Poi diede due pacche amichevoli al copertone del trattore.

Ani ci squadrò entrambi, probabilmente ci maledisse in silenzio, e mi permise di chiuderla dentro il telone annodato per mettermela sulla schiena. Se mi avessero beccata avrei scaricato i sacchi e lo zaino in un secondo e sarei scappata via, pregando che inseguissero me. Le avrei fatto prendere una culata per terra, ma almeno si sarebbe salvata.

Guido si alzò per aiutarmi a sistemare i tre pesi addosso. Controllò che fosse tutto a posto e che i nodi reggessero, poi si allontanò.

«Basta, andate» sussurrò. «Le ragazze avranno bisogno di voi e il motore è quasi pronto.»

Lo guardai. Cercai di fissare nella mia testa il ricordo del suo sguardo, della sua barba disordinata, del piccolo fuoco che scoppiettava sotto il trattore. Alzai una mano per salutarlo.

«Ci vediamo dopo» rispose lui. E sperai che avesse ragione.

«Stai facendo la strada di prima?» mugugnò Ani.

Io alzai gli occhi al cielo. «Non parli mai» sibilai nervosa, «e decidi proprio ora di diventare una chiacchierona?»

«Volevo saperlo» brontolò da dentro lo zaino.

Imprecai tra i denti. Che la curiosità di mia sorella andasse oltre il suo senso del pericolo era insopportabile.

Camminai con calma, cercando di non sbilanciarmi per colpa dei pesi che portavo addosso. Quando Ani taceva c'era un silenzio spaventoso che mi faceva aumentare l'ansia. Avevo ripetuto quel giro più volte, prima, anche se era semplice, perché volevo essere assolutamente sicura di non sbagliarmi. Prima svolta a destra, ancora a destra, poi sinistra: il cancello stava là di fronte. Facile, a pensarlo così.

Ero oltre la metà della strada larga quando li sentii. Passi. Di corsa.

Ani mi diede una gomitata nella schiena. Se n'era accorta anche lei.

«Tu vai di là» ordinò una voce, «cerca fino alla piazza!»

Andai nel panico. Guido. Era ancora in quella piazza?

Mi ritrovai a guardare le mie mani occupate, inutili, pensando di tornare indietro per avvertirlo, e persi secondi preziosi per capire cosa fare. Li persi.

La Stecca improvvisamente era là, in fondo alla via, che mi fissava col fucile puntato. Merda! Distinguevo il metallo luccicante della canna anche con la poca luce della luna. Portava il casco e una specie di armatura sul petto e sulle cosce. Avrei dovuto slacciare lo zaino, scappare, portare quella merda via da Ani, e invece le gambe non rispondevano. La testa non ragionava. Che stupida.

«Mani in alto» comandò l'Integro. Poi si avvicinò con cautela, tenendomi sotto tiro. Scappare, a quel punto, era fuori discussione. Cominciai a deglutire per non scoppiare a piangere, col terrore che mi inchiodava i piedi alla strada e il pensiero rivolto a mia sorella, che stavo condannando insieme a me.

Scusa, Ani.

Arrivò anche la seconda guardia. Si muoveva tranquilla, con l'arma a riposo lungo il fianco, tanto bastava il primo soldato a farmi tremare. Deglutii ancora, pronta a mollare tutto, quando arrivò una seconda gomitata.

«*Gülümse!*» sentii a malapena.

E sgranai gli occhi. Perché mia sorella mi ordinava di sorridere?

Come potevo farlo in un momento del genere? A cosa sarebbe servito?

Guardai la strada attorno, le Stecche, i sacchi pieni di cibo, e forse capii che cosa voleva dirmi Ani. Era una pazzia. Una mossa suicida. Ma non ci rimaneva altro.

Presi un lungo respiro, cercando di ignorare lo stomaco che si accartocciava per la paura, e feci come diceva lei: sorrisi.

«Buonasera soldati!» salutai alzando le braccia senza mollare le borse di tela. «Come va?»

38
Bianca

Il caos.

Il pandemonio più schifoso che avessi mai visto.

Le grotte di Santarcangelo sarebbero anche state un bel posto, suggestivo, illuminate da piccoli falò e candele raggruppate, ma non così. Non piene di gente che piangeva, si disperava, moriva appoggiata a una nicchia che in quel momento non serviva a un cazzo.

Pensavo di aver combattuto io, dentro il Campo di Raccolta, stellina ingenua?

Sapevo che era una situazione diversa, ma non si possono dimenticare certe facce. Non era possibile andare oltre gli occhi distrutti di un bambino che da ore cercava i genitori, senza arrendersi all'evidenza più crudele. Non era possibile avere la forza di sostenere le grida delle anime in pena per aver perso chi amavano. Non era possibile nemmeno continuare a calpestare il sangue che ricopriva il pavimento di roccia senza impazzire. Il sangue. I miei genitori portati via e picchiati. I loro sguardi. Continuavo a scivolare nei ricordi della nostra separazione. Ma non dovevo pensare. Dovevo darmi una mossa. C'erano feriti da soccorrere, infermi da sostenere, emergenze che ci piovevano addosso senza sosta. E grazie a qualunque cosa esistesse, c'era Ebe. Parlava con tutti. Aiutava tutti. Aveva percorso quelle grotte avanti e indietro così tante volte che iniziavo a chiedermi se non avesse il dono dell'ubiquità. Stava coordinando le operazioni di soccorso e studiando le mosse da intraprendere insieme ad Alma, la responsabile degli Schiaduri che ci aveva aiutate a fuggire dal Campo. Alma, che le stava visibilmente sulle balle. E potevo anche intuire perché. Le divergenze politiche tra loro due erano inconciliabili, se si fossero sedute a un tavolo avrebbero discusso dopo meno di un minuto, ma non si trattava solo di quello. La combattente che avevamo conosciuto a San Marino era alta, muscolosa, con il viso spigoloso incorniciato da lunghissimi capelli chiari. Se la persona della quale ero innamorata avesse avuto a che fare con una bellezza simile, anche a me sarebbe bruciato il fuoco sotto le chiappe. Soprattutto nel caso in cui la mia chioma biondo cenere avesse avuto l'aspetto di un tronco falciato da un'accetta affilata con le muffole. Ma non potevi ridurre Ebe al suo drammatico taglio di capelli. Non quando la vedevi spendere tutte le sue forze per proteggere degli emeriti sconosciuti da uno schifo più grande di loro. Non quando ti arrivava vicina con l'espressione più incazzata del mondo.

«Sai che a volte mi ricordi proprio Ani?» le confessai.

«Sarebbe un complimento, Bianca?»

«Be', siete intelligenti tutte e due» iniziai. «Certo, lei non ha bisogno di studiare continuamente e tu sei a tuo agio in mezzo alla gente mentre lei la detesta, però c'è un dettaglio... Uh, lo sguardo! Ecco in cosa me la ricordi un sacco! Avete lo sguardo da "bruciate, stolti, il mondo mi disgusta" che tirate fuori in certe occasioni!»

Ebe sollevò le sopracciglia. Le sollevò *molto*.

«Hai la capacità innata di dire la cosa sbagliata al momento sbagliato» rispose a bruciapelo, poi mi diede un bacio sulla guancia. «Ma ho capito l'intento. Grazie.»

Si allontanò per osservare la situazione.

«È arrivata altra gente dall'ultimo giro di controllo?»

«Non lo so» ammisi. «Non riesco a guardarli in faccia.»

«Devi farlo, Bianca» mi avvertì lei, tirando fuori il piccolo taccuino sul quale annotava le cose. «Devi farlo e devi prepararti al turno con i bambini.»

Una pietra mi si piantò sullo stomaco. I bambini. I bambini in quelle condizioni. Mi veniva da vomitare.

«Non avrei mai pensato di dirlo» mormorai guardandomi attorno, «ma ora capisco chi entrava volontariamente al Campo.»

Ebe sollevò la testa e chiuse gli occhi. Le servì un secondo prima di tornare a fissarmi con fermezza.

«È per questo che resistiamo» sostenne austera. «Perché il Campo non debba più essere una scelta conveniente. La scelta deve essere la vita.»

Aveva ragione. Sapevo che aveva ragione. Solo che in quel momento c'era troppo sangue sotto le mie scarpe per farmelo credere davvero.

Mi spostai per andare verso la zona dove avevamo sistemato i più piccoli, e rimasi spiazzata. Quella schiena larga era di qualcuno che conoscevo, o mi stavo sbagliando? Quella persona ansimante, accucciata a terra, aveva tutta l'aria di... Ma come poteva essere? Ebbi un secondo d'incertezza, che durò giusto il tempo di un cambio di visuale. Davanti a me c'era un sacco di tela semovente. Realizzai che il sacco di tela aveva anche una nuvola di capelli neri e ricci che sbucava da alcune fessure chiuse male. Poi quel groviglio parlò.

«Qualcuno pensa di aiutarmi?»

«Bambina!» strillai. Corsi a toglierle quel coso di dosso e trovai i suoi occhi scuri, insieme al suo adorabile muso arrabbiato. Decisi che l'avrei abbracciata lo stesso.

«Bi» bofonchiò, «non respiro!»

«Se ti lamenti, hai aria a sufficienza.» Era una constatazione oggettiva. Per quel motivo le concessi spazio vitale solo dopo averla stretta più a lungo del solito, perché ne avevo bisogno.

«Si lamenta anche quando non ne ha» bofonchiò la schiena ansimante, girandosi.

«Brutta tettona!» strillai di nuovo. Buttai le braccia addosso a Gizem senza nessuna esitazione e me la stropicciai per bene. Non faceva storie, lei.

«Ma che ci fate qui?»

La Bambina si voltò a fissarmi.

«Voi non dovreste essere qui!» precisai. «La Suprema è stata chiara, voleva che tua sorella restasse alla Congrega per proteggerla! Come siete arrivate? Clarissa lo sa?»

«Vuoi rubare il lavoro di Alfredo? Improvvisamente ti sei affezionata alle regole?» mi fece il verso Gizem.

«Oh, piantala!» ribattei spintonandola, ovviamente senza spostarla di un millimetro. Stavamo battibeccando di nuovo come due suocere. Ani era già persa nei suoi pensieri, impegnata a osservare la tragedia che si consumava attorno a noi con l'espressione sempre più cupa.

«Quindi è opera delle Stecche?» sibilò.

«Uno dei loro capolavori» replicai. Guardare i volti dei sopravvissuti era sempre un cazzotto nello stomaco, ma almeno era bello vedere facce amiche in quel casino, rendeva tutto un po' meno mostruoso. Eppure non fui la persona più colpita dall'apparizione delle sorelle. In particolare di una delle due.

Con una forza che mai avrei pensato potesse avere, Ebe mi spinse di lato senza dire una parola e si aggrappò alla sua compagna. Restò immersa dentro quella stretta in silenzio, con le palpebre serrate, in una specie di felicità disperata che solo un posto come quello poteva spiegare. Sembrava una naufraga tornata in porto. Ma si concesse pochi attimi. Non poteva crollare. Non là. Allontanò Gizem con fermezza, premendole una mano sul petto, poi si accigliò.

«Perché siete qui?» chiese passando con lo sguardo da una sorella all'altra.

«Possiamo spiegartelo.»

«Bene, fatelo» le invitò. Attese.

Nessuna delle due iniziava il discorso.

«Siete scappate dalla Congrega, è così?» sbottò.

«Velia sa che siamo qui» rispose Ani, distante. Non aveva mai smesso di percorrere la stanza con gli occhi. Nicchia per nicchia, una persona dopo l'altra. Ma a Ebe non bastò.

«Ottimo, Velia» ripeté. Stava controllando a malapena la rabbia. «Vi rendete conto di cosa capita qui? Avete capito per quale motivo Clarissa vi aveva esplicitamente ordinato di restare a Dozza?»

«Sì» rispose Gizem, tendendole la mano. «Però c'è una cosa più importante...»

«Più importante della Congrega?» obiettò lei alzando la voce. Si stava mettendo male.

«Siete in pericolo!»

«Siamo sempre in pericolo, Gizem! È una guerra!»

Ebe era fuori di sé e stava gridando. Mi avvicinai sfiorandole le spalle per invitarla alla calma, dato che là dentro rimbombavano anche i respiri e ignoravamo cosa si sentisse fuori. La sua risposta fu una scrollata per allontanarmi. Fantastico. Poi riprese.

«Volevi che si smuovesse qualcosa, no? Speravi che iniziassimo a lottare per la nostra libertà, e lo stiamo facendo. Ma questa lotta ha un prezzo!» urlò gesticolando. «Non potete fare quello che vi pare solo perché pensate che sia meglio così, cazzo! Voi dovevate aiutare le altre a proteggere la Congrega mentre io e Bianca eravamo qui. Mi meraviglio di Velia.»

«E di Guido» aggiunse Ani, voltandosi a guardare Ebe per la prima volta.

«Guido?» chiese confusa, ma le bastò un istante per capire. «Oh, certo, Guido! Perfetto. Perfetto! Non solo ci ritenete incapaci di gestire la situazione qui, avete addirittura sfruttato mezzo Concilio per sgattaiolare via da casa mentendo a Clarissa! Ottimo! E dove si sarebbe cacciato, ora, Guido?»

Non mi sarei meravigliata se tutti i Guido presenti nelle grotte fossero arrivati a rapporto nel giro di mezzo secondo, spinti da una generosa dose di pepe sulle natiche.

«Sta arrivando» disse Gizem con gli occhi bassi. «Ci hanno fermato le Stecche mentre stavamo venendo qui, e io li ho distratti fingendo di dover portare del cibo ai posti di blocco, così lui ha avuto il tempo di nascondere il trattore.»

«Tu hai distratto le Stecche? Hai rischiato di farti prendere e di portarle qui?»

Ebe guardò Gizem come se volesse incenerirla. Io stavo pensando seriamente di cantare.

«Sì, mica mi sono dovuta impegnare tanto» abbozzò. «Erano già mezzi sbronzi, ho solo dovuto sorridere e scaricare in guardiola due pagnotte con del formaggio.»

«Senti...» Ebe era sul punto di esplodere.

«No, davvero!» cercò di spiegare Gizem, mettendo avanti le mani. «Non combino solo guai. Guido aveva il lasciapassare e io per le guardie ero semplicemente la sua aiutante, quella che stava portando i rifornimenti. Loro stavano già aspettando qualcuno, siamo arrivati noi. Stiamo bene, no? Non sei felice di vederci? Abbiamo pure portato un po' di cibo, acqua e alcune preparazioni per i feriti!»

Ignoravo l'entità della menzogna, ma da quanto tormentava la treccia doveva essere grossa. Mi strofinai lentamente le dita sulla faccia. Ebe era talmente furibonda da non riuscire più a parlare. Nel giro di poche frasi Gizem e Ani le avevano confessato di aver messo in pericolo loro stesse, la Congrega e i rifugiati nelle grotte, oltre all'aggravante di aver disobbedito a Clarissa. Una tombola. Per provocare una sincope a Ebe e alla sua tempra morale non si poteva fare di meglio.

«Gizem!»

La voce arrivò chiara e riconoscibile alle nostre spalle.

Io dovevo smettere di sfidarlo, il destino.

Alma si stava avvicinando a grandi passi con le braccia spalancate. Forse pensava che non ci fosse già abbastanza sangue su quelle pietre. Perciò girai sui tacchi e feci la sola cosa logica che mi venne in mente.

«Tesoro, proprio tu» la placcai portandola fuori rotta. «Credo che sarà necessario distribuire i rifornimenti che hanno portato le nostre amiche da Dozza.»

Lei mantenne un mezzo sorriso poco convinto, ma non ingranava il passo.

«Bianca, lasciami, volevo solo salutare.»

Strinsi la presa sul suo braccio senza smettere di camminare.

«Oh, Alma, ti ruberò solo un attimo, sai? Giusto il tempo di suddividere le provviste.»

Cominciò a divincolarsi. «Bianca, lasciami.»
Non sorrideva più. Finsi di non vederla guardando altrove.
«Mia cara, davvero, è solo questione di un briciolo...»
«Bianca...»
Sbuffai, con un gesto teatrale. «Alma, splendore, so il mio nome, non serve che tu lo ripeta ancora.»
«Non ho parlato io.»
La fissai con le sopracciglia alzate.
«Scusa?»
«Non ho parlato io» ribadì.
«Bianca!»
Mi voltai. Gizem mi stava chiamando, ma io non la vidi. Ani era a terra.
«Bambina!»
Restituii ad Alma il suo maledettissimo braccio e corsi da lei. Bastò uno sguardo per capirlo. Non era un cazzo di attacco.
Mentre sua sorella la sorreggeva, Ani aveva gli occhi semi aperti che saettavano ovunque, il corpo percorso da piccoli tremiti. Ebe le prese un polso, si allungò per spostarle la testa, e infine le aprì la bocca.
«È morbida, la lingua per niente ritratta. Non è epilessia» sentenziò. Poi, di colpo, Ani s'irrigidì per una frazione di secondo prima di afflosciarsi completamente tra le braccia di Gizem, pronunciando una singola parola.
«Brucia.»
Non era un lamento. Non era un grido. Era solo un'affermazione straziante. *Brucia.*
«C'è qualcosa di diverso» sussurrò Gizem. Controllava il battito della sorella e non si capacitava di quanto stesse accadendo.
«Perché è diverso?» rispose Ebe, prendendole la mano. «Cosa vuol dire?»
Gizem si ritrasse con occhi terrorizzati, e la sua espressione fece emergere tutto quello che avevo compresso dentro quella giornata. Ero spaventata da far schifo. Stanca. Stanca di quel dolore, di quella confusione, della sensazione di nuotare controcorrente senza arrivare mai da nessuna parte. Stanca di interpretare una parte comica dentro ogni situazione per mascherare tutto, anche a me stessa. Stanca di vedere la sofferenza degli altri non diminuire mai. Ero stanca. E cominciai a piangere. Per la mia amica, per tutto quel sangue versato, per il mondo distrutto. Mi inginocchiai accanto ad Ani, e piansi. Diluviai. Mi disperai fino a quando non sentii delle piccole dita stringe-

re la mia mano. Sollevai la testa, asciugandomi il moccio sulla manica, e la guardai.

Ani, con gli occhi aperti e la sua espressione corrucciata, ci osservava. Poi si fermò su sua sorella.

«L'ho visto» disse.

Gizem sbiancò.

«Cosa significa? Cos'hai visto?» intervenne Ebe che, in quel momento, non capiva un cazzo esattamente come me.

Ani si morsicò l'interno del labbro e la fissò.

«Dobbiamo portare via tutti da qui.»

«Stai scherzando, vero?» Alma cercò di cogliere l'espressione di chi aveva attorno. «Sta scherzando?»

Tirai su col naso per evitare di insultarla.

«Alma, ti pregherei di restare fuori da questa conversazione» risposi con molta calma. «Non sai di cosa si stia parlando.»

Poi mi voltai di nuovo verso Ani.

«E non lo so nemmeno io, piccola tarantola» sussurrai accarezzandole la testa. «Di che cazzo stai parlando, eh? E come pensi di portare via questi poveretti, se alcuni nemmeno camminano?»

«Bi, non so ancora come, ma dobbiamo andarcene» disse con una sicurezza impressionante. «Dobbiamo andarcene subito.»

«Perché?» sbraitai, per quanto si possa sbraitare sottovoce.

Ani sospirò. Tornò a guardare sua sorella, Ebe, e infine me. Poi si avvicinò al mio orecchio per rispondere.

«Perché stanno per attaccare.»

39
Ebe

Non sapevo molto sulle veggenti.

Dai miei studi ricordavo quanto fosse raro trovarne una, e quanto fossero complicate da comprendere. Poco altro.

Alla Congrega di Rocchetta Mattei una veggente era stata allontanata da tutti, perché spesso le sue risposte non erano quelle che le persone desideravano. In molti la consultavano sperando di ottenere dei vantaggi, eppure ricordavo che diceva a chiunque la stessa cosa: "Se il mio occhio vorrà, vedrà". Perché prevedere il futuro non era un gioco. Le premonizioni ti cadevano addosso che tu le volessi o meno, e ti cambiavano la vita. Come stava succedendo ad Ani.

«Era questo che intendeva Ottavia, la notte della tua crisi prima della notizia dell'attacco. Doveva concludersi l'evento, quindi doveva finire l'incursione che tu avevi iniziato a percepire già prima. Solo allora saresti stata bene.»

Lei annuì.

«Ottavia lo aveva già capito quando ero svenuta prima dell'allenamento» aggiunse.

«Quale allenamento?»

«Quello dove io mi ero rintanata in casa per la paura di vederla star male» mi rispose Gizem. «Quando hai sentito degli attacchi a Longiano mentre eri con Guido e Clarissa.»

Certo. Ricordavo quel pomeriggio. Le informazioni che Guido aveva intercettato parlavano di rastrellamenti già avvenuti, di violenza accresciuta nelle vicinanze del Campo perché il Governo aveva bisogno di espanderlo.

Scossi la testa, cercando di non perdermi. Una veggente.

Avrei voluto controllare se le crisi di Ani coincidessero con gli assalti degli Integri, ma mi fidavo di loro, e mi fidavo moltissimo dell'istinto di Ottavia quando c'erano verità da scovare. Per questo sapevo che non c'era tempo.

Mi alzai, tendendo la mano ad Ani.

«Ce la fai a camminare?»

Per tutta risposta lei si alzò da sola e rimase in piedi a fissarmi.

«È per questo che Velia vi ha mandate qui?» le domandai a bassa voce. «Perché avevi già previsto qualcosa?»

Attese un istante.

«Non sapevo cosa fosse quello che sentivo» ammise. «Però le abbiamo spiegato i fatti, e la sua reazione è stata mandarci immediatamente da voi.»

«E adesso?»

«E adesso» deglutì, «per la prima volta ho capito cosa intendeva Ottavia. *Ho visto.*»

«Cosa, Ani?» chiesi senza perdermi in convenevoli, ma aveva bisogno di tempo. Continuava a guardarsi attorno, come se improvvisamente tutto il peso di quelle vite fosse ricaduto su di lei.

«Le grotte in fiamme» mormorò, soffermandosi su una famiglia abbracciata. «Un tunnel e un posto che non conosco. Un edificio incastonato nella roccia con una base strana, forse ottagonale, con il tetto a cupola.»

Un edificio incastonato nella roccia. Mi ricordava qualcosa, ma prima che potessi arrivarci una furia bionda e incontrollata mi travolse.

«Perché non sapevo niente!» esplose Bianca. «Perché non lo hai detto alla tua Bi, eh?»

E la strinse a sé con la faccia schiacciata sul suo petto, dondolandola.

«La mia Bambina ha i poteri» gongolò. «Questa piccola Testa Riccia ha dei talenti nascosti come me. Certo, io controllo la mente di esseri decisamente schifosi mentre tu prevedi il futuro, ma ti voglio bene lo stesso.»

«Hmpf hm!» bofonchiò Ani, soffocando.

Sarebbe stato un quadretto comico spassosissimo, in un'altra situazione. Però in quel momento dovevamo interpretare la visione.

«È il Tempio di Valadier.»

Mi voltai di scatto. Alma, con gli occhi spalancati, fissava Ani come se fosse uno spettro.

«Lei ha visto il Tempio di Valadier senza conoscerlo» ribadì stupita. E in un attimo fece le sue considerazioni. «Abbiamo una veggente!» esclamò. «Non capite che risorsa eccezionale possiamo sfruttare contro il Governo.»

«*Abbiamo* un tubo» sbottò Gizem. «Stai parlando di mia sorella. Non è la risorsa da sfruttare di nessuno.»

Alma esitò davanti alla reazione della sua amica e io, biecamente, ne approfittai.

«Ani ci ha rivelato questo segreto, ma non sappiamo quanto sia affidabile e soprattutto come possa reagire ad altre visioni. Mi rifiuto di spremerla come un limone.»

«Era quello che volevo dire io» confermò Gizem. «Solo che tu lo hai detto meglio.»

E mi sorrise. Avrei voluto stringerla, baciarla, tenerla accanto a me per un'infinità di tempo, ma il tempo era esattamente quello che ci mancava.

«Ebe.» Ani si era liberata dall'abbraccio di Bianca e mi fissava con uno sguardo cupo. «Dobbiamo andare, dobbiamo andare subito.»

«Perché andare, ora che sappiamo cosa aspettarci?»

Alma non voleva capire. Guardava Ani come se stesse vedendo la pentola d'oro in fondo all'arcobaleno. La soluzione a tutti i mali. Davanti ai suoi occhi non c'era una persona che stava cercando di raccapezzarsi con quanto le stava accadendo per aiutarci: c'era un'arma. E io non potevo sopportarlo. Stavo cercando le parole giuste per offendere Alma senza sembrare solo una povera gelosa, quando qualcuna altrettanto contrariata mi anticipò.

«Senti, turboribelle dei miei stivali» l'apostrofò Bianca, puntandole un dito sulla fronte. «Te lo ricordi che quella faccina perennemente accigliata ha un nome, eh? Che ha potere decisionale e, ullallà, un'opinione?»

«Ma non capisci! Tu hai vissuto dentro il Campo o nella Congrega, non hai idea di come sia diventato là fuori!» la rimbrottò Alma, protesa verso di lei. «Le persone hanno paura di tutto. Non si fidano più di nessuno perché anche dire una parola fuori posto è pericoloso! Hanno fame, sete, sono stanche di sopravvivere e basta. La tua amica potrebbe cambiare il mondo!»

«E lo sta già cambiando, per questa gente.»

Fu Gizem a risponderle. Era accanto a sua sorella con un'espressione grave che non ricordavo di averle mai visto. Alma la fissò, disorientata.

«Ti ho sempre detto che era necessario combattere, ma non così» continuò, indicando intorno a noi con un gesto ampio.

«Gizem, lo so che è difficile, però...»

«Alma, non è difficile.»

«Loro devono lottare! Chi lo farà se nemmeno i superstiti combatteranno?» Le si leggeva la frustrazione in faccia.

«Loro non devono fare proprio niente, se non vogliono. Anche questa è libertà.»

Alma corrugò la fronte. Quella che riteneva la sola alleata certa le stava ponendo dei limiti che non si aspettava.

«Gizem, perché?»

«Perché una lotta deve avere senso» spiegò. «Deve essere organizzata, pensata. E soprattutto deve essere voluta. Non possiamo costringere delle persone ferite e spaventate a caricare contro gli Integri perché abbiamo degli indizi che prima ci mancavano.»

Ascoltavo le sue parole e trattenevo le lacrime. La nostra differenza di opinioni sullo scendere in battaglia mi aveva sempre spaventata, perché temevo che prima o poi ci avrebbe allontanate, ma sentire quelle frasi rendeva tutto diverso. L'amavo da morire.

«Quindi cosa dovremmo fare, secondo te? Rintanarci per sempre? Arrenderci?» la provocò Alma, spalancando le braccia e mascherando a malapena un risolino nervoso.

«Dobbiamo salvarci, rimetterci in forze e prepararci. Chi vorrà combatterà. Chi avrà paura di scendere in campo farà la sua parte in modo diverso, e andrà bene così. Lottare non è solo uccidere. Non puoi decidere delle vite degli altri.»

Calò il silenzio. Poi Bianca schioccò le dita.

«Ti ha pettinata a modino, tesoro» gongolò.

Alma rimase immobile, con le labbra socchiuse, come se una verità inaspettata le avesse attraversato la mente. E forse era così. Forse il nostro problema era che volevamo raggiungere la stessa meta, ma riuscivamo a vedere solo due percorsi completamente diversi. Ci mettevamo i bastoni tra le ruote da sole, col risultato che nessuna arrivava da nessuna parte. Sprecavamo troppe forze nel contrastarci. Avremmo mai cambiato qualcosa, combattendo tra di noi? Sarebbe stato interessante capirlo, magari studiare un modo per rovesciare insieme il Governo, ma in quel momento avevamo un altro problema. Il tempo. E Ani non lo aveva dimenticato. Da quando si era ripresa, non aveva smesso un istante di guardarsi attorno. Credevo stesse osservando le vittime dell'attacco, invece stava cercando qualcosa. Fuori circolavano molte Stecche e noi eravamo in troppi. Uscire dalla cancellata, per quanto nascosta, non era possibile. A malapena avevamo recuperato ciò che avevano portato con loro. Serviva una via di fuga.

Improvvisamente Ani si diresse verso una nicchia buia e cominciò a toccare tutte le pietre. Poi si spostò a quella successiva, continuando a tastare.

«Cosa fa?» chiese Alma.

«Cerca» risposi. «E se vogliamo tirare fuori queste persone da qui, dovremo farlo anche noi.»

«Cosa cerca?» mi incalzò.

«Un passaggio» replicai iniziando a studiare la roccia scavata. «Un modo per uscire da qui senza essere viste.»

«Scusate.»

Abbassai lo sguardo. Una signora con i capelli bianchissimi seduta a terra ci stava osservando. Aveva qualche ricciolo corto che le cadeva sulla fronte segnata dalle rughe e gli occhi chiarissimi, attenti.

«Ho capito bene? Dobbiamo trovare un'uscita?» chiese.

Sbattei le palpebre un paio di volte, sorpresa.

«Ne conosce una?»

«No» rispose, alzandosi faticosamente. «Ma ricordo che mio nonno, quando ero bambina, aveva passato molto tempo a lavorare come manovale tra qui e Verucchio, così si era ritrovato a sentire molte storie su questi posti.» Sfiorava le pietre con cautela, concentrandosi sulle parole da usare. «Mi aveva raccontato che un suo amico spesso intonava delle filastrocche mentre lavoravano, e una di queste riguardava le grotte.»

«In che modo?»

Lei alzò le spalle, scuotendo la testa. «Chissà» ammise con rammarico. «Avrei potuto chiederglielo, ma ero solo una bambinetta.»

Annuii stringendo i pugni. Perché le cose dovevano sempre essere così difficili? La donna guardò tutta quella gente persa nella disperazione e intonò:

Quando la notte diventa giorno,
quando la vita tramuta attorno,
quando scompare la vecchia via,
luce ti porti la sua sinfonia.

Non nella forza si deve contare,
mai nella rabbia occorre cercare,
senti il respiro del suo tormento,
trova la strada, scegli quel vento.

Punti lo sguardo alla candida stella?
Professi il culto da fida ancella?
Nel qual caso ti serba fortuna
il cupo sentiero che traccia la luna.

«Può voler dire tutto e niente» contestò Alma, mentre cercava un qualsiasi indizio sulle pareti. Io rimasi ferma a pensare.

Quando la notte diventa giorno, quando la vita tramuta attorno. Erano frasi che parlavano di cambiamento. Forse si riferivano a un'emergenza.

Quando scompare la vecchia via, luce ti porti la sua sinfonia. Un percorso noto non era più percorribile, quello era chiaro, ma la parte sulla melodia sembrava incomprensibile.

Non nella forza si deve contare, mai nella rabbia occorre cercare. Che intendesse l'inutilità delle reazioni fisiche? Era un consiglio piuttosto strano, almeno secondo me. O magari la morale dell'epoca imponeva di non reagire anche quando eri in pericolo di vita. Morta, ma saggia.

Senti il respiro del suo tormento, trova la strada, scegli quel vento. Niente, non capivo nemmeno quel pezzo. Quale respiro? Perché nominare il vento quando si è sottoterra? Vaffanculo, maledetta filastrocca. Cominciavo a credere che fosse del tutto inutile.

Punti lo sguardo alla candida stella? Professi il culto da fida ancella? Sbuffai. Le due domande erano senza ombra di dubbio mirate alle Strighe. Quel luogo doveva essere un nascondiglio da talmente tanto tempo da esser stato tramandato nelle Congreghe di tutta la zona. E allora perché quelle indicazioni messe a caso? Perché il vento?

Mi passai una mano sulla fronte e chiusi gli occhi.

Nel qual caso ti serba fortuna il cupo sentiero che traccia la luna. Finalmente un riferimento al passaggio. Un riferimento assolutamente inutile, dato che parlava di luna mentre continuavamo a essere sotto strati di terra, legno e pietre che precludevano qualsiasi passaggio di luce, che si trattasse della luna o di qualunque altra cosa.

Sbuffai ancora, ripetendo sottovoce la filastrocca.

Quando la notte diventa giorno,
quando la vita tramuta attorno,
quando scompare la vecchia via,
luce ti porti la sua sinfonia.

Non nella forza si deve contare,
mai nella rabbia occorre cercare,

senti il respiro del suo tormento,
trova la strada, scegli quel vento.

Punti lo sguardo alla candida stella?
Professi il culto da fida ancella?
Nel qual caso ti serba fortuna
il cupo sentiero che traccia la luna.

«Quale tormento?»

Sussultai. Ani si era avvicinata più silenziosa di un gatto. Quella ragazza sapeva essere davvero inquietante.

«Niente, è la cantilena che una delle rifugiate mi ha recitato poco fa» le spiegai strofinandomi la tempia dolente. «Dovrebbe parlare di un'ipotetica via alternativa per andarsene da qui, però sembra davvero vaga e senza senso.»

«La ricordi bene.»

«Non sono Ottavia, ma ho buona memoria.»

Ani fece una smorfia di approvazione e si ficcò le mani in tasca. «Perché parla di aria e di luce quando qui mancano tutte e due?»

«È la stessa cosa che mi chiedo anche io» confessai.

Aggrottò la fronte. «Hai detto sinfonia, respiro e vento, giusto?»

Annuii.

«Sono tutte cose che potrebbero rimandare al suono dell'aria che filtra da uno spiffero stretto» ragionò. «Uno spiraglio troppo piccolo per essere visto, ma abbastanza significativo da essere sentito.»

Strinsi le labbra. Poteva essere. Aveva fatto un buon collegamento, la sua ipotesi stava in piedi, eppure uno spiffero sembrava un indizio troppo debole per portarci al passaggio. Ragionammo. Passai le dita sulle scanalature. C'era qualcosa che non riuscivamo a interpretare. Poi Ani si rabbuiò di colpo.

«Ebe, cosa dice l'ultimo pezzo?»

«*Nel qual caso ti serba fortuna il cupo sentiero che traccia la luna*» ripetei.

«Non parla di luce» mormorò ricominciando a camminare per i cunicoli. «Non ha mai parlato veramente di luce.»

«Ani» la chiamai seguendola. «Cosa intendi?»

«Non è la luce» ribadì.

«Ani...»

«Non è la luce che dobbiamo cercare, ma la luna!» gridò correndo in una galleria. «Ci serve una luna!»

Una luna. Una luna con uno spiffero. Mi scostai dalla parete e mi girai, richiamando l'attenzione dei presenti.

«A chiunque sia in grado di muoversi: senza accalcarvi, creare caos e facendo meno rumore possibile, dovete trovare una luna» dichiarai rivolta a tutti. «Che sia un piccolo disegno, un simbolo inciso, qualsiasi cosa ve la ricordi, cercate una luna.»

«Ma queste grotte sono piene di incisioni o disegni, chi è passato di qui ha lasciato tracce ovunque, come facciamo a riconoscere il simbolo giusto?» chiese un uomo sulla cinquantina, col volto sporco di sangue.

«Aria» proclamò Ani passando in volata dietro la mia schiena. Giusto.

«Con la luna deve esserci una corrente d'aria!» conclusi al posto suo.

Avevo i brividi. Era possibile. C'era una via. Eppure le persone si guardavano in faccia perplesse, creando un brusio confuso nella grotta.

«Adesso! Cercate adesso!»

Gizem.

Lo aveva urlato con tutta la forza che possedeva. E la gente reagì. Centinaia di persone cominciarono a muoversi nella penombra. Mani sui muri, orecchie tese a individuare anche un minimo soffio. Sentii un groppo in gola vedendo la foga con cui esploravano ogni angolo. Cercavano. Scandagliavano la roccia centimetro per centimetro.

La speranza era una delle magie più potenti che avessi mai studiato.

All'entusiasmo di ogni ritrovamento scattava rapidamente lo sconforto dell'insuccesso. Molte lune, niente spifferi.

Ci spostammo in tutte le direzioni possibili. Alma aveva seguito una coppia di ragazzi certa della loro intuizione giusta, ma alla fine aveva trovato solo una crepa dietro una colonna. Bianca correva come una pazza senza mai smettere di parlare. Incoraggiava, si perdeva nelle gallerie, non mollava. Gizem coordinava un gruppetto di bambine. Convincendole a giocare, le stava rendendo parte attiva della ricerca. L'unica che non cercava era Ani. Si era rintanata in una zona più buia, lasciando l'azione alle altre. Per lei era troppo. Il rumore, le persone e i contatti involontari.

Tentavo di tenere tutto sotto controllo, ma le grotte erano grandi, e io stanca. Rincorsi con lo sguardo un ragazzo che infilava la mano in un pertugio tra le pietre e la ritirava dolorante. Era ferito, sporco, solo, però cercava. Mossi qualche passo verso di lui per andare a soccorrerlo, ma barcollai. Merda. Mi costrinsi a sedere per terra, con le ginocchia piegate e i gomiti appoggiati sopra. Il mal di testa non mollava. Chiusi gli occhi e provai a ragionare. Avevamo interpretato bene la filastrocca? Quali altre opzioni c'erano? Eravamo così tanti a cercare, e non si trovava nulla. Nulla.

Sbuffai. Cosa cazzo dovevo fare?

Poi sentii una mano sulla spalla e sollevai lo sguardo. Una ragazzina di dieci anni al massimo, con i capelli scuri lunghi fino alle spalle e grandi occhi nocciola mi si era avvicinata.

«Sei triste?»

Le mostrai un mezzo sorriso e posai il mio palmo sulle sue dita.

«Un pochino, però adesso passa» mentii.

E lei corse via, girandosi ogni tanto a guardarmi. Tentai di mettermi in piedi, ma la gamba non mi reggeva. «Vaffanculo» mugugnai. Rimasi a fissare la bambina mentre spariva dietro un angolo e avvertii il brusio salire. Poi un grido. Due voci distinte.

«C'è la luna?»

«È incisa sopra, la vedi?»

Una pausa.

«Sì! E questa...»

«La senti anche tu?»

Un secondo silenzio.

«È aria!»

Un'esplosione di urla riempì i sotterranei. La gente correva. Io sentivo gli occhi gonfiarsi di lacrime. Avevano trovato il passaggio.

40
Gizem

Le persone erano agitate.

La notizia si stava spargendo in fretta e tutti volevano controllare. Per la miseria, avevano trovato il passaggio. Esisteva davvero. Avevamo una speranza di salvezza, ma io non sapevo dove fosse Ebe. Sbuffai, guardandomi attorno e vedendo solo la calca che aumentava. Dovevamo muoverci. Mia sorella odiava i posti pieni di gente, però sapeva come cavarsela. Invece, se Ebe si fosse stancata troppo...

Mi arrivò una gomitata.

«Ehi, fa' attenzione!» sbraitai. C'era disordine. La folla si accalcava contro le pareti di roccia e io tremavo, pensando ai feriti. Ai deboli. Dov'era Ebe?

Ancora una spinta, più cattiva. L'anziana che avevo di fianco rimase in piedi per miracolo. Il bimbo vicino a lei invece inciampò e finì a terra, urlando. Lo vedevo a sprazzi, nascosto dal passaggio continuo delle persone.

«Prendimi la mano» strillai, però lui si rannicchiava, spaventato, con i piedi degli adulti che lo scansavano per miracolo. Merda.

«Fermi» urlai. «È inutile correre se non aprono il passaggio! Fermi, o vi ammazzerete da soli!»

Ma peggiorai la situazione. Alcuni rallentarono, altri spinsero di più. Alle liti si aggiunsero delle grida spaventate. Il bambino era in lacrime, arrotolato su se stesso. Tentai di raggiungerlo per fargli da scudo, diventando un sacco paracolpi in mezzo alla calca, mentre l'anziana mi chiedeva aiuto. Avevo paura che stesse per succedere il peggio. *Ebe, dove sei?*

Poi partì una musica. Una melodia leggera, piacevole. E tutti ascoltammo. Mi rilassai con un sospiro, allentai le spalle, piegai indietro il collo. Gli altri stavano facendo lo stesso. Eravamo più calmi, quasi fermi. Qualcuno si mise a sedere. Il bambino era riuscito a tirarsi su e sorrideva, abbracciato alle gambe dell'anziana. Poi vidi Ebe. Si stava avvicinando a me lentamente, senza zoppicare più. Le persone attorno a noi stavano bene. Noi stavamo bene, ed era bellissimo. Era proprio così che doveva andare... Poi la musica finì.

Scrollai la testa strizzando gli occhi, e quando li riaprii trovai le persone ammassate come prima, però immobili, in silenzio, voltate verso lo stesso punto. E in quel punto c'era Bianca, più rossa di un pomodoro, seduta sulle spalle di Alma. Respirava come se avesse appena corso la maratona.

«Ottima idea, Bambina» ansimò, guardando in basso. «Non è stato esattamente il mio esordio dei sogni, ma potrò sempre dire che al primo concerto dal vivo ho fatto il pienone.»

Bianca. Bianca e il suo potere! Mi vide in mezzo alla folla e si piazzò le mani sui fianchi.

«Altro che moscerini, eh?» disse, facendomi l'occhiolino. «Ora però mettimi giù, valchiria, che la vista è ottima, però la seduta risulta scomoda. Sei puntuta.»

Alma sorrise, facendola scendere, ma tornò seria subito dopo. Disse qualcosa a qualcuno che non vedevo. Alzò le braccia per attirare l'attenzione, e parlò.

«Vi state accalcando qui» iniziò con voce piena. «E avete fretta di raggiungere una meta, però non sappiamo ancora come aprire il passaggio. In più, non mi sembra di vedere nessuno che aiuti i feriti. Dobbiamo fare le cose insieme e muoverci in maniera ordinata, o altri si faranno male.»

Essendo una delle fondatrici degli Schiaduri, Alma era abituata a fare discorsi in pubblico.

«Da cosa stiamo fuggendo, noi?» domandò, girando su se stessa, rivolta alla folla.

Mormorii, proteste, molti silenzi colpevoli seguirono quella frase. Nessuna risposta.

«Stiamo fuggendo da chi ci vuole rendere egoisti, miseri, talmente soli da non vedere nemmeno più chi ci sta vicino. Come possiamo combatterli quando ci comportiamo come loro?»

«Non possiamo combattere finché siamo qui sotto! Non vogliamo schiattare come topi in questi tunnel» esclamò un ragazzo arrabbiato vicino al trio.

Non andava bene. Poteva essere la partenza di un comizio pericoloso. Tentai di avvicinarmi a lei prima che potesse rispondergli. Avevo paura di cosa stesse per dire, ma la gente in mezzo a noi era troppa e la sua mente veloce.

«Siamo arrivati insieme e non lasceremo indietro nessuno» continuò, gentile e ferma allo stesso tempo. «Il che significa andarsene da qui facendo le cose con ordine. Bisogna prendersi cura di tutti.»

«Significa anche che bisogna dare qualche scappellotto ogni tanto» sentenziò Bianca dopo averne mollato uno sulla nuca del ragazzo. «Nessuno schiatterà come un topo, chiaro?»

I brividi mi trapassarono la schiena, ma per fortuna la reazione della folla sembrò divertita. Avevano capito il suo intento di alleggerire la situazione. O forse avevano considerato le dimensioni delle spalle di Alma. Io continuavo a stare sulle spine.

«Ora» riprese lei, «per favore, cerchiamo di muoverci con calma e criterio. Recuperiamo quanto ci è possibile, aiutiamo chi ha bisogno, restiamo uniti. Chi può, trasporti anche le provviste. Non sappiamo ancora come entrare nel passaggio e quali siano le sue condizioni, per cui è meglio procedere pochi per volta.»

Non sapevo se riuscisse a vedermi, ma le sorrisi. Grata. "Bisogna prendersi cura", era quello il succo del suo discorso.

Era nostro compito capire come aprire il passaggio e controllarlo. Era necessario ispezionarlo, e renderlo più sicuro possibile. Ma prima dovevo fare una cosa più importante: trovare Ebe.

Iniziai a farmi largo tra le persone impegnate a radunare roba. Improvvisavano sacchi utilizzando i loro abiti rotti, sistemavano i bambini o i feriti nelle carriole che avevano portato via dalla Congrega attaccata. Collaboravano. C'era ancora confusione, però mi bastarono pochi passi per uscire dalla parte più caotica. Così la scovai. Era in piedi, pallida, e parlava con Ani sotto l'arco buio di una nicchia. Lo sapevo che era capace di badare a se stessa, me lo aveva ripetuto un sacco di volte, ma avere la conferma era sempre meglio. Soprattutto mi toglieva il peso sul petto che sentivo da un po'. Le andai incontro e l'abbracciai.

«Ehi» esclamò, come se volesse protestare. Poi cambiò idea e ricambiò la stretta. «Sto bene» mormorò.

«Gizem.» Ani mi guardò seria. «Perché Guido non è ancora arrivato?»

Guido? Ma porca miseria, come avevo fatto a scordarmi Guido? Nel caos della ricerca di un passaggio per la fuga mi era scappato di mente. *Che stupida*. Cercai gli occhi di Ebe, con l'agitazione che s'ingigantiva a ogni respiro.

«Vi ha spiegato da dove sarebbe passato?» disse meno cupa di quanto non avesse fatto mia sorella, però ugualmente grave. Alzai le spalle.

«Ci aveva detto...»

In quell'istante un tornado arrivò in corsa, sbattendo contro le mie spalle. Bianca.

Mi sorrise, studiò tutte le nostre facce, poi cambiò espressione e mugugnò qualcosa.

«No, ragazze» implorava, grattandosi la testa. «Un'altra rogna non posso sostenerla.»

Mai stata più d'accordo.

Ani scosse la testa. «Guido non è ancora arrivato.»

Ci guardammo tutte e quattro. Nessuna aveva il coraggio di dire cosa stava pensando.

«Sentite, Guido sa come cavarsela. Noi ora non possiamo attendere oltre. Vedrete che ci raggiungerà.» Ebe si fermò a studiare le nostre reazioni. Afferrò il mio braccio e quello di Bianca. «Non possiamo arrenderci in questo momento. Bisogna muoversi. È necessario dividerci i compiti.»

«Io vado a vedere cosa sta combinando la folla all'accesso del passaggio. Non vorrei avessero cominciato a utilizzare i denti per aprirlo» si propose di slancio Bianca, meravigliandoci. Nessuna di noi trovò qualcosa da ridire. Lei lo prese come un segno di assenso e si allontanò in fretta.

Ani, senza nemmeno proferire parola, la seguì.

Mi girai verso Ebe.

«Allora io recupero Alma e andiamo a controllare il cancello. Così ci assicuriamo che non resti indietro nessuno.»

«Senti...» iniziò a dirmi, ma non riuscì a finire la frase.

«Starò attenta, Ebe» mormorai, tornando indietro per darle un bacio. «Cerca di farlo anche tu.»

«Va bene» annuì con un sorriso stanco. «Io vado...»

Poi un frastuono rimbombò in tutti i sotterranei.

Le persone cominciarono a gridare.

Presi Ebe per il braccio e partimmo di corsa in direzione del suono. Vidi Alma affiancarci dopo pochi istanti. Eravamo già pronte a combattere contro un gruppo di Stecche infiltrate, scoprendo che i responsabili erano un manipolo di fuggitivi saltellanti con a capo Bianca. Appena ci vide, si mise una mano sul petto.

«Lo abbiamo aperto!» annunciò orgogliosa. Le urla si spensero in fretta e alcuni curiosi si avvicinarono.

«C'era un sistema di carrucole che partiva da sotto la luna. Non era semplicemente incisa, era un tasto da premere per sganciare la corda che teneva il contrappeso» spiegò Ani senza guardare in faccia nessuno, indicando un enorme masso caduto a pochi metri di distanza, addossato a una parete. «Quello è sceso» ribadì, puntando il dito verso il sistema di funi, «e quello è salito» precisò, fissando la pietra compatta che era andata su.

«Grazie» borbottò Bianca. «Ci serviva proprio una che levasse la poesia del momento, aridona.»

Ma non l'ascoltavamo più. L'emozione della speranza stava andando via per la consapevolezza di ciò che ci trovavamo davanti: un grosso buco nero.

Sotto la luna c'era un arco stretto senza un briciolo di luce, l'inizio del passaggio che avevamo cercato tanto: la via di fuga, che metteva una gran fifa solo a guardarla.

«Noi dobbiamo entrare lì?» chiese una bambina, avvicinandosi. Io non sapevo che risponderle. Quel coso spaventava anche me.

Quanto era lungo quel passaggio? Dove portava? Come cavolo potevamo pensare di attraversarlo con il sale che ci era rimasto? E perché Guido non arrivava a portare quello che avevamo caricato alla Congrega?

Mi passai una mano sulla fronte.

Eravamo a buon punto. Le persone scorrevano senza intoppi verso l'accesso al tunnel che portava al passaggio. Tenevamo costantemente d'occhio il cancello, sperando di veder spuntare Guido. Ma non potevamo aspettare il suo arrivo, non c'era più tempo.

Aggiustai gli spallacci dello zaino a una ragazzina, dandole un colpetto sulla schiena per farle raggiungere gli altri.

«Gizem» disse Alma, prendendomi il braccio. «Senti...»

«Possiamo parlarne un'altra volta?» le chiesi bloccandola. «Perché non ho proprio voglia di lezioni. Ora la priorità è portare tutti fuori da qua senza perdere per strada nessuno.»

Lei mi mise in mano un sacchetto pesante. «È sale, per il passaggio» spiegò vedendo la mia faccia.

«Alma...»

«No, fammi parlare. Ho capito cosa volevi dire. E soprattutto ho visto. Noi Schiaduri abbiamo sempre puntato all'azione, è il nostro modo di vedere le cose, ma non è il tuo, e va bene così.»

Girò su se stessa, osservando tutto. Tutti.

«Ho tenuto un po' di sale per me» confessò. «Vi ruberò una lampada e, quando sarà il momento, farò quello che serve.»

Strinsi gli occhi per metterla a fuoco nella penombra.

«Che cosa dovresti fare, scusa?»

Sorrise. «Pensavo che ti avrei convinta prima o poi, sai? Che saresti passata a combattere con noi. Credevo che ti avrei avuta al mio fianco per la splendida guerriera che sei.» Fece una pausa per guardare di nuovo i rifugiati. «Ma hai trovato la tua strada» andò avanti, «che è diversa dalla mia.» Si prese un attimo per sospirare. Quando girò il viso, sembrava che la luce delle lampade sulle sue guance fosse più brillante. «Davvero ho pensato...»

Poi un botto, ancora. Un'esplosione che fece vibrare l'aria e tremare la terra. Odore di bruciato. Polvere che si era sollevata nella penombra umida delle grotte. Le gambe si erano fatte di gesso e il cuore mi bombardava le costole.

Alma corse verso la cancellata d'ingresso, facendosi largo in mezzo agli ultimi fuggiaschi terrorizzati che scappavano nella direzione opposta.

Un passo per volta riuscii a trovare la forza di muovermi. Poi più veloce. Forse qualcuno gridò il mio nome, ma non c'era più tempo. Corsi disperatamente in mezzo alle persone che piangevano e urlavano di paura. Il tunnel si era quasi svuotato del tutto. Mancavano solo pochissime persone che stavano raggiungendo la svolta verso il passaggio.

«Di là» indicavo loro. «Andate di là!» e correvo. Volavo. Perché stavolta erano arrivati davvero.

Puntai verso l'ingresso delle grotte. Una luce strana, gialla, velava il fumo che si era infiltrato tra le grate del cancello e non mi permetteva di vedere oltre. Sembrava tutto fermo, senza Stecche, e che dentro quella nube fossimo rimaste solo io e Alma.

«Allontanati!» urlai.

Lei si girò, stupita.

«Butta il sale e vieni via da lì.»

Sorrise, continuando a slacciare il cordino del sacchetto.

«Alma, muoviti!»

«Gizem» disse con una dolcezza disarmante. «Questa sono io.»

Restai a guardarla.

Una seconda esplosione ci costrinse a raggomitolarci con le braccia sulla testa. Quella era stata vicina. Troppo vicina. Ci serviva tempo per assicurarci che tutti se ne andassero, tempo che non avevamo. Gli Integri non erano ancora entrati, ma era una questione di minuti. E quel fumo bruciava.

«Alma» ripetei tirandomi il collo della maglia sul naso per respirare.

«No, davvero, no» mi fermò alzando il palmo. «Tu hai altre cose da fare.»

Il caldo aumentava. Miseria, quanto aumentava.

«Bisogna ribellarsi sempre. Continuamente» disse, persa nei suoi ragionamenti. «Ci credo sin dal primo momento in cui ho respirato, e ci crederò per sempre. Anche se veniamo sconfitti, nessun giorno deve passare senza un tentativo di rivoluzione. So che hai deciso di percorrere un'altra strada, Gizem, e voglio che tu combatta al tuo meglio. So che lo farai.»

Vedevo il fuoco entrare nel cancello anche con gli occhi irritati. Stava già arroventando le sbarre.

«Alma, che stai dicendo? Vieni via!» sbraitai tossendo. Poi capii. «Alma, cazzo, vieni via da lì!»

«Vai al tunnel, Gizem» mi ordinò, riparandosi la bocca con la manica. «Controlla che siano entrati tutti e poi chiudi il passaggio, altrimenti vi troveranno. Scappa, che inizia a scaldarsi l'atmosfera, qui.»

E partirono i primi colpi. Alma si rannicchiò istintivamente, ma non mosse un passo. Io cercai riparo dietro una colonna, nel panico. Perché ormai era chiaro. Le Stecche erano al cancello.

Figure di esseri corazzati iniziavano a sbucare nel fumo illuminato dalle fiamme.

«Conterò fino a tre, tesoro» gridò sopra il rumore dell'incendio che divorava tutto. Altri spari. «Quando inizierò a contare, tu corri!»

«Alma!»

«Tu corri!» ripeté con tutte le sue forze.

E in quel momento capii che non c'era niente. Nessuna giustizia. Solo e sempre dolore.

Il cancello crollò.

«Uno!» urlò.

«Alma, no, ti prego!»

«Uno!» disse di nuovo. Mi spostai dalla colonna per guardarla. Era fiera, irremovibile, coi capelli mossi dal fuoco che arroventava l'aria.

«Uno, Gizem!» ribadì guardandomi negli occhi. «Stanno arrivando, non lo ripeterò ancora!»

Così cominciai a correre.

Misi un piede davanti all'altro senza convinzione, poi mi voltai a controllare Alma per un'ultima volta. Il sale cominciava a scintillare dentro il sacchetto.

«Due» gridò. Aumentai il passo girando verso il tunnel che conduceva al passaggio. Sentivo l'aria troppo calda nei polmoni e il pianto scendere sulla mia faccia. Altri proiettili fischiarono. Il dolore. Il dolore era dappertutto.

Un tonfo metallico mi riempì le orecchie. Gli Integri ormai erano dentro.

Accelerai.

«Tre!»

Sentii il suo grido nelle ossa. Urlai. Urlai tanto da scorticarmi la gola, fino a quando arrivai davanti al passaggio aperto. Inciampai.

Poi l'esplosione mi raggiunse.

41
Ani

«Non è niente, Bambina, niente» mentì Bianca. Lo ribadiva già da qualche minuto, stringendo con forza le mie spalle, non sapevo se per proteggermi o per aggrapparsi a qualcuno. Ma lo avevo sentito. Lo avevamo sentito tutti. La roccia si era spostata. Aveva scricchiolato, tremato. Le lampade al sale facevano quel briciolo di luce sufficiente a escludere che stessimo camminando verso l'inferno, eppure non bastava. Del pietrisco cadeva sulle nostre teste. Eravamo prigionieri di quello spazio stretto, buio, pieno fino all'orlo di gente spaventata. Procedevamo uno dietro l'altro, ognuno come meglio poteva, spinti dalla paura di guardarci indietro. E quel boato... merda, il boato. I brividi mi scuotevano ancora. Ebe era diversi metri davanti a noi, Bianca mi arpionava le spalle, vedevo una fila infinita di teste quando mi giravo, ma Gizem? Dov'era? Respirai in fretta. Da quanto eravamo là sotto? Sembrava passata un'eternità.

«Bi.»

«Aspetta Bambina, vado a controllare un attimo.»

Ogni attimo là sotto diventava troppo. Volevo mia sorella. Volevo sapere che avevamo portato via tutti da quella devastazione. Volevo con tutte le mie forze che quello scoppio non c'entrasse nulla con le Stecche e che non avesse colpito nessuno di noi.

Respirai.

«È stretto» dissi. Due parole. Una frase striminzita e distantissima da quello che pensavo. La voce non sembrava nemmeno la mia. Però ero incapace di esprimere altro.

«Camminate senza fermarvi e senza spingere!»

Ebe.

«Sentila come strilla da là davanti, all'inizio della fila, la Signorina Faccio Tutto Io» finse di brontolare Bianca, scrollandomi. «Senti come si diverte a sputare ordini in giro.»

Si divertiva? Non lo sapevo. Mi sembrava di non sapere più niente. Io ero certa solo della roccia, dei barlumi di luce in mezzo alle tenebre che potevano spegnersi da un momento all'altro, di troppe facce disperate, e dell'espressione tesa di chi mi tratteneva a sé. Non avevo mai visto Bianca in quelle condizioni. Era guardinga, con la testa che scattava in continuazione.

Respirai.

«Gizem.»

«Sarà qui dietro, da qualche parte» rispose con una certezza insensata. «Te lo immagini il cazziatone che si beccherà dalla sua ragazza appena tornerà?»

Ridacchiai. O credetti di farlo. O forse la tensione era talmente forte che stavo facendo stridere i denti.

Gente. Troppa gente. Puzza.

Bianca si bloccò. «Che cazzo è?» disse annusando. Mi girai a guardarla. Anche lei lo aveva sentito? Non era solo l'ennesima manifestazione della mia paura?

«Ehi, laggiù, cos'è questo odore?»

«Lo riconoscete?»

«Cosa c'è qua sotto?»

Voci. Sempre più voci che chiedevano.

«Illuminate le pareti!» Un uomo. Sembrava anziano, dal tono. «Le pareti, tutte le pareti!» ordinò ancora.

La fila allentò il ritmo. Si passarono tutte le lampade per avvicinarle ai lati del tunnel.

«Cosa succede? Cosa cercate?» gridò Ebe.

Respirai.

Lungo le mura di pietra non c'era niente. Spigoli. Avvallamenti. Depressioni più accentuate. Solo sassi, superfici dure e chiuse, salde tra loro. Nessuna via di fuga.

«E questa che roba è?» disse un ragazzino smilzo, alzando la lampada per illuminare dei bastoni di legno infilati nella roccia, avvolti da un tessuto consunto che puzzava di un odore che non sentivo da anni.

«È... petrolio?» mormorai.

«Porco schifo!» sbottò Bianca, lasciandomi le spalle per la prima volta da non sapevo quanto. «Sono torce! Sono delle sudicissime torce!»

Poi scoppiò a ridere. Torce. Un sacco di torce. Una possibilità enorme di luce che non immaginavamo.

«Accendetele con gli stoppini delle lampade a sale» disse l'uomo di prima. «State attenti quando lo fate, potrebbe esserci una fiammata. Allungate la fila in avanti e passate le torce indietro.»

Spazio. Potevo muovermi. E uno per volta iniziarono a splendere i nuovi fuochi. Passarono un bastone incendiato anche a Bianca.

«Ah! Pensavano di fregarci con il sale esaurito e noi, invece, abbiamo queste. Che pacchia, eh?» mi fece l'occhiolino. Rideva, lei. E io respirai. Quella volta sul serio.

«Ma dov'è?»

«Non lo so!» esclamò il ragazzino per l'ennesima volta. «Mi hanno detto di riferirlo da dietro e basta!»

«Oh, trovo davvero poco professionale trasmettere informazioni tanto incomplete, mio caro» lo rimproverò Bianca. Gli si era appoggiata con entrambe le mani sopra le spalle per spingersi più in alto possibile e cercare.

«Puoi ripetermi il messaggio?» gli chiesi.

Lui mi squadrò, sbuffò per colpa del peso di Bianca addosso e rispose: «Dite in avanti che Gizem sta bene e le grotte sono chiuse» brontolò.

Annuii.

«Basta?»

«Basta» confermò.

«Si sa chi lo abbia riferito?» indagai ancora.

«No.»

«Ripetilo a chi ti sta davanti, Bambina, fallo arrivare a Ebe» mi suggerì Bianca, smettendo di torturare le vertebre del ragazzino. «Solo tua sorella può essere tanto suonata da far girare una frase simile dimenticando di inserire il dettaglio che è stata lei stessa a trasmetterla.»

La fissai. E se non era vero? Se mia sorella fosse stata catturata dalle Stecche, e ora si stavano prendendo gioco di noi, prima di ammazzarci tutti?

Mi tastai la pancia, cercando conferme in qualunque maniera, ma niente. Non stavo sentendo niente.

«Oh, maledetta paranoica» prese fiato Bianca. «Ehi, là in cima alla fila, Gizem sta bene e il passaggio è stato chiuso, fate girare il messaggio fino a quando non sarete sicuri che abbia raggiunto Ebe!»

«Bi!» sbottai.

«Bi cosa, per la gloria di ogni spirito?» replicò piegandosi verso di me, con le mani sui fianchi. «Cosa mai potrebbe succedere? Se la notizia fosse vera la renderemmo felice, se fosse falsa e studiata da degli Integri di merda ci ammazzerebbero comunque, però almeno Ebe sarebbe felice lo stesso. Voglio dire, una botta di fortuna oggi ce la saremmo pure guadagnata, eh!»

Aprii la bocca per risponderle, ma non trovai nulla da contestare. Aveva ragione. Eravamo prive di qualsiasi certezza. Quantomeno potevamo scegliere di essere un po' più felici.

«Scusate» disse una donna a due o tre metri da noi. «Chi è Gizem?»

Bianca le si avvicinò.

«Tesoro, ho forse chiesto che tu lo capissi, il messaggio?» le domandò con voce eccessivamente mielosa.

La donna arrossì.

«Ecco» approvò soddisfatta, tornando al mio fianco. «Ora capisco perché Clarissa è sempre incarognita nera. Le persone sono tremendamente difficili da gestire!»

Sollevai le sopracciglia il più in alto possibile.

«Be'?» borbottò. «Non posso dirlo io? Credi non ne abbia diritto?»

«Scusa, però non è chiara una roba» la interruppe un signore mettendole una mano sulla spalla. «Ho capito cosa devo dire, però come la trovo Ebe se non so chi è?»

Bianca spalancò gli occhi. Io mi trattenni a fatica dallo scoppiare a ridere. Quando si girò verso l'uomo, sembrava sconvolta.

«Ma siete seri?» sbraitò, gesticolando pericolosamente con la torcia in mano. «Cosa sono queste domande? Voi dovete passare parola con questo messaggio e precisare che deve arrivare a Ebe. Ve lo dirà lei quando la troverete, no? È tanto complicato?»

Stava tenendo banco per qualcosa di poco importante. Faceva facce buffe, agitava le braccia, si abbassava verso i più piccoli in coda con noi per controllare le loro espressioni. L'uomo rideva. Tutti ridevano. Aveva visto sorridere anche me. Incantare con la voce era una capacità magica, senza dubbio, ma il vero potere di Bianca era la forza di alleggerire anche le situazioni più cupe.

Quando si calmò, mi alzai sulle punte per darle un bacio sulla guancia. Lei mi guardò sporgendo le labbra.

«La prossima volta o mi chiedi il permesso o urlo.»

Poi mi fece l'occhiolino. *Grazie, Bi.*

«Un messaggio da mandare indietro!» gridò qualcuno. «Si vede l'uscita!»

L'uscita. Aria. Istintivamente accelerai il passo.

«Non correre, Ani.» Bianca mi bloccò con fermezza. Non stava scherzando. «Se inizi a correre tu lo faranno tutti, e finiremmo per essere travolti. Ricordi cos'abbiamo rischiato prima?»

Ricordavo. Quando avevamo aperto il tunnel, i rifugiati volevano entrarci immediatamente e ognuno per primo. La folla mi premeva addosso così tanto che mi ero dovuta arrampicare sulle colonne di una nicchia per poter respirare. Per quel motivo avrei mantenuto il passo a costo d'impazzire.

«Non correrò» promisi.

«Oh, Bambina, sapevo che avresti capito.»

Dietro di noi continuarono con il passaparola fino a quando le voci non divennero un'eco lontana. Quanto era lunga la fila? Tentai di sbirciare fino a dove arrivassero le luci.

«Non puoi vederla la fine» mi avvisò Bi.

«Era solo curiosità» confessai, cercando un contegno.

«La vedrai fuori, tua sorella.»

Sospirai.

«Davvero?»

Bianca mi strinse con il braccio libero senza smettere di camminare. «Davvero» promise.

Poi tutto ricominciò. Sembrò solo uno spostamento d'aria, all'inizio, ma aumentò. Il rombo divenne sempre più importante, la terra vibrava. Arrivò il tuono. Ricominciarono le pietre addosso. Le grida invasero il tunnel. Io pensai solo che stavamo per morire. Schiacciate dalle pareti crollate, calpestate dalla folla terrorizzata, soffocate dai cadaveri.

Respirai.

Bianca mi guardò. Sgranò gli occhi e mi caricò sulle spalle.

Respirai.

Incominciò a correre urlando, schivando i fuochi delle torce.

Respirai.

Qualcuno strillava come un pazzo. Qualcuno stava bruciando. Forse ero io.

Respirai.

Le pietre cadevano. La luce cambiò.

Respirai.

Le grida rimbombavano diversamente. La temperatura calò. Le persone davanti ai miei occhi scomparvero. Bianca mi scaricò sul terreno e mi prese a schiaffi. Vedevo il cielo ricoperto di nubi. Di fumo.

Respirai.

Respirai.

Respirai.

E piansi.

42
Bianca

Quando la vidi piangere ricominciai a respirare anche io. Almeno era viva.

Ani stava a terra, si contorceva e ogni boccata d'aria era un affanno rumoroso. Piangeva come non aveva mai fatto da quando ci eravamo incontrate, ma non serviva un genio per capire che quello non era dolore. Era un attacco di panico.

Mi misi a sedere accanto a lei, lasciandole un minuto per sfogarsi. Raccolsi quel corpicino per stringermelo contro come se dovessi cullarlo. Tanto non pesava niente.

Inizialmente s'irrigidì, sospesa tra il pianto e il vuoto, con gli occhi spalancati e la tensione che la imprigionava. Poi iniziò a muoversi piano, dondolando. Dondolò a lungo, in un moto consolatorio a palpebre chiuse che la stava calmando. Infine si appoggiò al mio petto, lasciando che le ultime lacrime le scivolassero sulla faccia.

Povera Bambina. Le accarezzai la testa, dopodiché sollevai lo sguardo.

Che disastro.

A un paio di chilometri da dove eravamo sbucate si stava sviluppando un incendio enorme. Il cielo era un ammasso di polvere grigia e scintille. Era come tornare al momento dell'attacco all'Area di Comando. A un certo punto mi accorsi che, più in alto, tra le nubi, si scorgevano delle piccole fiamme, a gruppi di tre.

Una più grossa, sopra, e due più piccole sotto.

«Non saranno mica delle schifosissime mongolfiere?»

Ani non mi rispose, ma si girò per guardare. E strillò.

Mi servì un secondo per capire. Davanti a noi c'era Gizem, con gli abiti stracciati e mezza ricoperta di sangue, che stava depositando due persone a terra. Una sembrava talmente ustionata da essere irriconoscibile. La Bambina si divincolò e le corse incontro. Io mi alzai. L'intenzione era quella di darmi una spolverata ai pantaloni e nascondere il viso. Ma ripiombai a terra e cominciai a piangere con discrezione.

I feriti. Il sangue. I morti nel buio. La fuga. L'attacco. Il panico che sommergeva tutto. Alma. Guido. *Guido.*

Una mano mi accarezzò la schiena fino ad arrivare alla spalla. Io sussultai, raddrizzandomi.

«Cazzo fai, tocchi?»

Ebe ridacchiò amara.

«È normale, Bianca, puoi sfogarti anche tu» disse, continuando a massaggiarmi lungo la colonna vertebrale. Singhiozzai.

«Perché invece di stare qui non ti levi e vai a intrattenere la tua Venere turca?»

«Perché sta parlando con sua sorella, cuore di pietra» replicò schiaffeggiandomi la nuca. «E mi dispiace interromperle, ma non abbiamo tempo.»

Tornai in posizione eretta, appoggiandomi a Ebe. Pulii il naso su quello che rimaneva della manica della camicetta.

«Che si fa, ora?» mugugnai.

«Gizem e Alma dovrebbero portarci a San Marino, perché è il punto più sicuro e raggiungibile che possiamo sfruttare per avere aiuto. Da lì potremmo proseguire.»

La guardai. Lei si torse le dita.

«Ma?»

Ebe si girò, mordendosi il labbro. Poi rispose.

«Ma non so dove sia Alma.»

Non ci fu verso di dividere in gruppi i rifugiati. I genitori volevano stare con i bambini. I bambini volevano altri bambini. Gli altri bambini avevano altri genitori. Chi aveva perso qualcuno piangeva in disparte. Chi si era concesso un momento di disperazione faticava a reggersi in piedi e diluviava senza ritegno. Stavamo già esaurendo l'acqua e i pochi viveri rimasti, però non ci fermavamo. I più forti aiutavano i feriti, rifiutandosi di lasciarli indietro. No, non ci fu proprio verso di dividere quella gente in gruppi. E forse, vedendoli, non ci eravamo nemmeno impegnate troppo.

Sapevamo di essere ancora in pericolo e che un'adunanza di persone così grande poteva attirare molta attenzione, ma separandoli non saremmo state in grado di muovere un passo. La cosa giusta da fare era aspettare il buio di nuovo, per spostarci in blocco il più discretamente possibile. Ed è quello che facemmo. Appena calò il sole, incominciammo a pestare su terra, asfalto, radici che avevano distrutto il vecchio manto stradale, pietre. Camminavamo così da ore.

Qualcuno aveva conservato le torce, altri piccole lampade con il sale che rimaneva, ma i più marciavano sotto la luce della luna.

«Quanto manca?»

Una signora si girò per guardarmi male.

«Poco» rispose Ebe, seccata. «Mancava poco quando me l'hai chiesto la volta scorsa, quando lo hai fatto la volta prima, quindi manca poco anche adesso.»

«E sei sicura che sia la strada giusta?»

Tese le spalle in avanti e poi indietro, allungando il collo.

«Per l'ennesima volta, Bianca, sì. Stiamo seguendo le indicazioni di Gizem e io ho la mappa, una bussola, e il buonsenso per sapere usare tutte e due. È la strada giusta.»

Dopodiché mi scoccò un'occhiata velenosa che non lasciava adito a fraintendimenti.

«Ma che brutto carattere» mormorai. Faticavo anche a pensare a due battute cretine. Ero stanca. Ebe era stanca. Chiunque, là, era a pezzi. Però la consapevolezza del pericolo imminente, mista alla paura che ci stava incollata addosso, ci spronava ad andare avanti. Terra dopo asfalto dopo radici.

«Ehi, Signorina Cordialità.»

«Usa le tue energie per camminare, Bianca.»

«No, dài, sul serio» la rincorsi per prenderle il braccio. «Facciamo due chiacchiere, eh?»

Ebe alzò gli occhi al cielo e per un istante le cedette il ginocchio. Riuscii a sorreggerla solo perché le ero già vicina.

«Vedi che ti servo?» le sussurrai all'orecchio. «Sono la bassa manovalanza.»

Masticò un *grazie*.

«Ora che ti sei espressa ai tuoi massimi livelli, che dici, ne parliamo?» proposi senza mollarla, seguendo il suo passo claudicante. Si girò verso di me aggrottando la fronte.

«Di cosa?»

«Dei poteri di Ani.»

Lei prese un lento respiro e ricominciò a guardare in avanti. «Sì» rispose.

La osservai, aspettando che dicesse qualcosa. La osservai a lungo.

«Ti sei inceppata?» le chiesi dopo un paio di minuti.

«No, Bianca, no» scosse la testa, «solo che vorrei controllare.»

«Controllare cosa?» sbottai. «La Bambina ci ha salvato il culo o no?»

«Ce lo ha salvato» ammise. «E sai che mi fido sia delle sue parole sia dell'opinione di Ottavia, ma poteva essere prevedibile. Forse dovremmo incrociare le sue crisi con le aggressioni degli Integri, prima di comunicarlo alla Congrega.»

Sollevai le sopracciglia.

«Scherzi, sì? Stai facendo le pulci alla nostra amica perché te la fai sotto e non sai ancora come gestire tutto, quindi pensi a delle corbellerie per non andare in crisi, giusto?»

«No, Bianca...»

Mi allontanai.

«No 'sta gran *ceppa*, tesoro» dissi gesticolando. «La tua ragazza e sua sorella arrivano qui di nascosto da tutti, ci tirano fuori da quel buco buio e puzzolente, e la tua reazione è quella di voler mettere Ani alla prova?»

Ebe continuò a camminare senza guardarmi.

«Non consideri tutto» mormorò.

«Cosa devo considerare?» alzai il volume. «Eh? Cosa deve fare ancora Ani per ottenere la fiducia della Congrega?»

«Calmati» mi ordinò, chiudendomi la mano sul gomito. «Io mi fido di lei, completamente. Però devi vedere la situazione da tutti i lati. Sono scappate senza avvisare Clarissa, hanno previsto un attacco che, in fin dei conti, era probabile che arrivasse e ci hanno parlato di un luogo che Alma ha probabilmente identificato, ma non ne siamo certe. E Guido non si trova.»

Picchiai la mano contro la coscia. Che situazione di merda.

«Sei abbastanza insopportabile. Potresti almeno dire qualcosa che io possa contestare, no? E invece niente» brontolai facendo dei cenni di diniego con testa e mani. «Mai niente!»

Ebe mi strinse più forte il braccio.

«Lo prenderò come un complimento» gongolò.

Poi fece silenzio, come se dovesse scontare una colpa per il momento di leggerezza che aveva vissuto. Abbassai la guancia fino ad appoggiarla sulla sommità del suo capo.

«Vi conosco ormai, voi, saputelle arroganti» sospirai teatrale. «Siete sempre convinte di dover salvare il mondo.»

«Non credo di dover salvare il mondo» obiettò lei. «Semplicemente ho fretta di arrivare a San Marino per capire se possono aiutarci. Poi voglio trovare Guido. Come posso smettere di pensarci?»

«Non puoi» le baciai i capelli, «però potresti farti uno shampoo.»

Quando scoppiò a ridere se ne accorsero tutti. Era un momento terribile, e ce le meritavamo tutte, quelle risate.

«Mamma, quelle sono le lucciole che vedevi tu da piccola?» disse una bimba dietro di noi.

Ebe si irrigidì.

«Lucciole?» sussurrai guardandomi attorno. «Esistono ancora?»

«No» replicò. Poi scattò indietro come non credevo potesse fare, e la persi. Era buio e lei era esile.

I rifugiati iniziarono a mormorare. Qualcuno sosteneva che le lucciole non fossero davvero estinte. Altri dicevano che la bambina soffrisse di allucinazioni. Io iniziavo a sentire l'angoscia risalirmi in gola. E avevo ragione.

Arrivò il primo grido. Un suono stridulo, strozzato.

«Merda» mormorai. Tentennai un secondo, incerta, poi recuperai uno straccio di consapevolezza. Iniziai a correre zigzagando tra la folla, pregando di non inciampare, tremando dal panico. *Non adesso, maledetti. Non adesso.* Ma le preghiere quel giorno non valevano una cicca marcia. Venni circondata da urla nel giro di un attimo. Da dove stavano attaccando? Dove? Quanti erano?

Cominciarono le spinte, le cadute; le lanterne vennero abbandonate. Anche quel briciolo di luce ci stava lasciando. Era di nuovo terrore. E io mi precipitavo verso l'ignoto. Scappavo senza sapere dove.

«Merda merda merda!» esclamai, tentando di distinguere le figure che incrociavo. «Vaffanculo!» inveii ancora, saltando oltre un ragazzo scivolato a terra. Avevo paura. A ogni falcata provavo quella schifosissima paura. E lei se ne sbatteva della razionalità. Ti sbraitava nel cervello che dovevi correre per sopravvivere, te lo marchiava a fuoco, annebbiando tutti gli altri ragionamenti. Eppure riuscii a sentire.

Le grida si fermarono. Si interrompevano, rapide com'erano iniziate.

Nessuno sparo. Nessun tonfo di corpi morti.

Finii addosso a qualcuno che aveva frenato di colpo, barcollai e ritrovai l'equilibrio per miracolo. Ormai ero ferma. Toccai le braccia di chi avevo vicino ansimando, sentendo dita che mi sfioravano a loro volta in un gioco di controlli consolante e poco sensato insieme.

Una minuscola lampada al sale si fece strada verso di me, accecandomi.

«Va tutto bene, Bianca.»

Oh, beato cielo! Era la voce di Ebe. Rallentai il respiro.

«Va tutto bene» ribadì.

«Nel senso che siamo in un posto migliore?» borbottai.
«Nel senso che non erano lucciole» rispose. «Erano Schiaduri.»

Gizem continuava ad abbracciare gente. Ebe porgeva le nostre condoglianze.

Le persone stavano arrivando man mano dentro alla vecchia chiesa senza il tetto del paesello dove ci avevano condotti gli Schiaduri. Serviva una sosta in un posto sicuro prima di raggiungere San Marino.

«Grazie» rispose il barbuto che sembrava conoscere benissimo la sorella di Ani. «Sapevamo che Alma sarebbe morta combattendo. Poteva finire solo così.»

«E noi le saremo sempre grate per la sua scelta di lottare fino all'ultimo per proteggerci» gli disse Ebe con un tono molto istituzionale.

Gizem, visibilmente a pezzi, non riusciva a fermarsi. Passava dall'abbracciare i membri degli Schiaduri a sorreggere i feriti da spostare.

La Bambina mi stava attorno come un'ombra, cupa allo stesso modo. «Cosa succederà ora?» chiese.

Il barbuto si rese conto della sua presenza solo in quell'istante.

«Alma ci aveva allertati» spiegò. «Era convinta che la situazione sarebbe evoluta nel peggiore dei modi, quindi ci aveva chiesto di monitorare il perimetro esterno di Santarcangelo, nel caso fosse precipitato tutto.»

«I feriti?» continuò lei.

«Ci sono dei calessi che usiamo solo per le emergenze già in viaggio. Passeremo a soccorrere chi non può proseguire.»

«Sono diciotto persone» intervenne Ebe. «La maggior parte riescono a muoversi da sole, ma alcune sono abbastanza gravi e le stanno accudendo.»

Lui annuì.

«Dov'è Guido?» chiese ancora Ani, lanciando le domande come fossero coltelli. Il barbuto tentennò.

«Chi è Guido?»

«Guido fa parte della nostra Congrega» gli spiegò Ebe con un misto di imbarazzo e rabbia. «Perdonala, è ancora molto scossa.»

«Di solito è uno zucchero» gli sorrisi.

Testa Riccia mi ignorò.

«Comunque, non posso aiutarti a trovare questo Guido», mi rispose l'uomo. «Mi dispiace. Adesso che abbiamo fatto la conta di tutti, possiamo muoverci verso Genga.»

«Genga?» intervenne Ebe.

«Alma ci aveva avvisato di stare pronti. La nostra procedura per le emergenze in questa zona prevede di appoggiarci là.»

«Ma lei ci aveva parlato di San Marino. Che c'entra Genga?»

Il barbuto alzò le spalle mostrando i palmi in avanti, arreso.

«Da San Marino partiremo per Genga e, una volta arrivati, andremo su fino al Tempio di Valadier. Sono già pronti ad accogliervi.»

Ebe sgranò gli occhi. La Bambina se ne andò. Il barbuto tirò un sospiro di sollievo.

Finalmente capimmo perché Alma confidasse così tanto nel potere di Ani.

«Scusami, caro, come ti chiami?»

«Palmiro» si presentò. Da come gli era tremata la voce, ci fosse stato un soffio di luce in più avrei potuto scorgere le sue guance arrossarsi.

«Bene, Palmiro.» Arricciai il naso. «Quanto sarebbe lontano questo tempio?»

«Più di cento chilometri» replicò. Era uno sproposito di strada. Ridussi gli occhi a una fessura.

«E come dovremmo arrivarci, di grazia?» indagai.

«Con le mongolfiere.»

Che giornata di merda.

43
Ebe

La gamba mi stava uccidendo.

Il dolore era arrivato a trapanarmi il cervello, però non lo avrei ammesso nemmeno sotto tortura. Gizem si era incaponita nel tentare di convincermi a usare le mongolfiere insieme ai feriti e le persone stremate, come se la mia risposta non fosse scontata. Era necessario fissare delle priorità e il trasporto via cielo era destinato a chi non riusciva a muoversi. Punto. Nessuna eccezione.

Per la nostra sicurezza, avevamo deciso che ci saremmo separati in piccoli gruppi. Avremmo impiegato giorni, fatica, ma saremmo andate a piedi. Io potevo farcela. Io e il mio maledettissimo orgoglio.

Fin dai primi passi avevo capito che quel viaggio sarebbe stato massacrante, eppure credevo di riuscirci. Avevamo fatto quasi tre giorni di cammino, mancava poco. Dovevo stringere i denti. Certo. Erano tutti pensieri molto motivanti, peccato che me li stessi urlando in testa da ore, e la salita finale fosse terribile.

Il sentiero era ben tracciato, punteggiato da piccole lanterne, ma i ciottoli smossi e le radici affioranti erano un ostacolo continuo. Di certo quell'aspetto rendeva il luogo dove ci aveva mandate Alma era più sicuro, ma non ne migliorava l'agibilità.

Merda, stavo per cedere. Sembrava che quel viaggio non avesse mai fine. Perlomeno il Tempio di Valadier era pieno di risorse. Nella Congrega di Genga avevano case, letti, guaritrici e medicamenti. Possedevano cibo e acqua per sostenere più persone di quante non credessimo e soprattutto erano muniti di mezzi. Quando gli Schiaduri ci avevano mostrato le loro quattro mongolfiere eravamo rimaste senza parole. Ci avevano detto che era necessario aspettare la notte e che avrebbero impiegato circa quattro ore per arrivare, in modo da accendere il meno possibile i due bruciatori direzionali.

Mi ero sentita talmente grata da continuare ad aiutarli nonostante il dolore alla gamba e il mal di testa pressante. Il trasporto dei feriti era stato lungo, penoso, incompleto. Eravamo riusciti a salvarne solamente sedici, alla fine. E di Guido non avevamo alcuna notizia.

«Ce la fai?»

Gizem mi allontanò da quei pensieri di morte con un mezzo sorriso.

«Sì sì» mentii. Però la voce era troppo strozzata perché lei ci credesse. Quando mi prese in braccio la odiai e l'amai insieme.

«Se non protesti neanche devi essere veramente distrutta» considerò.

«Stai zitta» le ordinai. Mi afferrai i polsi dietro il suo collo e le appoggiai la faccia contro la clavicola. Guardai dietro di lei e vidi Ani, da sola, col suo passo corto e veloce. Non aveva detto una parola da quando ci eravamo messe in cammino.

«Come sta tua sorella?» mormorai.

Gizem fece spallucce. «Mica lo so. Sembra arrabbiata, come al solito. Però almeno ha passato quasi tutto il tempo con me» riassunse. La strinsi un po' di più. Era difficile interpretare le espressioni di Ani, i suoi atteggiamenti, solo Bianca ci riusciva, ma in quel momento era impegnata a spronare i rifugiati più anziani, che arrancavano sul sentiero.

«Avanti, ginocchia in su» blaterava poco distante da noi. «Un pezzo di cioccolata ai primi dieci che tagliano il traguardo.»

Ridacchiai.

«Avresti mai pensato di affezionarti così a Bianca?» chiesi a Gizem.

«No» ammise sghignazzando il mio mezzo di trasporto. «Ma se non ti ci affezioni la ammazzi, quindi va bene così, giusto?»

«Giusto» confermai con un sorriso. Poi mi soffermai a riflettere su tutto quello che era accaduto in pochi giorni. Su quanto tutto fosse cambiato.

«Come stai?» le chiesi, accarezzandole il collo. Gizem prese un respiro profondo.

«Così» riuscì a dire. «Triste, sfinita, vuota. E sicuramente ci sarebbero tante altre parole da usare, ma non mi vengono in mente.»

«Non sono necessarie» replicai, sentendo la gola stringersi.

«E tu?» domandò con cautela. «Come stai tu?»

Irrimediabilmente rotta. Ecco come mi sentivo. Ogni volta in cui vedevo quel dolore, la crepa dentro di me si allargava e temevo di non riuscire più a ricucirla.

«Tienimi stretta» sussurrai. «Tienimi insieme.»

E Gizem lo fece senza chiedere altro.

Ci inoltrammo in mezzo agli alberi che si diradavano per lasciare spazio alla roccia. Si alzò il vento.

«Volevo dirti una cosa» iniziai. Però non ci fu modo di continuare.

«Porca miseria» smozzicò Gizem, rallentando il passo. Dietro di noi vidi Ani fermarsi del tutto, spalancare gli occhi e schiudere le labbra.

«Cosa cavolo...» protestai scendendo dal mio appiglio, poi mi girai. E non parlai più.

Un arco, con un cancello arrugginito e i fregi sbeccati, si apriva verso un panorama che non avrei mai nemmeno immaginato.

La montagna rientrava per fare spazio a un tempio ottagonale con la cupola scura che sovrastava le pareti bianche. Aveva delle finestre a colonna sui lati stretti e a mezzaluna, sopra le porte, su quelli più lunghi. Un edificio semplice, con la struttura a malapena segnata dal tempo, reso incredibilmente suggestivo dall'ambiente che lo circondava. Era incastonato là come se ci fosse nato, come se il marmo fosse cresciuto da quel piccolo basamento senza nessun bisogno di manodopera umana. E corrispondeva esattamente alla descrizione che ne aveva fatto Ani.

«Quanti ne arriveranno ancora?»

Agata aveva un aspetto severo, anche se il suo abbigliamento chiaro e comodo poteva confondere. Era alta, con la mandibola squadrata e gli occhi freddi di chi è abituato a vedere troppe cose, la pelle segnata. Portava i capelli sale e pepe raccolti in uno chignon arrotolato sulla nuca. I pantaloni ampi del suo completo color panna le sfioravano i piedi nudi e la casacca era scollata. Mi aveva accolta arrotolando le maniche, un gesto che non corrispondeva alla mia immagine di Suprema, ma che la diceva lunga sul modo di agire di chi dirigeva la Congrega del Tempio.

«Non più di una sessantina, anche se non sappiamo di preciso quando» le confessai. «Noi siamo partite a piedi già due notti fa, in gruppi scaglionati che ci dovrebbero raggiungere entro domani. Col buio arriveranno altre mongolfiere cariche di persone. Succederà per diverse notti a venire e saranno sempre tre, in modo da lasciarne una disponibile a San Marino.»

Feci un breve sospiro, pensando a quanta gente si stesse muovendo in condizioni così pericolose, poi scossi il capo.

«Mi dispiace, questo è quanto posso anticiparvi» conclusi.

Agata annuì. «Ci accontenteremo di quanto sappiamo» concesse incurvando le labbra per un secondo. «Nel frattempo vi mostro dove potrete accamparvi durante le prossime notti.»

Indicò alla sua sinistra, oltre il tempio, dei muri di pietra altissimi che chiudevano completamente una fetta di grotta, dove c'era anche una stretta scala centrale che conduceva alle abitazioni. Gli accessi e le finestre sembravano minuscoli, claustrofobici.

«Le case sono costruite praticamente a ridosso della montagna, sui gradoni che tempo fa servivano per le rappresentazioni religiose che in pochi ricordano. È stato necessario scavare in profondità la grotta per ottenere spazio; la parte più indietro resta troppo bassa, quindi l'abbiamo adibita a magazzino del sale e dispensa. La zona degli alloggi invece è molto alta, divisa in tre piani, e voi per ora starete su, sperando che le stanze di sopra bastino. A ogni modo, per qualunque cosa, chiedete pure a me.»

«Certo, grazie» risposi, ma la Suprema era stata distratta da qualcosa. Ani la stava fissando intensamente. Sembrava quasi volesse guardarle attraverso.

«La Congrega è tutta qui?» le chiese.

Agata sollevò il mento per squadrare quella ragazza minuta dalla pelle ambrata.

«Sì» riconobbe. «Perché?»

«Perché deve accogliere quello che rimane di una Congrega molto più grande» osservò. «E questo vi richiederà uno sforzo immenso.»

«È vero, ma tra Streghe ci si aiuta.»

«Non credo sia solo questo» sussurrò inclinando la testa.

Spalancai gli occhi, guardando prima Gizem e poi Bianca. Quest'ultima prese in mano la situazione.

«La perdoni» intervenne, afferrando Ani per le spalle. «È che da piccola ha battuto la testa, sa? Per questo le hanno fatto crescere i capelli in codesta maniera, vede?» E iniziò a giocare con la sua massa di ricci. «Sono un cuscino» rincarò. «Un materasso anticadute naturale.»

«Ottimo» sibilai. Ci fu un momento di imbarazzo silenzioso in cui avrei voluto sparire. Quella persona ci stava aiutando e Ani le stava facendo il terzo grado.

«Per chi lo fa?» continuò lei. Sua sorella le corse accanto con l'espressione tesa e le labbra tirate.

«E smettila, siamo al sicuro» cercò di calmarla. «Mica sono tutte spie delle Stecche.»

«No, Gizem, è assurdo» ribadì irremovibile. «Guarda questo posto. Non possiamo starci tutti. Per aver accettato deve esserci un motivo.»

«Quindi sei tu, Gizem.»

E il polo dell'attenzione smise di essere Ani. Mi concentrai sul volto di Agata per un secondo. Sui suoi tratti e sulla sua espressione. Non servì altro per capire.

«Alma» mormorai. Bianca mi osservò, spostò lo sguardo sulla Suprema e si coprì la bocca con le dita.

Gizem non capiva.

«Agata, lei...» tentennai. «Lei è la madre di Alma, vero?»

E a quel punto lo vide anche Gizem. Corse incontro alla Suprema prendendole le mani.

«Mi dispiace, mi dispiace tantissimo» mormorò con la voce rotta. «Era lì, davanti a me, e le ho detto di non farlo, ma non ascoltava, non ascoltava nessuno...»

Poi crollò in un pianto liberatorio, mentre la madre della sua amica morta la abbracciava.

«Alma non ascoltava mai nessuno» le rispose cullandola. «Sono certa che ha scelto di morire come ha sempre vissuto, e questa era la cosa più importante per lei.»

Scorsi lacrime silenziose sulle guance di Agata e mi si appesantì il cuore. Ancora dolore.

«È successo mentre proteggeva voi» continuò, «ma poteva accadere con chiunque. Per quella gente noi siamo tutti uguali, erbacce da estirpare senza pensarci troppo.»

Accarezzò la testa di Gizem.

«Per questo Alma credeva così tanto negli Schiaduri, perché potevano agire come un'anima sola, quell'anima che il Governo nemmeno considera.»

Nessuna di noi riuscì a dire niente. In quelle parole c'erano la sofferenza per la perdita di una figlia e la rabbia verso un mondo da cambiare.

Agata si staccò da Gizem con delicatezza e rivolse uno sguardo gentile a tutte.

«Vogliamo ricordarla insieme?» domandò.

Senza parlare, tesi i palmi verso Bianca. Lei mi squadrò un secondo, poi strinse la mia mano e fece lo stesso con quella di Ani, che stava studiando la situazione in silenzio. Per loro doveva essere qualcosa di nuovo, un rito che cercavano di seguire con rispetto. Agata attese che il cerchio fosse chiuso e chinò il capo. Ignorava quali fossero i nostri rapporti con Alma, eppure ci stava rendendo partecipi di un momento molto personale.

Osservai le mie compagne di viaggio, la Suprema che ci aveva accolte, pensai alla combattente che ci aveva salvate e sentii gli occhi pungere.

Poi ognuna abbassò il viso e Agata recitò:

«*Alma, figlia e figlia di tutte le figlie prima di te.*

Farfalla che ha spiegato le sue ali per uscire dalla sua prigione.

Il cielo trema, privato della tua determinazione.

Per te l'orizzonte non è mai stato troppo distante perché nell'avvenire sapevi vedere l'aurora della libertà.

Bisogna ribellarsi sempre, dicevi. Eri il seme della rivolta, e noi quel seme lo coltiveremo.

Perché ora appartieni alla terra, e la terra appartiene a te.»

I rifugiati erano arrivati a ciclo continuo quasi per tutta la giornata. Era buio da almeno un paio d'ore e ancora non ci eravamo fermate. Soprattutto non ricordavo più quando era stata l'ultima volta in cui avevo dormito. Avevo farina fino ai gomiti e la distribuzione delle pagnotte non era ancora finita. Premetti le nocche contro le tempie per trovare un po' di sollievo.

«Lungi da me sembrarti pedante» azzardò Bianca, tagliando della frutta fresca. «Ma sai che in questo posto esistono i letti, sì?» Mi sorrise e sbatté le ciglia più volte.

«Come sei ironica» ribattei, troppo stanca per impegnarmi.

Lei posò il coltello. «Sul serio, Ebe» rimarcò. «È il caso che ti levi di mezzo.»

«Bianca, per favore.»

«Per favore il cazzo, Ebe. Se non ti metti a dormire ti ci mando io. Con una spranga.»

Il concetto era chiaro.

«Ti fai mettere i piedi in testa così dalle tue sottoposte?»

Spalancai gli occhi e mi girai di scatto.

«Clarissa!» Le corsi incontro fermandomi appena in tempo per non stamparle addosso delle manate bianche. Aveva un tailleur nero che non ricordavo di averle mai visto indossare. «Cosa ci fai qui?»

«Siamo venuti a controllare che fosse tutto in ordine» rispose una voce maschile che conoscevo bene. Una dozzina di ragazze dalle spalle larghe erano apparse dal cancello d'accesso al tempio. Man mano che si avvicinavano, due per volta, con passo marziale, riconoscevo i volti di quelle guerriere. Erano state tutte allieve di Dina, anche se si erano allontanate da Dozza da qualche tempo. E alla testa del gruppo c'era lui, col completo blu e i baffi curati.

«Ciao, Alfredo» lo salutai con un cenno del capo.

«Ebe» annuì. Ma stava già cercando altrove.

«Sì, sono qui» gli risposi prima che iniziasse a insinuare qualcosa. «Ani e Gizem sono qui.»

«Sono qui, e se non ci fossero state anche prima sarebbe stato un bel casino» confermò Bianca, puntando il coltello da frutta nella nostra direzione.

«I tuoi interventi sono sempre imprescindibili, mia cara» l'apostrofò la Suprema.

«Chiamiamolo intuito, però, a naso, direi che questo non era un complimento» replicò Bianca mettendo in bocca una fetta di pesca.

«Perché sei sveglia. Insopportabile» aggiunse a bassa voce Clarissa, «ma sveglia.»

Poi ridacchiò, leggera. Ma nel giro di un istante cambiò completamente. Intrecciò le dita, distese le braccia. Le labbra diventarono una linea sottile, le sopracciglia erano tirate, ferme. Era la sua espressione ufficiale, mista a qualcosa che non riuscivo a decifrare. Cosa stava succedendo?

«Sapete di Guido? Lo avete trovato?» intervenni, senza pensare un secondo di più.

«Sappiamo di Guido, e purtroppo no» rispose. «Non lo abbiamo trovato.»

Ancora dolore. Una mano mi cinse la vita. Gizem era tornata dal forno della Congrega. Si diede dei colpetti sulle cosce per pulire i pantaloni.

«Piacere di rivederti, Gizem» disse la Suprema, gelida.

«Quindi non ci sono notizie?» domandò anche lei.

«Nessuna, però occorre trattare altri punti» intervenne Alfredo.

Bianca gli lanciò il nocciolo della pesca sui piedi e si avvicinò a noi. Lui divenne paonazzo e digrignò i denti, ma non disse nulla.

La Suprema sospirò, poi si rivolse di nuovo a Gizem.

«Dov'è tua sorella?» le chiese, dura.

«È qui.»

Alfredo e Clarissa si girarono di scatto, e alle loro spalle trovarono Ani. Si era mossa silenziosa come al solito.

«Allora, dato che ci siete tutte, se voleste seguirci all'interno del tempio» annunciò lui.

«Perché?» si stupì Gizem.

«Perché preferiremmo avere un po' di tranquillità.»

Nessuna di noi si mosse di un millimetro. E io a quelle parole della Suprema iniziai a temere il peggio. Non era normale. La loro eleganza, le domande fredde, mirate, non c'era niente di normale.

«Clarissa, ti prego, non sono fuggite per trasgredire agli ordini» iniziai, «ma per arrivare alle grotte il prima possibile e avvertirci!»

«Ebe» mormorò lei.

«So che non sono sempre state dei modelli di ubbidienza, però ci tengono davvero alla Congrega, hanno rischiato la vita non so più quante volte per salvarci.»

«Ebe.» Clarissa parlò un po' più forte.

«E devi vedere cos'è riuscita a fare Ani! Se lei non avesse tradotto una vecchia filastrocca saremmo rimaste uccise tutte sotto...»

«Ebe! Basta!» esplose.

Rimanemmo in silenzio. E io barcollai. Sentii come se le forze mi avessero abbandonata in un colpo solo. Clarissa non aveva mai fatto così. Non lo aveva mai fatto con me.

«Cosa succede qui?» chiese Agata avvicinandosi.

«La prego di rimanerne fuori» la scostò Alfredo. Ma non aveva capito con chi aveva a che fare.

«Lei, nella mia Congrega, non mi prega proprio per niente» gli rispose squadrandolo di sbieco.

«Mi perdoni» impallidì lui. «Non era mia intenzione.»

«E vorrei ben vedere che lo fosse» gli rispose la Suprema del Tempio.

«Agata, perdonalo, siamo tutti molto stanchi» la avvicinò Clarissa, tendendole la mano. «E ti siamo molto vicine per la tua perdita. Se ti avesse ascoltata un po' di più...»

Gizem mi pizzicò il fianco.

Agata rispose con un cenno del capo, indossando una maschera di circostanza. Poi Clarissa tornò a rivolgersi a noi.

«Purtroppo la situazione che dobbiamo affrontare è grave» disse. «Sembra che stessimo allevando delle serpi in seno.»

«Oh, andiamo, serpi in seno, non fare la melodrammatica» la redarguì Bianca. «Per una fuga a fin di bene credo si possa chiudere un occhio.»

«Una fuga?»

La nostra Suprema si leccò le labbra, intrecciò le mani davanti a sé e sollevò le sopracciglia. Stava per arrivare la tempesta perfetta.

«Due di voi si trovavano già sul posto, a gestire la situazione in modo che tutte le ipotetiche vittime beneficiassero dei primi soccorsi. Poi altre due le hanno raggiunte sottraendosi agli ordini e privando la Congrega di una delle nostre migliori guerriere, del nostro manovratore di materia e, infine, di un mezzo importante per il trasporto. Correggetemi se sbaglio.»

Nessuna rispose. Io non stavo capendo più niente.

«Dopo questo avvenimento il manovratore è sparito, il mezzo di trasporto anche, ogni materiale di sostentamento è andato perso, e per cosa? Per annunciare un attacco prevedibilissimo?»

«Clarissa, sono arrivate appena in tempo per aiutarci a trovare la via di fuga» obiettai.

Ma lei si sporse leggermente in avanti per fissarmi negli occhi. «E non ti sembra troppo semplice?»

Iniziai a mettere insieme i pezzi. *No*. Non era possibile.

Ani sbiancò. «Volevamo aiutare» sussurrò guardandomi. Sembrava prosciugata anche lei.

«Suprema, temo che sia tutto un enorme disguido» tentai ancora, cogliendo dei movimenti sospetti nel corteo silenzioso dietro ad Alfredo. Però Clarissa aveva già ripreso a parlare.

«Due straniere approdate alla Congrega meno di due mesi fa, una delle quali è sorella della tua compagna. Ebe, non puoi farmi credere che tu fossi estranea al loro piano.»

«Senti, vecchia megera» scoppiò Bianca, puntandole il dito in faccia. «Noi siamo scampate a tutti quegli anni dentro il Campo di Raccolta, ci siamo fatte il culo a Dozza, a Santarcangelo abbiamo curato feriti, pulito sangue, pianto morti, abbiamo tirato fuori la gente da quei tunnel di merda che sembravano catacombe proprio perché eravamo tutte e quattro insieme, cazzo! Non ti permetto...»

E Alfredo la imbavagliò. Approfittò del suo scatto d'ira per coglierla di sorpresa e legarle una pezza di tela sulla bocca, così da impedirle di parlare. O di cantare.

Due ragazze avevano bloccato Ani e le stavano legando i polsi. Lei sembrava incapace di reagire, più sconvolta di me. Cominciò a scuotere la testa con l'espressione più desolata che le avessi mai visto. «Volevamo aiutare» ripeté.

Gizem mi stringeva e non parlava.

Era un incubo. Uno stramaledetto incubo.

«Ben informate, sopravvissute all'attacco, con un probabile cadavere lasciato alle spalle e materiali in balia degli Integri. I fatti parlano da soli» perseverò Clarissa nell'accusa.

Nascosi il viso contro il petto di Gizem con lei che mormorava "mi dispiace" al mio orecchio. Un attimo dopo la strattonarono via da me. Erano in cinque, armate di coltello, ma se Gizem avesse voluto le avrebbe spazzate via con un gesto.

«Perché ci fai questo?» sussurrai. La crepa che reclamava spazio, si allargava sempre di più.

Bianca mugugnava, furibonda, trattenuta da Alfredo. Ani era una statua di sale, disperata. Persa. Gizem teneva gli occhi fissi su di me, che per qualche folle motivo speravo in qualcosa che ci salvasse da quell'incubo. Qualsiasi cosa. Fino a quando, col volto impassibile, Clarissa non parlò.

«Ebe, Gizem, Ani, Bianca. Siete accusate di cospirazione contro la nostra Congrega. Vi riporteremo a Dozza il più presto possibile, per decidere come pagherete per il vostro tradimento. Se con l'esilio o con la pena massima inflitta da noi Strighe: il rogo.»

Gizem gridò.

Poi fu il caos.

Continua...

Ringraziamenti

Questo libro non esisterebbe se Simona Casonato fosse andata al cinema, quel giorno. Ma per fortuna non c'è andata! Anzi, ha creduto in questo progetto prima che lo facessimo noi. La gratitudine che proviamo nei suoi confronti è più vasta delle Saline.

Non esisterebbe nemmeno se Alessandra Maffiolini avesse insistito per godersi le sue meritate ferie. Invece no, durante la torrida estate da editor ha fatto le sue magie, controllando chilometraggi plausibili, trovando senso a cose che un senso non l'avevano, e aggiungendo qualche imprecazione qui e là (sia mai che ne avessimo scritte poche). Grazie di tutto.

Insieme a loro, ringraziamo tutto il team Mondadori che ha contribuito a realizzare questo libro, nella forma in cui è ora.

Grazie a Valentina, Dante e Charlie, abitanti della repubblica di Pratolino, che ci hanno accolte, coccolate e sopportate durante la stesura e le revisioni del libro. Una parmigiana salverà il mondo.

Elena, Stefania e Cinzia sono le lettrici che ci hanno dato una mano, oltre che a molta pazienza con le versioni in bozza, donando preziosi consigli. Grazie per averci supportate durante tutto il progetto.

Chiara Mattiussi è la creatrice dell'artwork che ammiriamo in copertina. Grazie per averci dedicato il tuo tempo e la tua arte.

Grazie di cuore a Michela, Clarissa, Dayana, Amanda & Jay, Fe, Laini & Jim, Antonia, Alice, Sonia, Chiara, Riccardo, Silvia (altri nomi generici di supporto).

Lisa, Sebastiano, Cristina, Ani (che esiste davvero, ma è molto meglio di quella che avete conosciuto qui) e tutte le persone che ci hanno dato una mano con le materie più disparate. Ogni suggerimento è diventato un prezioso tassello che è entrato a far parte di BLN.

Immancabili i ringraziamenti alle nostre famiglie, ai nostri famigli, agli amici, alle amiche e ai nostri partner, sempre al nostro fianco. Siete le nostre radici.

Certificato PEFC
Questo prodotto è realizzato con materia prima da foreste gestite in maniera sostenibile e da fonti controllate

PEFC
PEFC/18-32-03
www.pefc.it

Mondadori Libri S.p.A.

Questo volume è stato stampato
presso ELCOGRAF S.p.A.
Stabilimento - Cles (TN)

Stampato in Italia - Printed in Italy

ROCCHETTA MATTEI
DOZZA
N
O
E
S
I TERRITORI